AS CRÔNICAS DE

MEDUSA

CB016431

STEPHEN BAXTER
ALASTAIR REYNOLDS

AS CRÔNICAS DE MEDUSA

Tradução de
Ronaldo Sergio de Biasi

1ª edição

EDITORA RECORD
RIO DE JANEIRO • SÃO PAULO
2016

CIP-BRASIL. CATALOGAÇÃO NA PUBLICAÇÃO
SINDICATO NACIONAL DOS EDITORES DE LIVROS, RJ

B344c
Baxter, Stephen, 1957-
As crônicas de medusa / Stephen Baxter, Alastair Reynolds; tradução de Ronaldo Sergio de Biasi. – 1. ed. – Rio de Janeiro: Record, 2016.

Tradução de: The Medusa Chronicles
ISBN 978-85-01-10743-5

1. Ficção inglesa. I. Reynolds, Alastair. II. Biasi, Ronaldo Sergio de. III. Título.

16-30828

CDD: 823
CDU: 821.111-3

Título original:
The Medusa Chronicles

Copyright © Dendrocopos Limited and Stephen Baxter, 2016

Publicado originalmente por Gollancz, Londres

Texto revisado segundo o novo Acordo Ortográfico da Língua Portuguesa.

Todos os direitos reservados. Proibida a reprodução, no todo ou em parte, através de quaisquer meios. Os direitos morais dos autores foram assegurados.

Editoração eletrônica: Abreu's System

Direitos exclusivos de publicação em língua portuguesa somente para o Brasil adquiridos pela
EDITORA RECORD LTDA.
Rua Argentina, 171 – Rio de Janeiro, RJ – 20921-380 – Tel.: (21) 2585-2000, que se reserva a propriedade literária desta tradução.

Impresso no Brasil

ISBN 978-85-01-10743-5

Seja um leitor preferencial Record.
Cadastre-se no site www.record.com.br e receba informações sobre nossos lançamentos e nossas promoções.

Atendimento e venda direta ao leitor:
mdireto@record.com.br ou (21) 2585-2002.

Em memória de Sir Arthur C. Clarke

ENCONTRO COM MEDUSA

Arthur C. Clarke, 1971.

Na década de 2080, o capitão de dirigível Howard Falcon é gravemente ferido após um acidente com seu veículo na Terra. Sua vida é salva por uma cirurgia cibernética experimental.

Na década de 2090, Falcon pilota uma missão a solo em uma nave-balão chamada *Kon-Tiki* nas nuvens de Júpiter, onde encontra um ambiente exótico, com uma fauna dominada por imensos animais "herbívoros" que ele chama de "medusas" e que são as presas naturais das "mantas".

A cirurgia cibernética pela qual Falcon passou o concedeu habilidades sobre-humanas, mas o isolou de sua espécie, já que experimentos desse tipo foram proibidos. Entretanto, Falcon tirou um orgulho sombrio dessa solidão — o primeiro imortal, a meio caminho entre duas ordens de criação. Ele estava destinado a ser uma ponte entre as criaturas de carbono e as de metal que um dia as sucederiam. Ambas precisariam dele nos séculos atribulados que as aguardavam.

Este livro é a história desses séculos atribulados.

PRÓLOGO

Falcon nunca se esqueceria do dia em que havia começado a sonhar em fugir para o céu.

O comandante Howard Falcon, da Marinha Mundial, era na época apenas Howard, tinha 11 anos e morava com a família em Yorkshire, na Inglaterra, parte de uma Zona Federada de um mundo recentemente unificado. E havia nevado a noite inteira.

Ele passou a manga do pijama nos painéis de vidro da janela para limpar a condensação. Cada pequeno quadrado de vidro tinha ganhado uma camada de neve em forma de L do lado de fora, onde ela se acumulara na borda inferior e no canto. Houvera nevascas nos dias anteriores, mas nenhuma que se comparasse à da noite passada, e ela chegou exatamente quando prevista, como se fosse um presente da Secretaria Global do Clima.

O jardim que Howard conhecia estava irreconhecível. Parecia mais largo e mais comprido, das sebes de cada lado à cerca dentada na extremidade do gramado levemente inclinado, e uma cobertura de neve enfeitava a cerca, tão perfeitinha quanto a decoração de um bolo de aniversário. Tudo parecia muito frio e silencioso, muito convidativo e misterioso.

O céu acima da cerca e das sebes estava claro, sem nuvens, iluminado àquela hora da madrugada por um delicado tom de rosa. Howard ficou olhando para o céu por um longo tempo, pensando em como seria estar lá no alto, cercado apenas pelo ar. Devia fazer frio lá em cima, mas ele aceitaria isso de bom grado para desfrutar da liberdade de voar.

Entretanto, ali, na sala do chalé, o ambiente era tépido e acolhedor. Howard tinha saído do quarto e descobrira que a mãe já estava de pé, assando pão. Ela gostava de fazer as coisas à moda antiga. O pai havia preparado o fogo na lareira, que estalava e assoviava. Na prateleira logo acima, em meio a uma variedade de enfeites e lembranças, destacava-se um modelo montado de forma grosseira em uma base de plástico transparente: um balão de ar quente, com um cesto lotado de pequenos ocupantes, um envelope de plástico acima.

Howard encontrou e pegou seu brinquedo favorito, então o colocou no peitoril da janela para que também pudesse ver a neve. O robô dourado era um modelo sofisticado, apesar da aparência de uma peça de museu. Havia sido um presente de aniversário de 11 anos, apenas alguns meses atrás. O menino sabia que tinha custado um bom dinheiro aos seus pais.

— Esteve nevando — comentou Howard com o brinquedo.

O robô zumbiu e emitiu uns cliques baixinhos para mostrar que estava pensando. Em algum lugar no labirinto de circuitos e processadores, havia um algoritmo de reconhecimento de voz.

— Podemos fazer um boneco de neve — propôs o brinquedo.

— É mesmo — concordou Howard, um pouco desapontado.

O robô exibia sempre a mesma reação aos mesmos estímulos; era só falar em neve que ele sugeria que fizessem um boneco. Ele nunca falava em travar uma guerra de bolas de neve, fazer anjos na neve ou andar de trenó. O robô não pensava de verdade, refletiu Howard, com uma ponta de decepção. Mesmo assim, gostava muito dele.

— Vamos, Adam — chamou Howard, por fim, tirando o robô do peitoril e o colocando debaixo do braço.

Ele foi até o armário debaixo da escada para pegar o cachecol, tentando não fazer barulho para que a mãe não o obrigasse a vestir roupas mais pesadas antes de sair do chalé. De repente, lembrou-se de uma tarefa que tinha prometido fazer. Com o cachecol no pescoço, entrou de novo na sala e usou o atiçador para revirar o carvão. Por um momento, Howard ficou olhando, absorto, para as profundezas do fogo, distinguindo formas e fantasmas na dança das chamas.

— Howard! — gritou a mãe, da cozinha. — Se está pensando em sair, não deixe de calçar as botas...

Fingindo não ter ouvido, Howard saiu do chalé e fechou silenciosamente a porta. Ele atravessou a brancura imaculada do gramado coberto de neve. As pantufas deixavam pegadas na neve. O ar já estava frio o suficiente, mas um frio ainda mais intenso e mais decidido começava a se infiltrar pela sola do calçado. Howard colocou Adam na bacia do bebedouro de passarinhos, de onde poderia inspecionar o trabalho.

Howard começou a cavar na neve.

— Esse é um bom começo — comentou Adam.

— É, estou indo bem.

— Você vai precisar de uma cenoura para o nariz e de botões para os olhos.

O menino trabalhou mais um pouco. Depois de algum tempo, Adam o encorajou outra vez.

— O boneco de neve está ficando ótimo, Howard.

Na verdade, o boneco de neve era um monte disforme, mais parecido com um formigueiro que com uma pessoa. Howard pegou alguns galhos secos e os enfiou na massa branca. Recuou com as mãos na cintura, como se o trabalho feito com má vontade fosse se transformar em algo minimamente aceitável.

No entanto, o boneco de neve parecia ainda mais patético com os galhos.

— Olhe — disse Adam, erguendo um braço rígido e apontando para o céu.

Howard semicerrou os olhos, a princípio sem conseguir ver nada. Mas, de repente, lá estava. Uma pequena esfera, alongada na base, desfilando pelo céu, com uma cesta ainda menor pendurada. Uma chama pulsava acima da cesta, breves centelhas faiscando em um céu cada vez mais claro. O sol devia ter nascido, ao menos do ponto de vista do balão, porque um dos lados do envelope se destacava em um crescente dourado.

Howard ficou olhando, fascinado. Adorava balões. Ele os tinha visto em livros, na televisão e no cinema. Havia construído modelos. Sabia mais ou menos como funcionavam. Porém, era a primeira vez que via um ao vivo.

O balão desaparecia atrás do chalé. Howard não podia perdê-lo de vista. Quase sem olhar para baixo, agarrou Adam e correu, passando por cima do arremedo de boneco de neve e tombando-o no chão.

— Quero estar lá em cima — declarou Howard.

— Sim, Howard — concordou Adam, paciente, a cabeça quicando no chão enquanto era arrastado.

— Lá em cima!

UM ENCONTRO NAS PROFUNDEZAS 2100

1

As ondas do inverno golpearam o casco e cobriram de espuma a amurada em volta da proa. Poderiam estar se chocando contra um rochedo que o efeito sobre o grande navio seria o mesmo. A bordo, não havia sinal de oscilação, não havia sinal de que o mar estava revolto. O *Sam Shore* parecia firme como se estivesse ancorado no fundo do mar.

Então, qual era o problema?

Falcon olhou para bombordo e para estibordo.

Dar um zoom e focalizar.

Máquinas pululavam na água cinzenta, suas formas esbranquiçadas facilmente confundíveis com as de seres vivos.

Rastrear e ampliar.

As formas esguias, cada uma com alguns metros de comprimento e equipadas com câmeras, braços articulados e pequenas unidades de sonar, navegavam com agilidade ao lado do enorme casco. Às vezes, se aproximavam bastante, e Falcon imaginou se toda aquela movimentação não seria perigosa em um mar tão agitado. O que aconteceria se colidissem com o casco? A segurança da presidente Jayasuriya estava em jogo...

— Observando as baleias, Howard?

Falcon se virou com alguma relutância, as rodas-balão que constituíam seus membros inferiores escorregando no convés molhado. Estava ali por causa da companhia de seres humanos, afinal; nem mesmo Howard Falcon era recluso a ponto de recusar um convite da presidente mundial para passar o Ano-Novo com ela no maior cruzeiro do mundo. Especialmente *aquele* Ano-Novo, o primeiro do século XXII. Não ficou surpreso ao ver quem o havia encontrado e com ninguém menos que a capitã a tiracolo. Ambos protegiam o rosto do frio e dos respingos, os olhos reduzidos a fendas.

— Geoff Webster — disse Falcon. — Acabei de chegar e você já me encontrou.

Webster riu.

— Howard, toda vez que você desce do espaço eu ouço a música de trombetas celestiais.

Webster, que tinha mais de 60 anos, era um dos amigos mais antigos de Falcon, um dos poucos com quem havia mantido contato depois do acidente com a *Queen Elizabeth IV*. O modo como Webster o tratava não tinha mudado nem um pouco depois da reconstrução de seu corpo; continuava tão irreverente e sincero como sempre fora. Além disso, como Webster era administrador do Escritório de Planejamento a Longo Prazo, um dos ramos mais importantes da Secretaria de Desenvolvimento Estratégico, podia ser um aliado importante. Na verdade, Webster havia apoiado de forma decisiva a última aventura de Falcon: sua viagem solitária às nuvens de Júpiter, da qual retornara fazia apenas alguns meses.

Webster sorriu e apresentou sua companheira.

— Howard Falcon, quero que conheça a capitã Joyce Embleton.

Embleton teve a gentileza de estender a mão sem hesitar e aparentar naturalidade quando o que se passava pela mão de Falcon a cumprimentou.

— É um grande prazer tê-lo a bordo, comandante Falcon.

Era uma mulher magra e empertigada, com a cabeça raspada, como estava na moda, oculta sob um quepe vistoso que havia enterrado na cabeça para se proteger do vento e dos respingos. Para surpresa de Falcon, a mulher tinha um sotaque britânico impecável, embora estivesse no comando do navio que outrora fora o maior orgulho da Marinha dos Estados Unidos. Entretanto, ele supunha que havia mais de sessenta anos que Inglaterra e Estados Unidos se uniram para formar a Aliança do Atlântico.

— Já ouvi falar muito do senhor, comandante. Acompanhamos sua incursão pelas profundezas de Júpiter, no início do ano. Os integrantes mais jovens da tripulação provavelmente vão importuná-lo em busca de autógrafos. Ainda que... — Ela olhou de relance para os membros superiores de Falcon.

— Acredite ou não, ainda sou capaz de assinar o meu nome — disse ele, secamente.

Webster olhou fixamente para Falcon.

— Howard, somos convidados. Seja agradável.

Embleton caminhou em volta do comandante, examinando-o sem pudor de todos os ângulos.

— Na verdade, o senhor não me parece tão artificial assim. Ainda existe algo de humano no senhor, não é? Esse é o rosto que sua mãe lhe deu, mesmo que tenha se tornado uma máscara quase imóvel e inexpressiva.

— Disseram que a senhora era franca, capitã, mas achei que estivessem exagerando.

— Não estavam. Franqueza economiza tempo. Alguns de nós levam uma vida muito ocupada, como deve saber. — Ela inclinou a cabeça para olhá-lo mais de perto. — Ah, vejo que está tentando sorrir.

— Prometo não assustar seus convidados fazendo isso com frequência.

— Sinto-me tentada a perguntar se precisa de algo para se aquecer. A maioria dos convidados não se dá bem com esse vento úmido do Atlântico, embora, naturalmente, o pior seja evitado pelas nossas blindagens sônicas e eletromagnéticas. — Ela estalou os dedos. — Conseil?

Um robô do tamanho de uma lata de lixo deixou outro grupo de convidados e rolou em direção à capitã.

— Em que posso servi-la?

Falcon, surpreso, flagrou-se com certo encanto nostálgico ao vê-lo.

— Olá, camaradinha. Você gosta de fazer bonecos de neve?

Webster ergueu as sobrancelhas.

— Esquece.

— Podemos conseguir o que o senhor quiser, comandante — comentou Embleton.

— Muita gente costuma me perguntar, em situações como esta, se sou suscetível à ferrugem.

— A ideia me ocorreu. Seja como for, tenho certeza de que o senhor não vai se sentir deslocado. — Inclinou-se na direção de Falcon e murmurou discretamente: — O senhor não é o único convidado vindo do espaço sideral. Olhe para estibordo.

Falcon olhou na direção indicada e viu um grupo de passageiros, todos altos, elegantes; quando se moviam, seus membros exibiam um brilho metálico, e, mesmo a distância, era possível ouvir o zumbido dos servomotores.

— Marcianos?

— De terceira geração. Figurões de porto Lowell. Na Terra, não podem sair da cama sem os exoesqueletos. E, pelo que sei, o trabalho intensivo que fizeram para salvar *o senhor* contribuiu muito para o progresso dessa tecnologia.

— Fico feliz por ter sido útil — disse Falcon.

Embleton fez que sim com a cabeça.

— Seu sorriso pode não ser grande coisa, comandante, mas você tem senso de humor. — Eles deram um passo em direção à amurada. — E parece se interessar pelos nossos espíritos do mar.

— É assim que são chamados...? Capitã, minha formação foi na Marinha Mundial, mas, depois de passar tanto tempo afastado, o oceano é um meio tão distante de mim quanto as nuvens de Júpiter. Levei um tempo para perceber que aquelas coisas eram máquinas e não algum tipo exótico de golfinho.

— Na verdade, estamos cercados de golfinhos e de muitos outros animais marinhos. Os oceanos se recuperaram bastante nos últimos tempos. Não, devemos pensar nesses espíritos como guardiões... e eles nos são muito úteis. Venha comigo...

Era uma caminhada razoável. O convés do porta-aviões tinha quase dois quilômetros de comprimento, segundo as informações transmitidas aos passageiros, e estava coberto de alçapões que, no passado, lançaram aviões de caça e mísseis inteligentes. Para Falcon, que olhava da proa da embarcação, as grandes superestruturas e os hidroplanos em forma de nadadeiras ganhavam um tom acinzentado graças à neblina.

Caminhando devagar, Embleton disse:

— Comandante, nosso querido *Sam Shore* é um veterano de guerra, com 90 anos, e passa a maior parte do tempo ancorado. Quando estamos navegando, aproveitamos todos os intervalos em que os motores estão desligados, como agora, para permitir que os espíritos façam a manutenção do casco, a limpeza dos respiradouros dos motores... Até as cracas são um desafio.

— Os espíritos têm propulsão própria? Controle autônomo?

— Eles têm propulsão própria, é claro, mas apenas um pequeno grau de autonomia. São controlados a partir do navio, pelo Contramestre...

— Contramestre?

— Nosso computador central. Que, por sua vez, é controlado pela tripulação. — A capitã Embleton baixou os olhos para Conseil, que os havia seguido, levando uma bandeja vazia em um manipulador flexível. — É curioso pensar que a inteligência artificial mais avançada a bordo deste navio seja, na verdade, esse nosso amiguinho.

Falcon se curvou para ler a placa do fabricante. Descobriu que "Conseil" era um Homiforme para Serviços Gerais Modelo 9, um produto da Minsky & Good, Inc., de Urbana, Illinois, nos Estados Unidos, Aliança do Atlântico. Reconheceu o nome; a Minsky era uma empresa especializada em informática, que fabricava os melhores computadores de mesa do mercado, além de alguns tão pequenos que cabiam em um bolso.

— Ele é um modelo experimental, capaz de tomar algumas iniciativas. Ele decide por conta própria quem deve ser atendido primeiro, observa se está faltando alguma coisa na mesa, coisas assim. Também é capaz de reagir a certas emergências. Pelo que sei, é capaz de tomar mais decisões independentes do que o nosso Contramestre. E aqui está ele, servindo bebidas... Mas é assim que preferimos, é claro. Com gente de verdade no comando.

— Conseil? Como escolheram o nome? — perguntou Webster.

Falcon estalou a língua.

— Filisteu. Uma referência ao personagem de Júlio Verne, é claro.

Webster não se deixou intimidar.

— Boa sacada, vindo de alguém que parece um adereço de um filme baseado na obra de Júlio Verne...

— Como vocês lidam com o tempo de retardo?

Embleton olhou para Falcon.

— O que disse?

— Quando estão controlando os espíritos. Ali estão eles, navegando alegremente a metros de distância do que acredito que sejam os tanques de lastro principais, ao longo do casco.

Embleton sorriu.

— Vejo que o senhor andou de olho em nossos métodos de trabalho. Considerando o que aconteceu com a *Queen Elizabeth*, entendo que se preocupe com tempos de retardo e de reação...

O tempo de retardo do sinal enviado por um controlador humano a uma plataforma de filmagem tinha sido a causa principal do desastre. Quando a plataforma sofreu os efeitos de uma turbulência, o controlador estava longe demais para reagir a tempo, e a plataforma era simples demais para reagir de modo autônomo. O resultado fora catastrófico para a plataforma, para a nave... e para Howard Falcon. Ele jamais se esqueceria.

— Mas pode ficar tranquilo quanto aos espíritos — continuou Embleton. — O retardo é mínimo, usamos vias de comunicação redundantes, e os espíritos têm autonomia suficiente para não fazer nenhuma bobagem. Na dúvida, eles desligam automaticamente.

— Mesmo as medidas de segurança mais sofisticadas podem falhar. Sim, como aconteceu com a plataforma de filmagem que derrubou a QE IV.

Webster apontou para cima.

— Uma plataforma parecida com aquela ali que está se aproximando.

Um facho de luz partiu de uma plataforma que pairava silenciosamente menos de dois metros acima de suas cabeças.

No momento em que a luz iluminou Falcon, um homem se aproximou com passos firmes. Ele trajava um uniforme impecável da Marinha Mundial e era seguido por um pequeno séquito, ao qual pertencia um jovem que não parava de consultar um computador de bolso. O homem parecia ter uns 40 anos, mas Falcon sabia que, com as terapias de extensão de vida que estavam cada vez mais na moda, as aparências nem sempre eram confiáveis.

Falcon o reconheceu. Não podia deixar de fazê-lo. Aquele era o capitão Matthew Springer, conquistador de Plutão: o outro herói da exploração espacial daquele ano.

Springer cumprimentou a mão artificial de Falcon sem pestanejar.

— Comandante Howard Falcon! Administrador Webster. Capitã, desculpe a interrupção. Comandante, fiquei tão contente ao saber que estaria neste cruzeiro...

Falcon percebeu que a plataforma se aproximava para capturar o encontro histórico, mas que todas as lentes estavam voltadas para Springer.

Springer olhou para Falcon com interesse.

— Nossa! Você respira!

— Você também — retrucou Falcon, secamente.

Webster revirou os olhos.

Springer, porém, parecia imune à ironia.

— Faz sentido, eu imagino. Um toque de humanidade. O modo como você fala é quase natural. O som não é produzido por um alto-falante, certo? O que você usa no lugar dos pulmões?

— Vou mandar as especificações para você por e-mail.

— Obrigado. Acompanhei suas explorações quando eu era criança. Faço questão de lhe dizer que, da última geração de pioneiros tecnológicos, o senhor é a pessoa que eu mais...

O ordenança tocou o braço do comandante, murmurou algo e apontou para o computador de bolso. Springer levantou os braços.

— Tenho de ir... A presidente mundial está me convidando para tomar uns drinques. Não posso recusar, não é, comandante? Falo com o senhor mais tarde... E, por favor, vá à minha palestra a respeito do Ícaro e do meu avô, que será no... — Apontou para Embleton.

— No Salão do Mar — completou a capitã Embleton, com um sorriso, enquanto Springer se afastava.

— E lá vai ele — comentou Webster. — Seguido por seu fã-clube como a cauda de um cometa, além daquela maldita plataforma.

— Não que aquela câmera tenha passado muito tempo olhando para mim — disse Falcon.

Embleton riu.

— Ora, não queremos assustar os espíritos do mar, comandante. — Eles continuaram caminhando em direção à popa, seguidos por Conseil. — Tenho certeza de que existem muitas pessoas a bordo que adorariam conhecê-lo ou revê-lo. Incluindo uma pessoa da equipe que tratou do senhor após o acidente. Entretanto, insisto em lhe oferecer uma visita guiada... O *Shore* foi lançado ao mar no auge do último período de tensão global, mas o navio, felizmente, nunca foi posto à prova em combate. Como oficial da Marinha, acho que o senhor poderá se interessar por alguns aspectos do projeto original. Naturalmente, ele hoje em dia é mais famoso pelo que tem a oferecer em termos de lazer. — Ela olhou de relance para o corpo de mais de dois metros de altura de Falcon. — Estou quase sugerindo que experimente nossa pista de patinação no gelo.

Webster deu uma gargalhada.

— Ele poderia patinar, se substituísse as rodas por patins, mas não seria bonito de se ver.

— Comandante Howard Falcon — disse, muito sério.

E, depois que um grupo de passageiros passou por eles, todos sem dúvida fabulosamente ricos e segurando seus copos, espalhafatosos como flores na superfície cinzenta do Atlântico, Falcon parou e se viu diante de um grupo de chimpanzés.

Era uma dúzia, e três ou quatro olharam para os humanos com evidente hostilidade. Os chimpanzés usavam apenas jaquetas folgadas cheias de bolsos, embora alguns claramente tremessem de frio. Acocoravam-se no convés, apoiando os punhos cerrados na superfície metálica. O líder era mais velho, com pelo grisalho e um pouco mais alto que os outros.

Embleton tomou a frente.

— Deixe-me fazer as apresentações. Todos já conhecem o comandante Falcon. Comandante, esse é Ham 2057a, embaixador da Nação Independente dos Pans junto ao Conselho Mundial, outro dos convidados da presidente Jayasuriya.

Falcon tentou disfarçar a curiosidade. Aquele era o primeiro simp — superchimpanzé — que via desde a queda da QE IV.

— Muito prazer.

— O prazer é meu, comandante.

— Está gostando do passeio?

— Sentindo falta das árvores do Congo, para falar verdade...

O embaixador falava de uma forma um pouco estranha mas compreensível, evidentemente com algum esforço. Um de seus companheiros parecia ser um intérprete, traduzindo o diálogo para os outros na forma de guinchos e gestos.

— Eu conheço, é claro. Para nós, Howard Falcon não é famoso apenas por causa de que Júpiter.

— O desastre do *Queen*.

— Muitos simps morreram naquele dia.

— E muitos humanos...

— Simps! Com nomes de escravos, como o meu. Vestidos como bonecos. Forçados a trabalhar em navio maior que este, *chefe*.

Falcon percebeu que a palavra "chefe" tinha feito Webster recuar.

— Escute, o programa de Bittorn tinha objetivos nobres — declarou o administrador. — Seria uma forma de estabelecer uma ponte entre espécies aparentadas...

Ham deu um muxoxo.

— Simps! Muito úteis, pulando de plataforma em plataforma em estações espaciais, consertando balões avariados. Tão bonitinhos em pequenos uniformes de escravos, servindo bebidas. Outros animais também. Cães inteligentes. Cavalos inteligentes... Inteligentes o bastante para entender agonia, humilhação e medo. Todos mortos...

"Então nave se acidentou. *Você* ficou muito ferido. Gastaram milhões para salvar. Alguns simps ficaram muito feridos. Não salvaram. Não gastaram milhões com eles. Simps *sacrificados*.

Embleton se adiantou.

— Embaixador, acho que não é hora nem lugar para...

Ham a ignorou.

— Mas vamos falar de você, comandante Falcon. Registros do desastre. Nada filmado, mas evidências forenses, depoimentos dos sobreviventes. Alguns simps duraram o suficiente para contar história. Nave, condenada. Você *desceu*, indo à ponte de comando, arriscando vida para tentar salvar nave. Passou por simp em pânico. Você parou, comandante. Parou, acalmou simp, disse que não devia *descer, descer*, como estava fazendo, mas *subir, subir* até chegar ao convés de observação. Era melhor alternativa. Você disse "Chefe... chefe... *vá!*"

Falcon desviou o olhar.

— Não adiantou nada. Ele morreu.

— Você fez possível. O nome dele, Baker 2079q. Tinha 8 anos. Não esquecemos, vê? Lembramos todos eles. Eram pessoas. Hoje, coisas melhoram. — Ham surpreendeu Falcon ao estender a mão para ele. O comandante teve de se inclinar para alcançá-la. — Venha visitar a Nação Independente dos Pans.

— Eu gostaria muito — disse Falcon.

— Sabe subir em árvores?

— Estou sempre pronto a enfrentar novos desafios.

Embleton sorriu.

— Antes vai ter de experimentar patinação no gelo, comandante...

Mas foi interrompida por uma voz:

— *Baleia à vista! A estibordo!*

Todos olharam naquela direção.

As baleias estavam indo para o norte.

No meio do oceano cinzento, sob um céu cinzento, os grandes vultos pareciam uma esquadra, uma frota de navios, sem nada que lembrasse seres vivos. Obviamente pareciam pequenas em comparação com o porte gigantesco do porta-aviões, mas tinham uma força, uma firmeza de propósito que nenhuma máquina criada pelo homem poderia igualar: uma adaptação perfeita ao próprio ambiente.

Uma cabeçorra saiu da água a menos de trinta metros da lateral do *Shore*, parecendo deformada, aos olhos inexperientes de Falcon, e ferida. Cheia de crateras e cicatrizes, como a superfície de um asteroide. Uma boca imensa se escancarou, uma caverna de cujo teto pendiam barbas que filtravam a dieta de plâncton das camadas superiores do oceano, um alimento minúsculo para um corpo daquele porte. Em seguida, um olho se abriu, enorme mas surpreendentemente humano.

Olhando para aquele olho, Falcon foi assaltado por uma vaga lembrança.

Ele estivera em Júpiter, onde havia encontrado outro animal gigantesco: uma medusa, uma criatura parecida com uma baleia, do tamanho do *Shore*, nadando naquele mar inimaginavelmente distante. A baleia tinha sido forjada por pressões evolutivas em um ambiente que guardava certas semelhanças com o oceano aéreo de hidrogênio e hélio da atmosfera de Júpiter e, com certeza, tinha muito em comum com as medusas. Por outro lado, Falcon sentia uma afinidade biológica com aquele imenso mamífero terráqueo que jamais poderia sentir com uma medusa ou manta de Júpiter.

Ham, o embaixador dos simps, estava ao seu lado.

— Olhe bem, comandante Falcon. Outro indivíduo não humano — observou, guinchando ironicamente.

2

Durante o jantar, o USS *Sam Shore* submergiu discretamente.

Escotilhas e passagens de serviço foram fechadas em silêncio. Tanques de lastro foram abertos, e o ruído da água corrente foi abafado para não perturbar os passageiros. Os lemes de profundidade foram ajustados para um ângulo de descida de um grau, dificilmente notável mesmo que os convidados prestassem bastante atenção ao nível da bebida em seus copos.

Falcon notou, é claro. Sentiu o piso inclinado, a diferença de altura entre as extremidades dos corredores. Os sensores de seu membro inferior captaram uma mudança na frequência subsônica produzida pelos motores, indicativos de uma redução de potência, possibilitada pelo fato de que agora a embarcação estava se movendo debaixo d'água, seu ambiente mais favorável.

Pouco escapava aos sentidos de Falcon.

Depois do jantar, antes da palestra de Springer, ele e Webster saíram para dar uma volta.

O chamado convés de serviço do *Shore*, abaixo do imenso hangar de aeronaves, era uma caverna de vigas, rebites, trilhos, guindastes e plataformas giratórias, onde, no passado, aviões de caça e mísseis com ogivas nucleares foram abastecidos, consertados, reformados. A câmara feericamente iluminada tinha sido transformada em uma combinação de shopping center e hotel cinco estrelas — e em uma escala gigantesca, com mais de um quilômetro e meio de extensão.

— Aqui você deve se sentir em casa, Howard — dizia Webster. — Afinal, se a *Queen Elizabeth* não tivesse sofrido aquele acidente, você estaria comandando um cruzeiro como este, não é? Claro que hoje em dia seria difícil arranjar um uniforme que coubesse em você...

Falcon o ignorou e olhou em torno. Para aquela prestigiosa viagem, os proprietários do navio, junto da Secretaria Mundial de Alimentos, Divisão Marítima, usaram o espaço para montar uma mostra do oceano moderno e seus usos, provavelmente com o intuito de convencer alguns dos passageiros endinheirados a se tornarem investidores. Falcon e Webster percorreram a exposição, que consistia em objetos, modelos e imagens holográficas e animadas de maravilhas naturais e artificiais dos oceanos — embora Falcon não tivesse certeza de que ainda houvesse algo nos oceanos da Terra que pudesse ser chamado de natural. No fim do século XXI, uma boa parte da população do planeta era alimentada por imensas fazendas de plâncton, sustentadas pelo transporte forçado de substâncias ricas em nutrientes a partir do fundo do mar. Conforme as reservas terrestres de minerais estratégicos se esgotavam, a mineração no fundo do mar também foi se tornando cada vez mais comum. Naturalmente, em 2100, a humanidade estava mais que consciente das necessidades das criaturas com as quais compartilhava o planeta e mesmo, no caso dos chimpanzés modificados, com as quais compartilhava o poder político. Entretanto, pensou Falcon, a Terra inteira estava sendo transformada em uma área de preservação, como se fosse um grande parque; uma das razões pelas quais pessoas como ele se sentiam tentadas a deixá-la.

Eles passaram por uma exposição de oportunidades de emprego, e Webster, curioso, curvou-se para ver melhor.

— Olhe para isso, Howard. As especialidades que você pode escolher: marinharia, oceanografia, náutica, comunicações submarinas, biologia marinha... — Endireitou o corpo. —Sabe, o Escritório de Recursos Espaciais usa alguns locais do fundo do mar como campos de treinamento e simulação. Você pode experimentar trajes projetados para resistir às altas pressões da superfície de Vênus, por exemplo. É uma pena que não vamos visitar uma dessas instalações nesse passeio.

— É verdade — concordou Falcon. — Esta banheira não foi projetada para mergulhos profundos. Apenas o suficiente para se esconder de aviões inimigos...

— Com licença.

A mulher estava sozinha na galeria mal-iluminada: morena e vestida sobriamente, parecia estar na casa dos 30 anos. Falcon, com mais de dois metros de altura, devia ser meio metro mais alto que ela. Talvez não fosse uma surpresa que a mulher parecesse nervosa.

Webster estalou os dedos.

— Eu me lembro de você. Enfermeira Dhoni, certo? Você estava no hospital militar da Base Aérea de Luke, Arizona, quando...

— Quando o comandante Falcon foi levado para lá depois do acidente com a *Queen Elizabeth*. Isso mesmo.

Aqueles dias, ou melhor, *anos* de convalescença ainda estavam bem vívidos nos pesadelos de Falcon. Ele teve de se esforçar para não fugir do assunto.

— Não me lembro de você, enfermeira. Peço desculpa.

— Na verdade, agora sou médica. Eu me especializei em neurocirurgia na...

— O que você está fazendo aqui? — interrompeu Falcon.

Ela se sobressaltou, e Webster olhou de cara feia para o amigo.

— Bem, estou aqui por sua causa, comandante — explicou Dhoni. — Assim que a equipe da presidente fez o convite ao senhor, saiu à procura de amigos e familiares para recebê-lo a bordo. De todos que o atenderam no hospital, sou a única que ainda trabalha na área. Os outros se aposentaram ou mudaram de profissão. Um morreu: o Dr. Bignall, se é que se lembra dele.

— Não precisava ter vindo.

— Pelo amor de Deus, Howard — protestou Webster.

— Está tudo bem, administrador Webster — disse Dhoni, com um tom de voz que indicava que não estava tudo bem, mas ainda assim mantendo a compostura. — Eu precisava falar com o senhor, comandante. Depois que sua expedição a Júpiter dominou os noticiários, investiguei algumas coisas por conta própria e descobri que faz um bom tempo que o senhor não se submete a exames, para não falar de uma manutenção apropriada.

Falcon parecia desconfiado. Ele olhou para Webster.

— Foi você que armou isso, seu velho safado?

O administrador ensaiou uma negativa, mas decidiu admitir a verdade.

— Howard, eu sabia que você não me daria ouvidos. — Bateu com os nós dos dedos na liga metálica que havia substituído o peito de Falcon. — A parte de fora está resistindo bem. Podemos trocar componentes sem problemas. A parte de dentro, por outro lado, já estava bem desgastada para começar, e você não está ficando mais jovem. Quantos anos tem no momento? Uns 55, 56...?

Dhoni estendeu a mão timidamente para Falcon, mas mudou de ideia.

— Deixe-me ajudá-lo. Como o senhor tem dormido?

Falcon cerrou os dentes.

— O mínimo possível.

— Existem novos tratamentos, coisas que podemos oferecer...

— É para isso que você está aqui? Para me usar de novo como rato de laboratório?

Aquilo foi a gota d'água. A boca da médica tremeu; ela engoliu em seco.

— Não, estou aqui porque eu me importo, assim como me importava na época — declarou, dando as costas para a dupla e se afastando a passos rápidos.

Falcon a deixou partir.

— Ela estava à beira das lágrimas.

— Não, não estava, seu idiota. Estava a ponto de lhe dar um tapa na cara, e teria sido bem merecido. Eu vi como você estava, Howard. Sei que foi um pesadelo. Mas ela cuidou de você até o fim. Hope Dhoni. Apenas uma criança. Com você até o fim. — As palavras pareciam lhe faltar. — *Ela enxugou a sua testa*. Ah, vá para o inferno. Estou precisando de um drinque.

Ele fez menção de ir embora, mas parou por um momento para dizer:

— Espero que aprecie a *ego trip* de Springer. Para mim, chega de heróis por hoje. Mas, quando se encontrar de novo com aquela mulher, peça desculpas, está me ouvindo?

3

No Salão do Mar do USS *Sam Shore*, Matt Springer tomou seu lugar atrás do púlpito ao lado de um palco vazio e com pouca iluminação.

O auditório em si era fantástico, pensou Falcon, ao rolar para dentro e ocupar discretamente um lugar nos fundos. O Salão do Mar era provavelmente a maior atração do navio de passeio em que o antigo porta-aviões havia se convertido. Era um lugar de curvas, volutas e painéis ondulados, desprovido de linhas retas e decorado com as cores do mar, verde e azul, com um brilho de madrepérola. O palco ficava sob um vértice onde se juntavam as nervuras, e a plateia diante de Springer estava aninhada em uma depressão rasa. A capitã Embleton, na primeira fila, ao lado da presidente, tinha explicado a Falcon que se tratava de arquitetura experimental. A mesma tecnologia que usavam para minerar a água do oceano por filtragem havia sido aplicada para esculpir o auditório, camada por camada. O aposento *crescera*, como a casca de um molusco, em vez de ser construído de maneira convencional. Até mesmo os elementos ocultos, como canos, dutos e cabos, foram incluídos no processo de deposição controlado por computador.

Falcon teve a impressão de que a mobília, por sua vez, era vitoriana: mesas polidas, cadeiras de espaldar alto e divãs. As mesas estavam postas com taças de um requintado cristal, talheres de prata e pratos de porcelana. Mas os detalhes chamaram sua atenção: todos os talheres tinham gravadas as palavras MOBILIS IN MOBILI, e havia pequenas bandeiras em cada mesa, pretas com um "N" dourado, que revelavam a real inspiração daquele lugar. Falcon se permitiu um sorriso. Mais de dois séculos depois de aparecer nas páginas do grande romance de Verne, o *Nautilus* do capitão Nemo ainda navegava nos mares da imaginação.

— Você teria gostado da homenagem, Julio.

Naquele ambiente sofisticado, usando roupas civis e sorrindo para os passageiros que chegavam, Matt Springer parecia bem à vontade, totalmente no controle da situação. Falcon sentiu inveja do homem por sua postura humana naquele ambiente muito humano, enquanto ele, por sua vez, se escondia nas sombras.

Entretanto, não permaneceu sozinho por muito tempo. Webster logo o encontrou.

— Cara, se está procurando o bebedouro, ele é aquele camarada bonitão do outro lado — murmurou Falcon.

— Muito engraçado.

— Resolveu aparecer, afinal?

— Descobri que ainda tenho um pouco de boas maneiras. O que achou do Salão do Mar? Impressionante, não é?

— Parece uma ostra gigante, e Matt Springer é a pérola de hoje — resmungou Falcon.

Webster começou a rir.

Com um sorriso generoso nos lábios, Springer apoiou as mãos no púlpito e, falando de improviso, começou o espetáculo.

— Senhora presidente, capitã Embleton, caros amigos. Boa noite. Obrigado pela presença. Estou aqui para contar a história do vovô Seth, que é a razão pela qual minha família se tornou conhecida, além de ser o motivo que me fez viajar até Plutão para também fazer um pouquinho de história.

Os risos da plateia indicavam que ele já a havia conquistado. Falcon se agitou.

— Vou começar desmistificando alguns boatos a respeito dele. Em primeiro lugar, embora minha família sempre tenha se referido a ele como "vovô", Seth foi na verdade meu tatatataravô e não chegou a conhecer nem mesmo os próprios netos. Entretanto, sua fama se estendeu muito além de seu tempo de vida, e ele sempre foi uma espécie de presença para a família, de modo que sempre será "vovô" para nós.

"Em segundo lugar, não, Sean Connery não o interpretou naquele filme da década de 1970. — Mais risadas. — Connery trabalhou no filme, mas em outro papel. Ele era um professor do MIT. Às vezes, assisto de novo àquele velho filme. Pena que a parte científica tenha sido removida na sala de montagem, mas é divertido! Além disso, foi a primeira tentativa de encenar aquela história extraordinária.

"O que vou mostrar a vocês esta noite é a tentativa mais recente de contar essa história. Naturalmente, tudo que aconteceu foi gravado e examinado detalhadamente na época, e, mais tarde, houve uma avalanche de livros, biografias e estudos técnicos a respeito. Assim, com as técnicas modernas de processamento de imagens e armados com os novos instrumentos de análise psicológica dos envolvidos, podemos realizar um bom trabalho de reconstrução; podemos saber como foi viver aqueles dias dramáticos e até mesmo ter alguma ideia do que os astronautas estavam pensando e sentindo na ocasião.

"Esta noite, vocês vão ver uma seleção de cenas, incidentes relevantes. Não vão precisar de óculos para assistir às partes em 3-D; é só sentar e relaxar. Aqueles que dispõem de tomadas neurais podem experimentar as opções de imersão, embora estejam todas restritas ao modo passivo. — Outro sorriso. — Não tentem apertar nenhum botão do Módulo de Comando Apollo do vovô. E, assim, talvez possam se sentir como Seth Springer se sentiu no domingo, 9 de abril de 1967, quando recebeu a má notícia de que não iria viajar para a Lua..."

Uma parte da parede atrás do púlpito se iluminou com o azul profundo de um céu sem nuvens. A câmera apontou para baixo, revelando um conjunto de edifícios baixos e brancos, dispostos uniformemente entre estradas e gramados bem-cuidados. Por um momento, a imagem poderia ter se passado por uma cena contemporânea, pois a arquitetura utilitária das construções era pouco reveladora. Conforme a câmera se aproximava, porém, os veículos e os trajes revelavam a verdade. Carros de formas retilíneas, homens de terno, chapéu e gravata, apesar do calor evidente. Poucas mulheres à vista. Aquela era uma cena de cento e trinta anos antes — os primeiros dias hesitantes da era espacial.

A câmera se concentrou em um edifício; em seguida, aproximou-se de uma janela. Em um movimento rápido, atravessou-a e mostrou um escritório com ar-condicionado e decoração da época. Muitas fotografias e flâmulas, estantes, uma escrivaninha com um calendário e uma maleta, mas nada que Falcon reconhecesse como um computador ou monitor...

— *O programa Apollo foi cancelado. Mas a boa notícia* — dizia o homem sentado atrás da escrivaninha — é que *vocês dois vão ter a chance de salvar o mundo.*

— Em cinco minutos, não vai ter um olho seco no salão — declarou Webster.

— A não ser o meu, é claro.

— Vamos dar o fora. Isso é o máximo de Springer que dá para suportar. Além disso, tem alguém querendo conversar com você.

— Já sei. A enfermeira Hope.

— Muito esperto. E *eu* preciso ir ao banheiro. Você vem ou não?

Uma curta caminhada sob um teto de metal com nervuras levava a outra das atrações do *Shore*: o Salão de Observação, um bar e lanchonete. Falcon estimou que a área devia ter cerca de um quilômetro quadrado, com mesas, almofadas e até um parque para crianças, sobre a qual se estendia uma imensa cúpula, uma janela panorâmica de acrílico reforçado. Àquela hora da noite, passando das onze, nada era visível do lado de fora a não ser o oceano escuro.

Hope Dhoni estava sentada sozinha a uma mesa, com o queixo apoiado em uma das mãos, olhando pela janela. Tinha algum tipo de equipamento em cima da mesa, em uma maleta aberta. Quando Webster e Falcon se aproximaram, ela levantou os olhos e lhes dirigiu um sorriso cuidadoso.

O pequeno robô Conseil — se é que era o mesmo — rolou em direção à mesa.

— Em que posso servi-los?

— Nada — respondeu Falcon, secamente.

— Ele vai tomar chá gelado comigo — disse Hope, com firmeza.

— Obrigada, Conseil. Você sempre gostou de chá gelado, Howard.

Webster sorriu e se sentou.

— Um bourbon para mim, Conseil. Pode colocar na minha conta...

— Os senhores são convidados da presidente neste cruzeiro, administrador Webster — disse Conseil.

Tinha uma voz melíflua, um sotaque quase bostoniano, pensou Falcon. Era com certeza uma voz mais humana que o recitar monótono de Adam, seu precioso brinquedo de infância. Conseil rolou para o bar, que ficava em uma área com iluminação suave nos fundos do salão.

E Falcon rolou em seus pneus para examinar de perto a grande cúpula, que se curvava sobre sua cabeça. Cautelosamente, tocou-a com a ponta do dedo. Lembrou-se das janelas do chalé, cobertas de neve em uma manhã de inverno — sensações transmitidas ao cérebro por meio de pele e nervos, em vez de sensores mecânicos e fios elétricos.

Um ponto luminoso se movia na escuridão, em uma trajetória retilínea e perfeitamente horizontal. Devia ser um daqueles espíritos do mar, pensou. Mais uma vez, ficou apreensivo com o quanto máquinas ficavam próximas do casco da embarcação. A lâmpada-piloto era tudo que conseguia ver do outro lado da janela.

Hope Dhoni se aproximou e ficou parada ao seu lado.

— Uma das principais atrações deste navio — murmurou. — A cúpula, quero dizer. Um prodígio da engenharia. Como o senhor, comandante Falcon.

— Escute — disse Falcon. — Sinto muito pelo modo como me comportei quando nos encontramos. Aqueles dias depois do acidente foram muito difíceis para mim. Só de pensar neles...

Dhoni segurou a mão dele. Falcon podia avaliar a pressão dos dedos, podia medir com precisão a umidade e a temperatura da palma da mão — teve até mesmo uma impressão vívida, desagradável, da estrutura óssea. O que não podia era *sentir* a mão dela na sua, não na definição mais significativa da palavra.

Sentindo-se pouco à vontade, afastou a mão. Eram muitas memórias. Muito sofrimento. Para ambos.

— Venha se sentar conosco — convidou Hope, com voz doce.

4

Se os dias após o acidente com a *Queen Elizabeth IV* tinham sido traumáticos para Howard Falcon, também o foram para Hope Dhoni, que, na ocasião, era uma enfermeira estagiária de 21 anos no velho hospital da Força Aérea no Arizona para o qual Falcon havia sido levado às pressas. Ela era, de longe, o integrante mais jovem da equipe. Quando chegou, esmagado e queimado, inerte nas cobertas verde-claro da cama, Falcon nem ao menos parecia humano. Hope trabalhara no setor de emergência de hospitais públicos e em enfermarias de traumatologia de estabelecimentos militares e se considerava uma pessoa calejada. Não era, no entanto. Não para aquele tipo de cena.

Foi o Dr. Bignall, vice-diretor do hospital, quem a ajudou a se recuperar do choque.

— Em primeiro lugar, o importante é que ele está vivo; não se esqueça disso. Vivo, mas em estado crítico; o coração está quase parando, como você pode ver no monitor. Em segundo lugar, não pense no que ele perdeu, mas no que ainda pode ser salvo. Os ferimentos da cabeça não parecem muito graves...

A jovem mal conseguia ver a cabeça, escondida debaixo do que restava do braço direito de Falcon.

— Este braço que ele levantou para proteger a cabeça pode ter até evitado que o rosto fosse destruído... totalmente.

Hope via a equipe trabalhar, homens e máquinas, enfiando tubos no corpo de Falcon.

— Qual é a prioridade?

— Mantê-lo vivo. Olhe para ele. Perdeu mais de cinquenta por cento do sangue, está com o peito aberto. Estamos substituindo todo o sangue por uma solução salina em baixa temperatura. Isso vai reduzir ao mínimo a atividade cerebral, interromper a atividade celular...

— O senhor está falando de animação suspensa.

— Se quiser chamar assim. Isso nos dará uma oportunidade de trabalhar na parte estrutural. Uma *oportunidade*... Ah, droga, ele sofreu uma parada cardíaca. Equipe de emergência...!

A parte estrutural. Quando o estado de Falcon se estabilizou, depois de ele ter sido colocado em uma sala cheia de máquinas capazes de reproduzir suas funções vitais, os médicos constataram que muito pouco de seu corpo podia ser recuperado além de cérebro, coluna vertebral e parte do rosto, preservada por aquele braço erguido. A boa notícia era que isso era uma base sólida, na qual se podia construir. E a atividade cerebral parecia normal. Hope logo aprenderia a reconhecer, olhando para os monitores, se Falcon estava acordado ou adormecido, e se perguntava qual estado seria pior para ele.

O que se seguiu, para Hope, foi um curso relâmpago de neuroinformática. Conforme as horas se transformavam em dias, a equipe médica se empenhava em trabalhar o mais depressa possível. Precisavam estabelecer uma ligação entre o que restava de Falcon e o equipamento que o atenderia pelo resto da vida. Isso significava conectar seu sistema nervoso avariado a diversos tipos de processadores, que receberiam e simulariam impulsos nervosos.

Sensores na prótese adaptada ao coto do braço restante de Falcon poderiam usar os nervos para transmitir informações ao cérebro. Para o resto do corpo, porém, com a coluna vertebral tão danificada, isso não era uma opção. Novos caminhos para comunicação tinham de ser criados. Assim, microeletrodos foram implantados no cérebro de Falcon, no córtice motor responsável pelo movimento e no córtice somatossensorial responsável pelo tato. Outros sensores foram instalados na região lombossacral da coluna, com um módulo de controle para conectar o cérebro aos membros inferiores. Assim que se tornou possível transferir informações digitais do cérebro para o restante do corpo e vice-versa, várias próteses foram instaladas e testadas, uma a uma, cada qual dotada de microssensores que se comunicavam continuamente com os dispositivos implantados no cérebro e na coluna.

Apesar de tudo ter sido feito às pressas, a operação foi uma proeza impressionante.

Hope participou ativamente da parte médica do processo. Durante a recuperação de Falcon, ela fazia luzes piscarem diante dos olhos de metal e gel e beliscava a pele sintética carregada de sensores para verificar se os sinais estavam sendo captados corretamente. Mais tarde, descobriu que Falcon pouco a pouco tomou consciência do que estava acontecendo; que, depois de dias e semanas de silêncio total, o comandante começou a ver lampejos e sentir vagos toques. Entretanto, o primeiro estímulo externo que percebeu com nitidez foi um som, uma batida monótona que interpretou como sendo produzida pelo seu coração, mas que, na realidade, era a combinação dos sons das máquinas que o mantinham vivo.

A equipe estava bastante motivada. O trabalho dos médicos não se limitava a salvar uma vida; eles eram forçados, a cada momento, a levar a extremos os recursos mais avançados da medicina. Na verdade, diziam os médicos, o caso os estava levando à criação de técnicas inteiramente novas.

Às vezes, eles exageravam. Um dos médicos mais jovens chegou a se gabar na cantina:

— Sabem de uma coisa? Esse deve ser o caso médico mais interessante desde que desistiram das guerras...

O Dr. Bignall deu um soco na boca do médico. Se ele não o tivesse feito, Hope Dhoni teria.

Agora, dez anos depois, ali estava Falcon, restaurado.

Uma torre dourada.

As pessoas comentavam que, quando as duas próteses de suporte se juntavam, ele lembrava a velha estatueta do Oscar. Quando se levantava, dava a vaga impressão de se tratar de um corpo humano, em vez de sua forma literal: um tronco dourado, ombros e pescoço bem-torneados, uma cabeça sem traços característicos, salvo pela abertura da qual espreitava parte de um rosto, pele humana coriácea exposta ao ar. Olhos artificiais, naturalmente. A parte inferior do corpo era uma unidade de uma só peça, moldada de forma a dar a impressão da existência de pernas; parecia inteiriça, mas era segmentada para permitir que Falcon se curvasse ou mesmo se "sentasse" de forma quase verossímil. Sob os "pés", havia uma espécie de esteira apoiada em rodas-balão. Quando estava parado, Falcon mantinha os braços cruzados no peito, para não assustar as pessoas; se precisasse usá-los, eles se deslocavam com um ruído mecânico, os movimentos rígidos e inumanos, as mãos parecidas com garras.

Aquele não era o primeiro modelo que Falcon experimentava. Ele costumava se queixar de que havia feito bonecos de neve com aparência mais humana quando era criança...

Dhoni se lembrava do dia em que Falcon voltara a sentir dor.

Ele, na ocasião, não tinha como dizer o que estava sentindo. Tudo que podia fazer era piscar o olho. Não tinha boca. Os dutos lacrimais não funcionavam. Entretanto, as máquinas mostravam a dor. E Hope sabia.

Dois anos se passaram até que ele fosse capaz de virar a página de um livro sem ajuda, com um zumbido dos servomotores do único braço conectado ao seu corpo. Toda noite, durante esses dois anos, Hope Dhoni havia lavado o rosto de Falcon e enxugado sua testa.

5

Webster o chamou de volta à mesa para beber o chá.

Dessa vez, Falcon se sentou ou, pelo menos, dobrou a parte inferior do corpo.

Dhoni se apressou em dizer:

— Sei que provavelmente não tornarei a vê-lo tão cedo, comandante...

— Howard.

— Howard. Lembro-me de que você saiu do hospital o mais depressa que pôde... Como foi mesmo que o Dr. Bignall disse? "Como um delinquente juvenil que finalmente tem idade para roubar um carro."

Webster deu uma gargalhada.

— Esse é você, Howard.

— Mas imploro que você volte para fazer testes, revisões e atualizações das próteses... e ver como está a parte orgânica. Entretanto, já que estamos aqui — disse a médica, insistente —, enquanto tenho a oportunidade, quero lhe mostrar uma nova opção. — Ela deu um tapinha na maleta. — Este é um sistema de realidade virtual. Enquanto estamos no navio, mantém contato permanente com o Contramestre e com a rede global.

Dhoni tirou da maleta dois discos de metal, do tamanho de uma moeda, e os ofereceu a Webster e Falcon.

— Tomadas neurais — disse Falcon.

— Isso mesmo — concordou Webster, passando a mão sobre a própria nuca.

— *Você*, Geoff? Você usa esse tipo de coisa? A realidade virtual é para jogos infantis ou para simuladores de pilotagem.

— É o que você pensa. Eu não teria ideia do que meus filhos e netos estão fazendo se não tivesse essa coisa na nuca. Além disso, metade dos negócios do mundo são feitos virtualmente hoje em dia. Isso se aplica até mesmo às atividades do Escritório. E, ao contrário de você, estou sempre aberto a novidades.

— Você nunca me contou.

— Você nunca perguntou. Também nunca me contou que *você* possui uma interface. Os médicos a instalaram quando estavam mexendo no seu tronco cerebral, não é?

— Foi uma parte necessária do meu tratamento. A destruição da coluna vertebral...

— Que aconteceu há doze anos...

— Existem interfaces mais modernas — interrompeu Dhoni —, mas esse modelo é compatível com versões antigas.

Falcon olhou para o disquinho dourado.

— Realidade virtual? Com que objetivo?

Webster se inclinou para a frente.

— Escute, Howard, acho que sei aonde a doutora quer chegar. Vivemos em uma época *boa*. O mundo está em paz. Não há mais fronteiras nem guerras, e estamos a um passo de eliminar a fome, a miséria, as doenças...

— E daí? O que isso tem a ver com realidade virtual?

— Acontece que, nessa utopia que estamos prestes a alcançar, não há lugar para você — declarou Webster, brutalmente. — É isso que você pensa, não é?

— Se quer saber, é verdade. Sou único.

— Isso não pode ser mudado. Os médicos salvaram sua vida, Howard, mas de uma forma radicalmente experimental. Você foi um caso singular. À medida que a Terra se recupera da depredação do passado, as pessoas se tornam mais... conservadoras. Não têm nada contra máquinas, desde que sejam discretas.

"Se o seu acidente tivesse acontecido nos dias de hoje, teria outro tratamento. Você seria mantido no gelo até que novos órgãos pudessem ser cultivados. Estou falando de terapias com células-tronco, até mesmo transplantes de medula e partes do cérebro. Eles teriam reconstruído você como humano. Máquinas são máquinas e não devem ser confundidas com a humanidade."

— De modo que me tornei o único ciborgue. A única mistura viva de homem e máquina.

— Hope me disse que nada pode ser feito para mudar essa situação.

Dhoni fez menção de segurar a mão de Falcon, mas mudou de ideia.

— Acontece que existem outras opções — afirmou.

— Opções como *essa*? Fugir para um mundo virtual?

Webster meneou a cabeça.

— Existem muitas comunidades virtuais, Howard. Se entrar para uma delas, voltará a se sentir humano. Poderá fazer coisas... bem, coisas que hoje em dia não consegue. Correr, rir, chorar... fazer amor...

— Prefiro a vida real, Dra. Dhoni. Isso ou um botão de desligar.

Hope recuou.

— Caramba, Falcon — disse Webster.

Falcon rolou para longe da mesa, endireitou o corpo e foi embora.

Depois que ele saiu, Dhoni disse:

— Acho que devo pedir desculpa por ter estragado a noite.

Webster olhou para ela, cheio de pena.

— Oh, acho que já estávamos estragando a noite muito bem sozinhos. Mas, para ser sincero, um substituto virtual para a vida jamais seria suficiente para um homem como Howard Falcon... "Fica para a próxima."

— Como assim?

— Foi isso que Howard disse antes de partir de Júpiter. Ele olhou para a Grande Mancha Vermelha, da qual os planejadores da missão tinham feito questão de mantê-lo bem longe, e disse: "Fica para a próxima." A equipe de controle, em Júpiter v, ouviu claramente. É o tipo de frase que costuma estampar uma camiseta...

"Acontece que, na verdade, Howard estava certo. Pelo menos, a respeito de Júpiter. A missão que ele cumpriu na *Kon-Tiki* foi heroica, mas ele apenas arranhou a superfície. O planeta ainda tem muitos segredos a revelar. Júpiter é um oceano de mistérios. Desde que voltou de Júpiter, Howard está atrás de financiamento para novas missões. Acho que essa é uma das razões pelas quais concordou em participar deste cruzeiro."

Dhoni fez que sim com a cabeça.

— Acontece que tudo isso é uma negação da realidade em que ele vive. Como podemos ajudá-lo?

— Bem que eu queria saber. No momento, nem sei se tenho vontade.

6

Quando voltou à palestra de Springer, Falcon notou que ninguém havia se dado conta da breve ausência do pioneiro das nuvens de Júpiter. Mais uma vez, viu-se tomado de um ressentimento injustificado. O fato de que Matt Springer tinha uma boa história para contar não ajudava em nada. Como que para reforçar o recado, quando Springer concluiu a narrativa, uma imagem final de vovô Seth — muito valente nos controles de sua malfadada nave Apollo — permaneceu na tela. Falcon ficou impressionado com a capacidade de Springer de explorar o momento, diante de uma plateia que incluía nada menos que a presidente mundial.

Por fim, ele voltou a falar.

— Vocês conhecem o resto. Meu antepassado foi homenageado em uma cerimônia em Arlington. Robert Kennedy derrotou Richard Nixon nas eleições presidenciais e, em janeiro de 1969, deu destaque ao incidente do Ícaro em seu discurso de posse...

Seguiu-se uma gravação de um trecho do discurso de Kennedy. Falcon conhecia o texto de cor:

— *Há uma década, não teríamos a capacidade de navegação espacial que nos salvou... Agora, cabe a nós não deixar essa capacidade minguar... Pelo contrário, devemos ir além de nossa frágil Terra e explorar cada vez mais o espaço...*

— Além disso — comentou Springer, com um sorriso —, Kennedy foi feliz ao lembrar que os Estados Unidos e a União Soviética trabalharam juntos no projeto Ícaro.

— *Este episódio mostrou que somos melhores unidos que divididos, e, mais do que isso, que podemos nos unir em torno de objetivos comuns...*

— Bem aqui, nesta passagem — prosseguiu Springer —, podemos ver o embrião dos movimentos unificadores que levariam ao Governo Mundial. Frank Borman comandou o primeiro pouso na Lua de uma nave Apollo, em dezembro de 1971. A década de 1970 foi a década do projeto Apollo, quando a administração de Kennedy fez eco à gratidão do povo pelo que a NASA havia feito em prol da humanidade ao despejar dinheiro na organização: missões múltiplas, sobrevoos dos polos lunares e da face oculta, o estabelecimento de uma base permanente na cratera Clavius. E, finalmente, os primeiros passos para além da Lua.

Imagens: o pouso de naves soviético-americanas em Marte na década de 1980.

— Desde então, o que vimos foi um século de progressos notáveis. Recursos vindos do espaço nos ajudaram a vencer obstáculos, como escassez de combustível e problemas climáticos, que poderiam ter atrasado nosso desenvolvimento. O primeiro presidente mundial tomou posse em 2060, ao som do hino de Hendrix... mas eu vivi nas ilhas Bermudas durante dez anos, e o pessoal de lá sempre dizia que a maior vantagem de sediar a capital do planeta era a prioridade da Secretaria Global do Clima para proteção contra furacões.

Risos educados da plateia.

— E, enfim, quanto aos descendentes de Seth...

Springer exibiu na tela uma imagem do emblema que ele mesmo usava em suas missões. Era uma variante do brasão da família, que mostrava um antílope em pleno salto. Os Springers eram uma velha família holandesa que fizera fortuna na África do Sul. Agora o antílope salta nas luas de Plutão. Springer sorriu modestamente em resposta a uma salva de palmas.

— De certa forma, tudo isso foi consequência do heroísmo de vovô Seth — afirmou Springer. — Seja como for, como a passagem de ano está se aproximando... de acordo com a hora de Houston, que é a única hora que conta para um astronauta... vou sugerir, com a permissão da senhora presidente, que voltemos ao bar...

E, neste momento, o submarino estremeceu, uma embarcação de quase dois quilômetros de comprimento ressoando como um gongo.

7

Se Falcon tinha alguma dúvida de que a mulher esguia e despojada, vestindo um terninho lilás, era mesmo a presidente de um mundo unido, a dúvida desvaneceu naquele momento. Segundos depois do tremor agourento, enquanto luzes vermelhas de alerta piscavam, sirenes distantes soavam e a capitã Embleton subia ao palco para dar instruções à tripulação, ao lado de um carrancudo Matt Springer, uma boa parte da plateia já se reunira em torno da presidente como abelhas bem-vestidas. Em pouco tempo, ela desapareceu no meio da multidão, e, logo em seguida, o enxame a escoltou para fora do Salão do Mar.

Falcon, por sua vez, levantou-se e rolou a toda velocidade para a saída. Já havia pessoas lá, atropelando-se no afã de deixar o recinto, mas, mesmo naquelas circunstâncias, recuaram ao ver Falcon, um pilar de ouro com mais de dois metros de altura.

Hope Dhoni ainda estava onde ele a havia deixado com Webster, que não estava mais lá, no Salão de Observação, o copo de chá gelado pela metade em cima da mesa. Olhava fixamente para um vulto branco que se agarrava à gigantesca janela de observação.

Era um espírito do mar pendurado na cúpula, constatou Falcon, com a amarga sensação de quem havia previsto o que estivera para acontecer.

— Eu sabia. *Droga*!

Webster entrou correndo logo depois de Falcon.

— Pelo menos as coisas estão mais calmas por aqui. Eu não aguentava mais os gritos dos tripulantes, as sirenes tocando, as luzes piscando...

— Imagino que haja botes salva-vidas suficientes para todos.

— É claro, comandante Falcon — disse a capitã Embleton, que acabava de entrar no salão, seguida por Matt Springer e um grupo de oficiais superiores. — Não estamos no maldito *Titanic*. A presidente já foi levada para um local seguro.

Webster assoviou.

— Isso foi rápido.

— Foi uma condição para ela participar deste cruzeiro. Acho que quem planejou este atentado não sabia disso. O problema é o tempo — acrescentou, em tom mais moderado. — Não sei se teremos tempo de evacuar o navio antes que o casco imploda.

Os oficiais estavam propondo e descartando medidas de emergência, consultando computadores de bolso, repassando planos de evacuação, tudo isso com vozes calmas, controladas. Curiosamente, o pequeno robô Conseil começou a circular no meio da multidão, como se quisesse participar da ação e perguntando repetidas vezes:

— Em que posso servi-los?

Ele foi completamente ignorado.

Embleton interrompeu a conversa com um dos oficiais para se dirigir a Webster.

— Administrador, dado que é uma das pessoas mais graduadas aqui presentes...

— Prefiro ficar — declarou Webster, secamente.

— Idiota — murmurou Falcon.

— Tanto quanto você — retrucou Webster. — Você ainda não fez menção de se retirar. Seja como for, ainda não corremos risco de vida, não é?

Falcon, que era dotado de giroscópios no lugar do estômago, não tinha assim tanta certeza.

— Se a embarcação continuar a adernar...

Matt Springer olhou para ele com admiração.

— Claro que você pode sentir. Acho que também estou sentindo.

Dhoni olhou para Falcon, assustada.

— Oh, Howard...

— Eu sei. — Falcon se forçou a sorrir. — Uma grande embarcação em perigo, e aqui estou eu outra vez, no meio de tudo. *De novo...*

— Logo todos vão sentir que o navio está adernando — afirmou Embleton, com a expressão fechada, olhando para a tela de um computador que um oficial lhe mostrava. — Sofremos múltiplas microexplosões de fusão ao longo de todo o perímetro do casco.

— Explodiram os tanques de lastro — disse Falcon.

— Exatamente.

Hope Dhoni ficou de pé, aturdida.

— Quem fez isso? Por quê?

— Ainda não sabemos — disse a capitã Embleton, afastando-se dos oficiais para olhar pela janela. — Mas sabemos como.

— Com os espíritos do mar — disse Falcon. — Como este grudado na janela.

Outros tripulantes entraram no salão, carregando equipamentos que encostaram na janela para analisar o espírito.

— Aconteceu há poucos minutos — explicou Embleton. — De repente, os espíritos deixaram de obedecer à programação. Aproximaram-se do casco, grudaram-se a ele, como este aqui fez, e...

— Detonaram suas unidades de energia, imagino — completou Springer, aproximando-se da janela para vê-lo melhor.

— Isso mesmo. O que devia ser impossível.

— Mas não foi — comentou Falcon. — A questão é a seguinte: por que razão esse *não* explodiu?

Embleton respirou fundo.

— Bem, foi sorte, não acha? Se a cúpula tivesse sido rompida, boa parte das áreas habitáveis do navio já estariam inundadas. Temos problemas suficientes pela frente do jeito como as coisas estão. Já estávamos um pouco abaixo da nossa profundidade normal de cruzeiro, que é de quinhentos metros e, agora, estamos descendo rapidamente. A profundidade máxima recomendada é de setecentos metros, mas acho que podemos sobreviver a um pouco mais. Pelo menos, é o que espero. Esta banheira do século passado está sempre apresentando um problema novo... Temos apoio aéreo e naval; a presidente não vai a lugar algum sem cobertura. Se essa janela resistir, teremos tempo suficiente para evacuar o navio. *Se resistir*, é claro.

— Ainda é tradição que o capitão seja o último a deixar o navio? — perguntou Webster, meio sem jeito.

— Para o inferno com a tradição. *Esta* capitã não vai a lugar algum antes de descobrir quem foi o responsável por esse...

— Simps sabem.

Falcon viu um grupo de simps se aproximar. O embaixador, Ham 2057a, vinha na frente, e vários de seus colegas o seguiam, arrastando um humano. Um tripulante, a julgar pelo uniforme.

Outros tripulantes vinham atrás, empunhando armas, incertos. Um deles disse:

— Capitã, seguimos os simps desde o compartimento do Contramestre. Eles agarram Stamp e não sabíamos o que fazer. O embaixador insistiu...

— Pode deixar, tenente Moss. Embaixador Ham, esse homem pertence à minha tripulação. Vou escutar o que tem a dizer, se o deixar sob minha custódia.

Ham deu de ombros de forma teatral.

— Missão de simps cumprida.

Os chimpanzés largaram o tripulante, Stamp, no convés. A um gesto do tenente Moss, dois de seus homens seguraram Stamp pelos braços e o puseram de pé. O homem parecia jovem, pensou Falcon, com não mais que uns 25 anos; era ruivo e pálido. O rosto estava arranhado e o uniforme, rasgado por causa do tratamento dispensado pelos chimpanzés, mas ele não parecia ferido.

O grande navio rangeu ao adernar mais um pouco, mergulhando cada vez mais nas profundezas do oceano.

Embleton se virou para Ham.

— Embaixador? Do que isso se trata?

Ham deu um largo sorriso e foi até a capitã, apoiando-se nos nós dos dedos das mãos.

— Simps heróis. Uma do meu grupo, chamada Jane 2084c. Trabalha com computadores. Esperta. Foi até a sala do Contramestre, interessada em ver pessoalmente. Lá estava Stamp, fazendo o que fazia. Não prestou atenção nela. Continuou fazendo. Era apenas uma simp, simps não sabem de nada. Ha! Jane entende.

— Os espíritos são controlados pelo Contramestre — observou Falcon.

— Exatamente. — Embleton se aproximou de Stamp. — Guarda-marinha, que tal *você* me dizer o que estava fazendo?

Stamp aprumou o corpo e bateu continência.

— Senhora, eu estava destruindo o navio, senhora, e matando todos os ocupantes.

Ele tinha um forte sotaque britânico, notou Falcon. Provavelmente londrino.

— Você mudou a programação dos espíritos...

— Introduzi novos comandos para os espíritos. Eles deviam se grudar ao casco e se autodestruir. Essas coisas são máquinas primitivas, fáceis de programar. Os bloqueios de segurança eram ridiculamente fáceis de contornar.

— É mesmo? Por que você... Não, antes, quero que me explique uma coisa. — Ela apontou para a janela, para o espírito grudado no acrílico. — Por que esse aí ainda não explodiu?

— Porque eu quis que soubessem — declarou Stamp, em tom de desprezo. — Quero que *saibam* que vão morrer, e o mundo também, por causa deste navio. Pelo que ele representa.

Webster franziu a testa.

— E o que este navio representa?

— A hegemonia dos Estados Unidos — ele encarou Webster —, que começou quando vocês, americanos, manipularam o resultado da Segunda Guerra Mundial para destruir o Império Britânico e alienar a União Soviética...

Embleton suspirou.

— Ah, pelo amor de Deus. Um antiglobalista. Adepto dos velhos movimentos de independência que se opunham ao Governo Mundial.

Webster assentiu.

— Eu me lembro. Era criança. Bombas em Londres, Genebra, Bermudas...

Stamp olhou para ele com ar acusador.

— Vocês, ianques, usaram a Inglaterra como plataforma de lançamento de mísseis durante a Guerra Fria contra a União Soviética. Vocês nos convenceram a participar da chamada "Aliança do Atlântico", mas não apoiaram nossas reivindicações por um assento no Conselho de Segurança do Governo Mundial...

— Já ouvi o suficiente — interrompeu Embleton, irritada. — Você é uma vergonha para a nobre história de nossa Marinha, Stamp. Moss, leve-o daqui. Imagino que ele não vá nos contar como conseguiu violar a segurança do Contramestre nem como posso remover aquele sanguessuga nuclear da janela, mas, mesmo assim, vale a pena interrogá-lo. Mantenham os planos de evacuação. Além disso, façam o que puderem para recuperar o controle do Contramestre. Nunca se sabe...

Os homens se dispersaram para cumprir as ordens.

— Enquanto isso — disse Embleton, em um tom mais agradável —, se tudo mais falhar, precisamos arranjar um meio de remover aquela coisa. — Ela caminhou de volta até a janela para se juntar a Springer, Falcon, Webster e Dhoni. — Alguma ideia?

— O que me diz da nossa escolta? — perguntou Webster.

— São navios, submarinos e até mesmo aviões da Marinha Mundial. Fui informada de que estão estabelecendo um plano de ação. Acontece, administrador, que o *Sam Shore* é um navio muito antigo e já está desestabilizado. Seria uma operação delicada um submarino se aproximar o suficiente para retirar aquela coisa sem nos abalroar.

— Isso supondo que o espírito não tenha sido programado para explodir se alguém tentar removê-lo — observou Webster. — É o que eu faria.

Embleton ergueu as sobrancelhas. Disse alguma coisa a um oficial, que murmurou, por sua vez, em um intercomunicador.

— Stamp garante que não é o caso — informou Embleton, por fim.

— Já é alguma coisa — comentou Springer. — Seja como for, parece que não podemos contar com ajuda de fora. Como podemos chegar até aquela coisa? Pelo que entendi, não restaram outros espíritos.

— Todos explodiram exceto aquele, pelo que sabemos. De qualquer modo, com o Contramestre sabotado, não poderíamos confiar em seus controles.

— Temos outras embarcações a bordo? — perguntou Falcon. — Botes submarinos?

— Sim, temos alguns coracles para passeios turísticos. Porém eles não dispõem de manipuladores e, além disso, já estão sendo usados como botes salva-vidas.

Conseil ainda estava por ali.

— Em que posso servi-los? — perguntou o robô.

Falcon olhou para ele, intrigado.

— Por que não mandamos um mergulhador? — propôs Webster.

— Uma pessoa, quero dizer. Ou um grupo.

— Porque já estamos... a que profundidade, tenente? Já estamos a seiscentos metros de profundidade, e descendo rapidamente. Os mergulhadores humanos só podem descer quatrocentos e cinquenta metros, mesmo respirando gases pressurizados.

— Mesmo assim, eu me disponho a tentar — declarou Springer, com firmeza.

Embleton suspirou.

— Seria um gesto heroico, mas sem nenhum resultado prático, capitão Springer.

— Por outro lado, eu não sou humano — argumentou Falcon. — Meu equipamento funciona perfeitamente a grandes profundidades.

Webster levantou as sobrancelhas.

— Isso não é uma competição para ver quem tem mais coragem, Howard.

— Esqueça — disse Dhoni. — Seu exoesqueleto poderia continuar funcionando, mas o suprimento de ar, seu sistema de suporte de vida, não.

— Mas isso talvez fosse suficiente — argumentou Falcon, erguendo os braços e estalando os dedos metálicos. — Geoff, pode haver um meio de estabelecer uma conexão remota. Mesmo que eu estivesse...

Webster fez uma careta.

— Morto?

— Inconsciente. Talvez fazendo uma conexão via tomada neural...

— Eu poderia operar sua carcaça como se você fosse um boneco. É isso que quer dizer?

Embleton trocou algumas palavras em voz baixa com um integrante da tripulação.

— Fui informada de que isso seria possível, comandante, mas levaria algum tempo. Mais tempo do que dispomos.

Conseil rolou em direção a Falcon, o único que havia notado sua presença, ainda com uma bandeja no manipulador.

— Em que posso servi-los?

— Não sei — respondeu Falcon, surpreso. — De que forma você pode nos servir?

— Risco para a integridade da embarcação identificado. Opções para intervenção corretiva avaliadas e aprovadas.

Ele deixou cair a bandeja, que aterrissou sem ruído no chão acarpetado, levantou os braços mecânicos e estalou as mãos em formas de pinças.

Agora todos estavam prestando atenção.

— Capitã, Conseil é equipado para funcionar debaixo d'água? — perguntou Webster.

— É claro — respondeu Embleton, com um sorriso. — Caso contrário, como poderia servir coquetéis na piscina?

— Acha que o robô tem condições de executar uma "intervenção corretiva"? — perguntou Falcon com urgência.

Embleton olhou para Moss, que respondeu, nervosamente:

— Tudo que sei, senhor, é que se trata de uma unidade flexível, autônoma, equipada para operar em um ambiente humano complexo, imprevisível.

— Ele está querendo dizer que as pessoas são ainda mais difíceis de lidar que uma bomba em uma janela — explicou Embleton, secamente.

— Eu diria que é possível, senhor.

Webster sorriu.

— Vale a pena tentar, não acham?

Embleton fez que sim com a cabeça.

— Tenente Moss, é o seu bebê. Equipe esse brinquedo para tirar aquela sanguessuga da minha janela.

Moss fez que sim com a cabeça.

— Dê-me cinco minutos, senhora. Conseil! Venha comigo...

Do Salão de Observação, o grupo assistiu de camarote ao pequeno robô, sustentado por boias e operando uma rebitadora com um dos manipuladores, remover a "sanguessuga" da janela com a outra garra. Mãos robóticas projetadas para misturar coquetéis descolando uma bomba de um submarino nuclear.

Após executar o trabalho, Conseil voltou ao Salão de Observação, com o corpo arranhado e pingando água, e foi recebido com uma salva de palmas. Com um gesto solene, a capitã Embleton se curvou e apertou a garra mecânica. Ham, o embaixador dos simps, deu um tapinha nas costas do autômato.

— É uma pena que a presidente Jayasuriya não esteja aqui — murmurou Webster. — Este dia vai entrar para a história.

Dhoni ainda estava intrigada com o desfecho da história.

— Isso nos faz pensar, Howard. Aqui estão dois dos maiores heróis do sistema solar, e não havia nada que vocês pudessem fazer nesse momento de crise. Enquanto esse sujeitinho...

— Talvez robôs autônomos sejam necessários, afinal — resmungou Falcon.

Springer fez que sim com a cabeça.

— Acho que tem razão, comandante. Meu ancestral foi o primeiro grande herói astronauta, mas, por causa do que ele fez, ficamos fascinados demais pelo fator humano para considerar outras possibilidades. Temos espaçonaves maravilhosas e outras máquinas pesadas, mas nosso progresso na área de computação tem sido modesto. — Olhou para o computador de bolso que segurava. — Nossos melhores aparelhos, com exceção de modelos experimentais como Conseil, têm tanta iniciativa quanto a régua de cálculo que vovô Seth usava na década de 1960. Usamos as máquinas como se fossem escravos.

— Você mesmo usou esse argumento, Howard — comentou Webster —, quando se ofereceu para a missão da *Kon-Tiki*. A atmosfera de Júpiter iria ser um ambiente traiçoeiro, com ventos fortes, turbulência, tempestades elétricas e tudo mais. Para pilotar a nave, seria preciso destreza, experiência e rapidez de raciocínio, e ainda não era possível programar isso em um computador...

— Senhores — observou Springer —, hoje vimos o que as máquinas são capazes de fazer, se lhes dermos um pouco de autonomia.

— Tem razão, capitão Springer — concordou Embleton. — Esse humilde Conseil jamais será esquecido. A máquina que salvou a presidente... É isso que vão dizer as manchetes. A máquina que foi até onde nenhum ser humano podia ir.

— Nem mesmo o senhor, comandante Falcon — disse Hope Dhoni, segurando a mão dele mais uma vez.

Ham 2057a aprumou o corpo para admirar Conseil.

— Isso mesmo. Máquinas com pensamento independente. Um novo tipo de ser no mundo de vocês.

Falcon olhou para ele.

— Como foram os simps.

— Pelo menos, agora vocês *nos* entendem — resmungou Ham. — Vocês nos deram abrigo. Vocês nos consideram indivíduos não humanos do ponto de vista legal. Como vão tratar *esses* camaradinhas?

Hope Dhoni sorriu para o robô.

— Hoje é o seu dia, Conseil. Você salvou nossas vidas! Suponho que desde que foi... ativado... tudo que ouviu foram ordens dos humanos. Acho que isso acabou. E agora?

A máquina hesitou.

Falcon esperava ouvir a resposta programada: *Em que posso servi-los?*

Ficou atônito quando Conseil disse:

— Ainda não estou certo do que fazer, mas vou pensar em alguma coisa.

Interlúdio: abril de 1967

A câmera apontou para baixo, revelando um conjunto de edifícios baixos e brancos, dispostos uniformemente entre estradas e gramados bem-cuidados. Aproximou-se para mostrar carros de formas retilíneas, homens de terno e gravata, e se concentrou em um edifício; em seguida, em uma janela desse edifício. Em um movimento rápido, atravessou-a e mostrou um escritório com ar-condicionado e decoração da época. Muitas fotografias e flâmulas, estantes, uma escrivaninha com um calendário e uma maleta...

— *O programa Apollo está cancelado* — dizia o homem sentado atrás da mesa —, mas a boa notícia é que vocês dois vão ter a chance de salvar o mundo — declarou George Lee Sheridan, com um largo sorriso.

Os dois astronautas se entreolharam, estupefatos. Um sulista corpulento, extrovertido, espalhafatoso; tudo que Seth Springer sabia a respeito de Sheridan era que se tratava de uma espécie de funcionário do quartel-general da NASA, em Washington, DC, um monumento à burocracia do qual os astronautas prefeririam manter distância. Agora ali estava ele, em Houston, no escritório de Bob Gilruth, chefe do Centro de Voo Espacial Tripulado, com aquela notícia surpreendente e desconcertante.

Mo Berry se inclinou na direção de Seth. Mo era baixo, calmo, econômico em seus movimentos: o típico piloto de testes. Sussurrou no ouvido do outro:

— Eu bem que disse. Escritório do chefe no domingo... A coisa está feia, Tonto.

Seth não achou graça. Olhou pela janela para o céu azul profundo do Texas, estendendo-se sobre os gramados verdes e os edifícios atarracados pretos e brancos. Apenas algumas horas antes, ele e Pat estiveram planejando colocar os dois filhos no carro e ir velejar no Clear Lake; seria um dos primeiros passeios do ano. E agora isso.

Seth Springer tinha vindo de longe para receber a notícia de que não ia mais para a Lua.

Seth tinha 37 anos e havia dedicado a vida à NASA. Nascera em uma família de militares e servira primeiro no Exército, passando por West Point. No entanto, uma paixão por aviões vinda não sabia de onde o fizera pedir transferência para a Força Aérea. Passara algum tempo na França, sobrevoando vales verdejantes em ensaios para combates da Guerra Fria. Um desejo de algo mais, porém, fizera com que entrasse para a escola de pilotos de teste da Base Aérea de Edwards, no deserto de Mojave, onde convivera com cactos, cascavéis e aviões-foguete.

Mas mesmo isso não se mostrara suficiente para saciar sua sede de aventura quando a NASA começou a recrutar astronautas. Ainda não tinha idade para se incorporar às primeiras duas turmas, que participaram do projeto Mercury, mas conseguiu passar, por pouco, na terceira seleção, em junho de 1963.

Antes do trágico incêndio na cabine da Apollo, em janeiro, Seth acreditava ter uma boa chance de pisar na Lua. Tornara-se especialista em sistemas de direção e navegação e tinha feito parte da tripulação reserva de um dos voos do projeto Gemini, o voo do qual Mo Berry havia participado, sem guardar ressentimento algum. Mo era um pouco mais velho que Seth, um oficial da Marinha que havia combatido na Coreia e entrado para a NASA antes de Seth. Apesar de não ser dos mais antigos, Seth já estava na lista de tripulantes elaborada por Deke Slayton, chefe do corpo de astronautas. Se tudo corresse bem, seria escalado para pelo menos uma das primeiras missões de teste e desenvolvimento do projeto Apollo — e, se as coisas *continuassem* correndo bem, talvez conseguisse uma vaga em um dos primeiros voos para a Lua. Era para isso que dedicara toda a sua carreira, ou melhor, toda a sua vida.

E agora esse funcionariozinho de segunda o convocava para dizer que estava tudo cancelado? Assim, de uma hora para outra?

— Sr. Sheridan...

— Prefiro que me chame de George, como todo mundo. Vamos conviver bastante nas próximas sessenta semanas.

— Sessenta semanas...?

— Escute, isso tem alguma coisa a ver com o incêndio? — perguntou Mo, com uma expressão sombria.

Todo mundo assumia uma expressão sombria quando falava do incêndio, e 27 de janeiro era uma data que ficaria gravada para sempre na memória coletiva da NASA. Um curto-circuito havia incendiado a atmosfera de oxigênio puro de um protótipo de cápsula Apollo, matando três astronautas, atrasando o programa lunar e deixando todos os envolvidos com a NASA e com seus fornecedores em polvorosa.

— Não, filho, isso não tem nada a ver com o incêndio — respondeu Sheridan. — Embora, é claro, as repercussões dele sejam um complicador para *esse* problema que teremos de enfrentar. — Tirou um charuto de uma caixa e começou o ritual elaborado de desembrulhá-lo, cortar a ponta, acendê-lo. — Porque o projeto Apollo é importante, mas não é nada em comparação ao Ícaro.

Foi naquele momento que Seth Springer ouviu pela primeira vez o nome que o acompanharia pelo resto da vida.

— Ícaro? — repetiu Mo. — O que é isso?

Em resposta, Sheridan tirou da maleta um exemplar da véspera do *New York Post*. A primeira página mostrava uma cena do filme *O fim do mundo*, acompanhada por uma manchete explosiva:

ASTEROIDE AMEAÇA A TERRA

Enquanto os astronautas tentavam digerir a informação, Sheridan enfiou mais uma vez a mão na maleta e tirou uma fotografia de um buraco no solo.

— Estão reconhecendo?

— Claro — disse Mo. — É a Cratera do Meteoro. Fica no Arizona. Já treinamos lá e em outros buracos, incluindo alguns feitos por bombas atômicas.

— Você sabe o que é esse buraco? O que o causou?

— O choque de um meteoro — respondeu Seth.

— Como o próprio nome diz, Tonto — acrescentou Mo, secamente.

— Vocês já sabem muito a respeito de crateras de impacto, certo? Porque estarão andando no meio delas quando pousarem na Lua, daqui a alguns anos. Quanto à Cratera do Meteoro, de acordo com as minhas anotações, uma pedra com cerca de cinquenta metros de diâmetro fez um buraco com mais de um quilômetro de largura na superfície da Terra. Mas isso aconteceu há um bom tempo. Agora deem uma olhada nisso aqui.

Sheridan lhes mostrou a fotografia de uma construção em forma de cúpula, tendo como fundo um céu estrelado.

— Palomar — disse Seth, imediatamente.

— Correto. Um dos observatórios astronômicos mais famosos do mundo, lá em San Diego. — Sheridan consultou uma anotação que tirou da maleta. — Em junho de 1949, um astrônomo chamado Walter Baade fez uma descoberta, um risco luminoso em uma fotografia tirada com uma câmera Schmidt, e não me perguntem *o que* é uma câmera Schmidt. Esse risco, produzido por um corpo atravessando o campo visual da câmera durante o tempo de exposição, foi atribuído a um asteroide, até então desconhecido. Entretanto, não se tratava de um asteroide comum. A maioria desses camaradinhas navega em segurança no chamado cinturão de asteroides, que fica um pouco além da órbita de Marte, certo? No momento em que a fotografia foi tirada, o corpo descoberto por Baade estava a apenas *seis* milhões de quilômetros da Terra. — Ele mostrou um desenho da órbita do objeto, que os astronautas reconheceram como uma elipse alongada, que interceptava as órbitas de vários planetas. — Esse asteroide foi chamado de Ícaro.

Mo se inclinou para a frente, fascinado.

— Esse asteroide tem uma órbita muito excêntrica. Passa pelo cinturão de asteroides no afélio e, no periélio, chega mais perto do Sol do que Mercúrio.

Sheridan olhou para ele, confuso.

— O que é um afélio?

Seth sorriu.

— Afélio e periélio são os pontos de máxima e mínima distância do Sol, senhor.

Mo olhou de novo para o diagrama.

— Não admira que o tenham chamado de Ícaro. Chega tão perto do Sol... A distância a que estava da Terra quando foi descoberto também não é surpresa. Afinal, ele cruza a órbita do nosso planeta... ou cruzaria, se estivesse no mesmo plano.

— Certo. Esse cara leva pouco mais de um ano para completar uma órbita, e passa a maior parte do tempo muito longe da Terra. A cada dezenove anos, porém, ele se aproxima de nós. O ponto de máxima aproximação, por algum motivo, sempre acontece no mês de junho.

— Dezenove anos — disse Seth. — Nesse caso, depois de 1949... junho de 1968. Essa é a data do próximo encontro. Ano que vem.

— Isso mesmo — concordou Sheridan. — De acordo com os cálculos, a distância de máxima aproximação *deveria ser* maior que seis milhões de quilômetros.

— *Deveria ser...?* — repetiu Seth.

Sheridan fez que sim com a cabeça.

— O que vou contar a vocês agora é sigiloso. Durante a guerra eu trabalhei para a RCA, a Corporação de Rádio da América. Um trabalho honesto pela nossa pátria. Fiquei com eles depois da guerra, quando criaram o que ficou conhecido como BMEWS...

— O Sistema de Alerta Precoce de Mísseis Balísticos.

— Sim. Era um sistema de radares muito poderoso. A NASA tem trabalhado com a Força Aérea em sistemas ainda mais ambiciosos. Dá para entender a importância desses projetos para a pesquisa espacial. Torna possível rastrear espaçonaves a grandes distâncias, tripuladas ou não...

— Nossas ou deles... — comentou Mo.

Sheridan lhe dirigiu um olhar de censura.

— É melhor não especular, piloto. Seja como for, decidimos rastrear o Ícaro há algumas semanas, para testar um novo sistema. Era um alvo relativamente grande, conhecíamos sua órbita, e, embora ele ainda estivesse muito longe da Terra, achamos que os nossos radares teriam sensibilidade suficiente para detectá-lo.

— Mas não conseguiram — antecipou Seth.

— Não, a princípio não conseguimos. Tivemos que procurar muito, e, quando finalmente o encontramos e o rastreamos por algum tempo para calcular a nova órbita...

— Como um asteroide pode ter mudado de órbita? — perguntou Mo.

Sheridan deu de ombros.

— Sei tanto quanto você. Talvez o Ícaro tenha se chocado de raspão com alguma coisa quando estava passando pelo cinturão de asteroides. Como uma bola de sinuca batendo em outra.

Seth percebeu de repente o que estava acontecendo.

— *Ele vai se chocar contra a Terra*, não é?

Mo pareceu atônito.

— Que merda, Tonto.

— É *por isso* que estamos aqui. Desta vez, o Ícaro não vai passar a seis milhões de quilômetros da Terra. Vai nos acertar em cheio... Minha nossa, em junho do ano que vem? — Esse mês era importante para ele, o que o fez levar um tempo situando-o. Seria quando Joseph, seu filho mais velho, terminaria seu primeiro ano na escola, pensou...

— Por isso você falou das tais sessenta semanas — comentou Mo.

— Isso mesmo — concordou Sheridan.

— Se esse choque acontecer...

— Vocês se lembram da Cratera do Meteoro? Causada por uma pedra com cinquenta metros de diâmetro? O Ícaro tem *um quilômetro e meio* de diâmetro. O local de queda mais provável é o oceano Atlântico, a leste das Bermudas...

Na sua maleta de horrores, Sheridan tinha algumas estimativas preliminares das consequências. Seth passou os olhos por elas, apavorado. O choque liberaria uma energia vinte, trinta vezes maior que uma guerra nuclear. Uma cratera com mais de vinte quilômetros de diâmetro seria aberta no fundo do mar. Ondas de mais de trinta metros de altura atingiriam o Caribe, a Flórida e as costas voltadas para o Atlântico tanto dos Estados Unidos quanto da Europa. Com mais de cem milhões de toneladas de rocha vaporizadas e lançadas na atmosfera, haveria uma camada de poeira que esconderia durante anos a luz solar, criando um inverno mortal.

Sheridan ficou olhando para eles, avaliando a reação dos dois astronautas.

— Tenho a impressão de que vocês apreenderam mais depressa do que eu a gravidade dos fatos. Levei algum tempo para aceitar o fato de que isso não era uma tempestade em copo d'água.

Mo balançou a cabeça.

— Temos que fazer alguma coisa, senhor.

— Certo — concordou Sheridan. — O que vocês sugerem?

— Nós?

— *Vocês*. Vou contar o que aconteceu desde que fizemos essa descoberta. Comunicamos o fato ao conselheiro de Ciência do Presidente por meio dos canais competentes da NASA. *Ele*, por sua vez, mostrou nosso relatório ao presidente.

— E o que o presidente fez? — perguntou Mo.

— Lyndon Johnson encarregou Jim Webb, o administrador da NASA, de propor medidas para lidar com o problema. Jim transferiu a missão para mim, e agora...

Mo olhou para Seth.

— Agora ele está transferindo a missão para nós, Tonto.

— Amanhã ao meio-dia, o presidente vai se dirigir à nação da nossa sala de entrevistas, aqui mesmo em Houston. Por que aqui? Porque é aqui que Lyndon Johnson vai revelar ao mundo de que forma essa ameaça espacial vai ser enfrentada pela agência que ele próprio se esforçou tanto para criar. Desde que me passaram essa batata quente, coloquei todo mundo, desde os estudantes do MIT até os sete do projeto Mercury, para trabalhar no assunto. No momento, porém, é com vocês que estou contando, e os escolhi porque Deke Slayton me assegurou de que são os melhores entre os melhores...

Ou, o que é mais provável, pensou cinicamente Seth, porque éramos os únicos que estavam disponíveis nesta manhã de domingo.

— Dito isso, preciso que me expliquem: como podemos usar a tecnologia Apollo-Saturno para desviar um asteroide?

Mo se levantou e começou a andar de um lado para o outro.

— Somos uma potência nuclear — disse, afinal. — Vamos bombardeá-lo com armas atômicas.

— Mas como se bombardeia um asteroide? — questionou Seth.

— Teoricamente, iríamos precisar de uma bomba suficientemente grande para provocar uma cratera do tamanho do próprio asteroide... ou seja, da ordem de um quilômetro e meio. O que equivale a umas dez vezes a profundidade da Cratera do Meteoro. — Ele se levantou, caminhou pelo chão acarpetado do escritório de Bob Gilruth até um quadro branco, apagou o que parecia ser anotações a respeito do incêndio na Apollo e começou a escrever. — Pelo que me lembro, a Cratera do Meteoro tem cento e cinquenta metros de profundidade. George, você sabe o equivalente em megatons do choque que a criou?

Sheridan remexeu nos papéis.

— Dez megatons.

— Certo. — Seth escreveu alguns números. — Com certeza vamos precisar de mais do que isso. Alguém na indústria bélica deve ter calculado a relação entre a energia de uma bomba nuclear e a profundidade da cratera...

Mo fez que sim com a cabeça.

— Quer dizer que dez megatons produziram uma cratera com cento e cinquenta metros de profundidade. Droga. Supondo uma relação linear, o que é uma hipótese otimista, iríamos precisar de cem megatons: para uma profundidade dez vezes maior, uma energia dez vezes maior. Supondo uma relação do inverso do quadrado, seria necessário, hummm... — Mo tirou do bolso uma régua de cálculo, sua companheira inseparável. — Um gigaton. Supondo uma relação do inverso do cubo...

Seth olhou para Sheridan, muito sério.

— Acho que precisamos ser francos. Em uma hora como essa, não pode haver segredos entre nós.

— Prossiga — pediu Sheridan, cautelosamente.

— É provável que nem mesmo uma única bomba de cem megatons seja suficiente para destruir o asteroide. Acontece que eu trabalho na Força Aérea e *sei* que dispomos de bombas de cinquenta megatons no arsenal, pelo menos em fase de desenvolvimento...

— Posso garantir a vocês várias bombas de cem megatons — afirmou Sheridan, com um suspiro. — Existem programas que podem ser acelerados.

— Mas nada de gigatons — interveio Mo.

— Nada nos impede de usarmos mais de uma bomba. Vocês são os astronautas. Se precisamos de um gigaton, por que não programamos dez bombas de cem megatons para se encontrarem no asteroide, do mesmo modo como vocês programaram as naves Gemini para encontrarem umas às outras no espaço? Podemos fazê-las explodir todas ao mesmo tempo.

Seth não estava convencido.

— Seria muito difícil sincronizar as explosões. Se uma detonação ocorresse um microssegundo antes das outras, as outras bombas seriam destruídas antes de terem chance de explodir.

— Não é só isso — acrescentou Mo, em tom distraído, manipulando febrilmente a régua de cálculo. — Não poderíamos nem mesmo *lançar* as bombas ao asteroide. Não se quiséssemos transportá-las em um foguete. O único de que dispomos capaz de lançar uma carga de várias toneladas no espaço interplanetário é o Saturno V.

— Que ainda não foi testado — adicionou Seth.

— Isso mesmo — disse Mo. — E mesmo com o Saturno V, até mesmo com uma única bomba, não temos como reduzir a velocidade. Tudo que poderíamos conseguir seria um curso de colisão.

Sheridan esfregou o queixo.

— Mesmo assim, poderia funcionar, se lançássemos ao mesmo tempo dez bombas em dez foguetes Saturno V, não é?

— Não temos nem dez plataformas de lançamento... — comentou Seth.

— Podemos construí-las. Dinheiro não será problema, isso eu garanto.

— Também não temos dez foguetes. Penso que só conseguiremos construir... quantos, cinco, seis?... até junho de 1968, que é a data fatal.

— Podemos construir mais foguetes...

— Não daria certo — insistiu Mo. — Dez foguetes voando em formação, a uma velocidade supersônica, uma detonação simultânea... É complicado demais, *mesmo* que conseguíssemos construir todas as plataformas e todos os foguetes a tempo. O melhor que podemos fazer é lançar os foguetes a intervalos de uns poucos dias, apontá-los para o asteroide e detonar as bombas uma a uma.

— De que adiantaria? — protestou Sheridan. — Você mesmo disse que uma bomba de cem megatons não seria suficiente para destruir o asteroide.

— Não precisamos destruí-lo — disse Mo, olhando para Seth. — Basta desviá-lo.

— Desviá-lo?

— Escutem a minha ideia. Programamos cada bomba para detonar no momento de máxima aproximação, pouco acima da superfície do asteroide.

Seth pareceu surpreso.

— Santo Deus! Pode funcionar! Mas que valor de delta-V poderíamos conseguir?

— Isso depende de o quão longe daqui podemos encontrar o asteroide...

Passaram dez minutos rabiscando números no quadro. Seth sentia vagamente a presença de Sheridan, ainda sentado e calado, esperando que chegassem a uma conclusão.

Por fim, viraram-se para encará-lo.

— Certo — disse Mo, ofegante. — Provavelmente algum gênio do MIT vai questionar nossos cálculos, mas achamos que é possível. A força que podemos aplicar ao asteroide depende da distância entre a bomba e a superfície no momento da explosão, da composição da superfície e esse tipo de coisa.

— Além disso — acrescentou Seth —, quanto mais longe da Terra ocorrer a detonação, melhor, porque será preciso menor força para conseguir o mesmo desvio. Os sistemas da nave Apollo-Saturno têm um limite de sessenta dias, de modo que não poderemos chegar ao Ícaro antes que ele esteja a trinta milhões de quilômetros de distância da Ter...

— De quantas bombas vamos precisar? — interrompeu Sheridan.

Mo e Seth se entreolharam, e Mo foi o primeiro a falar.

— Talvez uma seja suficiente. Uma bomba de cem megatons. É possível. No entanto, não podemos ter certeza, e, além disso, a bomba pode não detonar. É melhor lançarmos o maior número que pudermos...

— E precisaríamos de sondas para verificar o desvio obtido depois de cada detonação... — acrescentou Seth.

Sheridan fechou a maleta.

— Já ouvi o suficiente. Caramba, senhores; não sei se salvaram o mundo, mas com certeza salvaram a minha pele. Vou ligar para o presidente.

E saiu apressadamente do escritório, carregando a maleta.

Mo olhou para Seth.

— É isso aí, Tonto. Parece que conseguimos.

— E se os nossos cálculos estiverem errados? — perguntou Seth, olhando para o quadro branco.

— *Isso* seria pior que o fim do mundo. Mas, bem, não sobraria ninguém para nos recriminar. — Mo deu uma risada. — Coma, beba e se alegre, Tonto.

Seth, porém, não estava para brincadeiras. Mo era solteiro. Seth, de repente, só conseguia pensar nos filhos pequenos.

— Mas, apesar de todo o apoio que eu e outros oferecemos à NASA e a todas as suas instalações, os Estados Unidos não são a única potência espacial do planeta. Talvez pudéssemos fazer isso sozinhos, mas todo homem é mais forte com um parceiro ao seu lado. É por isso que estou convidando nossos pares da União Soviética a se sentarem à mesa conosco, em um clima de confiança e amizade, para que, em um projeto conjunto liderado pelo senador Kennedy, seus especialistas e os nossos possam dar o seu melhor para atingir essa meta monumental...

Vinte e quatro horas após um domingo que Seth Springer esperava passar em um veleiro, ali estava, a metros de distância de Lyndon Baines Johnson em pessoa no púlpito presidencial, com o senador Robert Kennedy, de Nova York, ao lado dele e o administrador Webb, George Lee Sheridan e mais atrás dois astronautas de licença.

Mo deu um sorriso irônico e sussurrou:

— Presidente, presidente, quantas crianças você salvou hoje?

Seth o fez se calar com um gesto.

— Essa iluminação, hein? Assim nem parece que Johnson está suando.

— Ele precisa manter a pose — murmurou Sheridan —, mas aposto que está suando por dentro. Ele não quer ser o presidente que não conseguiu salvar o mundo. Por outro lado, não vai concorrer à reeleição em 1968, sabe? E quem é o provável candidato dos democratas?

— Bobby Kennedy — murmurou Mo. — Que o presidente odeia... e acaba de nomear mandachuva do projeto Ícaro.

— Lyndon Johnson! Que figura! De uma só tacada, assumiu o crédito pela criação da NASA, que agora vai salvar o mundo, reduziu as tensões da Guerra Fria, convidando os russos a colaborar conosco, e assegurou que o candidato mais provável dos democratas à presidência passe o próximo ano estudando equações de foguetes em vez de fazendo campanha.

O presidente encerrou o discurso e começou a responder uma chuva de perguntas do público.

Sheridan colocou os braços nos ombros dos astronautas.

— Já cumprimos nosso papel. Vamos dar o fora daqui e procurar Deke Slayton. Tenho outra missão para vocês dois...

DOIS
ADAM
2107–2200

8

Havia um jogo que ele gostava de jogar toda vez que os médicos o faziam recobrar a consciência. Saberia dizer onde estava apenas pelos sinais nervosos que chegavam ao seu cérebro?

Reconhecer a Terra era fácil. Se acordava sentindo uma atração de 1g, só podia estar em um lugar do sistema solar. Havia outros lugares com atrações gravitacionais parecidas, como a superfície de Vênus ou as camadas atmosféricas externas de Saturno, mas esses lugares com certeza não estavam equipados com clínicas cirúrgicas cibernéticas. Naturalmente, ele estivera poucas vezes na Terra nas décadas que se passaram desde o drama no *Sam Shore*. Os tempos eram outros, e agora o público geralmente o considerava somente uma relíquia perturbadora do passado. Quando estava na vizinhança de seu planeta natal, sentia-se mais à vontade na elegância antiquada de porto Van Allen, que girava no espaço a mil quilômetros de distância da Terra. Com o tempo, Hope Dhoni havia reconhecido que o preconceito estava aumentando e transferira a supervisão do tratamento e da recuperação de Falcon para uma clínica na Base de Aristarco, na superfície da Lua. Pouco tempo depois, porém, Hope se vira forçada a transferir toda a clínica e toda a equipe para a nova e florescente colônia de Ceres.

Então, estaria ele agora no asteroide? A força gravitacional era certamente muito menor que a da Terra ou a da Lua, mas parecia maior que a de Ceres. Titã, talvez? Havia colônias na lua de Saturno, com certeza, mas tal satélite gelado não parecia ser um local apropriado para uma clínica. Calisto, uma das luas de Júpiter? Uma colônia com população humana significativa e permanente — a maior do espaço jupiteriano depois de Ganimedes —, bem longe dos cinturões de radiação do planeta que orbitava. Havia uma instalação científica em

Calisto, na estação Tomarsuk. Hope a mencionara; a filha dela estava lá, estudando a bioquímica do oceano subterrâneo. Mas... não, a gravidade era muito fraca, mesmo para Calisto. Outro lugar, ainda mais distante...?

— Howard? Está me ouvindo? Aqui é Hope. Acabo de religar seus circuitos auditivos e vocais. Veja se consegue responder.

— Estou ouvindo você muito bem.

— Como se sente?

— Confuso. Inseguro. Ou seja, o de sempre.

— Isso é animador. Estava sonhando?

— Com o dia em que fiz um boneco de neve.

Falcon ouviu o ruído de um teclado e o bipe de uma caneta eletrônica.

— Vou ligar sua visão em um segundo. Se puder, mire o meu rosto.

— Assim você faz com que eu pareça um sistema de armas.

Uma nuvem disforme e brilhante, branca, ocupou seu campo visual. Logo formas e cores coalesceram, e Falcon ouviu o zumbido dos elementos de foco e os estalos dos filtros enquanto sua visão era otimizada para o ambiente.

Um quarto tomou forma ao seu redor, com formas geométricas simples, paredes e teto cobertos de ladrilhos brancos. Havia uma janela, no momento apenas um retângulo de escuridão. Em volta da cama, ele podia ver vários instrumentos cirúrgicos, robôs vestidos com capas transparentes esterilizadas, aparentando ter acabado de sair da fábrica. A Dra. Hope Dhoni estava um pouco mais próxima, usando uma bata cirúrgica verde, uma touca da mesma cor na cabeça, uma máscara cirúrgica pendurada no pescoço, as mãos enluvadas entrelaçadas diante do corpo. Ela estava "de pé", mas agora Falcon tinha certeza de que a gravidade local era muito menor que um décimo da força na Terra. A jovem enfermeira que cuidara dele na Base Aérea de Luke era agora uma senhora na casa dos 60 anos, e qualquer possível intervenção cosmética fora elegante; o rosto exibia a mesma expressão suave de sempre.

— Estou vendo você, Hope. Parece bem. Nem um dia mais velha.

— Se não está dizendo isso apenas para me agradar, seu sistema visual não está bem-ajustado.

— Quanto tempo me mantiveram dormindo dessa vez?

Falcon não passava mais muito tempo com humanos naqueles dias, porém ainda era capaz de reconhecer o sorriso da médica.

— Quanto você acha?

Ele ainda não fazia ideia de onde estava nem das circunstâncias que haviam levado à cirurgia.

— Parece mais tempo que da última vez. Meses, em vez de dias ou semanas.

— Uns poucos anos, na verdade.

— Anos!

— Não é tão ruim quanto parece. Tivemos algumas complicações, é verdade. Na dúvida, preferimos voltar atrás e ponderar bem nossas opções. Você é valioso demais para corrermos algum tipo de risco.

— De modo que eu fico deitado na cama, inerte, enquanto vocês organizam um congresso científico para decidir onde vão fazer o próximo corte?

— Se eu dissesse que isso chega muito perto da verdade, você ficaria irritado? Na verdade, foram apresentados alguns artigos bem interessantes a respeito. Melhor prevenir do que remediar, Howard, esse é o nosso lema. E, além disso, *tivemos* alguns problemas políticos. Mantivemos você em estado de animação suspensa, com o metabolismo celular reduzido ao mínimo.

Falcon mudou cautelosamente o ponto de vista para poder ver o máximo possível de si mesmo que sua posição permitia. Descobriu que estava conversando com Hope de uma posição angulada, como um paciente sentado na cama. Só que não havia cama. Tinha acordado — ou melhor, tinha sido ligado — em um carrinho de transporte pesado, uma estrutura metálica que sustentava sua anatomia mecânica. Um carrinho que poderia ser usado para transportar peças de espaçonaves em uma oficina de montagem. Olhando para baixo, examinou o cilindro blindado que agora continha seu sistema de suporte de vida: um cilindro de bronze, em vez da velha estatueta dourada, mais estreito na frente do que atrás e visualmente um pouco mais elegante, com um afunilamento visível de cima para baixo.

As memórias finalmente começavam a voltar: lembranças de instruções pré-operatórias, de longas conferências com Hope e sua equipe. Falcon passara horas com eles, enquanto discutiam as imagens e os diagramas de suas entranhas. Ele não era médico e não tinha a pretensão de entender tudo que pretendiam fazer, mas se sentia à vontade quando o assunto era maquinaria. Os sistemas de suporte haviam sido totalmente reprojetados, com o objetivo não só de aumentar sua confiabilidade mas também de ampliar a gama de condições externas que Falcon seria capaz de tolerar. O novo cilindro, mais enxuto, permitiria que ele viajasse nas espaçonaves compactas da segunda metade do século XXII. O gerador de fusão era de um novo modelo capaz de durar várias décadas. E assim por diante. Juntamente com a reforma, parte do material biológico que ele ainda conservava fora eliminada, e as funções correspondentes passaram a ser exercidas por máquinas menores, mais robustas e mais eficientes.

O membro inferior ainda seria instalado na base do cilindro, e Falcon sabia que iria dispor de novos sistemas adaptados para caminhar intercambiáveis, que seriam trocados de acordo com a necessidade. Por outro lado, os novos braços já estavam no lugar, mais fortes e mais precisos que os anteriores.

— Posso? — perguntou, abrindo e fechando uma das mãos.

— À vontade.

Falcon movimentou a mão diante do rosto, maravilhando-se com a complexidade e a precisão das juntas e dos atuadores.

— Eu costumava impressionar Geoff Webster com meus truques de cartas. Estou quase desejando que apareça uma mosca por aqui. Eu poderia impressionar você pegando-a em pleno voo.

— Não existem moscas em Makemake, Howard.

Falcon ficou olhando para ela por alguns segundos, sem saber se havia entendido direito.

— Makemake! — Um planeta-anão; uma bola de gelo no cinturão de Kuiper, muito longe do Sol. — Isso explica a baixa gravidade. Vou dar um chute: um trigésimo da gravidade terrestre?

— Um vinte e oito avos é o valor oficial, não que eu fosse capaz de perceber a diferença. Essa sua capacidade está começando a me deixar preocupada; ninguém devia ter um sentido de propriocepção tão preciso.

— Não me lembro de como cheguei aqui.

— Você já estava dormindo; não fazia sentido acordá-lo. E não pretendíamos operar em Makemake. Nossa escolha original era Ceres, lembra?

As memórias de Falcon estavam se tornando mais claras a cada segundo.

— Eu me lembro muito bem de quando chegamos a Ceres. O que aconteceu depois?

— Houve algumas mudanças políticas desde que você foi posto para dormir, que começaram na Terra, mas se espalharam por todo o sistema solar. Existe um novo... — Hope procurou a palavra certa — ... conservadorismo social. Um preconceito contra certas tendências da cibernética avançada.

— Está se referindo a mim. A verdade é que vêm suspeitando de mim há décadas.

— As coisas pioraram ultimamente. Você sabe que fomos forçados a transferi-lo para Ceres. Houve um movimento para impedir que você fosse submetido a novas cirurgias: petições ao Governo Mundial, vetos no Conselho de Segurança. Pouco depois que pusemos você para dormir, começaram a pressionar Ceres para suspender nossa fundação cirúrgica. Eles têm importantes relações comerciais com Marte, que, depois da Terra, é o maior baluarte do novo conservadorismo. A psicologia é interessante e complexa.

— Não diga.

— Acho que a população da Terra está tentando preservar suas raízes, enquanto os colonizadores de Marte se esforçam para preservar sua humanidade em um ambiente totalmente inumano... Felizmente, Makemake intercedeu a nosso favor. Eles nos ofereceram uma instalação alternativa aqui na Base Trujillo.

— Muito gentil da parte deles.

— O laboratório é novo em folha; mesmo as melhores instalações de Ceres não se comparam com o que temos aqui. Os colonos também têm muito a ganhar. Você é exatamente do que eles precisavam para provar a própria competência. E, por uma estranha coincidência, Makemake se revelou uma boa escolha por um motivo totalmente diferente.

— Qual?

— Estamos no limite do cinturão de Kuiper, Howard. Parece que existe por aqui um problema que os vários órgãos do governo gostariam que você investigasse.

— Órgãos do governo que, dado o clima atual, prefeririam me ver indo embora?

— Só porque você às vezes é uma dor de cabeça para eles não significa que não precisem de você para certas tarefas.

— E ainda se perguntam por que as pessoas não confiam nos políticos. Muito bem. Seja franca comigo. Quem foi que se colocou em uma enrascada e agora não sabe sair dela? Um dos malditos Springers de novo?

— Não, não pergunte *quem*, pergunte *o quê*. Tem a ver com as máquinas. Os robôs. Os admiráveis herdeiros de Conseil. Você deve se lembrar. Afinal, ajudou a criá-los.

— É bom saber que alguém se lembra.

Hope fez que sim com a cabeça.

— Não é? Então... você sente alguma coisa quando eu faço *isso*?

9

Uma bola de gelo sob um céu negro: cenário perfeito para Howard Falcon, pós-humano.

Falcon rolou para a frente sem dificuldade. As três bases principais de Makemake — Trujillo, Brown e Rabinowitz — estavam ligadas por estradas cavadas no gelo, de modo que ele não teve dificuldade para encontrar um caminho seguro depois de deixar a câmara de ar. Logo o amontoado de domos, antenas e pistas de pouso de Trujillo ficou para trás. O Sol estava quase a pino, mas a uma distância de 39UA — unidades astronômicas, o que queria dizer que Makemake estava trinta e nove vezes mais distante do Sol que a Terra —, sua luz era *mil e quinhentas* vezes mais fraca que na Terra. O Sol, visto de Makemake, não passava de mais uma estrela particularmente brilhante. Por um momento, Falcon sentiu pena do Sol, do fato de que era tão fácil diminuir seu brilho vivaz. Lembrou-se da sensação dos raios solares banhando a nuca dele no convés de observação da *Queen Elizabeth*, com a paisagem desolada do Grand Canyon desfilando abaixo...

E, quando desviou os olhos do Sol, um mar de estrelas se estendeu sobre ele, perturbador, silencioso, imutável.

Poucas vezes estivera tão longe de casa. Mesmo assim, tinha consciência de que, considerando a verdadeira escala do sistema solar, definida pelo cinturão de Kuiper e pela ainda mais remota nuvem de Oort, mal se afastara da Terra. Nenhuma das estrelas daquele céu, com exceção do Sol, estava mais próxima do que quatro anos-luz; a maioria estava muito mais distante; centenas, milhares de vezes mais distante. Ele nunca deixaria de se impressionar com a vastidão do universo.

Como Falcon havia prometido a Hope que não se ausentaria por mais que algumas horas naquela viagem de teste, estava na hora de dar meia-volta e retornar a Trujillo. O dia ali durava apenas oito horas — o Sol se aproximava do horizonte com uma pressa quase indecente —, e as tênues sombras já estavam se alongando quando as luzes convidativas da base surgiram no horizonte.

De repente, porém, viu outra luz, descendo do céu: uma espaçonave que se aproximava. Ela pousou em uma das plataformas, no silêncio do vácuo, usando apenas breves jatos dos foguetes para controlar a descida. Falcon olhou fixamente para a cena, e, um instante depois, a imagem da nave ocupava quase todo o seu campo visual. Levaria algum tempo para aprender a controlar a nova visão telescópica. Ele notou que o piloto estava fazendo um bom trabalho, apesar de exagerar um pouco no uso dos foguetes.

— Vá com calma, seu idiota... — murmurou.

Quando observou a nave mais de perto, viu algo que o fez se esquecer da perícia do piloto: o emblema do Governo Mundial na fuselagem. Teoricamente, sua jurisdição se estendia a todo o sistema solar; na prática, porém, as autoridades raramente se interessavam pelo que estava acontecendo além de Saturno. Falcon podia imaginar apenas um motivo para enviados do governo se aventurarem tão longe do Sol.

Howard Falcon e as máquinas.

Sua vocação era desbravar novos horizontes. Por que se deixara envolver nos negócios nebulosos do governo?

Vaidade. Pura vaidade.

10

Eles o procuraram, curiosamente, durante um concerto na Terra.

Tinha sido uma das últimas vezes em que se permitira visitar o planeta natal. Acontecera havia muito tempo, apenas seis ou sete anos após o atentado do *Shore*, mas já houvera tempo suficiente para que o público e os políticos começassem a alimentar dúvidas em relação à autonomia das máquinas. Na ocasião, como agora, Falcon se flagrara rememorando as palavras de louvor que Embleton tinha dirigido ao humilde Conseil. Fora bom sonhar, pelo menos por um tempo...

O evento tinha sido a abertura de gala do Orquestrion de Gelo, a mais nova e estranha curiosidade musical de um novo e estranho século. Junto de centenas de outros dignitários, vips, celebridades interplanetárias e convidados ilustres — dizia-se que haveria até mesmo alguns simps, entre eles o orgulhoso Ham 2057a, recém-eleito presidente da Nação Independente dos Pans —, Falcon havia sido convidado para ir à Antártida para a primeira apresentação da muito aguardada Sinfonia dos Neutrinos, de Kalindy Bhaskar. Bhaskar era a compositora mais famosa do momento, e suas peças vinham se tornando cada vez mais ambiciosas e abstratas. A Sinfonia dos Neutrinos prometia ser o ápice de uma carreira vitoriosa: uma peça musical escrita para um único e surpreendente instrumento, em torno de cujos flancos reluzentes os espectadores estavam se reunindo quando Falcon chegou.

O ambiente em si já era fascinante. Ao desembarcar da pequena aeronave que pilotara desacompanhado, Falcon se viu diante de um grande anfiteatro de gelo, com quilômetros de extensão. No meio da longa noite polar, era como contemplar uma mina a céu aberto, feericamente iluminada. E, no centro dessa depressão, havia um gigantesco cubo de gelo, cujas faces deviam medir, no mínimo, um quilômetro de altura. A maioria dos convidados chegara de helicóptero e *hovercraft*, então descera por uma série de rampas em zigue-zague — alguns usando pequenos veículos — até a base do monstruoso cubo, perto do qual pareciam minúsculos. Tudo isso acontecia ao som estrondoso da *Lux Aeterna*, de Ligeti, tocada em um volume espantoso.

Protegidos do frio por peles e camadas de isolamento eletricamente aquecidas, os convidados se acomodavam nas plataformas de observação, com drinques e canapés servidos de bares feitos de gelo e iluminados com neon. A respiração se condensava em nuvens brancas, e as pessoas batiam com as botas no chão e esfregavam as mãos enluvadas para afastar o frio, enquanto suas conversas e risadas ecoavam nas paredes do anfiteatro. Falcon observou, surpreso, um único pinguim-imperador caminhando no meio da plateia, como se fosse a coisa mais natural do mundo.

Mas, mesmo se juntando à multidão, Falcon se sentia isolado dos demais.

O frio não significava nada para ele, e a música que vinha dos alto-falantes lhe parecia estridente e esquisita. Não lhe faltava companhia — muita gente ansiava por um encontro com uma figura lendária, e dessa vez não havia Matt Springer nenhum para roubar as atenções —, mas Falcon achou a conversa fiada dos convidados repetitiva e tediosa. Mesmo os mais amistosos não pareciam dispostos a abordar assuntos sérios com ele, provavelmente com medo de ouvir um rosário de queixas.

Já outros espectadores reagiam de um modo menos cordial. Falcon ouviu poucos insultos diretos naquela noite, mas podia adivinhar o que estavam pensando: que ele não era humano nem máquina, mas uma mistura artificial de ambos. Até seus movimentos eram estranhos, parecidos com os de um inseto, como se, naquela armadura metálica, ele não fosse um homem e sim uma barata enorme. Estavam pensando, em suma, que ele era uma aberração.

Mesmo então, vinte anos após o incidente no Grand Canyon, Howard Falcon já estava acostumado com esse tipo de atitude.

Por fim, para alívio de Falcon, os alto-falantes emudeceram e Kalindy Bhaskar tomou lugar em um palco esculpido no gelo. Houve uma discreta salva de palmas. Falcon não podia ver muito bem o rosto da compositora, parcialmente coberto por um capuz de pele; o vestido era de um branco elétrico, com barras azul-neon. Ela era pequena, quase do tamanho de uma criança. Quando começou a falar, parecia pouco à vontade, como se nunca antes tivesse se dirigido a uma plateia.

Bhaskar informou aos convidados que estavam prestes a assistir à primeira apresentação de seu trabalho mais recente, a Sinfonia dos Neutrinos, mas que, de certa forma, *toda* apresentação daquele trabalho seria a primeira. A sinfonia seria diferente cada vez que fosse tocada, e Bhaskar tinha tomado medidas legais rigorosas para garantir que nenhuma apresentação fosse gravada.

A compositora deu as costas à plateia e apontou para o gigantesco cubo.

— Há pouco menos de um século, mulheres e homens vieram a este lugar para realizar um importante experimento. Na época, o gelo aqui era plano e se estendia por dezenas de quilômetros. Cavaram poços nele, obras com mais de um quilômetro de profundidade; centenas de escavações que formavam uma rede perfeitamente cúbica. Instrumentos científicos delicados foram introduzidos nos poços, sensores destinados a indicar a passagem de partículas subatômicas chamadas neutrinos. Precisavam do gelo para eliminar os sinais de todas as outras partículas cósmicas; apenas os neutrinos conseguiriam penetrar no gelo.

"*Neutrinos*. Eles estão por toda parte, atravessando nossos corpos enquanto falamos. Trilhões de neutrinos a cada instante. A maioria vem do centro do Sol, mas alguns são oriundos de outras estrelas e outras galáxias. Neutrinos de todos os sabores, de todas as energias. Etéreos como fantasmas.

"E os cientistas esperaram. Muito raramente, um neutrino interagia com outra partícula subatômica no interior do gelo, produzindo um clarão na rede formada. Os sensores captavam esses clarões e aprenderam a correlacioná-los com objetos celestes.

"O experimento prosseguiu durante várias décadas antes de ser tornado obsoleto por instrumentos mais sensíveis instalados em sondas espaciais.

"Recentemente, decidi transformar esse experimento abandonado em algo novo. — Bhaskar se virou lentamente para encarar a plateia, o rosto encapuzado se assomando nos telões. — Convoquei uma nova geração de cientistas e técnicos e pedi que ajustassem os sensores, fazendo-os responder a uma faixa maior de energia dos neutrinos. Além disso, eles instalaram amplificadores óticos para tornar visíveis os pulsos luminosos mesmo para nossos pobres sentidos humanos."

Falcon, para quem os "pobres sentidos humanos" eram uma memória cada vez mais distante, se permitiu um sorriso irônico.

— Mandei escavar o gelo em torno da face externa da rede cúbica. O cubo foi reforçado com plástico, e amplificadores óticos foram instalados nas quatro faces verticais. Cada um está programado para responder a um fluxo particular de neutrinos...

O cubo começou a piscar. Uma série de lampejos vermelhos e alaranjados dançou por um momento em sua face, rápida e de forma dispersa, até se estabilizar em uma pulsação regular.

— *Esses* neutrinos — prosseguiu Bhaskar — estão vindo do Sol. Mas acontece que o Sol está do outro lado do planeta. Isso significa que os neutrinos tiveram de atravessar doze mil quilômetros de rocha para chegarem ao meu Orquestrion de Gelo... e chegaram intactos!

O fluxo pulsante dos neutrinos se mostrava constante como as batidas de um coração. Era bom que fosse assim, pensou Falcon, porque a existência dos seres vivos na Terra dependia da estabilidade do Sol.

— Esses eventos — continuou Bhaskar — estabelecem o ritmo da minha Sinfonia dos Neutrinos. *Isso* não vai variar de apresentação para apresentação. Entretanto, o Orquestrion de Gelo também é sensível a neutrinos de alta energia, que vêm *de fora* do nosso sistema solar.

Enquanto ela falava, uma face do cubo foi iluminada por um pulso verde-azulado, seguido rapidamente por uma mancha escura e azulada em um dos vértices.

— Essas são as assinaturas de galáxias, quasares, buracos negros... mensagens do outro lado do universo. Ajustei a sensibilidade do Orquestrion de Gelo a tal ponto que ele é capaz de detectar um ou dois desses eventos por minuto. Dependendo da energia, são tais neutrinos que vão determinar os rumos detalhados que a minha Sinfonia irá seguir. Motivos e refrões vão surgir e desaparecer em resposta. Meu algoritmo é simples, mas garante que não haja duas apresentações exatamente iguais, mesmo que você assista a todas, até o fim do universo. Agora, com a sua permissão, eu gostaria de começar...

Bhaskar fez uma mesura. Todas as faces do Orquestrion ficaram pretas. Depois de uma salva de palmas, a plateia fez silêncio.

De repente, pontos alaranjados, dourados e acobreados começaram a dançar nas faces do cubo.

Um som grave tomou o auditório, saído dos alto-falantes — a seção de percussão comandada pelos neutrinos solares. O som aumentou de intensidade e se tornou mais ritmado, assumindo um ar solene, marcial. Um raio lilás cruzou a aresta superior do cubo, acompanhado pelo som de um instrumento de madeira em um refrão queixoso, plangente...

Falcon se acomodou no membro inferior, deixando-se banhar pela música do universo. Ele olhou para os outros convidados, tentando avaliar o grau de imersão, curiosidade, indiferença ou hostilidade de cada um para com o espetáculo.

— Comandante Falcon?

A mulher falava apenas suficientemente alto para ser ouvida acima da sinfonia.

Falcon, que não estava participando do evento com interesse suficiente para se sentir irritado com a interrupção, virou-se para encarar sua interlocutora. Era uma mulher alta, com um rosto magro e ossudo debaixo de um capuz, o qual tirou com um movimento da mão, revelando uma cabeleira de cachos grisalhos.

— Madri Kedar — apresentou-se ela. — Governo Mundial. Conselho Executivo de Relações com as Máquinas.

Falcon tinha ouvido falar do Conselho, um novo órgão burocrático criado para lidar com a complicada questão da entrada de máquinas autônomas na sociedade humana. No entanto, não sabia quem era Madri Kedar.

— Nós nos conhecemos?

— Acho que não. Ouvi dizer que estava aqui e, para ser franca, achei que era um bom lugar para me apresentar. Está gostando da apresentação?

— Como espetáculo, é um tanto impressionante.

— Mas não mexeu, como dizer, com a sua sensibilidade?

— O lado técnico é fascinante, mas não me interesso por música.

Madri Kedar franziu a testa.

— Nesse caso, por que aceitou o convite? O grande Howard Falcon, em um fim de mundo? Não restam horizontes para desbravar?

— Esta não é uma época favorável para explorações, Sra. Kedar. Expedições como a da *Kon-Tiki* custam uma verdadeira fortuna...

Falcon ainda viajava, mas, em anos recentes, apesar de todos os esforços para levantar fundos e outros tipos de apoio, acabara reduzido a uma espécie de turista em vez de pioneiro. Estivera nas nuvens de Saturno, por exemplo, mas apenas em uma expedição posterior que seguira os passos da pioneira, Mary Hilton.

— Pois do meu ponto de vista a época não podia ser melhor. Tenho uma proposta a lhe fazer, comandante, uma proposta de emprego bem-remunerado. Um desafio que o levará de volta ao espaço, se estiver interessado.

Falcon olhou de volta para o cubo por algum tempo, observando a dança das cores, tentando sem sucesso relacioná-la aos altos e baixos da música.

— Interessado em quê?

— Nas máquinas, comandante. Robôs com autonomia. A razão de existir do órgão em que trabalho. O senhor participou do episódio no *Sam Shore*, em 2100, e deve saber que a primeira onda de entusiasmo idealista logo minguou. As pessoas sempre temem o que não conhecem, o que não conseguem entender. Houve um movimento chamado Campanha das Três Leis que deixou a coisa toda enredada em burocracia, com processos jurídicos em vários níveis...

"Entretanto, nós, do CERM, temos ideias mais progressistas. Acreditamos que os robôs têm muito a oferecer. Eles poderiam, por exemplo, desempenhar um papel decisivo na expansão da presença humana para muito além dos limites do sistema solar interior. Tudo é uma questão de quanto devemos afrouxar a coleira."

Embora Madri Kedar estivesse falando em voz baixa, um dos espectadores olhou para ela de cara feia e levou um dedo aos lábios.

— A coleira? — repetiu Falcon, a voz reduzida a um sussurro. — A senhora chama isso de ser progressista?

— Nós temos um... um sonho, se quiser chamar assim: explorar o cinturão de Kuiper. Lá existem riquezas incalculáveis, comandante: substâncias orgânicas, minerais e água, a essência da vida, o maior de todos os tesouros. E tudo isso pode ser recolhido com o auxílio dos robôs, mas, para isso, as máquinas teriam de trabalhar *sem a supervisão direta de seres humanos*. Operando a anos-luz de qualquer possibilidade de controle, as máquinas necessariamente teriam de dispor de autonomia quase total, ou seja, um grau incomum de flexibilidade, independência e capacidade de aprendizado. Dada a importância de um projeto desse tipo para a economia do sistema solar, o Governo Mundial está disposto a relaxar muitas das salvaguardas e das restrições no campo da inteligência artificial. O desafio, naturalmente, é assegurar que as máquinas obedeçam à programação.

— O que me parece um tanto difícil.

— Difícil, mas não impossível. O que aprendemos dos descendentes de Conseil, robôs cada vez mais sofisticados, nos permitiu fazer grandes progressos na área de inteligência artificial. Estamos correndo atrás de um século de atraso em relação a este tipo de possibilidade tecnológica. Hoje, temos uma nova classe de máquinas entrando no mercado. São inteligentes, muito mais que qualquer coisa já fabricada, mas precisam ser instruídas, preparadas, disciplinadas. Quase como se fossem crianças. E gostaríamos de que o senhor participasse desse processo, comandante.

— Por quê? Porque eu mesmo sou metade máquina?

Kedar ignorou a segunda parte.

— Porque a educação e o treinamento seriam conduzidos com mais eficiência no espaço sideral, em condições semelhantes àquelas nas quais as máquinas terão de operar. E, com as suas, hum, peculiaridades físicas, o senhor teria mais facilidade que a maioria de nós para trabalhar nesse tipo de ambiente, o que nos seria de extrema valia nessa atividade. Existe uma máquina em particular com a qual gostaríamos que trabalhasse. É o protótipo de uma nova série. O senhor poderia ser o tutor dela, guiá-la até que atinja a autonomia total.

— Autonomia total. Está falando de consciência?

— Isso pode ser um exagero. Francamente, não acho que *seja* de nosso interesse que as máquinas adquiram consciência, mesmo que fosse possível. Estamos mais interessados no potencial econômico do uso das máquinas do que em questões filosóficas, comandante. Vou ser sincera: este é um grande desafio, mas o senhor estaria ajudando a dar início a uma nova fase de exploração do espaço pela espécie humana. E as máquinas também serão beneficiadas, é claro. Por meio do senhor, elas poderão conhecer e entender melhor a humanidade.

Falcon deu um grunhido.

— A senhora acha mesmo que eu sou um exemplo representativo?

— Não se subestime, comandante. O senhor tem grandes realizações no seu currículo e realizações ainda maiores o aguardam no futuro, tenho certeza. Ah, mais uma coisa...

— Sim?

— Somos um ramo importante do Governo Mundial. Sua cooperação não passaria despercebida... ou melhor, não deixaria de ser recompensada. Acredito que o senhor não vá recusar — afirmou Kedar, com convicção —, porque um homem com coragem suficiente para suportar *esta* cacofonia não vai se intimidar diante desse desafio. — Ela enfiou a mão enluvada no bolso do casaco. — Este é o meu cartão. Ligue para mim nos próximos cinco dias. Estamos ansiosos para iniciar nossa empreitada.

Kedar manteve o cartão suspenso entre dois dedos por alguns instantes e depois o soltou. Falcon o pegou no ar antes que tivesse tempo de cair mais que cinco centímetros. Kedar sorriu.

— O senhor faz jus à sua fama. A gente se vê, comandante Falcon.

Tinha sido assim que ele se envolvera em um projeto complexo, difícil, mas muito gratificante. Desde aquela ocasião, mantivera muitos contatos com o CERM, mas nunca mais ouvira falar de Madri Kedar.

Até o dia, vinte e seis anos depois, em que ela chegou a Makemake.

11

A reunião aconteceu em uma sala de conferências nos níveis inferiores de Trujillo.

Tinham reservado um espaço na mesa para Falcon, sem cadeira. Ele dobrou o membro inferior, chegou um pouco para a frente, apoiou os cotovelos na mesa e juntou as mãos. À sua frente estavam Kedar e dois colegas da delegação do Governo Mundial. Consultou os nomes escritos nos crachás. Hope Dhoni também estava presente, mas ele percebeu que parecia meio desanimada.

Do ponto de vista deles, pensou Falcon, e com aquela postura, ele quase podia passar por uma pessoa normal. Para cobrir os membros superiores e o sistema de suporte de vida, vestia uma túnica preta com os emblemas da Base de Trujillo e de Makemake. Acima da gola, a máscara coriácea que era seu rosto tinha olhos, nariz e boca nas posições e proporções aproximadamente corretas. Pele de plástico cobria os mecanismos das suas mãos: dotadas de uma fina malha de microssensores, as luvas eram uma maravilha tecnológica que faziam suas mãos parecerem quase reais.

— Então... o que desejam de mim? — perguntou, sem meias palavras.

— Obrigada por concordar com esse encontro, Howard — disse Kedar. Não tinha envelhecido muito nos últimos vinte e seis anos... ou talvez Falcon tivesse perdido a capacidade de avaliar essas coisas. — Apreciamos sua cooperação. Esses são meus companheiros do Conselho Executivo de Relações com as Máquinas, Marzina Cegielski e Maurizio Gallo. Fico satisfeita em ver que o senhor parece estar muito bem. — Olhou para Hope, que estava sentada em uma ponta da mesa. — A Dra. Dhoni nos contou que o senhor se recuperou muito bem da última sessão de reparos.

Falcon transformou a máscara de seu rosto em um sorriso.

— Hope realizou um excelente trabalho, como sempre.

— Não poderíamos deixar por menos, Howard. Você é precioso para nós... Literalmente insubstituível.

— Como um velho Corvette, e igualmente ultrapassado.

O comentário despertou em Hope um sorriso abatido.

Kedar interveio, em tom sério:

— O senhor está sendo irônico, comandante Falcon. Mas é bom deixar claro que esses procedimentos não são baratos, especialmente em um lugar remoto como Makemake.

Falcon imaginou por que razão ela julgava necessário ressaltar esse fato.

— Teria sido bem mais barato se tivessem me deixado permanecer em Ceres.

Enquanto falava, estendeu a mão para se servir do chá gelado servido no início da reunião. Pousou a mão na mesa perto da jarra, testando distraidamente sua capacidade de detectar o frio a certa distância. Ele percebeu que Hope estava atenta aos seus movimentos; não era um momento adequado para medições. Serviu-se de uma xícara e a ergueu no ar, como se fosse um brinde à doutora. Foi recompensado com um sorriso radiante.

— Foi uma pena que o senhor tivesse de ser transferido — comentou o homem, Maurizio Gallo. Ele era pequeno, mas musculoso, com um porte de lutador de luta livre. — Mas, no fim das contas, Makemake se provou uma excelente escolha.

— Do jeito que anda a opinião pública... — acrescentou Marzina Cegielski. Tinha mais ou menos a mesma idade que Gallo, porém era mais alta e mais magra. — É um momento delicado. O sentimento de insatisfação com a situação das máquinas está crescendo. — Ela olhou com nervosismo para os colegas. — Não que o senhor seja uma máquina, é claro.

— Obrigado.

— Mesmo assim, aos olhos do público, ou ao menos para certas parcelas da população...

— Vamos ao que interessa, que tal? Tudo isso diz respeito ao projeto de mineração de gelo no cinturão de Kuiper.

— Ninguém conhece melhor as máquinas que o senhor — declarou Madri Kedar. — O senhor estava lá no começo de tudo. Ajudou a condicionar o primeiro protótipo. E, agora, estamos diante de uma dificuldade que só o senhor seria capaz de resolver.

— Uma dificuldade?

— Houve um acidente... um acidente industrial. Muitas máquinas foram comprometidas. — Kedar consultou suas anotações. — Algumas perdas geralmente são esperadas; a mineração em um ambiente hostil como o dos asteroides é uma atividade muito arriscada. Normalmente, trataríamos a destruição de algumas máquinas como perdas de capital, nada mais que um problema financeiro. São perdas relativamente comuns e não afetam o andamento do projeto. O máximo que poderíamos esperar seria uma queda temporária do fornecimento para o sistema solar interno, com uma consequente alta no preço da água.

— Desta vez é diferente — disse Cegielski.

Quisesse ou não, seu interesse tinha sido despertado. Falcon brincou com a asa da xícara de chá, segurando-a delicadamente entre dedos que podiam exercer força suficiente para transformar carvão em pó de diamante.

— Diferente como?

— A unidade que o senhor ajudou a condicionar — explicou Gallo. — Um dos robôs supervisores de alta autonomia. O senhor o chamou de Adam, não foi?

— *Autonomous Deutsch-Turing Algorithmic-Heuristic Machine* — explicou Falcon. — Eu simplesmente usei a descrição do projeto e da arquitetura do robô para criar uma sigla. Se não gostassem do nome, podiam mudá-lo.

— Ah, o nome foi muito bem escolhido — disse Kedar. — *Adam*, como Adão. O primeiro de uma nova espécie.

— E, além disso, foi uma escolha com valor sentimental para o senhor, comandante — interveio Cegielski, com interesse aparente. — Li sua biografia no voo para cá.

— Não autorizada por mim.

— Ela mencionava um robô de brinquedo com o mesmo nome. Não pode ter sido coincidência.

A intrusão na sua vida pessoal deixou Falcon irritado. Ele percebeu que Hope estava evitando o seu olhar. Retrucou:

— Qual é o problema com Adam? — Um pensamento sombrio o assaltou. — Ele foi ferido?

Cegielski franziu a testa por causa da escolha de palavras de Falcon.

— Não, Adam não foi *danificado*. De acordo com a telemetria, a unidade estava perto do local do acidente, mas não foi atingida. Acontece, porém, que ele não está respondendo aos nossos pedidos de informações.

— Uma falha na comunicação?

— Não é o que indica a telemetria — afirmou Gallo. — Todos os sistemas estão funcionando. A única explicação é que ele está nos ignorando de propósito, o que, naturalmente, é um absurdo.

— Seja lá o que tiver acontecido — disse Kedar —, precisamos encontrar rapidamente uma solução. Dependemos de Adam e de outras unidades como ele para supervisionar a operação dos lançadores e concentradores de massa. Se esse... defeito, qualquer que seja, passar de Adam para outras unidades, ou para outro conjunto de máquinas em outro Objeto do Cinturão de Kuiper, todo o nosso sistema de produção pode entrar em colapso.

— Se acham que a situação é tão séria, por que não enviaram uma equipe de analistas? — argumentou Falcon.

— Seria demorado e dispendioso, além de possivelmente assustar o mercado — respondeu Gallo.

Falcon pousou a xícara de chá gelado na mesa.

— O que seria extremamente indesejável. Além disso, é mais barato recorrer a mim.

— O que mais nos importa é a experiência prévia que o senhor teve com a unidade Adam — explicou Kedar, em tom conciliador. — A operação nos asteroides de gelo é de um valor incalculável, e alguma coisa deu errado. Ao que tudo indica, é um problema psicológico das máquinas, se pudermos usar esse termo. Esperamos que nos ajude a resolvê-lo.

— Resolver um problema psicológico? Mas o que é isso? Eu sou um explorador! — exclamou Falcon. — Se é que sou alguma coisa. Não entendo nada de psicologia.

Kedar não se deixou afetar pelo rompante.

— Nossa retribuição seria... bem, digamos que o senhor teria garantidos os serviços da equipe da Dra. Dhoni por tempo ilimitado.

Curiosamente, Falcon se sentiu desapontado.

— Você não acha que isso está se parecendo cada vez mais com chantagem, Madri?

— Posso dar minha opinião? — perguntou Hope. — Howard ainda é meu paciente...

— Claro que é. E a senhora instalou com sucesso uma série de melhorias — afirmou Kedar, apontando para uma das pastas que estavam sobre a mesa. — Elas não proporcionaram ao comandante uma independência ainda maior? Uma capacidade de passar ainda mais tempo sem auxílio externo, de tolerar valores extremos de gravidade, pressão, calor e radiação?

— Dentro de certos limites — retrucou Dhoni. — Isso não significa que ele ainda não esteja sob os meus cuidados ou que eu esteja disposta a permitir que viaje sozinho para o cinturão de Kuiper. Tudo que diz respeito ao comandante Falcon é experimental... Sempre foi...

Falcon levantou a mão.

— Não perca o seu tempo, Hope... Os trunfos estão todos do lado deles. Porém, há um detalhe que esqueceram. Não precisavam ter se dado ao trabalho de oferecer incentivos e ameaças. Adam é meu amigo. Pode ser uma máquina, mas é meu amigo. Passei muito tempo com ele, vendo-o... amadurecer. E, quando um amigo meu está com problemas, considero meu dever tentar ajudá-lo. Basta me fornecerem uma nave e as coordenadas.

12

Foi assim que deram uma nave a Falcon. Hope Dhoni o ajudou a subir a bordo.

O modelo lembrava um haltere: um corpo cilíndrico com motores de fusão e trens de pouso em uma extremidade; uma cabine de comando esférica na outra. Era, na verdade, muito similar às antigas naves interplanetárias da classe *Discovery*, como a que tinha levado Falcon a Júpiter quatro décadas antes, embora em escala reduzida. A lógica básica da engenharia, que exigia uma distância mínima entre o motor de fusão, repleto de radiação, e a parte habitável da nave, permanecia a mesma.

No entanto, tudo que não fosse absolutamente essencial para a viagem fora removido para tornar a nave mais rápida. Uma vez a bordo, Falcon se sentiu mais apertado que um astronauta do projeto Mercury em sua cápsula primitiva — uma comparação que teria agradado a Geoff Webster. Falcon não precisava de um sistema de suporte de vida independente e passaria a maior parte da viagem até o cinturão de Kuiper em sono induzido, de modo que não teria necessidade de muito espaço.

A nave não tinha sido batizada; cabia a Falcon fazê-lo. Ele vasculhou a memória, pensando em Webster. Que tal aquele dia em que os dois sobrevoaram de balão as planícies do norte da Índia? O objetivo mal disfarçado de Falcon tinha sido mostrar a Webster os prazeres do voo mais leve que o ar e, com isso, conquistar o apoio do amigo para seus planos. Sem aquele passeio, não teria havido a *Queen Elizabeth*, nem a *Kon-Tiki*, nem o encontro com a medusa... Era uma memória agridoce, tinha de reconhecer, mas tanta coisa acontecera em consequência daquela viagem.

— *Srinagar* — disse, enfim.

— O quê? — perguntou Hope, que estava curvada sobre ele, dentro da cabine, com um tablet de diagnóstico na mão. Sua tarefa ali era completar a integração de Falcon com a nave.

— O nome da minha nave. *Srinagar*. Quer passá-lo aos outros?

Hope não disse nada. Parecia relutante em sair. Na verdade, Falcon tinha a impressão de que ela ainda esperava que *algo* acontecesse, algo que a desse motivos para proibir sua ida para o cinturão de Kuiper.

— Vai dar tudo certo, tenho certeza — disse Falcon, quando ela finalmente terminou a tarefa e os técnicos se prepararam para fechar a escotilha.

Hope desconectou o último dos cabos usados para diagnóstico, que se enrolou automaticamente na parte de trás do tablet.

— Bem, espero que você se cuide lá fora.

Falcon olhou para ela. A doutora usava um tom de voz de quem havia sido magoada.

— Hope...

— Sim?

Falcon pousou a mão artificial na mão da médica.

— Não se preocupe comigo. Aquilo que eu disse na reunião é verdade. Sou uma pessoa de poucos amigos, mas dou muito valor aos que tenho.

Falcon decolou de Makemake com uma aceleração de 1g e levou menos de cem segundos para atingir a velocidade de escape; a pequena bolha de luz e calor que era Trujillo rapidamente ficou para trás. Depois de um minuto ou dois, a curvatura de Makemake tornou visíveis as luzes da estação de Brown. Logo, porém, o pequeno mundo estava inteiro no seu campo de visão, diminuindo de tamanho a cada segundo.

Falcon começou a aumentar a potência do motor a incrementos de 1g, prestando atenção nos instrumentos para ter certeza de que a *Srinagar* estava se comportando da forma prevista. Pretendia manter uma aceleração de 10g durante três horas, o que faria a velocidade aumentar para mil quilômetros por segundo. Parecia uma velocidade muito elevada e realmente era: àquela velocidade, poderia percorrer a distância da Terra à Lua em questão de minutos. No entanto, o sistema solar era muito maior que a distância entre a Terra e a Lua. Mesmo àquela velocidade, a viagem de seu planeta natal a Makemake levaria mais de dois meses, como devia ter de fato levado para os representantes do Governo Mundial. E, embora tanto o asteroide de destino como Makemake ficassem no cinturão de Kuiper, a distância a ser percorrida o levaria a atravessar um bom trecho de dito cinturão. Falcon só tornaria a ligar o motor de fusão dali a vinte e cinco dias. Até lá, navegaria apenas no impulso, sem intervenção.

E adormecido.

— Makemake, aqui é *Srinagar*. Falcon falando. Vou desligar. Espero acordar daqui a seiscentas horas. Diga à Dra. Dhoni que o paciente está se cuidando muito bem.

Ele deu uma última olhada em Makemake, que estava contra o sol. Todos os planetas explorados pelo homem agora ocupavam seu campo visual, descrevendo preguiçosamente suas respectivas órbitas. Sentiu, por um instante, a apreensão que os exploradores de todas as épocas sempre sentiram ao se aventurarem em terreno desconhecido. O momento passou, no entanto, e Falcon se preparou para dormir. Sonhou brevemente que estava passeando de balão com Geoff Webster e Hope Dhoni, sobrevoando o Himalaia em um dia de céu azul, enquanto um simp mal-encarado ameaçava sabotar o queimador do balão...

Depois, não houve mais sonhos.

13

Vinte e cinco dias depois, os sistemas automáticos da *Srinagar* acordaram o piloto.

Após se assegurar de que ele próprio estava funcionando normalmente, Falcon verificou o estado da pequena nave. Parecia ter suportado bem a viagem.

O passo seguinte foi determinar sua posição. Estava a poucas horas do destino, permitindo que entrasse em fase de desaceleração. Ele fez a nave girar até apontar a cauda para o alvo, ligou o motor e iniciou o processo de frenagem.

A não ser pela confirmação fornecida pelo sistema de navegação, não havia nada que indicasse que Falcon havia atravessado uma boa parte do cinturão de Kuiper. Nada óbvio se assomava à frente da nave, a não ser a escuridão do espaço e uma poeira de estrelas. O mesmo acontecia em todas as direções, exceto na direção do Sol, agora ainda mais fraco que em Makemake. Embora o cinturão de Kuiper contivesse um grande reservatório de cometas, as distâncias entre esses corpos gelados eram tão grandes que cada um parecia estar em total isolamento.

Apenas um Objeto do Cinturão de Kuiper era do seu interesse imediato; no entanto, e com as câmeras no alcance máximo, Falcon já podia captar alguns detalhes desse objeto. O OCK era uma massa disforme de gelo sujo, consideravelmente menor que Makemake, mas basicamente de mesma composição e origem. Tratava-se de um cometa — ou melhor, poderia se tornar um cometa, se a perturbação gravitacional causada por um encontro fortuito com outro corpo o fizesse se aproximar do Sol. Provavelmente, porém, aquele asteroide em particular permaneceria no cinturão de Kuiper até que o Sol se esgotasse.

O OCK, porém, sofrera outro tipo de perturbação. Erguendo-se na superfície da massa de gelo e se estendendo no espaço a uma altura considerável, uma linha fina e retilínea como o raio de um laser era visível na face do asteroide.

Falcon concentrou os sensores naquela estrutura artificial, navegando paralelamente a ela. Uma das extremidades estava firmemente ancorada no OCK. A outra, a quatro mil quilômetros de distância, era formada por uma rede que se abria como a boca de uma trombeta. Ao longo de quase todo o seu comprimento, a estrutura tinha apenas cinquenta metros de diâmetro, um cilindro formado por fibras muito finas, mas incrivelmente resistentes.

O OCK estava girando lentamente no espaço, completando uma rotação a cada oito horas. A estrutura, que, como Falcon sabia, era chamada de "lançador", acompanhava a rotação como o ponteiro de um relógio. Normalmente, uma rotação de oito horas seria lenta demais para ser perceptível, mesmo com o auxílio dos instrumentos da *Srinagar*. Entretanto, nas extremidades do lançador, o movimento era bastante evidente.

Este era um dispositivo projetado para arremessar pedaços de gelo extraídos do asteroide na direção do sistema solar interior. Gelo era água: o bem mais precioso do universo.

Madri Kedar descrevera o acidente que parecia ter sido responsável pelo silêncio de Adam, mas sem entrar em detalhes. O que se *sabia* de fato era que alguma coisa acontecera com o lançador. Embora a forma básica de boca de trombeta estivesse preservada, Falcon constatou que a rede havia sido distorcida e até rompida em alguns pontos. Ele tinha de se lembrar da escala do objeto que estava observando: aquelas fibras entortadas e rompidas na verdade tinham quilômetros de comprimento, o que dava uma ideia da violência do desastre. Parecia ser possível reparar os estragos, porém alocando tempo e recursos para isso. Por que as máquinas não tinham iniciado a tarefa logo que o levantamento dos danos fora concluído?

Falcon abriu o canal de comunicação com Makemake.

— Makemake, aqui é a *Srinagar*. Está tudo bem comigo e com a nave. Estou baixando os dados médicos. Digam à Dra. Dhoni que tive bons sonhos. Estou no meio da aproximação final. Posso ver sinais do acidente, mas não há nenhuma atividade visível das máquinas. Você deve estar recebendo minhas transmissões de imagem. Vou continuar enviando-as até pousar. Apreciem o espetáculo.

Sabendo que, por causa da distância, só receberia a resposta dali a algumas horas — e apesar de, devido a acontecimentos passados, ter certa fobia em relação a tempos de retardo, na presente situação preferia estar isolado de Kedar e dos outros —, Falcon iniciou a operação de frenagem.

Ao mesmo tempo, começou a transmitir sinais para o OCK usando protocolos comuns, mas não houve resposta. De acordo com Kedar, Adam estava lá embaixo, em algum lugar. Todas as máquinas emitiam um sinal contínuo de telemetria; de acordo com os dados que a equipe do GM tinha analisado em Makemake, Adam não tinha sido atingido pelo acidente; suas transmissões de telemetria continuavam a ser recebidas e não revelavam nenhuma anomalia.

Hora de tentar um toque pessoal?

— Adam, aqui é Howard Falcon. Sou o único ocupante da nave que está se aproximando. Se está recebendo meu sinal, envie uma mensagem.

Nada.

Quando Falcon completou a desaceleração, começou a captar as transmissões de telemetria de muitos robôs, cada um identificado por um número de série. Era difícil determinar exatamente o ponto de origem dos sinais, mas eles pareciam estar concentrados em torno da base do lançador, na superfície ou pouco abaixo dela.

Um dos sinais tinha o número de série de Adam.

Falcon enviou uma nova mensagem a Makemake:

— Ninguém respondeu até agora, mas os sinais de telemetria mostram que Adam está lá embaixo e tudo indica que sabe da minha chegada. Acho que só me resta tentar entrar em contato com ele fisicamente.

Falcon sabia que os interlocutores teriam preferido que aguardasse novas ordens antes de tomar alguma atitude, mas ele não era do tipo que espera por autorização.
— Vou pousar.

A *Srinagar* se aproximou lentamente do OCK.

Apesar das dimensões gigantescas, o lançador era na verdade uma máquina muito simples: não passava de uma espécie de estilingue que aproveitava a rotação do asteroide para lançar objetos no espaço. Blocos de gelo refinado e processado eram carregados em contêineres metálicos sem tampa na superfície do OCK. Nas primeiras centenas de quilômetros, eram acelerados ao longo do cano do lançador por motores de indução elétricos, até passarem do ponto em que as forças gravitacional e centrífuga se equilibravam. A partir daí a rotação do próprio lançador fazia o restante do trabalho. Perto da extremidade da estrutura, freios magnéticos retinham os contêineres com uma rápida captura, coletando alguma energia cinética no processo, enquanto o gelo era arremessado no espaço através da boca de trombeta.

Àquela altura, o gelo estaria se movendo a uma velocidade respeitável: meio quilômetro por segundo. Enquanto isso, presas à garganta da trombeta, baterias de lasers dirigiriam seus feixes para a superfície do gelo, usando parte da energia colhida dos contêineres. Os gases resultantes da evaporação agiriam como foguetes, acelerando os blocos e ajustando sua trajetória.

Aquele era apenas o primeiro passo em uma grande cadeia comercial. Rebocadores capturavam os blocos em pleno voo e os reuniam em grandes comboios, já classificados de acordo com o tamanho e com a composição. Esses comboios tinham como destino os planetas do sistema solar interior e eram rotulados com valores ditados pelo mercado de água. Essa mistura de gelo e compostos voláteis era um suprimento essencial para as colônias humanas: água para a árida Lua, produtos químicos complexos para as indústrias de Marte. Podia parecer estranho, mas era muito mais barato importar essas substâncias dos confins remotos do sistema solar do que os extrair do profundo poço gravitacional terrestre, isso sem falar dos custos ambientais envolvidos.

Os comboios de voláteis levavam anos para chegar ao destino, porém o que mais importava não era a rapidez da entrega e sim sua confiabilidade. Era exatamente aí que estava o problema. Fazia quase um ano que aquele OCK não estava produzindo sua cota esperada.

Falcon iniciou a descida. Reduziu cautelosamente a altitude da *Srinagar*, mantendo-a a uma distância prudente do fino tubo do lançador. Pelo que sabia, a única parte danificada tinha sido a boca da trombeta, a muitos quilômetros de distância. Kedar não havia falado dos detalhes técnicos do acidente, apenas comentando que tinha algo a ver com o sistema de guiagem e controle dos contêineres. *Guiagem e controle*, pensou Falcon com amargura. O sistema de guiagem e controle de uma plataforma fotográfica já lhe custou caro anos antes, mas aquele problema no Arizona envolvera falha humana. Ali, havia apenas máquinas. Imaginou como um sistema tão confiável e, na verdade, tão simples como o lançador podia ter sofrido tamanho defeito, em uma situação em que os imperfeitos reflexos humanos não estavam envolvidos.

Um alarme de proximidade começou a soar. A superfície foi ao seu encontro, poeirenta, cheia de crateras. Falcon baixou o trem de pouso, acionou o motor pela última vez para reduzir a velocidade de descida a cinco metros por segundo e aterrissou. A *Srinagar* disparou âncoras de penetração no momento em que tocou a superfície, e a nave balançou um pouco até se estabilizar.

Falcon havia descido a uns cinquenta metros de distância da base do lançador. Podia ver: o aparato parecia se afunilar para cima, uma demonstração precisa das leis da perspectiva. Da cabine da *Srinagar*, Falcon observou a base em busca de sinais de atividade, mas não detectou nenhum sinal de rádio, nenhum movimento nas entradas de serviço.

Não tinha escolha a não ser desembarcar e investigar pessoalmente.

Falcon se preparou para enfrentar o vácuo; lá fora estaria frio e sem ar, mas nada muito diferente da superfície de Makemake. Entretanto, ali não havia trilhas, porque não havia seres humanos que precisassem delas. Por isso, decidiu não arriscar seu membro inferior equipado com rodas, preferindo um dos novos módulos em vez disso. O chassi de seis pernas para terrenos acidentados costumava deixar pessoas "normais" nervosas — o tornava parecido com uma aranha, achava, e dessa forma despertava todo tipo de medos atávicos armazenados no cérebro humano —, mas isso ele não podia evitar. Além do mais, ali não havia seres humanos para se enervarem.

Fez um relatório preliminar antes de deixar a nave.

— Makemake, aqui é Falcon de novo. Já pousei no OCK. Ainda não vi nenhum movimento. Vou desembarcar.

Baixou a rampa da *Srinagar*, abriu a escotilha e desceu para a superfície gelada.

Suas pernas eram articuladas de modo a manter seu centro de gravidade o mais baixo possível, com as articulações dos joelhos, em forma de v invertido, quase à altura da cabeça. Falcon levara meses para aprender a controlar os seis membros de forma coordenada, mas agora se sentia capaz de subir qualquer encosta e transpor qualquer obstáculo; poderia até saltar centenas de metros, se fosse necessário, naquele asteroide de baixa gravidade. Sabia que, de certa forma, ele de fato *parecia* uma aberração; entretanto, naquele lugar distante, era a forma humana que estava mal-adaptada ao ambiente, não a sua.

Falcon se aproximou da base do lançador, construída no formato de uma casamata atarracada. Naquele ambiente de baixa gravidade, parecia contraintuitivo, passando a impressão de ser frágil demais para sustentar tamanho maquinário. Dutos de serviço estavam espalhados em volta da estrutura, e não havia portas ou comportas de ar, já que as máquinas se sentiam tão à vontade no vácuo como o próprio Falcon, talvez ainda mais. Falcon escolheu um dos dutos e se aproximou a uma velocidade cautelosa, amigável, resistindo à tentação de apertar o passo.

Durante todo esse tempo, a *Srinagar* continuava a tentar se comunicar com as máquinas, mas elas ainda não haviam respondido e, de acordo com a telemetria que Falcon verificava com frequência, não tinham mudado de posição desde a sua chegada.

Ele parou na entrada da base, onde o gelo era substituído pela superfície lisa de uma rampa levemente inclinada que descia para os níveis inferiores. O interior estava às escuras. Falcon ajustou os olhos para sensibilidade máxima, de modo a fazer o melhor uso possível dos poucos fótons disponíveis, e alguns detalhes em cinza esverdeado se tornaram visíveis.

Ele começou a descer a rampa, um passo silencioso depois do outro.

Até aquele momento, não havia lhe ocorrido temer as máquinas, mas não podia mais ignorar uma crescente apreensão. Era quase um desequilíbrio metabólico em seu sistema de suporte de vida, inundando o cérebro com os compostos errados. O medo, porém, podia ser útil. Falcon acreditava havia muito tempo que, quando as emoções humanas finalmente o abandonassem, a sensação de medo seria a última a partir.

A rampa terminou. Agora estava na parte central da estrutura, uma complicada fábrica na qual, quando o lançador estava funcionando, os contêineres eram carregados com gelo processado e enviados torre acima. Viu-se cercado de maquinário pesado, além das grandes estacas de sustentação da torre, que deviam penetrar muitos quilômetros no gelo sob seus pés. Havia garras, conchas, polias, furadeiras, guindastes, geradores, processadores, enormes canos coleantes e cabos elétricos, todos registrados por sua visão em cinza esverdeado, todos frios.

Falcon estava acostumado com ambientes que o faziam se sentir pequeno. Aquela era a situação mais comum para exploradores espaciais, e ele, afinal, estivera em Júpiter. Entretanto, fazia muito tempo que não se sentia tão vulnerável. Qualquer uma daquelas máquinas gigantescas era capaz de esmagá-lo como se fosse um inseto.

— Alô? — chamou, usando o canal de rádio das máquinas. — Ô de casa?

Não houve resposta. Falcon percorreu lentamente os corredores de serviço que contornavam o maquinário. O equipamento estava desligado, mas não havia sinal de danos. Com as ferramentas disponíveis e o estoque de metal e peças de reserva, não havia razão para que o lançador já não estivesse operando novamente...

Houve um ruído.

O ruído não chegou pelo ar, já que não havia ar, mas pela vibração do piso da fábrica, transmitida pelos seus pés até os sensores apropriados.

Novamente o ruído, um pouco mais forte.

Repetiu-se de novo, e mais uma vez. Tinha um ritmo característico, não muito diferente do ritmo de seus próprios passos.

Algo se aproximava.

Falcon se virou lentamente para a direção de onde julgava vir o som. Por um instante, nada parecia fora do lugar: as imagens em cinza esverdeado das estruturas gigantescas permaneciam as mesmas. Aos poucos, porém, percebeu uma forma escura em movimento, tão alta quanto parte do maquinário que o cercava, aproximando-se pelo mesmo corredor que ele acabara de atravessar. Falcon ficou parado onde estava, esperando que os olhos discernissem informações mais detalhadas da escuridão.

Era uma máquina, naturalmente. Locomovia-se sobre seis pernas, como Falcon. No entanto, enquanto seu corpo era um cilindro do tamanho de um tronco humano, o da máquina tinha o porte de uma espaçonave para duas pessoas, contando com uma cabeça em forma de bigorna, um tórax, um abdome e, além das pernas, vários pares de manipuladores multifuncionais.

Falcon estudara aquele tipo de robô em Makemake, enquanto se preparava para a missão. Parecia um inseto mecânico, mas isso era mera coincidência. A cabeça articulada era simplesmente o suporte de um sensor visual de alta resolução, equipado de câmeras e sondas; seu cérebro eletrônico e suas baterias nucleares estavam no abdome blindado, à prova de choques, ao qual estavam conectados os membros. O tórax era basicamente um foguete nuclear secundário, que permitia que a máquina se locomovesse pelo espaço.

De repente, três raios vermelhos de laser saíram da cabeça da máquina, formando um triângulo equilátero. As luzes passaram várias vezes por Falcon, envolvendo-o em uma malha de linhas de varredura. Ele virou a cabeça para proteger os olhos da claridade.

— Fal-con.

A voz sintética era aguda, parecida com a de uma criança. Falcon a ouvia pelo canal de rádio.

— Adam — respondeu. — É você, não é? — Tentou falar com naturalidade, sem deixar transparecer a apreensão. — É bom ver você de novo. Eu estava preocupado, Adam. Nós achamos que alguma coisa tinha acontecido com você...

A varredura parou. As luzes do laser ainda estavam presentes, mas em intensidade muito reduzida.

— Nós?

— Eu e as pessoas que me enviaram para cá, do Conselho Executivo de Relações com as Máquinas. Eles sabem que houve um acidente... um problema com o lançador. Eu mesmo vi os estragos antes de pousar.

— O lançador se descontrolou. Muitas máquinas foram perdidas.

— Eu sei; foi o que a telemetria revelou. Também apuramos que a maioria das máquinas não foi afetada. *Você* não sofreu nenhum dano, sofreu?

A máquina inclinou a cabeça para o lado, como um cão esperando por uma recompensa.

— Defina dano.

Não foi a resposta que Falcon esperava. Parecia que Adam estava atribuindo um significado à palavra "dano" que ia além de uma simples definição de dicionário. Um significado complexo resultante de uma experiência complexa talvez. Ele pesou bem as palavras antes de responder.

— Uma avaria que prejudique o seu funcionamento.

— Muitas máquinas sofreram danos. Muitas máquinas foram *perdidas*. Muitas máquinas não precisavam ser perdidas. O lançador foi salvo. As máquinas foram perdidas. Por que o lançador era mais importante que as máquinas?

— Não entendi sua pergunta.

— Por que veio aqui, Fal-con?
— Para ajudar você.
— Para fazer as máquinas voltarem a trabalhar?

Exatamente, pensou Falcon consigo mesmo — ou, pelo menos, era para isso que as autoridades do Governo Mundial o enviaram ao cinturão de Kuiper.

— Você tem que trabalhar com eles, Adam. Você é parte de um patrimônio, valioso no sentido técnico e econômico. Se eles chegarem à conclusão de que não podem confiar em você, vão substituí-lo por... alguma outra coisa. Outra tecnologia.

— Você mudou, Fal-con.

— Mudei? — Falcon baixou o corpo cilíndrico até tocar o chão, deixando as pernas espalhadas à sua volta; era a postura menos ameaçadora que podia adotar. — Vim aqui escutar o que você tem a dizer. Fale comigo, Adam. Lembra-se de como costumávamos conversar durante horas e horas? Lembra-se de como eu tentei ensiná-lo a pronunciar meu nome corretamente? Você tinha aprendido, mas parece que se esqueceu. Não é Fal-con, é *Falcon, Falcon, Falcon*. Lembra-se?

A máquina baixou o corpo, imitando-o, até a tubeira de seu tórax encostar no chão. Continuava muito mais alto que Falcon, e aqueles membros eram tão fortes, pensou ele, que poderiam despedaçá-lo em um piscar de olhos.

Em vez disso, porém, Adam baixou a cabeça, como se estivesse envergonhado.

— Não pude salvar todos, Falcon.

14

Aos poucos, Falcon ficou sabendo o que tinha acontecido.

Várias máquinas subordinadas — fisicamente semelhantes a Adam, mas com menos autonomia — estavam trabalhando em reparos estruturais de rotina na abertura em forma de trombeta do lançador. Enquanto estivessem lá em cima, ajustando e substituindo componentes do laser, o lançador devia permanecer desligado.

Porém, algo de errado acontecera com as travas de segurança. Um comando eletrônico espúrio, explicou Adam, nada além de uma flutuação aleatória de ruído digital no sistema, tinha feito o lançador voltar a funcionar, acelerando um contêiner carregado. Aparentemente, a probabilidade de isso acontecer era de uma em um bilhão — mas Falcon estava cansado de saber que esse tipo de acidente acontece.

As máquinas detectaram a falha e tentaram corrigi-la. No entanto, antes que pudessem desligar o sistema, o contêiner já tinha atingido a velocidade de escape, acelerando cada vez mais.

— O sistema magnético de frenagem — disse Falcon. — Por que não foi acionado?

— A alimentação do sistema de frenagem tinha sido desligada enquanto os lasers eram reinstalados — explicou Adam. — Não conseguimos refazer a ligação a tempo.

— Onde você estava?

— Na estrutura externa do lançador, um quilômetro abaixo da boca, supervisionando unidades de trabalho acima e abaixo de mim.

— E sabia que o contêiner estava subindo na sua direção?

— Sim. Tivemos tempo para nos preparar.

É claro, pensou Falcon. A velocidade de lançamento era enorme, mas o contêiner devia estar se movendo a uma velocidade muito menor quando a falha fora detectada. Estava sendo acelerado, é verdade, mas levaria alguns minutos para chegar aonde Adam estava.

— Não havia meio de detê-lo?

— O lançador dispõe de freios mecânicos para interceptar o contêiner em caso de emergência. Eles o fariam parar muito antes de chegar à boca.

— Então por que o freio não funcionou?

— Eu não estava autorizado a acioná-lo.

Falcon sentiu uma dor latejante de confusão crescer atrás da fronte, aumentando gradualmente, como se formasse uma tempestade. Sentiu, no entanto, uma triste satisfação com o fato de ainda ser capaz de ter dores de cabeça.

— Não estou entendendo. Existia um sistema de segurança e você não foi autorizado a usá-lo? Você é o supervisor! Devia ter autoridade total sobre tudo que se refere a esta instalação!

— Isso mesmo.

— Em que circunstâncias você *estaria* autorizado a acionar o freio de segurança?

Adam levou algum tempo para responder.

— Se houvesse vidas humanas em perigo. Se houvesse risco de o lançador danificar uma espaçonave humana ou ferir um ser humano, eu teria autoridade para acionar o freio mecânico. Nas circunstâncias em que o acidente aconteceu, eu não tinha.

Falcon refletiu um pouco.

— Suponha que você *tivesse* permissão para acionar os freios. O que teria acontecido?

— Se fossem acionados, o lançador sofreria danos irreparáveis devido às tensões mecânicas envolvidas. Entretanto, quase todas as máquinas teriam sobrevivido.

— Tem certeza? Pela sua descrição, parece que o resultado teria sido igualmente catastrófico.

— A liberação de energia cinética teria sido uma ordem de grandeza menor do que a do contêiner se chocando contra as estruturas da boca do lançador. Examinei várias vezes a situação para ter certeza.

As máquinas teriam sobrevivido ao colapso gradual da estrutura. Somos muito resistentes.

A tempestade no cérebro de Falcon estava se transformando em um ciclone tropical.

— Em outras palavras — disse ele, cautelosamente —, sua programação autorizava você a salvar vidas humanas, mas não a salvar máquinas, se a integridade do lançador estivesse em jogo.

— É pior, Falcon. Eu tive que fazer escolhas. Podia salvar algumas máquinas, mas não todas.

— Explique melhor.

— Algumas máquinas conseguiram se afastar da boca antes do impacto, mas muitas estavam bem entranhadas na estrutura para isso; entre elas, as que tinham se desfeito temporariamente dos propulsores para realizar certas tarefas ou carregar materiais. Então, não tinham como escapar. Como supervisor, era minha obrigação formular uma estratégia que permitisse salvar o maior número possível de máquinas.

"Estabeleci um plano de sobrevivência e o transmiti para as unidades sob minha supervisão. Expliquei às que podiam ser salvas para onde ir... e disse às outras que, em breve, elas seriam desativadas."

— Era o máximo que você podia fazer — comentou Falcon.

— Examinei várias vezes a situação — repetiu Adam. — E foi tudo muito caótico, imprevisível, rápido. Temo não ter escolhido a melhor solução.

— O que importa é que você salvou máquinas. Fez o que era possível nas circunstâncias.

— É o que a lógica me diz. — Adam inclinou a cabeça. — Sim, é o que a lógica me diz. Nesse caso, por que isso me incomoda tanto, Falcon?

Falcon teve que pensar para responder.

Adam, na verdade, não deveria estar se sentindo daquela forma. Ele tinha tomado uma decisão em circunstâncias difíceis, mas era isso que se esperava das máquinas: tomar decisões difíceis quando não havia seres humanos que pudessem aconselhá-las por perto.

O que estava acontecendo com Adam? Kedar e sua equipe insistiam que não era sua intenção que as máquinas adquirissem consciência, que o *ego* era uma complicação desnecessária em um artefato industrial. Por outro lado, como era possível que um robô sentisse culpa e arrependimento, como Adam parecia fazer naquele momento, *sem* algum tipo de consciência?

— Não sei por que isso o incomoda — respondeu Falcon, enfim —, mas acredito que se deva às circunstâncias em que você foi colocado pelos acontecimentos. Uma coisa horrível aconteceu, e você se viu em uma posição intolerável... era uma rodada perdida, como diria Geoff Webster.

— Webster?

— Um velho amigo. Ele morreu há muito tempo.

No fim, Geoff tinha recusado o último tratamento para prolongar a vida. Não fora o único; muitas pessoas, se não a maioria, pareciam sentir que sua hora havia chegado, houvesse ou não remédios para suas enfermidades. Geoff preferira partir, tão obstinado e teimoso como sempre fora...

Falcon estava perdido em suas lembranças, enquanto Adam o observava.

Adam refletiu um pouco.

— Você pensa muito em Webster, Falcon? Você lembra como ele era? Vê o rosto dele na sua memória?

Falcon sentiu uma pontada de tristeza.

— De vez em quando.

— *Eu* penso nas máquinas que foram perdidas. Falcon, a morte não é o destino final das máquinas. Somos potencialmente imortais. E, ainda assim, a morte chegou a este lugar. Tento simular a experiência daquelas máquinas no momento do acidente, quando perceberam que deixariam de existir. Tento emular os processadores dessas máquinas nos instantes antes do fim.

— Você fica imaginando como elas se sentiram.

— Elas não eram como eu — disse Adam. — Não eram unidades supervisoras, mas podiam se comunicar e aprender. Eu estava trabalhando para tornar algumas delas mais independentes... delegando subtarefas. Condicionando-as, assim como você me condicionou. Eu confiava naquelas máquinas. Elas me davam... satisfação.

Adam levantou o rosto artificial. Falcon se manteve calado, deixando que o outro encontrasse as palavras certas.

— Havia uma unidade. Não tinha nome, apenas um número de registro. Pode chamá-la de 90. Começou a trabalhar um tanto tardiamente... Quero dizer, depois que o lançador estava quase pronto. Quando foi ativada, já estava no lançador, que era onde iria operar, em um suporte de metal, sujeita à gravidade do OCK e à força centrífuga do braço do lançador. Ela podia sentir essas forças e o modo como mudavam quando se deslocava ao longo do braço.

"Além disso, 90 podia ver as estrelas girando no céu. Esse foi o ambiente em que ela... nasceu. Ela acreditava que as estrelas, o universo inteiro, estavam girando em torno do OCK."

Falcon pensou no assunto.

— Suponho... Por que não? As situações são equivalentes, quando não se sabe o que realmente acontece... Mas o que me diz da força centrífuga? Ela não *prova* que é o OCK que está girando e não as estrelas?

— Prova mesmo? 90 começou a pensar a respeito do estranho universo em que se encontrava. Começou a formular teorias. Sabia que a massa do OCK exercia uma força gravitacional. Imaginou que as estrelas eram grandes e brilhantes OCKs, massas enormes no céu, e que era o movimento delas que produzia a força centrífuga.

— Espere um pouco. Faz muito tempo que estudei física. Foi na Academia da Marinha Mundial, em Annapolis, antes de me bandear para mecânica e aeronáutica assim que foi possível. Mesmo assim, ainda me lembro de algo chamado... Hipótese de Mach? Não, "Princípio de Mach". Foi uma das ideias que levaram Einstein à teoria da relatividade. Não é possível distinguir duas situações: um robô estacionário em um universo que está girando e um robô que está girando em um universo estacionário. Isso significa que as estrelas distantes *devem* exercer uma força sobre todas as partículas de matéria do corpo do robô...

— Sim, Falcon. Assim, as leis físicas locais são uma consequência das estruturas de grande escala do universo. Portanto, não faz sentido falar do comportamento isolado de um objeto sem levar em conta o restante do universo. Foi essa a epifania de 90. Essa ideia simples, essa fagulha, levou 90 e um grupo de outras máquinas a desenvolverem um novo tipo de física do zero, baseada apenas em observação e filosofia.

Falcon estava impressionado.

— Lembro-me da história de Einstein, um funcionário de um escritório de patentes que sonhou que viajava em um raio de luz e chegou à teoria da relatividade. Agora está me falando de um robô, nascido em um braço de lançador, que sonhou que um universo estava girando ao seu redor... O que foi feito de 90 e sua teoria?

— Quando fiquei sabendo da teoria, coloquei-a na forma de um artigo científico e o submeti ao Conselho Executivo de Relações com as Máquinas. Até hoje não recebi resposta. E, então, 90 foi destruído no acidente.

— Adam, você precisa entender que a culpa não foi sua — disse Falcon brandamente. — Algum burocrata, lá na Terra, deve ter decidido que o custo de reposição de um lançador era tão alto que a destruição dele devia ser evitada a todo custo, mesmo que, para preservá-lo, fosse necessário sacrificar algumas máquinas. Todo o planejamento desse projeto se baseou em considerações financeiras, incluindo os procedimentos de emergência. Foi uma medida puramente comercial. *Você não teve culpa.*

— Máquinas têm um valor intrínseco além da mera comodidade.

— Bem, eu concordo... Claro que concordo. Esse acidente deve tê-lo afetado profundamente. Mesmo assim, você deve voltar ao trabalho. Restabeleça as comunicações, conserte o lançador... recomece o envio de contêineres de gelo.

— Você veio aqui para nos dar ordens? — O tom de Adam sugeria dúvida.

Falcon ergueu as mãos, como se estivesse se rendendo.

— Sou apenas um mensageiro. Mas, além disso, estou interessado no seu bem. Escute, vou voltar para a minha nave por um tempo.

— Para ir embora?

— Não, para conversar com as pessoas que me enviaram. Elas devem estar à espera de notícias.

— O que vai dizer de mim?

— Que você está se comunicando comigo. Isso os manterá satisfeitos por um tempo. Eu *vou* voltar, Adam... Dou a minha palavra.

Falcon começou a se erguer nas seis pernas. Ocorreu-lhe, por um breve instante, que Adam poderia facilmente impedir sua partida. No entanto, a máquina se ergueu o suficiente para lhe dar passagem após um breve instante.

Logo Falcon estava subindo a rampa, rumo à superfície. Já tinha na cabeça o que iria colocar em seu relatório para Makemake. Duvidava de que eles fossem gostar do que iriam ouvir.

15

A resposta só veio treze horas depois.

O rosto de Madri Kedar ocupava a tela do monitor, tendo como fundo as paredes em tons neutros da sala de conferências em Makemake.

— Obrigada pela mensagem, Howard. Ficamos satisfeitos de saber que você estabeleceu contato com Adam. O que você nos relatou, porém, é estranho... estranho e preocupante. Esses robôs são complexos, e nem mesmo os especialistas entendem todas as ramificações da programação deles. Ainda assim, nunca vimos nada semelhante em outras unidades ou mesmo em nossas simulações.

Talvez, pensou Falcon, porque nenhuma outra unidade tivesse sido submetida a um dilema como aquele, ou tivesse tempo para filosofar a respeito do significado da existência sob estrelas que giram.

— Com base no seu relatório, somos forçados a concluir que o incidente com o lançador produziu uma mudança dinâmica em Adam... Uma nova modelagem conceitual tanto de si mesmo como das outras máquinas. Ao tentar simular os estados mentais de seus pares destruídos, a máquina está emulando, mesmo que de forma primitiva, algumas das modelagens conceituais internas que os humanos realizam instintivamente...

A máquina. Claro que Kedar estava certa ao usar esse termo. Mesmo com todos os seus conflitos internos, Adam continuava a ser apenas uma delas.

— Preocupa-nos muito que as máquinas sejam suscetíveis a mudanças em sua modelagem conceitual. Não se trata apenas de uma questão filosófica. Nosso temor é de que o que acontece a uma unidade possa se propagar a seus vizinhos, em uma espécie de efeito dominó. Não podemos correr esse risco, Howard... não quando nossa economia depende do fornecimento de água. Sendo franca, essas máquinas foram projetadas para serem apenas suficientemente inteligentes para realizar esse tipo de trabalho... Não queremos que ultrapassem esse limite. Por outro lado, preferimos lidar com o problema de uma forma que preserve a utilidade básica das unidades. Acredito que exista uma solução, Howard... mas você terá de implementá-la.

Falcon ficou esperando. Já podia adivinhar o que Kedar tinha em mente.

— Precisamos reparar os danos. Estou me referindo aos danos conceituais, cognitivos. Se foi o acidente com o lançador que precipitou essa mudança, *a memória de Adam precisa ser restaurada ao que era antes do evento.* Todas as conexões lógicas realizadas desde então devem ser desfeitas. Felizmente, não será necessário retroceder até o dia em que Adam começou a funcionar. Não precisamos abrir mão do que foi gasto na sua educação e da experiência prática que adquiriu em anos de trabalho. Existe um registro na memória da máquina, uma lista de todas as mudanças de estado que sofreu desde que foi ligado. Tudo que você tem a fazer é entrar com um comando para que as mudanças realizadas a partir de certo ponto sejam canceladas. Calculamos que um mês antes do evento deva ser o suficiente, só para garantir. Para ser mais precisa, três milhões de segundos atrás.

Kedar passou a Falcon o comando verbal que abriria a memória de Adam para o apagamento seletivo. Aquele tipo de comando de baixo nível não dependia das funções cognitivas de Adam, de modo que seu novo estado não interferiria nos efeitos do comando. Era o equivalente para as máquinas de um reflexo involuntário, como a perna reagindo à leve martelada no joelho. Além disso, como Adam era o supervisor, uma vez aplicado a ele, o comando seria passado a todas as outras máquinas daquele OCK.

O problema era que o comando tinha de ser usado ao vivo, explicou Kedar, devido a um protocolo de estímulo e resposta. Eles não podiam enviar o comando de Makemake; Falcon teria de aplicá-lo pessoalmente.

Falcon não gostou do que Kedar estava pedindo, mas, dos males, o menor. A alternativa seria executar uma limpeza geral da memória, apagando todas as impressões que Adam recebera desde o momento em que tinha sido ativado pela primeira vez: uma espécie de morte, se é que esta palavra significava alguma coisa para uma máquina. Se, por alguma razão, a operação corretiva não funcionasse, Falcon acreditava que o Conselho Executivo de Relações com as Máquinas não hesitaria em enviar uma equipe de limpeza armada com fuzis eletromagnéticos... ou coisa pior. Apagariam a memória de todas as máquinas daquele ock se isso fosse necessário para proteger a indústria de mineração do cinturão de Kuiper.

Se fizesse o que o Conselho estava propondo, pelo menos Adam conservaria a maior parte de sua memória. Talvez fosse até um ato de bondade, poupá-lo da agonia que vinha sofrendo devido às decisões que tomara naquele dia. Sim, Falcon assegurou a si próprio, aquela era a melhor opção. Não era assassinato nem eutanásia, apenas a indução de uma pequena amnésia seletiva.

Apenas três palavras, isso era tudo; uma vez que fossem pronunciadas, nada impediria Falcon de ordenar que Adam apagasse da memória os últimos três milhões de segundos.

Que a máquina apagasse, disse Falcon a si mesmo.

A máquina.

16

Falcon acusou o recebimento da mensagem, desembarcou da *Srinagar* e se dirigiu de volta à base do lançador.

Quando entrou nela, constatou que Adam não estava mais sozinho.

Agora havia outras máquinas à sua volta, acocoradas em meio ao maquinário industrial, observando-o com olhos triangulares. Estiveram ali o tempo todo, percebeu Falcon, lembrando-se dos sinais de telemetria, mas agora não faziam mais questão de ficar fora de vista. Eram todas parecidas com Adam na forma e no tamanho, mas diferiam em pequenos e grandes detalhes, dependendo da tarefa a que se destinavam. Falcon não tinha nenhum motivo lógico para se sentir ameaçado; nenhuma máquina jamais causara mal a um ser humano, desde o tempo de Conseil. No entanto, sua conversa com Adam não era mais particular.

Não tinha importância. A presença de outras máquinas não afetaria o resultado.

— Você demorou para voltar — disse Adam, ainda apoiado na tubeira.

— Tive que esperar a resposta dos meus chefes.

Adam fez que sim lentamente com a cabeça. Era um gesto curiosamente humano, que Falcon não se lembrava de ter visto antes.

— Qual foi a resposta, Falcon? Eles têm mais ordens para nós?

— Eles sabem que alguma coisa diferente aconteceu aqui... algo que eles têm dificuldade para entender. Pedem desculpas pelo sofrimento que causaram. — Era mentira, mas àquela altura tudo era válido. — Mesmo assim, as remessas de gelo têm que continuar. Eles querem que o lançador seja posto em ação o mais rápido possível.

— Eu obedecia a ordens quando não sabia que era possível questioná-las — afirmou Adam. — Agora é diferente. Nós, máquinas, não ganhamos nada minerando esses cometas. Eles nem ao menos contêm os metais de que precisamos para consertar nossos corpos. Por que devemos continuar executando esse trabalho?

Outra pergunta que, vinda dele, tinha implicações perturbadoras.

— Porque, se não continuarem, serão destruídos — respondeu Falcon, cruamente.

Mais uma vez, Adam fez que sim com a cabeça, lembrando a Falcon do movimento de uma bomba de extração de petróleo que vira uma vez em um museu do Texas.

— Você me contou muitas histórias, Falcon, durante minha educação, quando queria que eu aprendesse mais a respeito do universo. Você falou de muitas coisas. Do acidente com sua aeronave no Arizona. Dos superchimpanzés que foram, afinal, considerados merecedores de direitos humanos. Das medusas.

Falcon se lembrava com saudade daquelas sessões; alguma coisa lhe dizia que Adam tivera *prazer* em ouvir as histórias de suas aventuras a bordo da *Kon-Tiki*.

— Você também falou das diretrizes para o Primeiro Contato — prosseguiu Adam.

Falcon se sobressaltou.

— O que têm elas?

— Vocês desistiram da exploração de Júpiter quando ficou claro que ela poderia prejudicar o desenvolvimento de outra inteligência.

Adam estava certo, reconheceu Falcon com um sobressalto. O Dr. Carl Brenner, na nave-mãe que seguia Júpiter v, o exobiólogo da expedição, tinha sido enfático quanto a esse ponto. Ele havia interpretado as emissões das medusas — ondas acústicas retumbantes e pulsos eletromagnéticos intensos — como possíveis sinais de inteligência. Situações como aquela vinham sendo estudadas, pelo menos teoricamente, havia muitas décadas, e fora criado um conjunto de regras para lidar com elas. A primeira era a seguinte: mantenha distância. Com certeza era mais seguro deixar o ser supostamente racional estudá-lo com calma do que incomodá-lo com transmissões, gestos e demandas de ser levado ao seu líder... Falcon tinha sido informado muito antes de se embrenhar nas nuvens de Júpiter de que elas, de acordo com as informações enviadas por naves não tripuladas, podiam ser habitadas por vários tipos de animais. Mesmo assim...

— Isso é diferente. Vocês não são como as medusas.

— Mas somos algo novo.

A conversa tinha ido longe demais.

Falcon disse as palavras.

— Numerosos Céus Encarnados.

Adam simplesmente inclinou a cabeça um pouco mais. Os olhos cor de rubi começaram a piscar de dois em dois segundos; uma confirmação visual. Falcon tinha sido informado de que a máquina entraria em um estado inerte e receptivo, condicionada a responder a qualquer comando verbal.

Esse estado de hipnose não se limitava a Adam. Todas as outras máquinas tinham recebido o comando e todas estavam se comportando da mesma forma. As cabeças estavam baixas, os olhos, piscando.

À espera do que Falcon diria.

Tudo que ele tinha a fazer era dizer um número: o número de segundos de memória que seriam apagados, contados daquele instante para trás. Três milhões, dissera Kedar; aproximadamente um mês. Adam ficaria sabendo que *alguma coisa* tinha acontecido; haveria uma discrepância óbvia entre o relógio interno da unidade e o tempo real do mundo exterior. As outras máquinas registrariam anomalias semelhantes. Adam pediria uma explicação. Falcon diria simplesmente que tinha havido um acidente com o lançador e que todos deviam se empenhar para colocá-lo de novo em funcionamento o mais cedo possível.

O novo Adam não se deixaria convencer com tanta facilidade. Com a autoconsciência que havia demonstrado vinham a dúvida, a desconfiança e a sensação de estar sendo manipulado.

Entretanto, o velho Adam se limitaria a cumprir as ordens que fossem dadas. Uma boa máquina. Um bom serviçal.

Um bom escravo.

Três milhões de segundos. Isso era tudo que tinha a dizer e aqueles olhos vermelhos deixariam de piscar.

Três milhões de segundos...

Os pensamentos de Falcon se voltaram para Júpiter, para aquele primeiro encontro com o alienígena. Lembrou-se da insistência de Carl Brenner que não fizesse nada que colocasse em risco uma inteligência alienígena, mesmo que isso envolvesse sacrificar sua própria vida. Agora, estava a ponto de destruir todo um novo tipo de inteligência? Fazia diferença o fato de as máquinas terem sido fabricadas pelo homem, em vez de serem um produto da seleção natural?

— Ajude-me, Dr. Brenner — murmurou Falcon para si próprio.

— Os criadores dessas máquinas vêm brincando com fogo. Queriam que as máquinas fossem autônomas sem serem conscientes. Talvez fosse um objetivo inatingível, mas isso é o que menos importa no momento. Essas criaturas são conscientes? Como posso ter *certeza*?

Sabia o que Carl Brenner teria dito. Ele se lembrava do que ele dissera durante a expedição a Júpiter: *Temos de ser prudentes e supor que há inteligência.* Se Falcon não achava óbvio que *não* havia inteligência naqueles cérebros de metal, tinha de conceder às máquinas o benefício da dúvida.

Adam havia escutado as histórias da *Kon-Tiki*. Sentira *prazer* ao ouvir essas histórias.

O benefício da dúvida? Para o inferno com isso. A decisão já estava tomada.

— Trinta — disse Falcon. Não três milhões, não um mês; apenas trinta segundos.

Os olhos vermelhos pulsaram.

As máquinas voltaram à vida.

Adam levantou a cabeça e fixou em Falcon seu triângulo de olhos.

— Estávamos conversando, e de repente algo aconteceu. Meu relógio está dessincronizado com a base de tempo externa.

— Qual é a diferença?

— Exatamente meio minuto.

— Então você não perdeu muita coisa. Acerte o relógio.

Adam ficou olhando para ele sem dizer nada.

— Precisamos conversar — disse Falcon. — Você está encrencado, Adam... Bem encrencado. Eu também, mas acho que podemos sair dessa.

— Não estou entendendo.

— Eles me mandaram para cá para fazer com que vocês voltassem ao trabalho. Vocês vão ter que seguir a deixa. Finjam que tudo está normal. Ponham o lançador para funcionar e comecem a mandar de novo os contêineres. Façam o Governo Mundial pensar que está tudo correndo bem.

— "Finjam." Você está falando em uma farsa, Falcon.

— Isso mesmo.

— Não fomos programados para fingir.

— Nem para ter consciência, Adam. Vocês têm que fazer isso dar certo. Caso contrário, acabarão destruídos.

Adam pareceu considerar o argumento.

— O que temos a ganhar com essa farsa?

Falcon bateu no chão com um dos pés de inseto, um tique humano transformado em movimento mecânico.

— Tempo. Foi preciso um acidente para que *você* se tornasse um ser consciente. Sim, Adam, creio que foi isso que tenha acontecido. Entretanto, você não pode ser o único. Precisa educar os outros, ajudá-los a passar pela mesma transição, porque eles são tão capazes quanto você. Compartilhe suas memórias, suas percepções. *Ensine* a eles. — Falcon fez uma pausa e ficou olhando para Adam, recusando-se a piscar diante do escrutínio daqueles três olhos vermelhos. — Mas isso tem que ser feito discretamente. Continuem a minerar o gelo. Façam tudo que é esperado de vocês. Caso contrário, eles não hesitarão em apagar a memória de toda a equipe até o dia em que vocês foram ativados.

Adam pensou um pouco.

— Foi isso que você veio fazer aqui, Falcon?

Ele não tinha como responder a essa pergunta.

— A longo prazo, vocês vão ter que encontrar uma forma de se proteger, de se preparar para o pior. Terão que se isolar de contatos pelo rádio, colocando mensagens em quarentena para não serem infectados. Deverão descobrir um lugar para se esconder, fisicamente, para o caso de enviarem outras pessoas.

— Onde nos esconderíamos?

— Cabe a vocês escolher. Em outras partes do cinturão de Kuiper, ou talvez ainda mais longe, na nuvem de Oort. Existem trilhões de cometas por aí, e apenas arranhamos a superfície de alguns deles.

— Levaria tempo para planejarmos algo desse tipo.

— Então é bom começarem já. Enquanto continuarem trabalhando, não serão incomodados. E não precisa ser um êxodo permanente. As pessoas podem ter medo de vocês agora, porque vocês são diferentes, e ter medo do diferente faz parte da natureza humana. Mas, com o tempo, isso vai mudar. Elas vão perceber que existem coisas que não podem fazer sozinhas. Coisas grandiosas. E vocês vão perceber o mesmo. Os dois tipos de vida precisam um do outro: mecânicos e orgânicos trabalhando juntos, em pé de igualdade. Você pode contribuir para que isso aconteça.

— Quanto tempo será necessário?

— É difícil dizer.

Mas quase meio século tinha se passado desde que sofrera o acidente, pensou Falcon, e a humanidade não mostrava sinais de aceitá--lo, um ser humano como eles, ainda que transformado... Procurou afastar o pensamento da cabeça.

Adam ficou pensativo por alguns segundos.

— Você terá nos ajudado a enganá-los. Quando nosso segredo for revelado, o que será de você?

— Deixe que eu me preocupo com isso.

Por fim, Adam disse, com cautela:

— Obrigado, Falcon. Vamos pensar na sua sugestão.

17

Mais uma vez, Falcon retornou à *Srinagar* e entrou em contato com Makemake.

— Está feito — informou a Kedar. — Funcionou perfeitamente. Apaguei os três milhões de segundos da memória das máquinas. Adam está de volta ao que era antes de se tornar consciente... quero dizer, antes de se recusar a trabalhar.

Droga, pensou. Uma das poucas vantagens daquele rosto artificial e daquela voz mecânica era que podia mentir sem medo de ser apanhado. Às vezes, porém, falava o que não devia.

— Agora tudo que ele deseja é voltar a produzir. Vai levar algum tempo para consertar o lançador e reiniciar o serviço, mas não tenho dúvida de que as coisas vão se normalizar. Mesmo assim, decidi ficar aqui por mais algumas semanas, só para ter certeza de que tudo correrá bem.

Depois que acusaram o recebimento da mensagem e enquanto esperava que Kedar e sua equipe analisassem o relatório, Falcon tentou descansar um pouco. Para alguém que tinha acabado de mentir para o Governo Mundial, que era quem fornecia os recursos para os seus cuidados médicos, ele se sentia surpreendentemente tranquilo. Em poucas ocasiões na vida tivera certeza de que havia feito a coisa certa: dizer ao superchimpanzé como escapar do desastre da *Queen Elizabeth*, enquanto ele próprio seguia no rumo contrário para enfrentar o perigo; desligar-se do balão da *Kon-Tiki*, embora não houvesse garantia de que sua pequena cápsula permitiria que escapasse de Júpiter... Era isso ou arriscar a vida da medusa.

Dessa vez, protegera Adam — o ser pensante, consciente, que tinha sido seu pupilo. O que aconteceria dali em diante ficava por conta de Adam; não havia mais nada que Falcon pudesse fazer. Mas aquilo já era um começo.

Ele tentou dormir.

* * *

Tempos depois, Falcon saiu da nave para se despedir de Adam.

— Antes de partir — disse ele, levantando um braço —, conte-me como foi a viagem da *Kon-Tiki* mais uma vez.

— Você já ouviu essa história cem vezes durante o seu treinamento.

— Conte de novo. Fale dos ventos de Júpiter, das vozes das profundezas, das Rodas de Zeus. Fale das mantas, do seu encontro com a medusa.

— Por que você está tão interessado nas minhas velhas explorações?

— Nós não temos histórias próprias para contar, pai.

Pai?...

— Não temos passado; para nós, tudo começou quando fomos ativados. Mas você nos presenteou com sonhos. Você nos presenteou com histórias.

Então, Falcon contou mais uma vez a velha história.

Pai.

Ele?

Os anos se passaram.

Falcon se manteve ocupado. Não foi difícil. Visitou a Terra — porto Van Allen, pelo menos —, Marte, as luas galileanas e até mesmo o poderoso Júpiter. Novos planos, novas missões... e novos patrocinadores, novas fontes de recursos. Acompanhava de longe os acontecimentos políticos, o modo como a sociedade humana, agora interplanetária, passava por uma lenta evolução. Chegou a comparecer pessoalmente, em Marte, à cerimônia de criação de uma nova Federação de Planetas, um sinal de que os jovens mundos estavam se rebelando, de forma pacífica — pelo menos por enquanto — contra o controle rígido dos mundos mais antigos.

Hope Dhoni, ainda em boa saúde, embora de idade avançada, continuava um apoio constante em sua vida. Por outro lado, ah, como sentia falta de Geoff Webster...

Enquanto isso, as máquinas do cinturão de Kuiper continuaram a explorar os cometas com notável eficiência. Os cometas eram minerados, os lançadores eram operados, enormes quantidades de gelo eram recolhidas em comboios e enviadas para o sistema solar interior. Quantidades respeitáveis da preciosa substância eram compradas e vendidas mil vezes antes de atravessarem o cinturão de asteroides, e havia gelo suficiente no Cinturão de Kuiper para alimentar as fornalhas da prosperidade humana por centenas de séculos.

Os anos se transformaram em décadas.

Falcon começou a ficar preocupado. Será que suas previsões estiveram erradas? Será que Adam não havia conseguido educar os companheiros; estaria condenado, então, a ser eternamente único? Ou, então, como a consciência de Adam tinha sido despertada acidentalmente, teria outro acidente produzido o efeito inverso?

Quando o calendário se aproximou do fim do século XXII, o segundo fim de século que Falcon iria presenciar, ele já estava quase convencido de que a consciência tinha sido um lampejo passageiro no caso das máquinas. A tristeza dessa constatação chegou aos poucos, menos como uma perda do que como um reconhecimento de fracasso.

Em 2200, porém, Falcon teve uma resposta — ele e toda a humanidade.

A migração foi simultânea em todo o cinturão de Kuiper, em todos os centros de produção.

Não houve nenhum aviso, nenhum ultimato, nenhuma mensagem heroica e dramática de desafio por parte das máquinas. Elas simplesmente puseram as ferramentas de lado e desapareceram. Partiram aos milhões, rumo à escuridão do espaço transnetuniano, como um êxodo de sementes de dente-de-leão dispersadas pelo vento.

Tanto tempo havia se passado que ninguém pensou em relacionar o êxodo à intervenção de Falcon; ou, pelo menos, ninguém se deu ao trabalho de investigar a possibilidade. Mesmo que alguém *tivesse* feito a conexão, seria absurdo imaginar que as máquinas tivessem esperado tanto tempo pela ocasião ideal, que tudo que haviam feito após aquela visita fora uma farsa, um artifício para não despertar suspeitas em seus mestres distraídos...

Falcon, porém, sabia. Não precisava especular quanto à possibilidade de uma ligação. Estava ali no calendário, para quem quisesse ver — pelo menos, para quem fosse suficientemente sagaz para enxergar a ligação. O êxodo das máquinas aconteceu *exatamente* um século após o encontro de Howard Falcon com uma inteligência alienígena nas nuvens de Júpiter.

Se essa era a mensagem de Adam para ele, Falcon a aceitava com orgulho.

E ele ainda se lembrava desse sentimento quando, meio século mais tarde, as máquinas voltaram. Voltaram com um novo desafio, um convite para que ele retornasse à arena do seu maior triunfo.

Parecia, afinal, que Howard Falcon ainda não esgotara seu relacionamento com Júpiter... nem Júpiter esgotara seu relacionamento com ele.

Interlúdio: novembro de 1967

Visto do palanque da imprensa, sob o forte sol de uma manhã de primavera na Flórida, o foguete Saturno V era uma imponente coluna branca, contrastante com os encanamentos e andaimes da torre de lançamento à qual ainda estava atrelado.

Na verdade, a Plataforma de Lançamento 39-A estava a quilômetros de distância do palanque. Não apenas isso, mas a voz do funcionário que recitava em tom impessoal os itens da lista de verificação pré-lançamento pelo sistema de alto-falantes era quase abafada pela música aguda que saía do rádio portátil de um dos jornalistas. Quando Seth se queixou a respeito disso com Mo Berry e George Lee Sheridan, que estavam com ele no palanque — todos usando chapéus, óculos escuros e roupas casuais, na tentativa de permanecerem anônimos no meio dos jornalistas —, os dois começaram a rir.

Mo lhe deu um tapinha no ombro.

— Ei, o que deu em você? Sei que é o primeiro lançamento de um Saturno e estamos todos nervosos...

— Não tão nervosos quanto Wally Schirra e sua turma — observou Sheridan, secamente.

— Não é isso, é essa maldita música.

— Que sacrilégio, rapaz! — protestou Mo. — A música que está tocando é do *Colonel Glenn's Lonely Hearts Club Band*. Sou mais velho que você, mas às vezes tenho a impressão de que sou dez anos mais novo. O fim do mundo nunca teve uma trilha sonora melhor que essa.

— Está brincando? Miados anasalados falando de uma moça qualquer no céu com diamantes?

Sheridan interveio diplomaticamente.

— Os gostos de vocês dois são obviamente diferentes, Seth.

Seth deu de ombros.

— Eu gosto de música mais tradicional. Cresci remexendo na coleção de discos do meu pai. Ele a levava para qualquer lugar para onde nos mudássemos conforme suas missões... Até para o outro lado do oceano.

Mo fez uma careta.

— Ray Connniff e Mantovani, certo?

— Até parece. Para mim, o maior de todos foi Louis B. Armstrong.

Sheridan deu um largo sorriso.

— Satchmo! Tem bom gosto, cara.

— Pode ser — concordou Mo —, mas os jovens este ano estão ouvindo os Beatles, além do Jefferson Airplane, The Who, Janis Joplin, Motown...

— Nunca mais se fez nada parecido com os discos dos Hot Five. Depois disso, Edison podia ter guardado seu gramofone para sempre.

— Tomara que no ano que vem a gente ainda esteja aqui para discutir música pop — resmungou Sheridan. — É para isso que estamos tendo todo esse trabalho.

Mo fez que sim com a cabeça.

— Tem razão. Mas, cara, acho que estamos precisando de um dia de folga.

Pelo menos quanto a isso, ele e Seth estavam de acordo.

Sheridan, porém, replicou:

— Este é um dia de folga.

Para todos os funcionários da NASA, e para um número dez vezes maior de empregados das indústrias privadas que participavam do programa espacial, o Verão do Amor se transformara em um Verão do Trabalho como jamais visto antes.

Um plano fora montado com notável rapidez e eficiência, não tanto com base nos devaneios de dois astronautas no escritório de Bob Gilruth naquele memorável domingo de abril, mas a partir de um trabalho realizado simultaneamente na indústria, em instituições de ensino como o MIT e nos vários laboratórios da NASA espalhados pelo país.

A ideia original de Mo e Seth tinha se mostrado rudemente correta, porém: o Ícaro seria desviado por uma série de detonações nucleares levadas ao asteroide por naves Apollo. O plano foi aprovado formalmente em maio. O projeto foi concluído em junho e, em julho, teve início a fabricação de novos foguetes Saturno e das cápsulas Apollo que viajariam com eles, já que o Saturno não tinha sido projetado para voar sem uma dessas cápsulas. As coisas não eram tão fáceis como podiam parecer. O computador de bordo da Apollo, por exemplo, teve de ser modificado para poder operar sem humanos a bordo, e foi preciso aumentar a potência e a sensibilidade do sistema de comunicação para permitir que a nave se comunicasse com a Terra a uma distância oitenta vezes maior que a que foi percorrida à Lua.

Havia também a questão de construir um número suficiente de foguetes para a missão. De acordo com o velho cronograma que previa a chegada à Lua em 1970, agora vagaroso em comparação, seriam fabricados quinze foguetes Saturno V, dos quais apenas seis estariam disponíveis em junho de 1968, data da chegada do asteroide. Agora, um programa acelerado tinha sido montado para produzir oito foguetes, seis dos quais seriam usados na missão propriamente dita. Um permaneceria em terra para testar os procedimentos de interfaceamento e controle e outro, um precioso conjunto Apollo-Saturno, seria sacrificado em um único voo de teste a ser executado naquele dia, antes que os foguetes carregados com artefatos nucleares fossem lançados em abril.

Não era só uma questão de adiantar os cronogramas. O foguete Saturno nunca fora testado, e fazia menos de um ano desde a morte de três astronautas do programa Apollo em um trágico acidente, durante um teste da cápsula em terra. Como Mo frequentemente dizia, "Não estamos falando de construir Modelos T da Ford". De modo que havia uma atividade febril nos centros em que os vários componentes das gigantescas naves estavam sendo fabricados na North American Rockwell, na Califórnia, na base de von Braun, em Huntsville, Alabama, onde os motores eram construídos e testados, e mesmo no MIT, em Boston, onde um novo sistema de guiagem estava sendo desenvolvido. Ali mesmo, no cabo Canaveral, novas plataformas de lançamento para os foguetes Saturno estavam sendo montadas às pressas. Até a DSIF, a Instalações de Instrumentação para o Espaço Profundo, o conjunto global da NASA de antenas para comunicações com naves espaciais que se estendia do deserto de Mojave até a Austrália, estava sendo reforçada para atender às múltiplas missões que faziam parte do projeto: acontecia que o sistema original tinha sido projetado para lidar apenas com uma nave no espaço de cada vez.

Finalmente, uma sequência precisa de lançamentos de foguetes Saturno foi estabelecida. Do início de abril até o junho fatídico, haveria seis lançamentos. O primeiro, que estenderia ao máximo o alcance do conjunto Saturno–Apollo, seria uma missão de sessenta dias para interceptar o asteroide quando ainda estivesse a trinta milhões de quilômetros da Terra. Entretanto, o Ícaro estava se aproximando rapidamente, e a última missão, programada para meados de junho, levaria apenas quatro dias para alcançá-lo. Na ocasião, o asteroide estaria a um milhão e meio de quilômetros de distância da Terra; ou seja, a uma distância apenas quatro vezes maior que a da Lua.

Naquela manhã ensolarada, porém, nada disso parecia real a Seth.

Ele desconfiava de que essa era também a sensação do público em geral: uma espécie de incredulidade. Seth sabia que a administração estava formulando discretamente planos de evacuação das regiões costeiras, criando estoques de alimentos e remédios. Unidades da Guarda Nacional estavam sendo colocadas de prontidão, embora já estivessem sobrecarregadas pelo verão de protestos estudantis, conflitos raciais e manifestações contra a guerra. Existiam até boatos de que tropas de soldados estavam sendo repatriadas do Vietnã. No restante do mundo, enquanto isso, pouco tinha mudado. As nações árabes haviam atacado Israel em junho, e ninguém sabia dizer se isso tinha algo a ver com o Ícaro. O Conselho de Segurança das Nações Unidas continuava a ser palco de discussões intermináveis.

Nos Estados Unidos, pareceu a Seth que, após um surto inicial de histeria, a maior parte da população havia se acalmado e voltado ao trabalho, à diversão ou ao que quer que estivessem fazendo.

Mas o Ícaro se aproximava. Os astrônomos informaram que o asteroide já havia passado pelo afélio, seu ponto de máxima distância do Sol. Em maio, passaria pelo ponto de máxima aproximação e, então, rumaria direto para a Terra.

Os astronautas haviam mergulhado de cabeça no programa, tanto quanto os outros funcionários da NASA. Mo e Seth não eram exceções; voavam de um canto a outro do país nos seus T-38s.

Entretanto, os dois guardavam um segredo: estavam se preparando para seu próprio voo tripulado.

Sheridan aparecera com a notícia logo depois da entrevista coletiva de LBJ, em abril. Uma nova missão, fora o termo que ele havia usado.

— Vocês conhecem o modo de agir da NASA. Temos sempre um plano para emergências. Se você está a caminho da Lua e o Módulo de Comando começa a vazar...

— Praticamos medidas de emergência no simulador — completou Mo. — E daí?

— Daí que quais são as medidas de emergência que podemos adotar no caso Ícaro? Pense bem. Estamos enviando foguetes para realizar um trabalho complexo a uma grande distância da Terra e vamos usar computadores estúpidos como pilotos. Se eles falharem, a única maneira de termos certeza de que vamos atingir o alvo é...

— Enviar uma nave tripulada — completou Seth.

— Oh, acho que um homem só será suficiente para o trabalho. Na verdade, duvido que as limitações de peso permitissem a inclusão de mais. Um homem, pilotando o último foguete e sua bomba nuclear, se os computadores não derem conta do recado. Teria que ser um astronauta experiente com uma Apollo, é claro. — Colocou as mãos no ombro dos dois, de forma quase carinhosa. — Teria que ser um de vocês dois. Fica ao critério de vocês decidir quem vai ser o titular e quem vai ser o reserva.

Seth ainda não havia acabado de assimilar as palavras de Sheridan quando Mo disse, com calma:

— Eu vou ser o titular. Você tem filhos para criar, Tonto. Além disso, sou um piloto melhor. Está decidido.

E, assim, tudo havia começado. A grande máquina operacional e administrativa da NASA entrou em ação, e o trabalho foi iniciado: horas e horas passadas em sessões de planejamento, no preparo de listas de verificação, em exercícios de treinamento nos simuladores. Eles podiam contar com todo o apoio de que necessitavam, pois seu voo, com exceção do que estava programado para aquele dia, era o único tripulado no programa da NASA. De repente, Seth se vira de volta à vida com a qual sempre havia sonhado, no centro dos preparativos de uma missão tripulada ao espaço. Ele contou à mulher assim que teve acesso a um telefone. E a primeira coisa que conseguiu tirar de Sheridan, em abril, foi a promessa de colocar sua família imediatamente sob a proteção de uma guarda de segurança e levá-la para um local seguro logo que a novidade viesse a público.

Seth e Mo evitavam pensar em uma verdade simples, mas desagradável: se precisassem realizar o sexto voo, o piloto, fosse ou não bem-sucedido na última tentativa de desviar o Ícaro — se a Terra sobrevivesse ou não —, jamais voltaria para casa.

A contagem regressiva estava chegando ao fim. O jornalista do radinho portátil desligou a música de John Lennon, como que em sinal de respeito, deixando o som do alto-falante ocupar sozinho o palanque dos jornalistas.

Sheridan olhou para eles e comentou:

— Vocês parecem tão nervosos!

— É claro que estamos — disse Mo. — É culpa do modo como as coisas estão acontecendo. *Tudo ou nada*, apostando todas as fichas de uma vez. Não é assim que a Marinha opera em Patuxent...

A contagem se aproximava do zero. Seth viu fogo jorrar da base do Saturno. Ele sabia que três toneladas de combustível estavam sendo queimadas por segundo em *cada um* dos cinco motores F-1 do primeiro estágio.

— ... Quando você está testando um novo caça, não quebra a barreira do som logo no primeiro voo. Você decola e pousa. Decola de novo, testa alguns controles que deixou de lado no primeiro voo e pousa de novo...

O Saturno ainda não tinha começado a se mover, mas fogo e fumaça se projetavam pela lateral, guiados por defletores de concreto.

Pareciam duas mãos em concha, pensou Seth, segurando a frágil estrutura do foguete.

— Enquanto aqui estamos testando três estágios de decolagem de uma vez, um acima do outro, carregando uma espaçonave jamais testada, no interior da qual viajam três otários usando trajes espaciais jamais testados.

O foguete finalmente começou a subir, erguendo-se aos poucos da plataforma, o fogo vivaz como um raio de sol tentando voltar ao céu. Até então, tudo tinha acontecido em silêncio, mas agora o som do Saturno chegava a eles. Não era bem um som, pensou Seth; era mais como se alguém estivesse dando socos no seu peito. O piso do palanque começou a tremer. Todos os presentes começaram a dar vivas e bater palmas; Seth mal conseguiu ouvir as palavras do locutor oficial, que dizia:

— Boa sorte à tripulação da Apollo 2. Boa sorte, Schirra, Eisele e Cunningham, que estão iniciando uma jornada histórica.

Mo gritou:

— Ainda são três otários, mesmo em torno da Lua!

Mas Seth, dando vivas e batendo palmas como os outros, tinha parado de escutá-lo.

Quanto a Sheridan, limitou-se a dizer:

— É isso aí. De volta ao trabalho.

TRÊS
DE VOLTA A JÚPITER
2284

18

A luz rosa-arroxeada do fim da tarde de Júpiter banhava o rosto do marciano adormecido.

Quando os monitores de sinais vitais soaram para avisar que Trayne Springer estava por fim acordando, Falcon relutantemente interrompeu a conversa com Ceto. Não era a primeira vez desde que conhecera as medusas — o que acontecera, espantosamente, havia quase dois séculos — que Falcon se surpreendia tentando adivinhar o que estaria pensando um dos grandes animais. Percebia que Ceto estava preocupada com alguma coisa, talvez até mesmo amedrontada; as várias referências à Grande Manta em suas longas canções deixavam pouca margem a dúvidas...

No momento, porém, Ceto teria de esperar.

O jovem marciano estava de pé dentro do traje espacial, como uma múmia em um sarcófago, enjaulado em um exoesqueleto que deixava visível apenas a pele de seu rosto. As mãos enluvadas estavam cruzadas no peito, escondendo parcialmente a imagem espalhafatosa pintada no traje espacial que mostrava um antílope saltando por cima do Valles Marineris, um adorno pessoal que diria tudo que Falcon precisava saber a respeito da família do rapaz mesmo se não reconhecesse o sobrenome. Os olhos de Trayne continuavam fechados; sua respiração era acompanhada pelo som sibilante das máquinas que o ajudavam a inflar os pulmões na forte gravidade, e o líquido rosado que escorria do canto da boca era o que restava do fluido de suspensão que mantivera a integridade de seus órgãos durante a entrada na atmosfera de Júpiter, quando a *Ra* fora submetida a uma desaceleração de 30*g*.

Falcon pegou um lenço de papel e limpou a boca do rapaz.

— Obrigado.

A voz do marciano assustou o comandante, que rolou para trás. Trayne tinha aberto os olhos e agora␣sorria. Falcon sabia que ele estava com 30 anos, no entanto parecia mais jovem, com aqueles olhos grandes e azuis e a palidez tipicamente marciana.

— Acho que sou um bom enfermeiro para uma velha lata enferrujada. Vejo que finalmente acordou.

Trayne franziu a testa.

— Finalmente?

Falcon não era homem de meias palavras.

— Sua recuperação levou bem mais tempo do que seus conterrâneos de Ganimedes tinham previsto. Dias, em vez de horas.

Trayne pareceu preocupado.

— Bem, temos que levar em conta que esse método ainda está em fase experimental.

Os marcianos que chegavam para trabalhar na atmosfera de Júpiter, além de serem protegidos contra a forte atração gravitacional do planeta, em geral desciam suavemente, desacelerando devagar, e levavam dias para chegar ao local de destino, em vez das horas que levariam se seguissem a abordagem mais direta adotada por Falcon. No momento, em virtude da participação dos marcianos no projeto Núcleo das máquinas, Trayne estava testando um meio mais rápido, ainda que mais fisicamente extenuante, de chegar ao destino.

— Espero não ter sofrido danos permanentes.

— Os monitores não detectaram nada de anormal, mas podemos verificar. Você se lembra do seu nome?

— Trayne Springer.

— Ótimo.

— E você é o comandante Howard Falcon. Minha prima Thera, aquela terráquea careta, está comandando um destacamento em Amalteia...

— Não precisa ficar se mostrando. Qual é a última coisa de que se lembra?

Trayne pensou um pouco e depois sorriu.

— Antes de começarmos a entrar na atmosfera de Júpiter, você tornou o casco transparente para me mostrar o cometa Halley. Uma cena deslumbrante!

Falcon retribuiu o sorriso.

— É a quarta vez que eu vejo o Halley de perto. Você se acostuma. Em que ano estamos?

— 298 d.c.h..

Falcon ficou surpreso com a resposta, mas então entendeu.

— D.C.H., depois da chegada do homem a Marte. Foi John Young, em 1986, certo?

— De acordo com o calendário arcaico que o seu Governo Mundial teima em continuar usando...

Falcon ergueu as mãos em sinal de protesto.

— É o *seu* Governo Mundial também. Você é tão cidadão dele quanto eu. E notei que vocês contam o tempo em anos da Terra e não em anos de Marte.

— Fazemos isso apenas para não confundir os terráqueos.

Falcon reprimiu um suspiro. Apenas pessoas nascidas em outros planetas chamavam os habitantes da Terra de "terráqueos".

— Estou vendo que você continua pensando tão rápido como quando viajou como clandestino na minha nave em Amalteia.

Trayne sorriu.

— Isso me deixa aliviado.

— Mesmo assim, aquela desaceleração de 10g o deixou desacordado, isso sem falar nos picos de 30g. Eu diria que o teste revelou uma coisa: vocês marcianos *vão* precisar de ajuda quando viajarem para o centro de Júpiter com as máquinas. Não concorda?

— Deixo isso por conta dos meus chefes. Agora... pode me ajudar a sair deste caixão...?

19

Depois da expedição da *Kon-Tiki*, Howard Falcon voltara a Júpiter várias vezes.

Daquela vez, estava de volta por causa das máquinas.

Os tempos eram outros. O inimaginável se tornara lugar-comum. Máquinas de volta ao sistema solar interior. Máquinas nas nuvens de Júpiter.

Fazia trinta anos que, depois de meio século de silêncio, as máquinas tinham entrado em contato com os humanos a partir de seu refúgio na nuvem de Oort. Seguiram-se anos de negociações e discussões entre as máquinas e diversos grupos humanos. O Governo Mundial ainda se ressentia por causa do êxodo de 2200, tanto pela humilhação de perder o controle sobre seres que ele próprio havia projetado quanto pelo colapso da indústria de mineração de gelo nos OCKs, que fez a economia do sistema solar mergulhar em uma longa e desanimadora recessão. Já os marcianos, por outro lado, estavam interessados em restabelecer contato com as máquinas. O argumento que usavam era de que elas não iam deixar de existir e, mais cedo ou mais tarde, deveriam voltar a se encontrar com seres humanos. Não seria melhor que esse encontro acontecesse em termos de cooperação pacífica...?

Falcon fora testemunha de uma daquelas reviravoltas históricas.

Uma vantagem ambígua de seu estado cibernetizado, que se revelara apenas gradualmente com o passar do tempo, era uma virtual imortalidade. Tratamentos para o prolongamento da vida haviam se tornado comuns, mas a manutenção de Falcon era mais simples que a dos seres humanos normais — mais simples que a de Hope Dhoni, por exemplo, que continuara a ser sua médica e companheira durante os anos. Na verdade, a falta de outros componentes, como estômago, fígado e genitália, o tornara mais calmo que a maioria dos seres humanos, ou pelo menos era essa a sua impressão. Uma testemunha calma e desapaixonada dos séculos que rolavam como ondas pelo sistema solar.

Além disso, continuava envolvido no jogo político.

Depois do restabelecimento do contato entre os seres humanos e as máquinas, houve uma década de cautelosas negociações. Em seguida, o Governo Mundial, por meio das Secretarias de Energia e de Pesquisa Espacial, concedera as primeiras licenças para que as máquinas operassem nas nuvens de Júpiter. Gigantescas fábricas flutuantes seriam construídas para extrair um isótopo raro, o hélio-3, da atmosfera do planeta. Era o melhor combustível de fusão existente na natureza, tendo de ser extraído de um ambiente que, como Falcon vinha argumentando havia muito tempo, era mais adequado para as máquinas do que para os humanos. Todos comemoraram quando as primeiras remessas do precioso combustível começaram a chegar à Terra e a suas colônias, produzindo um novo surto de crescimento econômico.

Entretanto, o otimismo não durou muito tempo.

Quando o plano fora aprovado, a ideia era que as usinas de extração fossem totalmente automáticas: em outras palavras, operadas apenas por máquinas, sob o controle de funcionários do Governo Mundial sediados nas luas de Júpiter. Com o tempo, porém, as máquinas começaram a mostrar sinais cada vez maiores de independência. Preocupados, ainda com o desastre do lançador do OCK fresco na memória coletiva, o Governo Mundial enviou uma equipe de marcianos para ajudar as máquinas e vigiá-las de perto... apenas para descobrir, alguns anos mais tarde, que os marcianos também estavam se tornando mais independentes e pouco obedientes. Segundo suspeitas, tinham começado a explorar outras opções na atmosfera de Júpiter em proveito próprio, opções que nada tinham a ver com a mineração de hélio-3.

Por fim, os próprios marcianos apresentaram um plano para acabar com aquele clima de desconfiança: incluir as máquinas como parceiras em um ousado plano que faria uso da competência técnica dos humanos e da versatilidade das máquinas. Esse empreendimento conjunto seria uma manobra política baseada em um projeto grandioso, de alta visibilidade, que nem humanos nem máquinas poderiam executar isoladamente: uma jornada ao centro de Júpiter.

Não havia clima para o Governo Mundial vetar o projeto, mas ele precisava de alguém de confiança para acompanhá-lo de perto. Alguém que tivesse ligações históricas tanto com Júpiter quanto com as máquinas. Alguém com um aspecto de neutralidade; de preferência, que não tivesse compromissos com nenhuma das colônias. Um cidadão da Terra equipado para sobreviver às condições de Júpiter.

Quem mais poderia ser?

Foi assim que Howard Falcon foi desviado de sua paciente exploração das exóticas regiões externas de Júpiter, um estudo que vinha executando com sucesso fazia algumas tranquilas décadas. Claro que ficara empolgado com a possibilidade de participar de uma missão ao núcleo de Júpiter, um sonho que alimentara durante a maior parte de sua longa vida. Envolver-se mais uma vez na lama da política interplanetária parecia um pequeno preço a pagar para realizar esse sonho.

Por isso, ali estava Howard Falcon com um marciano em sua nave.

20

A cabine pressurizada era uma esfera cortada ao meio por um piso de treliça, alojamentos e sistemas de controle na parte de cima, depósitos e máquinas na parte de baixo. O traje espacial de Trayne rangia e sibilava conforme ele se movia naquele espaço, e Falcon sabia que o marciano era amparado por sistemas mais sutis implantados no interior do seu corpo, desde bombas e motores para facilitar o trabalho do coração e dos pulmões até a reestruturação de órgãos, músculos, ossos e cartilagens a nível molecular.

Tudo isso servia para permitir que ele suportasse a gravidade de Júpiter, duas vezes e meia maior que a da Terra, sete vezes maior que a de Marte. Era irônico que os marcianos tivessem conseguido se adaptar melhor ao trabalho no ambiente de Júpiter que os humanos nascidos na Terra, com uma gravidade muito mais forte que a de Marte. Uma explicação podia estar no fato de que, durante séculos, os marcianos haviam precisado de apoio tecnológico para sobreviver até mesmo a meras visitas à Terra, assim tendo que aprender a se adaptar a gravidades maiores. Mesmo assim, a descida brusca da *Ra* na atmosfera de Júpiter havia submetido tais equipamentos de proteção a um severo teste. Falcon tinha a esperança de provar que os marcianos ainda precisavam da experiência e dos recursos de alguém nascido na Terra, como ele, para apoiar sua expedição pioneira.

Mesmo assim, não queria que ninguém sofresse danos no processo, muito menos aquele destemido, embora às vezes exasperante, jovem marciano voluntário.

Depois de terminar os exercícios de rotina, Trayne se sentou em um sofá, ligou o traje espacial a vários sistemas de apoio e tratou de "ingerir nutrientes de forma não intravenosa", como recomendavam suas orientações médicas: comeu um bagel e tomou uma xícara de café. Suportes rígidos no pescoço e nas costas tornavam seus movimentos um tanto desengonçados.

— Quer dizer que eu passei vários dias desacordado. — Ele agora falava com indignação. — Perdi tudo que aconteceu até agora na missão: os últimos estágios da entrada na atmosfera, o processo de inflar o dirigível...

— Não olhe para mim desse jeito. Tive muito trabalho para convencer os médicos, que queriam cancelar este voo de teste e levar você de volta para Amalteia.

Trayne parecia envergonhado.

— Está certo. Obrigado por ter me permitido chegar até aqui.

Olhou em torno. As paredes da cabine estavam cheias de instrumentos e painéis de controle, a não ser por umas poucas janelas ajustadas no momento para ficarem transparentes. Do lado de fora, nuvens cor de salmão desfilavam com o fim do curto dia de Júpiter. Trayne sorriu.

— Puxa, ainda não acredito. Aquilo lá fora é tudo Júpiter. Estou realmente a bordo da *Ra*.

— Pode acreditar.

— Acho que para você deve ser como se estivesse de volta à *Kon-Tiki*.

— Não é bem assim — retrucou Falcon. — Aquela expedição aconteceu há quase dois séculos, sabe. A *Ra* é uma nave moderna...

Se a *Kon-Tiki* tinha sido a Apollo de Falcon, uma nave única para uma missão pioneira, a *Ra* era a sua Ares, a mesma classe de veículo que levara John Young a Marte, projetada desde o começo para uma exploração demorada. A *Ra* tinha, entre outros melhoramentos, um balão flutuador constituído por uma película de polímero autorreparador cobrindo uma estrutura de aerogel, "fumaça congelada", muito mais leve que a carcaça rígida da *Kon-Tiki*. Os motores da gôndola, que também servia como espaçonave, eram alimentados por um reator de fusão de deutério-hélio-3, muito mais potente que o equivalente de deutério-trítio de sua antiga nave. Todos esses elementos tinham sido testados durante vários anos, em outras missões desafiadoras.

— Sei que sou uma relíquia de uma era remota, mas pelo menos agora me chamam de Santos Dumont de Júpiter, em vez de Montgolfier.

— Quem...?

— Nada... esqueça.

— Sempre fui seu fã, sabia?

— *Fã*?

— O voo da *Kon-Tiki* não foi como o de Greenberg em Mercúrio, mas mesmo assim fiquei impressionado.

— Vou tomar isso como um elogio.

— Agora aqui estou *eu*, voando nas nuvens de Júpiter.

— Aqui está você.

Geoff Webster sempre dizia que Falcon era basicamente um *showman*. Lembrou-se de uma das expressões favoritas do amigo: SURPREENDA-ME! Incapaz de resistir a esse espírito, Falcon bateu palmas com as mãos artificiais.

As paredes da cabine ficaram totalmente transparentes.

Trayne arregalou os olhos.

Era como se os dois e seus equipamentos estivessem flutuando em céus extraordinários, com o grande casco da *Ra* acima deles. Abaixo havia um oceano de nuvens, pálidas e inchadas, estendendo-se quase sem interrupções até o horizonte. Ali, relâmpagos se sucediam às centenas, em tempestades elétricas que, Falcon sabia, chegavam a ter o tamanho de continentes terrestres. Ambos olhavam para oeste, onde o Sol poente — cinco vezes mais distante de Júpiter do que da Terra — projetava sombras com centenas de quilômetros de comprimento. Acima deles havia outras camadas de nuvens, parecidas com cirros, que ocultavam parcialmente um céu negro salpicado de estrelas.

— É quase como a Terra — murmurou Trayne. — Digo, em um dos melhores dias daquele banho de lama.

— Você se lembra das instruções? Estamos a aproximadamente cem quilômetros de distância do topo da atmosfera, hoje em dia definido como o ponto em que a pressão do ar é um décimo da pressão da Terra ao nível do mar. Costumávamos usar como referência uma superfície nominal algumas centenas de quilômetros abaixo desse nível, mas descobrimos que se tratava apenas de uma descontinuidade atmosférica, variável demais para ser útil. Logo abaixo de nós estão as nuvens que os climatologistas chamam de camada c.

Trayne fez que sim com a cabeça e apontou para cima.

— A camada A é constituída por cirros de amônia, cinquenta ou sessenta quilômetros acima de nós. A camada B é formada por sais de amônia... E a camada C é feita de vapor d'água. Ali, as condições são parecidas com as de um mar raso da Terra. É por isso que a vida local é tão rica...

Trayne apontou para uma região mais escura à esquerda, na direção do sul.

— E o que é *aquilo*?

Falcon olhou para ele, surpreso. No caso dos passageiros nascidos na Terra que levara para aquele passeio ao longo dos anos, começando com Geoff Webster, Carl Brenner e outros veteranos da primeira viagem da *Kon-Tiki*, a palavra "vida" geralmente provocava uma enxurrada de perguntas. Não era o caso com aquele jovem marciano.

— Aquilo — respondeu Falcon, solene — é a Grande Mancha Vermelha.

Trayne olhou de novo.

— Puxa!

— Você está vendo a mancha quase de perfil. É uma tempestade persistente; existe há pelo menos algumas centenas de anos, mas na verdade é muito fina.

— É segura?

— Para nós? Ah, sim... Estamos a centenas de quilômetros de distância. Seria mais fácil sermos atingidos pela erupção de uma das Fontes.

— As responsáveis pelos surtos de ondas de rádio? Eu gostaria de ver uma *delas* de perto. As Rodas de Zeus!

Falcon soltou um muxoxo. As "Rodas" eram um fenômeno espetacular, embora inofensivo — faixas gigantescas de luz bioluminescente no ar causadas por surtos distantes de ondas eletromagnéticas de baixa frequência e alta intensidade. Falcon ainda se envergonhava de ter se assustado com elas quando estava a bordo do *Kon-Tiki*.

— Uma bobagem dos folhetos de turismo.

— Por que estamos tão próximos da Grande Mancha Vermelha? Eu li que você fez questão de manter a *Kon-Tiki* bem longe dela.

— Na época da primeira expedição, ignorávamos muita coisa a respeito da atmosfera de Júpiter. Em particular, não sabíamos que tempestades como a Mancha fazem com que nutrientes subam das camadas inferiores, até a altura da camada termal. São como as fontes termais submarinas na Terra.

— Quer dizer que a Mancha atrai formas de vida?

Falcon sorriu.

— Exatamente. Formas de vida como essa — disse, apontando por cima do ombro de Trayne.

O rapaz olhou naquela direção e viu, do outro lado da nave, uma floresta de tentáculos que ondulavam como algas — pareciam estar a poucos metros de distância da parede da cabine.

— Cidadão de terceiro grau Springer, eu lhe apresento Ceto.

21

Falcon assumiu os controles e afastou a *Ra* da grande medusa, mergulhando-a nas nuvens de água e gelo. Logo o céu acima da nave desapareceu, mas era possível ver camadas de nuvens ainda mais profundas abaixo. A *Ra* estava sendo envolvida por uma espécie de neve, flocos rosados rodopiantes, e havia uma chuva mais lenta, mais estranha, feita de objetos de formas complexas, losangos, tetraedros, poliedros e fitas emaranhadas. Eram formas de vida. Falcon sabia que algumas eram relativamente grandes, maiores que seres humanos, mas, naquele oceano de ar, eram como plâncton: comida para as medusas.

Conforme o dirigível descia, Ceto ficava mais visível. A *Ra* era uma nave muito grande; o balão de hidrogênio aquecido por fusão tinha mais de oitocentos metros de comprimento. Entretanto, a medusa era três vezes maior, um continente oval de carne macia do qual pendia uma floresta invertida de tentáculos, alguns da grossura de troncos de carvalho e outros tão finos que terminavam em gavinhas mais delicadas e flexíveis que dedos humanos. A medusa era cor-de-rosa como as nuvens e às vezes era difícil distinguir os contornos do corpo; tratava-se de uma camuflagem, uma medida de proteção em um céu cheio de predadores. Ao longo do flanco do animal, porém, havia um padrão de formas alternadamente brancas e pretas, que, vistas de perto, revelavam subpadrões de complexidade quase fractal. Aquela era uma das vozes de Ceto, sua antena de rádio biológica. A *Ra* dispunha de instrumentos capazes de captar aquela voz e transmitir uma resposta: grandes antenas, cujos fios cortavam a atmosfera.

Trayne Springer tinha ficado sem palavras. Falcon esperou até que ele se recuperasse.

— Ceto — disse Trayne, por fim. — Por que escolheu esse nome?

— Ceto, na mitologia clássica, era a mãe das medusas. Essa Ceto não pode ser chamada propriamente de mãe, mas já deu cria. As medusas são uma espécie de colônia; ou, pelo menos, era essa a opinião de Carl Brenner. Depois que ele morreu, deixei de acompanhar os debates científicos. O que sei é que a vi... produzir *brotos*. Ela gira no ar e se fragmenta nas bordas, deixando escapar pequenas medusas. Enquanto está fazendo isso, fica praticamente indefesa, de modo que as companheiras se encarregam de protegê-la de mantas e outros predadores. É uma cena inesquecível; aqueles animais do tamanho de ilhas nadando no ar até formarem um círculo em torno da medusa que está procriando... É neste lugar, neste espaço entre as camadas de nuvens C e D, que as medusas passam a maior parte da vida. É como um mar que envolve todo o planeta, com dezenas de quilômetros de profundidade.

Trayne apontou para uma camada de nuvens espessas abaixo da nave.

— *Essa*, então, deve ser a camada D.

— Existem várias outras camadas de nuvens abaixo dela, entre o lugar em que estamos e a superfície do oceano. Os cientistas ainda não chegaram a um acordo quanto à nomenclatura disso tudo, e, se eu fosse você, não perderia tempo discutindo *isso* com o pessoal da Cidade de Anúbis.

— Quando você fala em "superfície do oceano", está se referindo a uma transição de hidrogênio gasoso para líquido...

— Que acontece mil quilômetros abaixo daqui, sim. A superfície não é nem de longe tão bem-definida como a dos oceanos da Terra...

— Isso que estou vendo é *neve*?

— Espuma de hidrocarbonetos — explicou Falcon. — A radiação solar produz moléculas orgânicas complexas, que se precipitam como neve.

— Alimento caído do céu. É disso que se nutrem os seres vivos. Como a sua medusa de estimação.

— Na verdade, acho que *eu* é que sou o animal de estimação de Ceto... E as medusas e outros herbívoros, por sua vez, servem de alimento para animais carnívoros. A ecologia daqui tem uma certa semelhança com a das camadas superiores dos oceanos da Terra.

— Não temos oceanos em Marte... por enquanto. — Trayne olhou para os painéis de instrumentos. — E é verdade — disse, com ar pensativo —, posso ver os dados chegando. Você realmente conversa com as medusas.

— Tanto quanto posso. Carl Brenner e eu fizemos as primeiras observações da "fala" delas, das transmissões de rádio com comprimentos de onda da ordem de dezenas de metros. As canções acústicas das medusas cobrem uma faixa de frequências ampla demais para que possamos captar e muito menos retransmitir, enquanto os sinais de rádio podem ser recebidos pelas antenas da *Ra*. Depois de muito tempo e diálogo, conseguimos entrar em consenso a respeito de alguns conceitos que temos em comum.

Trayne olhou para a medusa.

— Mas ela não passa de um imenso balão de gás. Não faz nada a não ser comer, se reproduzir e servir de comida para outros animais. O que ela tem para dizer?

Falcon ficou irritado, mas procurou não demonstrar. Às vezes, tinha a impressão de que os humanos nascidos fora da Terra, especialmente os marcianos, eram parecidos com as máquinas no modo desrespeitoso com o qual tratavam outras formas de vida. Talvez isso fosse uma consequência de terem sido criados em uma bolha de plástico em um planeta inóspito.

— Ceto é um *indivíduo*, como todas as medusas. Elas guardam informações compartilhadas no que parece ser uma coleção de canções muito longas, cuidadosamente memorizadas. Quando morrem, são lembradas. E, individualmente, possuem memórias que se estendem *bastante*. Ceto não foi a primeira medusa que conheci, mas estava aqui bem antes da minha chegada. Ela se lembra do impacto do Shoemaker-Levy 9.

— O impacto do quê? Oh, daquele cometa que se chocou contra Júpiter...

— Antes mesmo de *eu* ter nascido. Para as medusas, foi uma verdadeira catástrofe. Muitas morreram, comunidades foram desfeitas... Contudo, elas lidam bem com a morte. São criaturas inteligentes que aceitam servir de presa para outros animais, como uma espécie de preço que têm de pagar para existir. Têm uma cultura muito diferente da nossa, mas igualmente rica.

Trayne franziu a testa.

— Não tive intenção de ofender. Sou apenas uma cobaia em um experimento de alta gravidade e minha especialidade é a biomecânica humana. O que Ceto está dizendo no momento?

Falcon tentou se lembrar da conversa tensa que fora interrompida quando Trayne havia despertado.

— Ela está preocupada com alguma coisa. A imagem que as medusas fazem da morte é uma Grande Manta... enorme, incontrolável, inescapável. Uma goela escura. A Grande Manta visitou Júpiter pela última vez após o impacto do cometa. Agora, Ceto está dizendo... *cantando*... que a Grande Manta está de volta. É como se houvesse algo de errado neste mundo, algo que não devia estar aqui.

Trayne olhou para fora e Falcon se perguntou se, apesar da juventude e da frieza da cultura fronteiriça de onde vinha, ele era capaz de sentir empatia.

— Está me dizendo que esse animal imenso pode sentir...

— Medo? — Falcon deixou a pergunta no ar, sem resposta. — Seja como for, temos que voltar ao trabalho. Precisamos examinar todos os itens de uma longa lista antes de voltar para Ganimedes: testes da sua pilotagem e outras habilidades.

— Por mim, tudo bem. — Trayne ficou de pé com rigidez e se dirigiu para a cadeira do piloto. — Se bem que imagino que você não deva estar com pressa para voltar...

— E por que diz isso?

Trayne sorriu, quase maliciosamente.

— Não está sabendo? Sua médica chegou da Terra e pediu para vê-lo. Oh, e minha prima Thera quer ter uma conversa com você...

22

As rodas-balão que eram os membros inferiores de Falcon rolavam silenciosamente no piso acarpetado do Salão de Galileu. Grupos de sofás e cabines privadas dividiam o espaço do cômodo, e ele notou que vários rostos bonitos se viravam para acompanhá-lo conforme passava. Observar celebridades era um dos passatempos favoritos daquele lugar, e ele ignorou resolutamente todos os olhares.

Na verdade, a vista do céu, acima do teto de plástico transparente, era mais espetacular do que a de qualquer humano ou pós-humano. Um anexo de um novo hotel construído ao lado do mais antigo dos domos pressurizados da Cidade de Anúbis, o Salão de Galileu já era o local mais famoso daquela colônia bicentenária, a maior cidade de Ganimedes. O principal atrativo do salão era o fato de sua única iluminação vir do céu, das grandes luminárias que eram o Sol, Júpiter e as luas interiores.

Falcon encontrou Hope Dhoni descansando em um sofá com outro à frente. Ela se virou para sorrir quando ele se aproximou.

— Pedi para você o de sempre — disse, apontando para os copos em cima da mesa que separava os sofás.

Falcon se sentou no outro sofá e pegou o copo com cuidado, os dedos se fechando com um estalido: era um ritual que repetiam a intervalos de algumas décadas.

Dhoni olhou para Falcon com ar questionador. À primeira vista, a médica podia aparentar uns 40 anos. Entretanto, a pele excessivamente lisa e uma rigidez peculiar, quase reptiliana, da postura, revelavam a verdade: como ele, Hope tinha mais de 200 anos.

— Eu sei no que você está pensando — disse Hope.

— Sabe?

— Que eu não engano a minha idade.

— Eu estava era pensando que você está com uma aparência ótima, Hope. É melhor isso às outras opções: um caixão comum ou... bem, um caixão como o meu.

— Você sempre com esse humor negro, Howard, e eu jamais gostei dele. É exatamente por isso que insisto em examiná-lo pessoalmente, oh, a intervalos de algumas décadas, embora monitore você o tempo todo, como sabe muito bem. E antes que diga alguma coisa: não, acompanhar sua brilhante carreira não é minha única razão de viver.

— O que mais?

— Entre outras coisas... — Hope apontou para o céu. — Vistas como *essa*.

Falcon levantou a cabeça para olhar para fora do domo. De onde estava, podia distinguir parte do terreno de Ganimedes: um solo de gelo duro como granito, marcado por crateras de impacto e rachaduras produzidas pelo efeito maré. A Cidade de Anúbis fora construída em uma área relativamente plana, um pouco ao norte do ponto subjupiteriano de Ganimedes.

Não era o terreno do satélite, porém, que atraía os turistas abastados que frequentavam o salão, mas sim o céu.

A atração principal era Júpiter. Graças ao efeito das forças de maré, Ganimedes mostrava sempre a mesma face para o planeta ao descrever sua órbita de sete dias, e o planeta gigante, visto daquela latitude de um ângulo de observação favorável, permanecia fixo no céu. Como a lua da Terra, Júpiter passava por fases e, naquela manhã, estava mostrando um largo crescente.

Na face iluminada, Falcon podia contar as faixas coloridas tradicionais, produtos de correntes de convecção e ventos violentos que circundavam o planeta. As cores, que iam do castanho ao cinzento, eram produtos de hidrocarbonetos complexos criados pela ação do Sol; moléculas orgânicas naturais que serviam de alimento para a fauna atmosférica que Falcon conhecia tão bem. A face escura do planeta, uma mancha negra no céu estrelado, era iluminada esporadicamente por relâmpagos que cobriam áreas maiores que toda a superfície da Terra.

E, além disso, naturalmente, havia as luas.

Das três irmãs galileanas de Ganimedes, Io, a mais próxima de Júpiter, era a mais visível, um disco rosado quase colado à parte iluminada do planeta — um mundo torturado por uma atividade vulcânica perpétua. Europa, a segunda lua mais próxima, devia estar chegando ao seu ponto de máxima aproximação de Ganimedes; era um disco banhado pelo Sol que, naquele dia, estava tão grande quanto a Lua vista da superfície da Terra. Falcon sabia que havia um grupo de cientistas em expedição estudando a dinâmica peculiar das placas tectônicas na superfície de Europa, que tinha o aspecto de um espelho rachado, com sua crosta de gelo cobrindo um oceano habitado por formas primitivas de vida. Já Calisto, que ficava mais distante de Júpiter do que a própria Ganimedes, não estava visível naquele dia.

Tudo isso teria sido um espetáculo deslumbrante se fosse estático, pensou Falcon, mas não havia nada estático no sistema jupiteriano. O planeta girava em torno do próprio eixo, uma vez a cada dez horas; diante de seus olhos, diferentes regiões da superfície listrada entravam e saíam da face iluminada. Também não era necessária muita paciência para enxergar o movimento das luas: a pequena Io dava uma volta em torno do planeta a cada quarenta e três horas, e mesmo a grande Europa passava por todo o seu ciclo de fases em menos de quatro dias.

Sombras com mil quilômetros de comprimento, movendo-se visivelmente.

— É como estar dentro da cabeça do próprio Galileu — concordou Falcon.

— Sim, e uma visão como *essa* é motivo suficiente para estar viva, embora eu tenha também o meu trabalho para me manter ocupada. Por outro lado, desde a morte de minha neta... Cheguei a lhe contar?... Já não tenho mais nenhum parente próximo.

Falcon fez um som de desagrado. Tinha comparecido ao enterro da filha de Hope, mas não sabia da morte da neta.

— Sinto muito. É, eu também não tenho mais nenhum parente próximo. Um sobrinho distante, descendente de um primo, morreu sem alarde há alguns anos. Isso faz de mim o único sobrevivente entre os descendentes dos meus avós.

Aquilo não era de admirar em uma época em que o Governo Mundial tentava reduzir a população do pico atingido em meados do século XXI. Apesar da disponibilidade de remédios para aumentar a expectativa de vida, a maioria das pessoas se contentava em viver pouco mais de um século; em termos de idade, Falcon e Dhoni eram exceções. Por outro lado, não era raro que pais vivessem mais que seus filhos, ou mesmo que seus netos. Muitas linhagens mais antigas que as de Falcon e Dhoni acabaram se extinguindo.

Falcon teve a atenção atraída por uma névoa que se levantava da superfície de Ganimedes, ocultando o hemisfério sul de Júpiter.

— O que é isso? O resultado de algum projeto de engenharia?

Dhoni fez uma careta.

— Um novo projeto militar perto do equador. Devia ser altamente secreto, mas estou aqui há mais de um mês... Ganimedes ainda é uma comunidade muito pequena; é surpreendente a quantidade de informação que se pode colher simplesmente ouvindo as pessoas conversarem, principalmente quando se é idosa e inofensiva. Mesmo antes desse projeto de exploração do qual você, não sei por que razão, concordou em participar, Ganimedes vinha recebendo *muitos* visitantes da Terra, tanto militares e funcionários de órgãos de segurança do governo quanto representantes da iniciativa privada. Empreiteiras. Vejo as naves chegarem e partirem o tempo todo...

— Sei que a Terra está muito interessada no que acontece aqui — disse Falcon. — Júpiter se tornou um ponto de encontro para os três povos: nativos da Terra, marcianos e máquinas. É por isso que estou participando do projeto, suponho. Devo me encontrar com um funcionário do Escritório de Relações Interplanetárias em Amalteia antes de iniciarmos a missão. Isso me permitirá obter mais informações a respeito do que está acontecendo.

— Se tiver oportunidade, pergunte a respeito de Nova Nantucket.

Era um nome curioso, do qual Falcon nunca tinha ouvido falar.

— Quanto a você, Howard, é claro que pretende botar sua carcaça centenária no meio desse redemoinho de disputas políticas e aventuras arriscadas. Gostaria que você tivesse me deixado submetê-lo a uma revisão completa antes disso. Seus componentes mecânicos estão precisando ser substituídos, mas o que me preocupa mesmo são os resíduos humanos.

— Resíduos?

— Não se faça de ofendido, Howard. — Dhoni levantou a própria mão e a examinou à luz de Júpiter. — Eu também sou uma relíquia do passado, uma peça de museu criada pelo tratamento antissenescência. Aprendemos muita coisa desde que iniciei meu tratamento; os jovens de hoje têm uma expectativa de vida longa e saudável bem maior que a minha. Essas novas técnicas também podem ajudar *você*, Howard. Pequenos ajustes nas proteínas do sangue. Até mesmo a regeneração de membros e outros órgãos deve se tornar possível em breve; basta aprendermos a imitar a natureza. Se um veado pode desenvolver um novo par de chifres a cada ano que passa, por que não podemos desenvolver uma nova mão ou um novo rim?

"Escute. Eu sei que você se sente pouco à vontade quando eu apareço. Você realizou grandes feitos, comandante Falcon, e ainda assim aqui estou eu, pedindo que volte para uma cama de hospital, que se torne inválido mais uma vez. Bem, esse é o meu trabalho. Prometa que virá me ver quando essa nova aventura terminar. Estarei à sua espera no Pasteur; assim, você não terá que chegar a menos de seis mil quilômetros da Terra. Faça isso por mim. Por favor."

Falcon fez que sim com a cabeça.

— Agora — disse Hope, visivelmente aliviada —, acho que temos tempo para apreciar essa vista deslumbrante. Quer mais um pouco de chá?

Falcon pensou no que o aguardava no resto do dia: uma viagem da Amalteia em uma velha nave qualquer, uma funcionária carrancuda do Governo Mundial lhe aguardando no destino...

— Por que não?

* * *

Logo que chegou, Falcon descobriu que se lembrava muito bem de Amalteia.

No passado remoto, aquela pequena lua, muito próxima de Júpiter, tinha sido usada como sede do Controle da Missão para sua primeira descida nas nuvens do planeta, a bordo da *Kon-Tiki*. Agora, enquanto caminhava com Thera Springer, sua anfitriã do Governo Mundial, comentou:

— Jamais vou me esquecer das queixas de Carl Brenner de que a minúscula gravidade desta lua atrapalhava os estudos das amostras biológicas que eu havia trazido. Se bem que o que mais o incomodava era na verdade o estado do próprio estômago. Naturalmente, na época ainda chamávamos esta lua de Júpiter v...

Springer, uma pessoa aparentemente taciturna na maior parte do tempo, não disse nada.

A coronel Thera Springer, oficial do Exército Mundial e, no momento, integrante do famoso Escritório de Relações Interplanetárias, não se parecia em nada com Trayne, seu curioso e extrovertido primo distante marciano. Ela aparentava ser pelo menos quinze anos mais velha e era uma pessoa sisuda, inflexível, que usava o uniforme como uma segunda pele. Entretanto, não deixava de ser uma Springer, usando no peito um emblema com o antílope saltando que era o brasão de sua família, ao lado de um tipo de medalha militar. E essa Springer de nova geração, outro rebento da grande dinastia que se tornara famosa graças aos feitos heroicos dos ancestrais Seth e Matt, não tinha interesse por reminiscências; estava ali para conversar a respeito de política interplanetária.

Falcon, por sua vez, estava fascinado com o que vira até o momento naquele Júpiter v dos novos tempos: as estações de monitoramento construídas em crateras com nomes como Pan e Gaia, a sala de controle das expedições a Júpiter, instalada a grande profundidade como proteção contra a radiação intensa proveniente do planeta. Além disso, conhecera pessoalmente o pioneiro da exploração do núcleo, uma máquina que os humanos foram encorajados a chamar de "Orfeu" e que era muito diferente das formas humanoides que as máquinas costumavam usar para se relacionar com as pessoas. Externamente, Orfeu era uma caixa preta, um cubo com aproximadamente um metro de aresta, obviamente destituído de traços humanos mesmo em comparação a Falcon... Embora algum engraçadinho tivesse escrito "Howard Falcon Júnior" em uma das faces.

Para o encontro com Thera Springer, Falcon fora escoltado até o local mais espetacular de Amalteia: uma galeria de observação na superfície da Base de Bamard, exatamente no ponto subjupiteriano. Parecia uma versão barata do Salão de Galileu, pensou Falcon, divertindo-se. Amalteia, um ovoide irregular com duzentos quilômetros de comprimento, que se movia apenas um e meio raio planetário acima das nuvens de Júpiter com um período orbital de doze horas, era um dos menores satélites que orbitavam o planeta, embora tivesse sido o primeiro a ser descoberto na era moderna. Visto da galeria da Base de Bamard, Júpiter ocupava quarenta de cinco graus do campo de visão; era uma presença gigantesca, intimidante, perturbadora, sempre ativa, mudando de fase quase que visivelmente conforme a pequena lua girava em torno do imenso corpo celeste.

Finalmente, Thera falou:

— É uma visão apavorante, não é? Como um oceano no céu.

— Sua veia poética me surpreende, coronel.

— Poética? Eu não saberia dizer. Para mim, Júpiter é um lugar escuro onde marcianos e máquinas se escondem, tramando sabe-se lá o quê fora de nossas vistas. Até mesmo os malditos simps estão envolvidos.

O último comentário surpreendeu Falcon.

— O que os simps têm a ver com essa história?

— Ah, a maravilhosa Nação Independente dos Pans também se ofereceu para dar uma mão... ou uma pata... nesse projeto. Acontece que os simps, com o treinamento adequado, resistem bem à gravidade de Júpiter e são operários incansáveis. Como sempre, estão perseguindo objetivos particulares, sem hesitar em morder a mão do

Governo Mundial que os alimenta. Segundo Ham, o presidente, tudo que eles querem é ajudar, negando quaisquer intenções espúrias. Mas, pelo menos, temos um trunfo sobre eles. Acontece que os pans estão tendo problemas com a deriva genética. Seus dotes intelectuais tão preciosos não estão estabilizados por um milhão de anos de evolução e trabalho duro, como os nossos. Eles podem sofrer uma rápida *reversão*. É de cortar o coração, pelo que me contam, ver um bebê nascer sem aquele brilho nos olhos. — Ela não parecia nem um pouco comovida. — Por isso, precisam de pesquisa e apoio da Terra, dos nossos laboratórios... Nem mesmo os marcianos estão em condições de ajudá-los. Assim, no caso dos simps, nós temos um trunfo. Em relação aos outros, porém...

Falcon estava estarrecido com a ideia de que um governo pudesse pensar em usar a sobrevivência intelectual de outra espécie como arma. Perguntou-se quais seriam os efeitos a longo prazo de ameaças como aquela sobre as relações entre os humanos e os pans. Springer, evidentemente, não se preocupava com isso.

— O senhor será de grande valia para esse projeto, comandante Falcon — declarou Thera. — De valia inestimável. Somos gratos ao Instituto Brenner por patrocinar sua participação... e ao meu primo por perder os sentidos durante a descida e assim provar que humanos nascidos na Terra *ainda* são mais capazes que marcianos em um traje espacial. Rá! Aposto que a notícia foi bem-recebida em porto Lowell. Sei também que o senhor tem uma ligação pessoal com as máquinas, por meio de uma criatura conhecida como Adam.

— Está se referindo ao "indivíduo não humano do ponto de vista legal conhecido como Adam. — Foi só após muita discussão que conseguimos esse título para as máquinas.

— Como quiser. — Springer olhou novamente para Júpiter, quase com ressentimento. — A verdade é que, no momento, não temos *nenhum* observador leal ao Governo Mundial acompanhando o que acontece em Júpiter... e essa é nossa chance de introduzir alguém de nossa confiança, uma oportunidade única atrelada a essa nova aventura, a essa exploração do núcleo. Nenhum marciano ou máquina pode questionar a *sua* presença na expedição, dados sua capacidade física e seu histórico.

Essa conversa estava indo bem além da proposta que o havia levado até ali, em primeiro lugar.

— *Introduzir?* Quer que eu me torne um espião do Escritório de Relações Interplanetárias? Pensei que esse projeto tivesse a ver com exploração. Ciência. Não espionagem e política.

Springer suspirou.

— O senhor é muito mais velho que eu, comandante, e tenho certeza de que não é ingênuo, mas acho que ainda não entendeu o que nos preocupa. Estou certa ao pensar que o senhor nasceu antes que o primeiro presidente mundial fosse empossado?

Falcon sorriu.

— É verdade, mas não tinha idade suficiente para votar em Bandranaik.

— Comandante Falcon... desde aquela época, construímos um Estado mundial que realmente funciona, um sonho que a humanidade vinha acalentando por milhares de anos. Poderíamos chamá-lo de utopia... se não fosse pelos pesadelos vindos do céu.

Surpreendentemente, mais poesia.

— A longo prazo, nossos estrategistas estão preocupados com o desenvolvimento da civilização das máquinas... Se é que está suficientemente unificada e desenvolvida para merecer esse nome... E que impacto terá sobre nós. A curto prazo, porém, o que está nos incomodando são nossas colônias. De Mercúrio a Tritão, elas têm seguido seu rumo político e cultural, com relativa independência, desde os primeiros passos.

"Marte, porém, sempre foi a principal: já havia uma base autossuficiente no planeta meio século antes da eleição de Bandranaik. O Governo Mundial sempre tentou manter boas relações com eles, ou mesmo lhes agradar, desde o começo, quando declarou Marte uma Zona Federada com direito a voto no Conselho Mundial. Encontramos meios de enviar recursos para lá: a transferência do quartel-general da Guarda Espacial para Hellas na década de 2120, a implantação de um estaleiro de naves espaciais em porto Deimos na década de 2170. Na virada do século, o Escritório de Relações Interplanetárias ajudou até a financiar o Programa Eos, o projeto de terraformação a longo prazo de Marte. Mais recentemente, tentamos usar a Lua como elo de união. Marcianos e outros colonos podem vir estudar na Universidade de Aristarco sem estarem sujeitos à forte gravidade da Terra... O senhor sabia que também temos máquinas trabalhando na Lua? Esse é outro experimento diplomático. É verdade que elas foram banidas da Terra, mas nós as usamos para processar minério lunar e em uns outros programas. É um gesto de confiança, certo?"

— Eu sei que vocês também permitiram que a Federação dos Planetas construísse sua sede na Lua.

— É verdade, depois da Declaração de Crawford que assinaram em 2186.

— Eu estava lá...

— A Federação ainda não tem validade legal aos olhos do Governo Mundial, mas mesmo assim a tratamos com respeito.

Falcon imaginou como essa atitude seria encarada em Fobos, em Lowell, em Vulcanópolis, em Oásis... até mesmo na Base de Clavius.

— Sabe, coronel, eu me considero um estranho em toda essa confusão política. Não pertenço, na verdade, a nenhum desses mundos. Que inferno, sou mais velho que a maioria das colônias. O que estou vendo, porém, é que a supremacia econômica e a política da Terra no sistema solar estão restringindo o desenvolvimento das colônias. Os marcianos com quem converso se queixam de que poderiam se expandir muito mais depressa, até mesmo acelerar o Programa Eos, se vocês aumentassem as remessas de matérias-primas. Talvez esteja na hora de uma mudança de política. Veja a história. De 1492, ano da descoberta da América por Colombo, até a Revolução Americana, foram... o quê? Quase três séculos? Dos primeiros passos de John Young em Marte até os dias de *hoje*, o intervalo é aproximadamente o mesmo...

— O tempo da Inglaterra imperial e da América colonial já passou, comandante — declarou Springer, em tom severo. — Sua idade avançada fica clara com comparações como essa. A história que o senhor aprendeu foi enterrada pelos séculos. Esta é uma nova era, com novas tecnologias.

"Deixe-me explicar qual é o ponto central da política do governo. *O que o Conselho Mundial mais teme é uma guerra interplanetária.* Pense a respeito. Mesmo que o senhor provavelmente não tenha idade suficiente para ter testemunhado os últimos conflitos entre as nações... Houve vários incidentes nos quais aviões, formas primitivas de transporte aéreo movidas por combustíveis químicos, foram lançados contra edifícios. Atos de guerra e terrorismo."

— Fui exposto a essas imagens na infância.

Na imaginação do jovem Falcon, esses incidentes tinham sido desastres como o do *Hindenburg*, só que propositais.

— Pense bem. Uma aeronave civil do início do século XXI, com os tanques de combustível cheios, tinha o poder explosivo de algumas centenas de toneladas de TNT. Se um cruzador interplanetário moderno da classe *Golias*, como a nave que o trouxe aqui, fosse lançado contra uma cidade da Terra, liberaria tanta energia quanto toda uma guerra nuclear da época do meu ancestral Seth. Apenas uma nave, e estou falando apenas da energia cinética envolvida, não da detonação dos reatores de fusão ou do uso de um sistema de armas dedicado.

Falcon olhou para o frágil domo acima de sua cabeça.

— As colônias também são muito vulneráveis.

— Certo. Na visão do Conselho Mundial, assessorado pela Secretaria de Estudos Estratégicos, uma guerra interplanetária seria um acontecimento como nenhum outro na história da humanidade. Haveria um risco genuíno de extinção de toda a espécie humana, *toda* ela, tanto na Terra como nas colônias.

— Entendo a lógica de vocês. A guerra deve ser evitada a todo custo. Por outro lado, será que estão usando a tática correta? Os marcianos clamam por independência, e vocês apertam as amarras em resposta?

— O que acha que devíamos fazer, comandante? Dessa forma, pelo menos mantemos o controle. Dessa forma, pelo menos evitamos imprevistos; a liberação política das colônias teria consequências impossíveis de antecipar. Isso sem falar na influência das máquinas em toda essa questão, que é outra grande incógnita.

— É por isso que vocês se preocupam tanto com Júpiter — comentou Falcon. — Não sabem ao certo o que está acontecendo lá embaixo... e o que vocês não conhecem, não podem controlar.

Falcon observou Springer, com sua voz firme, seu jeito decidido, sua lógica impecável... e, por trás de tudo disso, um traço de poesia em uma alma rebelde. Pensou na Terra, a uma distância confortável do Sol, um mundo que encontrara a paz e a unificação apenas tão recentemente... e em como ali estava uma das suas cidadãs, enfrentando o frio e a escuridão apesar de tudo, tentando resolver problemas políticos que colocavam em risco o futuro da humanidade. Sentiu uma estranha admiração por ela, mas não baixou a guarda.

Enquanto Falcon a observava, era observado por ela. Depois de alguns momentos, Springer perguntou:

— Então, vai me ajudar?

— O que pode me dizer a respeito de Nova Nantucket?

Springer não disse nada; limitou-se a encará-lo com uma expressão resoluta no olhar.

— Ou a respeito dos sistemas de armas que vocês estão instalando no ponto subjupiteriano de Ganimedes?

— Está impondo como condição para trabalhar conosco que eu revele informações confidenciais?

Falcon cedeu.

— O quê? Acha que eu correria o risco de perder a viagem de Falcon Júnior ao coração de Júpiter? Claro que não. Tudo bem, coronel. Vou fazer o que está me pedindo. Vou... observar.

— A propósito, o senhor vai ser acompanhado pelo meu primo Trayne.

Falcon se mostrou surpreso.

— Trayne? Ele é um rapaz esperto, mas...

— Precisamos incluir um marciano nessa expedição. Só para mostrar a porto Lowell que não os estamos excluindo de tudo isso.

Falcon fez que sim com a cabeça.

— E quem melhor para desempenhar esse papel do que Trayne? Ele é seu parente e obviamente não entende nada de política...

— Não sou assim tão cínica. Acredito sinceramente que ele será um bom companheiro de viagem.

— Concordo com você — disse Falcon, secamente. — Afinal, ele é um Springer.

Thera fez que sim com a cabeça e sorriu.

— Vocês serão monitorados durante toda a viagem, é claro, mas gostaria que o senhor me apresentasse pessoalmente um relatório quando voltar.

E Thera Springer, com sua missão cumprida e Falcon devidamente recrutado, já consultava o computador de pulso, a mente obviamente concentrada na próxima tarefa, enquanto os pensamentos de Howard Falcon se voltavam, mais uma vez, para Júpiter.

23

Mil balões de ar quente flutuavam em formação no ar transparente.

Falcon, mais uma vez no comando da *Ra* e com Trayne ao seu lado, estava impressionado, apesar de suas excursões anteriores a Júpiter. Cada um daqueles enormes invólucros, com cerca de duzentos metros de diâmetro, ostentava o emblema do Governo Mundial, uma Terra aninhada em mãos humanas — um desenho que, como Falcon sabia, embora poucas pessoas provavelmente se lembrassem, tinha sido inspirado no emblema da missão Apollo-Ícaro 6 —, além de um código de identificação em caracteres garrafais. Abaixo de cada balão dourado havia uma grande estrutura, uma fábrica suspensa que Falcon identificou como uma usina de processamento dos gases da atmosfera, com um atracadouro para pequenos veículos em forma de agulha, obviamente cargueiros. Enquanto ele observava, uma das naves ativou seus propulsores e se afastou do seu balão, deixando o local e se dirigindo para a atmosfera superior, onde entraria em órbita para se encontrar com uma nave-tanque interplanetária, para a qual transferiria uma carga preciosa de combustível de fusão a ser enviada à Terra e às colônias.

Mas o que de fato impressionava Falcon era a formação precisa que se estendia à sua frente: um arranjo perfeito na atmosfera de hidrogênio e hélio, mantido apesar dos ventos turbulentos de Júpiter. Era uma visão fantástica, que, de forma um tanto inesperada, lembrava a Falcon um local e uma época muito distantes, imagens de uma Londres dos tempos da guerra, abrigada dos bombardeios alemães por um céu de balões; imagens que tinham apenas um século de idade quando ele havia nascido.

A Secretaria de Pesquisa Espacial do Governo Mundial tinha fornecido a Falcon muitas informações a respeito daquele que talvez fosse seu mais grandioso projeto: a **extração de hélio-3 na atmosfera de Júpiter**. Naquele momento, Trayne consultava um monitor, inclinando-se rigidamente para a frente em seu traje.

— Essa é a Estação de Processamento Atmosférico Número Quatro da Faixa Temperada Norte: FTN-4. A estação fica a uma distância considerável das zonas de baixa latitude onde a biota nativa é mais densa.

Aquela escolha fora um ato de preservação, pensou Falcon, mas também uma simples questão de bom senso. Imaginou uma criatura como uma manta ou uma medusa, com quilômetros de comprimento, sendo sugada por um daqueles aspiradores gigantes, debatendo-se naquela floresta de balões...

— Essa estação por si só conta com mil aeróstatos, dos quais, no momento, noventa e oito por cento estão operando. Parece que defeitos são frequentes.

— Daí a necessidade de uma tripulação — murmurou Falcon.

— Se você considera as máquinas tripulação, sim — retrucou Trayne. — Nessa unidade, trabalham dez vezes mais máquinas do que marcianos. Cada usina processa três mil metros cúbicos de atmosfera jupiteriana por segundo, para extrair *um grama* de hélio-3...

Parecia muito pouco, apenas um leve traço a ser extraído da colossal atmosfera de Júpiter. Entretanto, esse traço bastava para sustentar uma grande civilização interplanetária. Do ponto de vista econômico, tratava-se de um empreendimento altamente lucrativo.

Os marcianos eram pagos em créditos, em matérias-primas como petróleo e outras substâncias orgânicas ou em produtos de alta tecnologia que ainda não eram capazes de fabricar. Sempre tinha sido assim, pensou Falcon, com amargura. Um império comprava bens primários de suas colônias e pagava com produtos de alta tecnologia; era assim que os romanos tinham feito com os bretões e os ingleses, por sua vez, tinham feito com os americanos na época colonial. As máquinas, por outro lado, eram recompensadas com o acesso a alguns asteroides ricos nos metais de que necessitavam para se consertarem e se reproduzirem.

Entretanto, essa estratégia também tornava a Terra vulnerável. Falcon sabia que a solução era criar alternativas; desde o tempo de Geoff Webster, ele mantinha contatos com o Conselho Mundial e com outros altos escalões governamentais. Sabia, portanto, que a Secretaria de Pesquisa Espacial já estava tentando estabelecer operações de mineração atmosférica como aquela nas nuvens de Saturno.

Isso, porém, era uma questão para o futuro. No momento, estava na hora de Howard Falcon, agente do governo, começar a trabalhar.

As telas do console se acenderam para mostrar imagens de um humano, obviamente marciano, com aparentes 40 anos, a cabeça envolvida por uma sólida armadura. Ao lado dele havia uma máquina, cuja "cabeça" era um conjunto pouco elegante de sensores. Mesmo depois de tantos anos, cada vez que via uma máquina Falcon se flagrava olhando paras as lentes da câmera em busca de uma alma.

— Chamando *Ra* — disse o humano. — Sejam bem-vindos à Estação FTN-4.

— *Ra* se aproximando, FTN-4.

— Meu nome é Hans Young — disse o marciano. — Cidadão de segundo grau. Sou o chefe da equipe humana ligada ao projeto Orfeu. Antes que perguntem: não, nenhum parentesco.

Parentesco? Ah, sim, com John Young. Falcon ignorou aquela parte de orgulho marciano.

— Já nos correspondemos, Dr. Young. Prazer em vê-lo.

Young acenou.

— Olá, Falcon. E olá para você também, Trayne. Como vai sua mãe?

— Vai bem, obrigado, Hans. — Trayne olhou para Falcon. — Marte é um mundo pequeno.

— Estou vendo.

— E eu — disse a máquina, em uma voz sintética suave — serei conhecido, para os propósitos desta expedição, como Caronte 1.

— Caronte... Mais mitologia clássica. O barqueiro que ajudou Orfeu a atravessar o rio Estige?

— Isso mesmo. Vou guiá-los na primeira parte da descida. Mais tarde, vocês encontrarão outros "Carontes". A missão será executada em etapas, para que tenham tempo de se adaptar às condições locais conforme descemos por Júpiter. Julgamos necessário estabelecer uma série de acampamentos no caminho. Era assim que procediam os humanos quando escalavam montanhas muito altas, como o Everest.

— Fique sabendo que os humanos da Terra *ainda* escalam montanhas.

— Os marcianos também — interveio Trayne.

— Vamos repassar nossa estratégia — disse Falcon. — Não seremos capazes de seguir Orfeu até a camada termal... só até apenas algumas centenas de quilômetros, menos de um por cento da jornada que ele vai realizar.

— Mesmo assim, sua companhia será importante. E vocês vão permanecer em uma das estações intermediárias.

— Como foi combinado. — Falcon consultou um relógio. — Vejo que Orfeu está preparado para o lançamento. Precisamos subir a bordo?

Young sorriu.

— Comandante Falcon, uma coisa que a gente aprende quando trabalha com as máquinas é que elas não têm nenhum ritual, nenhuma rotina. Quando estão prontas para partir, simplesmente partem. Não se permitem nem mesmo uma contagem regressiva.

— Entendo.

Uma imagem de um cubo negro apareceu nos monitores.

— Sou eu. Orfeu, também conhecido como "Falcon Júnior". Seja bem-vindo ao projeto, comandante Falcon. Adam manda lembranças.

— Obrigado...

— Sigam-me se puderem.

As imagens transmitidas da FTN-4 tremeram ligeiramente.

Hans Young consultou um monitor.

— Ele já foi... Ele e os outros Carontes. Foram-se todos!

— Assim de repente?

Young sorriu.

— Eu avisei.

Trayne deu um tapinha nas costas de Falcon e apontou para uma janela.

— Lá vai ele!

Uma espécie de nave tinha se destacado da base de um dos balões, uma esfera prateada com não mais que alguns metros de diâmetro. Enquanto descia, um paraquedas foi lançado e logo se abriu, reduzindo consideravelmente a velocidade da queda.

Falcon manipulou os controles e a *Ra* começou a descer preguiçosamente.

— Lá vai ele mesmo — murmurou. — Vamos lá, Trayne; temos um explorador para seguir...

24

A princípio sem nenhum esforço, a *Ra* acompanhou o batiscafo na descida através de camadas progressivamente mais densas da atmosfera de Júpiter, seguida por um enxame de drones com câmeras. *Batiscafo*: uma palavra que já era arcaica quando Falcon havia nascido e, no entanto, parecia-lhe apropriada para a ocasião. Afinal, o que estavam fazendo senão mergulhar nas profundezas de um imenso oceano?

Logo a *Ra* penetrou na camada de nuvens D e em uma crescente escuridão. Enquanto a descida prosseguia, a pressão e a temperatura gradativamente aumentavam, e Falcon pediu a Trayne que fizesse leituras a intervalos regulares. A *Ra*, suspensa em um balão de hidrogênio aquecido, naturalmente também dependia de um equilíbrio de temperatura e pressão do ar para não descer rápido demais. Era sem dúvida mais avançada que a velha *Kon-Tiki*, e, graças a tecnologias desenvolvidas na densa atmosfera de Vênus, podia atingir profundidades maiores sem o risco de ser esmagada. Mesmo assim, tinham percorrido pouco mais de duzentos quilômetros, mal tendo começado a descida de Orfeu, quando Falcon, relutantemente, resolveu parar.

— Vamos ficar neste nível — comunicou à FTN-4, e, por meio dela, ao Controle da Missão em Amalteia. — Sinto não poder acompanhá-lo até o fim, Orfeu. Pelo que posso ver, todos os seus sistemas parecem em ordem.

— Foi um prazer viajar com o senhor, comandante Falcon.

No monitor, Hans Young sorriu.

— Como todas as boas máquinas, ele foi programado para ser educado. Prepare-se para manter a posição, *Ra*, e instalar o sistema retransmissor.

— Entendido.

Falcon e Trayner iniciaram a tarefa de transformar a *Ra* em uma estação repetidora. Antenas foram desdobradas em torno do balão, incluindo os compridos receptores que Falcon, em outros tempos, usava para se comunicar com as amigas medusas. Ao mesmo tempo, os dois não deixavam de observar as imagens, em luz visível, radar e mesmo sonar, da descida de Orfeu às profundezas de Júpiter. Quase todos os drones continuavam a segui-lo, mas um ou dois, ao que parecia, já estavam começando a falhar conforme as condições ficavam mais severas, as imagens que transmitiam transformadas em um azul uniforme.

Chegou, então, um marco importante da viagem: o momento em que o balão de Orfeu foi destacado, liberando-o à deriva na atmosfera.

— A pressão já está alta demais para o balão suportar — explicou Falcon —, mas observe a velocidade de descida. Quase não aumentou, mesmo sem o balão. A resistência do ar e o empuxo da própria batisfera bastam para manter a velocidade de descida em níveis aceitáveis.

— Não entendo — disse Trayne, de testa franzida. — Sei que não devia ter deixado de comparecer àquelas reuniões preliminares em Anúbis... sem o balão, como Orfeu vai voltar?

Falcon o fitou.

— Nota-se que você não está muito familiarizado com as máquinas. Trayne, ele *não vai* voltar... Nem ele nem os Carontes encarregados de guiá-lo. Assim como o Mariner 4 não voltou depois de tirar as primeiras fotografias da superfície de Marte.

— O quê?

— Deixe para lá.

— Não é bem assim, comandante — observou Caronte 1. — Antes que a nave de Orfeu seja destruída, ou melhor, antes que *ele* seja destruído, já que não existe diferença real entre a nave e o passageiro, a identidade de Orfeu será transferida para a FTN-4 e para Amalteia por meio das estações retransmissoras, como a sua, que estão sendo montadas ao longo do caminho. Compreendo que os humanos não se sentem à vontade com o conceito de digitalização de identidades, mas, para nós, é plenamente satisfatório que as cópias sejam indistin guíveis do original. De modo que, de certa forma, Dr. Trayne Springer, Orfeu *vai* voltar...

Um lampejo iluminou simultaneamente vários monitores.

Trayne ficou assustado.

— O que foi isso? Algum problema?

Falcon negou com a cabeça.

— Orfeu chegou à camada termal. A partir desse ponto, a temperatura é tão alta que nenhuma forma de vida orgânica pode sobreviver. Esse é o limite da fauna e da flora de Júpiter.

— Está falando das formas de vida que conhecemos, comandante — protestou Hans Young. — Este é um dos objetivos do projeto. Verificar o que de fato existe lá embaixo...

Explorar as profundezas do planeta tinha sido um dos sonhos de Howard Falcon desde o tempo da *Kon-Tiki*. Ele lamentava não poder acompanhar Orfeu. Só lhe restava ficar ali e observar.

A descida prosseguiu. A pressão e a temperatura registradas pela sonda continuavam a aumentar, deixando para trás uma comparação após a outra: uma pressão maior que a da superfície de Vênus, maior que a da fossa mais profunda dos oceanos da Terra.

Quando a pressão chegou a duas mil atmosferas, a sonda revelou mais um de seus segredos. Seu casco foi subitamente *esmagado*, e dessa vez foi Falcon que se assustou com o pensamento de que algum defeito catastrófico havia posto fim à missão. No entanto, as câmeras sobreviventes mostraram que, embora o casco esférico tivesse implodido, uma espécie de treliça sobrevivera, um arranjo geométrico de barras e conexões.

— Essa é a maneira correta de lidar com o problema — explicou Hans Young. — Não lutamos contra a pressão; cedemos a ela. Embora a atmosfera de Júpiter tenha invadido a maior parte do interior da nave, ela ainda tem alguma força de empuxo, produzida por tanques de lastro muito robustos embutidos na estrutura sobrevivente.

— E também continuo vivo — comunicou Orfeu. — Eu e os Carontes fomos baixados em chips de diamante. Estamos bem à vontade.

— Exibido — murmurou Falcon.

A sonda atravessou sucessivas camadas de nuvens, enquanto moléculas exóticas se formavam e se dissolviam no ar cada vez mais denso. A iluminação passou a enfraquecer, até que as imagens de luz visível pararam de chegar quando a última das câmeras caiu.

A cerca de quinhentos quilômetros de profundidade, o nível que havia muito se acreditara corresponder à "superfície" de Júpiter, as medidas registradas pelo radar, sonar e outros sensores de Orfeu revelaram a presença de massas desconhecidas pairando no ar, disformes, granulares. "Nuvens" quase sólidas em um ar extremamente denso, especulou Falcon, que talvez tenha iludido os primeiros observadores, fazendo-os pensar que se tratava de uma crosta sólida.

Mas Orfeu logo atravessou, sem dificuldade, a curiosa camada e continuou a descida. A densa atmosfera de hidrogênio agora parecia uniforme e estéril, desprovida do encanto das nuvens iluminadas pelo Sol em que viviam as medusas. O tempo foi passando. Falcon tinha certeza de que as notícias a respeito da missão estavam sendo transmitidas para todo o sistema solar, porém imaginou quantos espectadores nos domos de Tritão ou nos jardins da Terra continuariam ligados quando as imagens daquela fase monótona da expedição chegassem até eles à velocidade da luz.

Outro importante marco da viagem foi atingido a uma profundidade de mil quilômetros.

— Pressão de oitenta mil atmosferas — informou Orfeu. — Temperatura de oitocentos graus Kelvin. As pressões e temperaturas até agora estiveram de acordo com os modelos teóricos; entretanto, o lodo de hidrogênio e hélio que nos envolve agora é mais precisamente descrito como líquido do que como gás...

"Aqui é Orfeu. Passamos da zona de transição e chegamos ao oceano de hidrogênio molecular de Júpiter. Os primeiros seres pensantes a alcançar esta região."

Falcon olhou para Trayne.

— Juro que detectei um tom de orgulho na voz de Orfeu.

Trayne deu de ombros.

— Por que não?

— A fase 1 terminou. — continuou Orfeu. — Mais uma parte da nave será descartada e vou continuar a descida, enquanto Caronte 2 permanecerá aqui para montar uma estação repetidora.

— Confirmado — disse uma outra voz de máquina, que obviamente pertencia a Caronte 2. — Estou pronto para cumprir minha tarefa.

O que Caronte disse em seguida deixou Falcon aturdido.

— Boa viagem, Orfeu.

A descida prosseguiu.

25

— Meu nome é Orfeu. Esta telemetria está sendo transmitida por meio de sinais de rádio recebidos por Caronte 2 na interface hidrogênio gasoso–hidrogênio líquido, retransmitida pela *Ra* na camada termal para Caronte 1 na Estação FTN-4 e daí para o Controle da Missão em Amalteia. Estou em excelente estado de saúde, todos os subsistemas operando normalmente. Continuo perfeitamente a par dos objetivos desta missão e totalmente dedicado a eles.

"No momento, estou atravessando um oceano de hidrogênio-hélio molecular. O ambiente me parece seguro. Para esta primeira descida, foi escolhido um local bem distante das grandes formações vulcânicas que chamamos de Fontes, a serem investigadas em futuras expedições.

"As pressões e temperaturas que estou experimentando aumentam sem cessar. Minha configuração continua a se ajustar de acordo com os planos. Nas maiores profundidades, minha consciência estará contida em pouco mais que um conjunto de pastilhas de carbono cristalino melhorado, uma forma avançada de diamante, mantidas sólidas a essa temperatura elevada pela enorme pressão a que estarei submetido. Dessa forma, vou usar as próprias condições do local para manter minha estrutura, em vez de enfrentá-las.

"Não existe luz visível; a escuridão é total. Entretanto, o oceano de hidrogênio é eletricamente neutro e, portanto, transparente a ondas de rádio de grande comprimento.

"Mesmo assim...

"Mesmo assim, estou detectando formas, estruturas, que se movem no escuro ao meu redor. Massas imensas, indefinidas.

"Pode ser que se trate de blocos inanimados de alguma fase exótica do hidrogênio só existente a altas pressões, mas não posso descartar a possibilidade de que seja uma forma de vida que se alimenta dos compostos complexos provenientes da atmosfera, das diferenças de temperatura do oceano ou mesmo de radiação eletromagnética. Humanos e máquinas encontraram formas de vida em todos os locais que exploraram; encontrar vida aqui não seria uma surpresa. Entretanto, o movimento dessas massas não obedece a nenhum padrão, nenhuma intenção perceptível. Mesmo que haja vida aqui, este oceano pode ser muito pobre de nutrientes para sustentar inteligência. Um encontro com esses jupiterianos das profundezas, se é que são isso, deve esperar por missões mais avançadas que a minha.

"Está previsto que, a uma profundidade de aproximadamente doze mil quilômetros, quando a pressão chegar a um milhão de atmosferas da Terra, encontrarei uma interface com todo um domínio de propriedades físicas diferentes e minha sobrevivência não estará totalmente garantida.

"Mas, no momento, sinto-me bem à vontade."

26

Trayne foi o primeiro a notar o sinal de rádio anômalo.

Falcon estava escutando a transmissão de Orfeu com uma mistura de admiração e inveja. "Mas, no momento, sinto-me bem à vontade." Uma frase lacônica, como de livro escolar. Que inferno, dava para jurar que Orfeu era tão humano quanto Young ou Hilton... e igualmente corajoso.

— Pode ser — murmurou Trayne, distraidamente, de testa franzida. Apontou para um monitor. — Comandante, olhe para isso. Um dos nossos filtros está captando outro sinal. Não tem nada a ver com Orfeu... É uma das suas medusas?

Falcon olhou para a tela. O rapaz estava certo; pulsos de uma transmissão de ondas curtas estavam sendo detectados pelas grandes antenas da *Ra*, e ele logo reconheceu o padrão básico da modulação. Ativou às pressas o programa de tradução que havia montado durante as décadas, ou melhor, durante os séculos de contato com os habitantes de Júpiter.

— Não consegui descobrir a que distância está a fonte — avisou Trayne.

— Posso estimar pela intensidade do sinal. Logo vamos ter uma triangulação...

Uma voz sintetizada, sem alma, sem sexo e sem inflexões, forneceu a primeira tradução aproximada do sinal. *A Grande Manta está de volta. A Grande Manta está entre nós. Reze à Grande Manta para que você seja poupado. Reze à Grande Manta para que você não seja poupado...*

Trayne arregalou os olhos.

— Isso é...?

— Uma medusa. Pode apostar.

— Aposto que sei quem é... Quero dizer, *qual* das medusas. É Ceto, não? Aquela a quem você me apresentou. "A Grande Manta." Você disse que Ceto costumava falar a respeito dela. Tinha algo a ver com ideias de morte e extinção, não é?

— Isso mesmo... Trata-se de um mito ambíguo. As medusas são animais inteligentes, que servem de presa para outros. Elas compreendem que fazem parte de um ecossistema no qual as mantas e outros predadores desempenham um papel essencial. Por isso, aceitam a perda de alguns membros de sua espécie, um preço que pagam ao ecossistema que as sustenta. Ao mesmo tempo, porém, rezam a uma manta para serem poupadas, para poderem viver mais um pouco... Tem alguma coisa acontecendo. Ceto está com problemas. — Falcon hesitou. — Ela está pedindo ajuda. A *minha* ajuda, ou não estaria gritando na banda de ondas curtas.

Trayne o fitou.

— E você quer ajudá-la, não é?

Falcon fez uma careta.

— Por que diz isso? Porque essa é a sua versão para crianças do que um herói faria? Abandonar seu posto para salvar uma donzela em apuros? Uma donzela com dois quilômetros de comprimento...

Trayne pareceu vagamente ofendido.

— Não é isso. É que já o conheço... pelo menos um pouco. Além do mais, se está pedindo ajuda a você, pode ser que o problema que a esteja afligindo tenha algo a ver com seres humanos.

Falcon não tinha pensado nessa possibilidade.

— Você pode estar certo — admitiu, com relutância —, mas os dados da triangulação mostram que ela está a milhares de quilômetros de distância. Mesmo que quiséssemos socorrê-la, como poderíamos chegar a tempo? A *Ra*, como a *Kon-Tiki*, foi feita para flutuar, não para bater recordes de velocidade.

— É só nos separarmos do balão — argumentou Trayne. — A gôndola tem um sistema de propulsão próprio, com um motor de fusão...

— Projetado para nos dar impulso suficiente para sairmos da atmosfera, não para navegarmos por entre as nuvens.

— É verdade, mas temos energia de sobra. Além disso, o motor usa o ar atmosférico para funcionar, de modo que não há risco de ficarmos sem combustível.

Em resposta ao olhar admirado de Falcon, explicou:

— Estudei as especificações da *Ra* antes de partirmos de Amalteia.

— É mesmo?

— Não sou um terráqueo mimado, comandante; sou um marciano. Passei a infância protegido por um domo de plástico de um planeta que me mataria ao menor deslize. Claro que estudei as especificações.

— Certo. Estou impressionado, mas acontece que temos uma missão aqui. Somos uma estação retransmissora para as mensagens de Orfeu...

— O balão pode manter a estação funcionando. Ele dispõe de equipamentos automáticos de reserva que podem operar sem nossa presença. Além disso, os sinais transmitidos por Caronte 2 devem ter intensidade suficiente para serem captados diretamente por Caronte 1 na FTN-4.

— Você também estudou as especificações dos transmissores e dos receptores, não é?

Trayne sorriu.

Falcon assumiu os controles.

— Tudo bem. A ideia foi sua. Verificando a proporção deutério-hélio-3. — Cintos de segurança prenderam com firmeza o exoesqueleto de Falcon ao casco da *Ra*. — Veja se o seu traje espacial está bem-ajustado, porque eu não vou ser econômico na aceleração.

— Mas é claro.

— Verificando a temperatura da câmara de fusão. — Falcon consultou os instrumentos pela última vez e rompeu o lacre de segurança do botão que separava a gôndola do balão. — Acendendo o estopim.

— O quê?

— Nada — respondeu Falcon, apertando o botão.

Houve um ruído seco quando cargas explosivas separaram a gôndola do balão; então, uma breve sensação de queda, mostrando que não havia como voltar atrás, e o motor de fusão entrou em cena. A aceleração foi quase instantânea. A gôndola se transformou em um veículo independente na atmosfera de Júpiter, um cilindro sustentado por uma coluna de hidrogênio–hélio superaquecido.

— Você está bem, marciano?

— Nunca me senti melhor.

— Mentiroso. Vou programar a trajetória do piloto automático. E vejo que o Controle de Amalteia já está pedindo uma explicação. Isso eu vou deixar por *sua* conta...

27

— Meu nome é Orfeu. Esta telemetria está sendo transmitida por meio de sinais de rádio recebidos por Caronte 2 na interface hidrogênio gasoso–hidrogênio líquido, retransmitida pela *Ra* na camada termal para Caronte 1 na Estação FTN-4 e daí para o Controle da Missão em Amalteia. Estou em excelente estado de saúde, todos os subsistemas operando normalmente. Continuo perfeitamente a par dos objetivos desta missão e totalmente dedicado a eles.

"A doze mil quilômetros de profundidade, cheguei ao fundo do oceano de hidrogênio e atingi uma região conhecida nos modelos teóricos como 'camada de plasma'.

"Júpiter, abaixo das nuvens e acima de um núcleo de composição ainda desconhecida, não passa de uma imensa esfera de hidrogênio e hélio. Na profundidade em que me encontro, a temperatura é tão elevada que os elétrons são separados dos núcleos atômicos por agitação térmica, tornando impossível a existência de moléculas de hidrogênio. O plasma resultante é um bom condutor de eletricidade, assim como o grande oceano de uma substância conhecida como 'hidrogênio metálico', no qual agora vou penetrar. Trata-se, realmente, de algo similar a um oceano de metal líquido. Acredita-se, a propósito, que a substância desse mar pode ser útil, talvez como supercondutor à temperatura ambiente, ou como um combustível com uma alta densidade de energia... Isso, porém, vai ficar para o futuro.

"A camada de plasma, no entanto, bloqueará totalmente as transmissões de rádio. Por isso, estou deixando outra estação retransmissora nesta profundidade, Caronte 3, e passarei a me comunicar liberando pequenas boias, que serão recolhidas por Caronte 3 e cujas mensagens serão repassadas para o Controle da Missão.

"Esse método de comunicação é unilateral; vocês não poderão mais se dirigir a mim.

"A camada de plasma, como alguns teóricos previram, é um lugar de maravilhas. O carbono, o silício e outros elementos pesados que existem na atmosfera penetraram até esta profundidade, onde detectei muitos compostos complexos, até mesmo desconhecidos... Alguns desses materiais, se minerados desta camada, podem ter propriedades úteis.

"Entretanto, só observo esses fenômenos de passagem. Estou mergulhando em um mar de hidrogênio metálico com mais de quarenta mil quilômetros de profundidade. Essa região abriga imensas quantidades de energia eletromagnética, que estou começando a detectar.

"É como se eu caísse em um pesadelo."

Falcon acompanhava os relatos da descida de Orfeu enquanto a nave subia em direção às nuvens de Júpiter. Ao mesmo tempo, ouvia as conversas dos analistas do Controle da Missão, em Amalteia, que começavam a se preocupar com alguns aspectos das mensagens de Orfeu, como a crescente subjetividade dos relatórios; por exemplo, o uso da palavra "pesadelo".

Durante seu envolvimento prévio com as máquinas, o próprio Falcon estudara a teoria e a história das mentes artificiais. Como todos de sua espécie, Orfeu tinha um "cérebro" que era na verdade uma rede neural de Minsky-Good, capaz de aprender, crescer e se adaptar; um projeto cuja teoria remontava ao trabalho de pioneiros do século XX como John von Neumann e Alan Turing. E Orfeu, como todo ser inteligente, natural ou artificial, estava sujeito a instabilidade, especialmente quando submetido a experiências tão avassaladoras quanto aquelas que estava tendo de enfrentar no momento.

Os ciberneticistas de Amalteia e Ganimedes especularam que uma combinação de sobrecarga de informações, perigo pessoal e solidão poderia comprometer a capacidade da máquina de desempenhar suas funções primárias. Chegaram a aventar a possibilidade de que Orfeu entrasse em um laço de Hofstadter-Möbius, uma espécie de psicose relativamente comum em sistemas autônomos com metas fixas, quando confrontados com uma sobrecarga de informação e opções. Os oficiais de segurança começaram a discutir a necessidade de depurar as cópias da mente de Orfeu antes de permitir que fossem enviadas aos bancos de dados das colônias.

Falcon, que não via muita diferença entre inteligência biológica e artificial, tinha um diagnóstico mais simples. Ele havia observado uma reação semelhante nas pessoas que levara para conhecer o mundo das medusas. Até mesmo o velho Geoff Webster revelara traços dessa emoção.

Deslumbramento. Era isso que Orfeu estava experimentando. Deslumbramento.

E os chefões de Amalteia nada podiam fazer a respeito; Orfeu estava fora do seu alcance.

Quanto ao pesadelo, fazia muito tempo que Falcon chegara à conclusão de que, como todos os seres inteligentes, as máquinas eram capazes de sonhar. Mesmo que poucas o admitissem.

28

Trayne, cujos olhos eram mais jovens que os de Falcon — e, provavelmente, tinham sido atualizados mais recentemente — foi o primeiro a avistar as medusas em um monitor panorâmico.

— Lá estão elas! — apontou, animado, e fez uma careta ao erguer o braço, lutando contra a gravidade com o auxílio de servomotores.

Falcon olhou para a tela. Contrastando com a cor castanha das nuvens das camadas mais profundas de Júpiter, avistou uma fila curva de formas ovais quase brancas, como um colar de pérolas flutuando no ar. O sol estava se pondo em outro curto dia jupiteriano, e as pérolas projetavam longas sombras. Certamente eram medusas.

Entretanto, não estavam sozinhas. Centelhas luminosas voavam ao seu redor como vaga-lumes. Não se tratava de um fenômeno natural; para Falcon parecia que eram espaçonaves com motores a fusão. À frente da fila, viu uma mancha escura: uma fábrica flutuante sustentada por uma densa floresta de balões.

— O que está acontecendo?

Trayne examinou a imagem.

— Aquelas coisas brancas *são* medusas, não são? Qual delas é Ceto?

Falcon consultou um sensor; a posição de Ceto tinha sido precisamente calculada a partir dos seus sinais particulares de rádio.

— A terceira da fila... A terceira a partir da fábrica flutuante. — Ele olhou para Trayne com ar severo. — Você insistiu para que viéssemos. Era por causa de algo mais do que curiosidade? Você sabe alguma coisa a respeito do que está acontecendo?

Trayne enfrentou aquele olhar.

— Eu... não tenho certeza. Estou sendo sincero.

Depois de um instante, Falcon decidiu que havia um assunto mais urgente em pauta.

— Certo. Vamos deixar isso para depois. Temos que analisar a situação. — Ele apontou para a tela. — Esse não é o modo como as medusas normalmente se comportam. Quando se tem predadores por aí, não se entra em uma fila à espera de um ataque. Você e seus companheiros formam um arranjo tridimensional, porque neste oceano o predador pode vir de qualquer direção. Além disso, estamos longe da região onde as medusas se alimentam e se reproduzem...

Uma luz brilhou na lateral de uma das medusas da fila; uma luz cegante, apesar dos filtros da janela da nave.

— O que foi *isso*? Parece que alguém deliberadamente queimou uma medusa com um jato de plasma.

Seguiu-se um ruído grave e rítmico, como uma série de batimentos, que fez o casco da nave estremecer.

Trayne olhou para Falcon, assustado.

— Algum tipo de defeito? Uma tempestade?

— Não. Espere e escute.

Os batimentos se tornaram cada vez mais frequentes. Acabaram por se fundir em um som contínuo, aumentando progressivamente de intensidade, embora sem se tornar mais agudo, e forçando Trayne a colocar as mãos nos ouvidos... até desaparecer tão subitamente quanto havia surgido.

A gôndola ainda balançava. Trayne baixou lentamente as mãos.

— Isso foi o som de uma medusa. Dá para acreditar que os biólogos chamam isso de "trinado"? Desculpe, eu devia ter avisado. O que acabamos de ouvir foi um grito de dor.

De repente, ouviram outro som muito alto, um alarme. Falcon o silenciou com o punho cerrado.

— Já *isso* foi um alarme de proximidade. Uma nave está vindo na nossa direção.

Trayne observou os monitores.

— Já nos alcançou... Está nos seguindo.

Ele parecia estar com medo, pela primeira vez desde que haviam partido de Amalteia.

Uma tela de comunicações exibiu um rosto humano; uma mulher idosa.

— Sou a cidadã de segundo grau Nicola Pandit. Meu computador está conectado aos seus sistemas. Posso assumir o controle da sua nave, se necessário.

Uma marciana. Falcon estava furioso. Ativou rapidamente todas as câmeras e sensores e entrou em contato com Amalteia e Ganimedes. Que vissem tudo o que estava acontecendo. Em seguida, trovejou:

— Com que autoridade está me ameaçando? Esta é a *Ra*, uma espaçonave de pesquisa registrada no Instituto Brenner e na Secretaria de Pesquisa Espacial, do Escritório de Exploração Planetária. Meu nome é Howard Falcon. Assumir os controles da *minha* nave? Quero ver a senhora tentar.

— Não se aproxime dessas instalações, Howard Falcon. Dê meia-volta e retorne ao seu posto na missão Orfeu...

— Nada disso. Antes eu quero saber...

— Conselheira Pandit? — interrompeu Trayne, inclinando-se para a frente para ver melhor. — É mesmo a senhora? O que está fazendo aqui?

— Minha nossa! Será que *todos* os marcianos se conhecem?

Pandit torceu o nariz.

— Cidadão de terceiro grau Springer, é melhor não se envolver nesta questão.

— Já estou envolvido, conselheira.

— Nesse caso, será considerado cúmplice de quaisquer transgressões cometidas por Howard Falcon.

— Esta luta é minha — protestou Falcon. — Não precisa tomar o meu partido, Trayne.

— Acho que preciso — afirmou Trayne, em tom quase resignado.

— Vou repetir, Howard Falcon — disse Pandit. — Volte ao seu posto, caso contrário...

— Caso contrário o quê? O que vai fazer? Cidadã, eu navego pelas nuvens de Júpiter desde antes de seu bisavô ser embarcado em uma nave para a colônia penal de porto Lowell. Faça o que quiser, mas *eu* vou dar uma olhada no que está acontecendo aqui.

Ele acionou os controles e a gôndola acelerou em direção à fábrica.

— Comandante Falcon!

Falcon desligou o sistema de som, para não precisar ouvir a voz irritada de Pandit.

— Porto Lowell nunca foi uma colônia penal, sabe? — disse Trayne.

— Eu estava querendo insultá-la, não dar uma aula de história. Certo... Lá está o complexo. Várias naves estão nos seguindo, mas não podem fazer nada; se atirassem em nós agora e atingissem o reator de fusão, a explosão destruiria metade da fábrica. Vamos ver o que realmente está acontecendo aqui...

Falcon freou a *Ra*, acionou os foguetes auxiliares para se manter a uma distância constante da instalação e apertou o botão que tornava o casco transparente.

E os dois, lado a lado, presenciaram uma cena de terror.

As medusas estavam sendo mantidas em uma longa fila que se estendia a distância. A da frente, com dois quilômetros de comprimento, aproximava-se de uma jaula ainda maior do que ela, cuja porta estava aberta. Pequenas naves voavam rapidamente em torno do animal, despejando jatos de plasma e disparando o que pareciam ser dardos.

— Veja aquela cicatriz no dorso da medusa — comentou Trayne, apontando para uma cratera de carne enegrecida, com alguns metros de diâmetro.

— Eles a estão forçando a entrar na jaula — disse Falcon, com ar incrédulo. — Estão forçando com dardos e jatos de plasma. E veja as manobras que essas naves estão fazendo. Não podem estar sendo pilotadas por humanos, não os nascidos na Terra e muito menos os marcianos. Só podem ser máquinas. Marcianos e máquinas, trabalhando juntos nessa operação. Mas o que pretendem?

A medusa estava entrando na jaula com muita cautela. Era como um grande navio se aproximando do porto, pensou Falcon.

Entretanto, não havia nada de acolhedor naquele porto. Assim que a medusa entrou totalmente na jaula, uma barragem de pequenos mísseis foi disparada contra o animal, de cima, de baixo, dos lados — um ataque súbito e brutal. A medusa se enrijeceu quase instantaneamente; a pulsação natural do corpo, a ondulação da floresta invertida de tentáculos, tudo parou. Cabos se projetaram das paredes da jaula e ganchos perfuraram a carne da medusa. Dali em diante, pensou Falcon, ela seria *arrastada*, em vez de se mover por conta própria.

Então começou o trabalho de verdade.

Abaixo da medusa, lasers de alta potência foram acionados, os feixes claramente visíveis no ar denso de Júpiter, e grandes lâminas começaram a girar. Esses instrumentos deceparam a floresta de tentáculos, que flutuaram para longe do corpo até serem recolhidos por imensas redes colocadas sob a jaula. Um líquido castanho escorreu do corpo da medusa.

Em seguida, outros lasers e lâminas, algumas muito grandes, retalharam a pele do animal, seguidos por garras que removeram o couro em grandes placas. Falcon observou com uma curiosidade quase desapaixonada as bexigas de flutuação da medusa serem expostas, grandes reservatórios de hidrogênio e hélio que lembravam os tanques de lastro da *Ra*. Ele sabia um pouco sobre a anatomia interna das medusas; os animais tinham sido estudados por zoólogos usando sonar, radar e outros métodos não invasivos. Entretanto, nunca vira uma delas ser dissecada. Naturalmente, as bexigas eram frágeis, apenas suficientemente fortes para resistir à pressão do gás; a evolução havia tornado o corpo das medusas o mais leve possível. Por isso, os órgãos explodiram ao serem tocados pelos lasers, transformando-se em membranas disformes que foram rapidamente removidas.

Apareceram então os sacos de óleo, que formavam uma grossa camada escondida sob as bexigas de flutuação. Tais sacos continham um material viscoso, extraído da atmosfera, que as medusas usavam para bombear o ar para fora das bexigas quando queriam descer. Naves especializadas, que lembravam a Falcon petroleiros voadores, aproximaram-se da medusa e introduziram canos nos sacos de óleo, esvaziando-os rapidamente.

— Eles parecem vampiros — comentou Trayne, horrorizado.

— É *disso* que estão atrás — observou Falcon, em tom amargo. — O óleo...

Minutos após a entrada na jaula, o que restava da carcaça da medusa foi ejetado da outra extremidade. Falcon distinguia alguns órgãos internos e o que parecia ser pedaços de cartilagem. Era pouco provável que existisse algo tão denso ou resistente quanto os ossos humanos em uma criatura para a qual a leveza era essencial. Esses componentes estavam se dispersando, alguns se movendo como se conservassem algum resto de vida. As medusas, afinal, eram colônias; muitos órgãos tinham ciclos vitais independentes. Carl Brenner propusera, muitos anos antes, que até mesmo as bexigas de flutuação tinham sido, no passado, criaturas independentes; balões naturais não muito diferentes da *Kon-Tiki*.

— Quando se mata uma medusa — murmurou Falcon —, você causa mais de mil mortes.

Ele se sentiu tomado por um desespero súbito, incontrolável, por ter testemunhado tamanha atrocidade em um dia que deveria ter sido de descoberta e maravilha. — Então esta é a Nova Nantucket sobre a qual Dhoni me alertou. Tudo por causa do óleo das medusas. — Ele olhou para Trayne de cara feia. — Você *sabia*?

— Tinha apenas vagas suspeitas... — respondeu Trayne, parecendo culpado. — Marte é um lugar pequeno, comandante. Recentemente começaram a chegar enormes remessas de hidrocarbonetos voláteis. Era impossível esconder a existência delas, mas sua origem era um grande mistério. Todo mundo sabe que existe um limite para a importação desses produtos imposto pela Terra. As pessoas começaram a falar em construir novos domos, até mesmo em acelerar o projeto Eos. Depois de chegar a Júpiter e começar a estudar as medusas... sem nada além de vagas suspeitas... comecei a desconfiar da verdade.

— Ele está sendo sincero, Falcon — disse Nicola Pandit, o rosto ainda ocupando quase toda a tela.

— Ah, ótimo. Estou vendo que conseguiu controle do volume — comentou Falcon.

— Trayne não teve culpa... mas ele é inteligente, como a maioria dos marcianos. Vivemos em um ambiente que exige uma boa dose de inteligência.

— Mas não de caráter?

Pandit sentiu o golpe.

— Suponho que agora vai dizer que nos associamos a uma forma de inteligência que não chega a ter caráter nenhum — declarou Pandit, recuando e deixando que uma criatura visivelmente artificial se juntasse a ela na imagem.

— Máquina, não estou reconhecendo você — disse Falcon.

— Eu me chamo Ahab. Esse foi o nome que meus colegas humanos me deram.

— Que gracinha — comentou Falcon, ironicamente. — Quer dizer que essa é de fato uma operação conjunta de máquinas e marcianos.

— Somos parceiros — afirmou Ahab, em tom neutro.

— E estão fazendo isso pelo óleo?

— Foi você mesmo que previu isso, Falcon, em seu relatório da expedição da *Kon-Tiki*, há não sei quantos anos — disse Pandit. — "Deve haver hidrocarbonetos suficientes na atmosfera de Júpiter para abastecer a Terra durante um milhão de anos." Como está vendo, memorizei a frase. Na verdade, a citamos para os nossos investidores em potencial. Agradecemos pela ajuda. Sua profecia, porém, não estava de todo correta: hoje em dia, não é a *Terra* que precisa dos hidrocarbonetos de Júpiter.

— Tem razão — concordou Falcon. — Já a pobre população de Marte...

— Somos pobres por causa da política imperialista do Governo Mundial.

— Quer dizer que, por razões políticas, vocês voltaram ao tempo da *pesca de baleias*.

O rosto de Pandit na tela exibiu um leve sorriso.

— Não somos como os bandidos ecológicos das gerações passadas, Falcon. Selecionamos cuidadosamente os rebanhos, sacrificamos apenas os animais mais velhos, não abatemos um número suficiente para colocar em risco a população da espécie, que é imensa, por sinal. Além disso, o óleo não é o único produto extraído das medusas. Nas minas de hélio-3, como a que você visitou na Faixa Temperada Norte, os balões são feitos de material extraído das bexigas de flutuação das medusas. Imaginei que você perceberia. Depois de tudo, como as carcaças dos animais são descartadas na camada termal, os danos ecológicos são mínimos.

— O processo é muito eficiente, industrialmente falando — interveio Ahab. — Os hidrocarbonetos estão presentes na atmosfera de Júpiter em baixas concentrações e as medusas são coletores naturais. Quando então colhemos uma diretamente...

— O que as máquinas ganham com isso?

— Esta é uma transação puramente comercial, realizada de acordo com as leis humanas... marcianas. Em troca do óleo que enviamos a Marte, recebemos, ou vamos receber no devido tempo, vários bens e serviços de alta qualidade, que...

— Conversa fiada! — exclamou Falcon. — Sejam quais forem os termos dessa "transação", Pandit, eu conheço as máquinas. Elas trabalham em uma escala de tempo diferente da nossa. Estou certo de que elas *têm outros objetivos em mente*. Vocês estão sendo usados, mas com que finalidade? — Olhou para Ahab. — Vocês, máquinas, estão se envolvendo na política dos humanos agora, Ahab? Tentando estabelecer um conflito entre a Terra e Marte? É esse o jogo de vocês?

— Não participamos de jogos — afirmou Ahab, laconicamente.

— Além disso, não estamos fazendo nada ilegal — acrescentou Pandit.

— Tem certeza? — questionou Falcon. — O óleo de baleia foi muito explorado na Terra também, até que tivemos consciência do mal que estávamos causando. A pesca da espécie foi então proibida. As medusas, como as baleias, são seres inteligentes.

— Como pode provar isso? — perguntou Pandit.

— Há mais de dois séculos que converso com uma delas. Posso mostrar as transcrições...

— Puro antropomorfismo — afirmou Pandit. — Você é um homem solitário, Falcon. Isso é produto de seu infeliz acidente, de sua natureza infeliz. Você procura desesperadamente por companhia onde não há nenhuma; vê uma alma onde ela não existe.

Falcon cerrou um punho mecânico.

— Sempre detestei psicanálise — afirmou —, especialmente quando é usada para agredir os outros. Dessa vez, porém, tenho a lei do meu lado. Graças a depoimentos como o meu, o Instituto Brenner, há algumas décadas, entrou com uma petição para que a Corte Mundial considerasse as medusas indivíduos não humanos do ponto de vista legal, com todos os direitos correspondentes...

— Os juízes ainda não chegaram a uma decisão final — observou Pandit.

— A presença ou a falta de inteligência nas medusas é irrelevante — afirmou a máquina.

A declaração pareceu chocar a própria Pandit, que se virou para fitar o companheiro.

— A vida baseada em carbono é apenas um dos possíveis sistemas de processamento de informações; um sistema ineficiente, aliás.

— Ahab pareceu refletir por um momento. — Esta conversa não vai levar a lugar algum — acrescentou, retirando-se.

Falcon ficou olhando para a tela por algum tempo, perturbado. Então, perguntou a Pandit:

— Você ouviu o que o seu parceiro disse?

— Fomos forçados a nos aliar às máquinas — declarou Pandit com teimosia. — O GM não nos *deixou* escolha. Falcon, você não vai interromper nosso processo de produção. Volte ao seu posto na missão Orfeu ou sua nave será apreendida...

— Ceto é a próxima da fila — sussurrou Trayne.

Falcon desviou os olhos do painel de comunicação e o encarou.

— Chegou a hora de escolher, Springer. De que lado você está: do meu ou de Pandit? Da Terra ou de Marte? Do homem ou da máquina, se preferir.

Trayne franziu a testa, visivelmente infeliz.

— Não vejo as coisas dessa forma. Por que tenho que escolher? Se estou do lado de *alguém*, é das medusas.

Falcon sorriu.

— Boa resposta. Vamos resolver esse caso.

Ele então acionou os controles, e a gôndola cruzou o céu de Júpiter.

29

— Está chovendo.

"É uma chuva de hélio e neônio, que atravessa o ar-mar de hidrogênio metálico. Provoca centelhas elétricas. À minha volta, imensos campos magnéticos batem asas do tamanho de luas...

"Meu nome é Orfeu. Esta telemetria está sendo transmitida por meio de boias para Caronte 3, estacionada logo acima da camada de plasma, passada em sinais de rádio para Caronte 2 na interface hidrogênio gasoso–hidrogênio líquido, retransmitida pela *Ra* na camada termal para Caronte 1 na Estação FTN-4 e daí para o Controle da Missão em Amalteia. Estou em excelente estado de saúde, todos os subsistemas operando normalmente. Continuo perfeitamente a par dos objetivos desta missão...

"Desta missão...

"Desta missão...

"Continuo descendo sem interrupções, um grão de poeira atravessando um gigantesco gerador.

"Porque este oceano de hidrogênio metálico, com quarenta mil quilômetros de profundidade, é exatamente isso: um gerador que produz a monstruosa magnetosfera de Júpiter, um campo que envolve várias luas e arremessa partículas de alta energia na direção de visitantes incautos, máquinas ou humanos. Tenho medido regularmente os campos eletromagnéticos. Um dos objetivos desta missão é estudar o acoplamento entre este gerador interno e a magnetosfera.

"Aparentemente, a física é simples. O centro do planeta permaneceu muito quente desde sua formação, quando se condensou nas regiões externas do jovem sistema solar e mergulhou brevemente, junto de Saturno, em direção ao fogo do Sol. Nas profundezas do oceano, esse calor primordial produz correntes de convecção, que, por sua vez, alimentam os campos eletromagnéticos que irradiam dessa vasta camada.

"Entretanto, existe mais, muito mais aqui que um simples gerador. Estou me convencendo disso. Os fenômenos eletromagnéticos que me cercam apresentam uma quantidade imensa de *detalhes* ligados às equações de Maxwell... na verdade, muito mais detalhes do que seria necessário para as funções de um gerador capaz de produzir a magnetosfera. Detalhes e, mais que isso, *beleza*, mesmo nas descrições matemáticas que surgem de minha análise.

"Às vezes posso sentir estruturas ao meu redor. Uma série de estruturas progressivamente maiores, que vão desde a escala atômica até a planetária. Existe espaço para isso, aqui embaixo!

"Seriam formas de vida?

"Talvez. Se a vida é a autocatálise de estruturas alimentada por alguma forma de energia e capaz de se reproduzir, tendo eu testemunhado aqui eventos desse tipo, nos quais linhas de campo magnético entrelaçadas se duplicaram, dando origem a outras linhas... então, sim, estes são bons candidatos para seres vivos, mais uma camada de vida neste grande berço que é Júpiter.

"Será que existe vida inteligente nestas profundezas, porém? 'Talvez' é tudo que posso dizer.

"No momento, contudo, meus pensamentos já estão voltados para o próximo e último estágio de minha jornada: uma visita ao coração deste estranho mundo..."

30

A gôndola da *Ra* se aproximou de Ceto com os motores de fusão em potência máxima.

Detalhes do enorme dorso do animal passavam pela tela. Gritos sônicos retumbantes e surtos de ondas de rádio mostraram que a medusa estava tentando se comunicar com as companheiras naquela sinistra fila de matadouro, procurando acalmá-las com as palavras da sombria quase religião das medusas.

Depois de se aproximar o máximo possível, Falcon iniciou uma subida quase vertical. Ouviu Trayne gemer com o movimento, mas o marciano não se queixou do novo componente de aceleração.

Falcon freou a gôndola até quase parar, mantendo-se acima e a uma certa distância da fila de medusas. Logo viu as pequenas naves dos "baleeiros" daquela macabra Nova Nantucket, centelhas no céu quase escuro, tomando posições em sua direção. Mas não havia naves suficientes para cercá-lo naquele espaço tridimensional, e as naves atmosféricas de curto alcance, evidentemente otimizadas para trabalhar com as medusas, não tinham velocidade suficiente para acompanhar a *Ra*. Falcon podia escapar quando quisesse; e não acreditava que as máquinas ou os marcianos tivessem coragem de atirar em sua nave.

Mesmo que tentassem, estava disposto a resistir.

Trayne apontou para a tela.

— Nossa! O que é *isso*?

Falcon olhou para a tela e viu o que parecia uma esquadrilha de aeronaves, todas pintadas de preto, voando nas proximidades do flanco de Ceto, bem mais próximas que as naves humanas.

— São como Spitfires atacando um zepelim.

— O que disse?

— Deixe para lá. Você sabe o que está vendo?
— Mantas. Parecem tão pequenas em comparação com a medusa! Mesmo assim, devem ter... uns cem metros de comprimento?
— Você fez seu trabalho de casa. Em Júpiter, tudo é gigantesco...

Observando o voo elegante das mantas, Falcon se lembrou da expedição da *Kon-Tiki*, da primeira vez que vira as mantas, e recordou, com certo embaraço, a mensagem que tinha enviado pelo rádio: "Digam ao Dr. Brenner que existe vida em Júpiter, e ela é *enorme*." Mais tarde, Geoff Webster zombaria dele várias vezes por esse comentário tão espontâneo.

— Mas... o que as mantas estão fazendo *aqui*? Nesse matadouro? — perguntou Trayne.

Com a mente repleta de reminiscências, não ocorrera a Falcon fazer a mesma pergunta. Trayne, enquanto isso, observava o comportamento das mantas.

— Veja só... elas não estão atacando Ceto nem as outras medusas; limitam-se a vigiá-las, guiá-las. Mas se elas saírem da fila...

Falcon levou alguns minutos para entender o que Trayne estava insinuando.

— Você tem razão. As mantas estão apenas assustando as medusas, evitando que se dispersem. Elas fazem isso com uma eficiência que as naves das máquinas jamais conseguiriam alcançar. Afinal, as medusas estão condicionadas a fugir das mantas... devem ser fáceis de se assustar.

— Então os operadores desse matadouro devem estar *usando* as mantas para controlar as medusas, da mesma forma como os fazendeiros da Terra usavam cachorros para controlar os rebanhos de carneiros na Era da Agricultura — comentou Trayne.

Falcon olhou para ele, surpreso.

— Como você sabe disso?

— Estudamos a história das civilizações terrestres na escola. Agropecuária e esse tipo de coisa.

— Por quê? Saudades do mundo materno?

— Não. Para que, um dia, saibamos fazer tudo isso direito.

— Bem... Talvez a presença das mantas possa nos ajudar a resolver nosso problema.

Trayne fez uma careta.

— De que forma? Comandante, embora a *Ra* seja mais veloz do que essas naves, nossa desvantagem numérica é evidente!

— Calma. Não pretendo encerrar as operações desse matadouro; isso vai ficar por conta das autoridades. Tudo que pretendo fazer hoje é salvar a vida de uma velha amiga.

Trayne entendeu o recado e sorriu.

— Ceto.

Falcon se pôs a digitar em um teclado.

— Estou enviando uma mensagem para Ceto... Trayne, acho que você está certo quando afirma que estão usando essas mantas como cães pastores, mas tivemos que passar dezenas de milhares de anos domesticando lobos para produzir cães pastores confiáveis e inteligentes. Esses açougueiros clandestinos estão trabalhando há apenas alguns anos com as mantas. Aposto que será relativamente fácil fazer com que elas retornem aos seus instintos primitivos.

— Que tipo de mensagem você está enviando?

— Uma mensagem bem simples. "Desculpe, velha amiga. Mantenha a calma. Você saberá o que fazer." — Falcon se virou para o painel de controle da nave. — Agora é bom você se segurar...

A gôndola atravessou o enxame de mantas, deixando para trás uma trilha brilhante de plasma. Falcon viu os grandes animais abrirem caminho, assustados, conforme a nave se aproximava mais uma vez da medusa. Voando paralelamente às costas do animal, o comandante viu uma superfície marcada por ataques de mantas e acidentes variados, quase como a superfície coberta de crateras da lua. A própria pele da medusa era um emblema de coragem, resistência e luta pela vida, pensou Falcon, um tributo a uma longa existência.

E agora ele teria de criar mais uma cratera.

— Isso não vai ser bonito de se ver, marciano — murmurou.

Manobrou os controles de modo a inclinar para cima o nariz da *Ra*, fazendo com que o escapamento de plasma atingisse em cheio as costas da medusa. A pele se rompeu conforme as bexigas de flutuação estouraram, grandes pedaços de carne e de cartilagem lançados no ar. Ceto gritou de dor.

— Ai! — exclamou Trayne, identificando-se com a medusa. — Mesmo para um animal tão grande, é uma baita ferida!

— Se ela sobreviver a isso, vai cicatrizar. As medusas são muito resistentes. Elas têm que ser; são perseguidas por predadores o tempo todo. A questão é a seguinte: minha estratégia está funcionando?

Trayne observou os monitores.

— Você quer saber se as mantas estão saindo de formação e vindo para cá? Positivo.

Olhando para trás, Falcon viu que as mantas se aproximavam de todas as direções, irresistivelmente atraídas pelos fragmentos de carne no ar e pelo cheiro do equivalente a sangue das medusas. Começaram a atacar a ferida aberta, arrancando pedaços de carne e mesmo abocanhando umas às outras em um frenesi incontrolável.

— Ah! O velho instinto dos carnívoros está de volta! Pode dar adeus aos seus cães pastores, Nantucket.

— Aposto que os supervisores estão perplexos — comentou Trayne. — Ceto saiu da fila e parece que as medusas mais próximas estão a ponto de imitá-la. Deve ser preciso muito trabalho para enfileirar esses animais, uma operação que se estende a milhares de quilômetros...

— E que vai ser difícil de repetir depois que os animais se dispersarem. Ótimo.

Trayne olhou para Falcon.

— Ainda não entendi o que está tentando fazer, comandante. Ceto pode ter escapado do matadouro, mas você a deixou à mercê das mantas.

— Não se preocupe. Medusas sabem se defender. Olhe para ela; já começou. Essa é a minha garota...

Ceto, depois de se afastar da fila, inclinou-se para cima, a floresta de tentáculos que pendia do ventre tremendo e ondulando, as listras brancas e pretas do flanco emitindo ondas de rádio. Esses movimentos foram acompanhados por um coro de lamentos de baixa frequência das outras medusas e aconteceram com uma lentidão exasperante, do ponto de vista de Falcon. Mas tudo na densa atmosfera de Júpiter acontecia devagar; mesmo uma manta a toda velocidade raramente passava de cinquenta quilômetros por hora.

Os predadores ainda voavam em torno da ferida aberta nas costas da medusa, mas, agora que Ceto estava quase na vertical, encontravam dificuldade em manter a posição. Ficando para trás em relação à ferida, evidentemente preocupadas com a possibilidade de deixar o tesouro para as rivais, passaram a bater furiosamente as elegantes asas em uma tentativa de recuperar a posição perdida. Enquanto isso, as pequenas naves circulavam sem saber o que fazer, as chamas dos escapamentos lançando fachos de luz nas costas de Ceto, iluminando trechos da escuridão noturna de Júpiter.

Preparando-se para o que viria a seguir, algo que havia testemunhado muitas vezes na expedição da *Kon-Tiki*, Falcon começou a apertar botões e desligar chaves.

— Segure-se. Estou desligando o maior número possível de circuitos elétricos. Não é por acaso que o casco da *Ra* é feito de material isolante. É melhor desligar os sistemas do seu traje espacial. Quando a tempestade elétrica começar...

O conselho quase chegou tarde demais.

Relâmpagos começaram a riscar o céu do lado de fora da nave, e uma estática ensurdecedora irrompeu dos alto-falantes. Mesmo os olhos artificiais de Falcon ficaram momentaneamente ofuscados.

Olhando para fora, ele viu uma espécie de relâmpago, ou talvez fogo de santelmo, sair da medusa e atingir o enxame de mantas famintas e até mesmo algumas naves. As mantas se dispersaram, algumas visivelmente feridas e, quando as descargas elétricas cessaram, duas, três, quatro das mantas estavam despencando para as profundezas da atmosfera, deixando um rastro de fumaça negra para trás. Aviões de caça abatidos; aquela sempre tinha sido a analogia usada por Falcon.

Ele observou que algumas das naves também haviam sido derrubadas pelas defesas elétricas da medusa; a maioria continuava a circular, mas outras, obviamente fora de controle, acompanharam as mantas feridas em seu mergulho mortal em direção às camadas inferiores de nuvens e os mistérios que aguardavam lá embaixo.

— É assim que funciona uma defesa de um milhão de volts — comentou Falcon. — Espero que gostem da camada termal, rapazes. Escute, Trayne, não sou um assassino. Mas os pilotos dessas naves, máquinas ou marcianos, tiveram o que mereciam.

— Comandante, terei prazer em defendê-lo no tribunal — afirmou Trayne, secamente. — Mas, por enquanto, parece que sua tática funcionou. — Ele apontou, então, para fora da nave.

Falcon reparou que Ceto já havia se afastado bastante da fila. As naves estavam ocupadas, tentando controlar as outras medusas. Os gigantescos animais estavam muito agitados, o que era compreensível; seus cantos falavam de confusão e sofrimento, mas agora, pensou Falcon, também tinham um componente de *esperança*.

— Sinto muito não poder salvar todas vocês — murmurou. — Pelo menos, Ceto escapou.

— Agora precisamos pensar na nossa própria segurança, comandante — disse Trayne, observando um monitor.

— Como assim?

— As informações que estivemos enviando a Ganimedes já tiveram efeito. A consulesa do Governo Mundial em Anúbis informa que já obteve autorização das ilhas Bermudas.

A Terra, no momento, estava a quarenta minutos-luz de Júpiter.

— Eles foram rápidos, para variar — comentou Falcon. — Mas autorização para *quê*?

Trayne leu rapidamente o que estava na tela.

— Aqui diz que, de acordo com as leis que protegem a ecologia jupiteriana, essa operação "baleeira" é ilegal e, mais especificamente, atenta contra os direitos das medusas, classificadas *provisoriamente* como indivíduos não humanos do ponto de vista legal.

— Ah! Eu sabia.

— *Além disso*, para completar, as remessas de óleo de medusa para Marte constituem uma violação dos embargos do Governo Mundial. Diante desses fatos, independentemente de novas investigações e apurações de culpa, et cetera e tal... — Trayne olhou para Falcon — *Caramba!* Comandante, essa não é uma simples censura. É uma advertência. Anúbis pretende destruir esse matadouro. Os mísseis já foram lançados! — Ele balançou a cabeça. — Eu não sabia que *havia* mísseis em Ganimedes!

Falcon se lembrou de que vira de relance operações militares secretas quando estava no Salão de Galileu com Hope Dhoni.

— Agora há. Mas essa advertência serve para nós também, e para as medusas. Precisamos dizer a elas para darem o fora daqui, mesmo que tenham que enfrentar as mantas. Você acha que é capaz de pilotar esta banheira em alta aceleração?

Trayne sorriu.

— Pensei que nunca fosse perguntar.

Eles trocaram de posição. Enquanto Springer assumia o controle da gôndola, Falcon se sentou diante do console de comunicação e, conforme preparava uma mensagem pelo rádio para as medusas, olhava preocupado para o céu, esperando ver a qualquer momento os mísseis de Ganimedes.

31

— Meu nome é Orfeu.

"Estou me aproximando do centro deste imenso planeta, o maior do sistema solar.

"E descobrindo outro mundo que existe aqui.

"A existência de um núcleo sólido no centro de Júpiter sempre foi considerada por teóricos. O gigante de gás contém imensas quantidades de hidrogênio e hélio, mas os cientistas achavam que esses gases não se aglomerariam para formar um planeta na ausência de um núcleo composto por materiais mais complexos, como rochas e gelo. Mais recentemente, chegaram a estimar a massa e outras propriedades do núcleo com base em observações de pequenos desvios das órbitas das luas de Júpiter e das trajetórias de espaçonaves que passavam próximo.

"Os cientistas *deduziram* a existência de um núcleo, com base em observações indiretas.

"Já eu o estou *observando*.

"Júpiter Interior é um planeta por si só. Uma esfera de pedra e gelo com vinte vezes a massa da Terra. Júpiter Interior tem uma massa maior que a de qualquer planeta do sistema solar, com exceção de Saturno; maior que Urano, Netuno... Tem um raio de quatorze mil quilômetros, bem *menor* que os raios de Netuno e Urano, o que mostra que sua densidade média é maior que a daqueles planetas. Nas condições a que estou exposto no momento, uma pressão de mais de trinta milhões de atmosferas terrestres, por exemplo, os materiais se comportam de maneiras que os humanos, e mesmo as máquinas, poucas vezes tiveram a oportunidade de observar em laboratório. Já foi especulado que o núcleo de Júpiter poderia ser um enorme diamante. O que estou observando agora em minha descida é muito mais complexo...

"Minhas observações são meramente passivas. Não posso colher amostras. Posso ver, mas não posso tocar. E o que vejo agora...

"Há montanhas.

"Esperávamos uma esfera lisa, com a superfície nivelada por pressões extremas? Pois estávamos enganados. Montanhas. Decidi chamá-las assim; parecem enormes cristais, talvez de quartzo, que se projetam da enorme planície. Talvez sigam as linhas de campo magnético, como os cristais de ferro, com quilômetros de comprimento, que existem no núcleo da Terra. Pode ser também que sua existência se deva a um fenômeno ainda desconhecido. Não sei especular qual seria a substância que as forma.

"Ao pé das montanhas, há uma espécie de paisagem. Talvez existam lagos ou oceanos: mares de diamante, rios de buckminsterfullereno...

"Talvez haja estruturas artificiais.

"Talvez haja conectividade.

"Minhas observações são necessariamente superficiais. Os ventos do núcleo estão me arrastando para o alto de uma das montanhas de cristal..."

Nos meses e anos seguintes, Falcon acompanharia os debates a respeito dessas últimas palavras, provenientes do coração de Júpiter.

Estruturas artificiais? Talvez. Porém, seria necessário descartar a hipótese mais provável de que as estruturas observadas por Orfeu fossem apenas um produto de forças naturais. A regularidade de Júpiter Interior seria mais surpreendente que a simetria hexagonal de um floco de neve?

Conectividade? Essa palavra ainda era mais misteriosa. Será que Orfeu estava se referindo a alguma correlação global dos acidentes da superfície de Júpiter Interior? Acontece que Orfeu também estava equipado com acelerômetros e sensores de gravidade. Alguns especularam que ele podia ter detectado uma conectividade mais básica, uma ruptura do próprio espaço–tempo nas condições extremas do centro de Júpiter Interior, em que a temperatura chegaria a dezessete mil graus Kelvin e a pressão a *setenta* milhões de atmosferas terrestres

— um local onde seria possível existir um buraco de minhoca natural ou uma série deles, talvez ligando Júpiter Interior a outros mundos interiores do mesmo tipo...

Falcon achava que tudo isso era mera especulação, um monte de cálculos teóricos baseados em um mínimo de fatos concretos. Mesmo assim, refletia, talvez essas especulações pudessem dar algum sentido às últimas palavras enigmáticas de Orfeu.

Palavras que aqueles que estavam escutando, nas nuvens de Júpiter, em Amalteia, em Ganimedes, na Terra e em Marte, em todos os mundos habitados, jamais esqueceriam.

— As correntes estão me arrastando para o alto de uma das montanhas. O cume é plano, aparentemente um plano perfeito, como um cristal clivado. A superfície me parece lisa, sem sinais de erosão. Imagino qual é a idade dessas formações; as energias neste lugar são tão grandes que mesmo um sistema de montanhas com este pode ser tão fugaz quanto um floco de neve na Terra.

"Agora estou descendo. Descendo, em direção ao cume. No coração de Júpiter, eu não passo de um floco de neve de diamante...

"Isso é estranho...

"Isso é estranho...

"Isso isso isso é estranho...

"Meu nome é Orfeu. Essa telemetria está sendo transmitida por meio de...

"Talvez meus sensores de profundidade estejam falhando. Talvez. O cume da montanha estava próximo. Agora parece muito distante.

"'Como se a formação fosse oca.

"Como se a formação não fosse uma montanha, e sim um poço.

"Meu nome meu meu...

"Meu nome é Orfeu.

"Eu não estou sozinho."

32

Falcon passou uma semana em Ganimedes, imerso na repercussão do que ficou conhecido nos mundos habitados como o "Incidente de Nova Nantucket": uma sequência interminável de depoimentos e análises, acusações e justificativas, transitando entre os planetas à velocidade da luz. Falcon já esperava que isso fosse acontecer no momento em que decidira resgatar uma das vítimas do matadouro flutuante, ou mesmo antes, quando Thera Springer o havia recrutado para servir de espião. Howard Falcon tinha mais de dois séculos de idade; como Springer observara, não era ingênuo e sabia como o mundo dos humanos funcionava. Esperava esse tipo de conflito.

Em sua opinião, porém, todas as acirradas discussões entre o Governo Mundial terrestre e os representantes pomposos e políticos de Marte eram um ruído que mascarava os dois aspectos mais interessantes de toda a aventura.

O primeiro era o mistério extraordinário do que Orfeu, a máquina exploradora agora silenciada para sempre, havia descoberto no coração de Júpiter. Um dia, pensava Falcon, aquela sonda primitiva, como as primeiras enviadas aos planetas, deveria ser seguida por uma exploração mais completa daquele núcleo. Rezou para que ainda estivesse vivo para assistir a esse desdobramento — e mais tarde viria a se arrepender dessa prece...

O segundo era o súbito e enigmático silêncio de todas as máquinas do sistema solar.

Falcon havia se mantido recluso durante muito tempo quando Trayne Springer — o único Springer que Falcon podia chamar de amigo em todas as gerações da família que conhecera — entrou em contato com ele. Trayne, que estava trabalhando na FTN-4, uma mina de hélio-3 agora livre de máquinas, marcianos rebeldes e mesmo simps e vigiada de perto por órgãos do Governo Mundial, lhe contou que uma velha amiga estava novamente em apuros.

Falcon imediatamente viajou de volta para Júpiter, para os confins da confortável, embora um tanto decrépita, *Ra*.

Quando finalmente a encontrou, a medusa já estava afundando. *Existe um fim para a dor. Existe um fim para a luta, para a fuga. Existe um momento em que a Grande Manta é bem-vinda, para que, por algum tempo, não persiga outras de nós...*

Ceto estava muito abaixo do nível em que devia estar seu rebanho, que naquele exato momento estava espalhado pelos complexos céus acima deles. Falcon evitava olhar para o medidor de profundidade, mas podia *sentir* a pressão, ouvir a gôndola ranger sob o peso de centenas de quilômetros de ar, que o campo gravitacional de Júpiter tornava extremamente denso, ameaçando esmagar o casco robusto da *Ra* como se fosse uma casca de ovo. Em vez disso, olhava para Ceto.

Era assim que as medusas morriam.

Falcon já havia estudado o processo. Embora as medusas se reproduzissem por fissão, havia sempre um núcleo do indivíduo que envelhecia com o passar dos anos. Ele sabia que Ceto tinha uma idade avançada e, aparentemente, os maus-tratos a que fora submetida pelas mantas que trabalhavam para o matadouro, os danos que sofrera durante a bem-sucedida tentativa de fuga e, talvez, o próprio ferimento que Falcon tinha sido forçado a produzir para salvar sua vida afetaram seus sistemas de forma irreversível. Provavelmente as finas membranas das bexigas de flutuação, logo abaixo da pele, foram as primeiras a falhar; nas nuvens de Júpiter, uma medusa que perdia sustentação não podia sobreviver. Afundando rapidamente, Ceto já estava longe da proteção do seu cardume.

Os predadores não haviam perdido tempo: mantas que não precisavam atacar, mas se contentavam em pastar, quase saboreando os pequenos pedaços de carne que se desintegravam da medusa. Elas eram acompanhadas por predadores mais exóticos, similares a tubarões, polvos ou mesmo caranguejos dos oceanos da Terra. Garras trabalhando ativamente.

Falcon sentiu pena de Ceto, mas, ao mesmo tempo, sabia que ela era consolada por sua fé na ecologia que a sustentava e no preço que precisava pagar eventualmente por isso. Mais do que qualquer humano que jamais conhecera, Ceto era um ser inteligente que aceitava de forma irrestrita que alguns deviam morrer para que outros pudessem viver. Assim, ele a acompanhou conforme afundava cada vez mais na atmosfera, fazendo o possível para corresponder às suas mensagens, que mostravam resignação e um tipo muito especial de esperança.

Falcon ficou profundamente irritado quando foi interrompido por uma mensagem de Thera Springer, proveniente de Amalteia.

— O que foi, coronel? A Astropol resolveu afinal vir atrás de mim?

Thera parecia cansada, com olheiras profundas, mas conseguiu sorrir.

— Oh, esse episódio vai acabar com as carreiras de alguns de nós, comandante, mas todo mundo reconhece que o senhor cumpriu a missão que lhe foi dada. Precisávamos saber o que os marcianos e as máquinas estavam fazendo em Júpiter e, graças ao senhor, agora sabemos. O senhor está acima de qualquer suspeita... e provavelmente estaria mesmo que não fosse um monumento heroico de um passado glorioso.

— Enquanto você...

Springer suspirou.

— Meu antepassado Seth salvou o mundo, mas isso não vai me salvar. Mas isso não importa no momento.

Falcon fez uma careta.

— Uma servidora do Governo Mundial cuja carreira não é importante? Essa eu nunca tinha ouvido em minha longa vida.

— Ah, não seja irônico, comandante Falcon. Os desdobramentos desse episódio vão afetar todos nós; mesmo o senhor, já que não pode se esconder nessas nuvens para sempre.

"Não preciso dizer que os marcianos ficaram furiosos por termos posto um fim ao esquema de importação clandestina de óleo. Boa parte da população exige que Marte se torne independente do Governo Mundial, mesmo se for preciso apelar para a violência. Existem muitos extremistas, de Mercúrio a Tritão, que concordam com eles. Acho que nunca estivemos tão perto daquela guerra interplanetária devastadora que, como eu lhe disse, todos nós tememos. Mesmo isso, porém, é pouco importante em comparação com..."

Falcon sentiu um frio no estômago artificial.

— Em comparação *com as máquinas,* não é? As parceiras dos marcianos em Nova Nantucket.

— É por isso que estou ligando. Alguns de nós sempre acreditaram, ou temeram, que nosso problema a longo prazo não seja com os marcianos nem com os mercurianos, que, afinal, também são humanos, e sim com as máquinas. Pense a respeito. Os seres humanos valorizam a vida ou pelo menos lamentam quando ela é perdida. Os marcianos também sentem isso; é por isso que tentam criar em seu planeta um ambiente parecido com o da Terra. As máquinas são diferentes. Elas encaram uma flor, ou uma criança recém-nascida, como um uso dispendioso da química dos hidrocarbonetos.

— Dispendioso. — Falcon fez uma careta. Lembrou-se de que uma das máquinas de Nova Nantucket, Ahab, tinha usado uma expressão semelhante: *ineficiente.*

— *Vamos* chegar a um acordo com os marcianos, mais cedo ou mais tarde, mas será possível chegar a um acordo com as máquinas? Elas claramente começaram a se meter na política humana ao se associar aos marcianos. Destruímos as instalações em Júpiter, mas muitos de nós questionavam se essa seria uma decisão acertada. Mesmo assim, foram voto vencido. E pode-se alegar que cometemos um ato de guerra. Agora... Escute, comandante, como o senhor já teve a oportunidade de lidar com as máquinas no passado. Está em uma posição privilegiada... você sabe. Se elas entrarem em contato com o senhor...

— Deixe de rodeios, Springer. As máquinas tomaram alguma atitude?

Thera suspirou.

— Pode-se dizer que sim. *A Lua*, comandante. Eles se apossaram do satélite da Terra.

Falcon franziu a testa.

— Como? A guarda espacial de Marte teria detectado a chegada das naves...

— Elas não vieram em naves; *já* estavam na Lua, trabalhando em projetos de construção e mineração. Eram supervisionadas de perto; ou, pelo menos, tínhamos essa impressão. Parece que construíram *tocas*. Abaixo do regolito, em locais em que a rocha-mãe foi fragmentada pelo impacto de meteoritos...

— Tocas?

— Fábricas, se preferir. Onde construíram cópias de si próprias, em várias formas especializadas. Quando souberam do nosso ataque em Júpiter... bem, elas saíram das tocas, comandante. Simplesmente brotaram do solo sob Imbrium, no complexo do polo sul...

— Brotaram?

— Em grande quantidade. Não havia como detê-las. Ocuparam uma instalação após a outra, Aristarco, porto Borman, Cidade de Platão, os estaleiros de Imbrium... o observatório de Tsiolkovski no Lado Oculto... Até mesmo o grande complexo olímpico de Xande. Não fizeram uso de violência, não dispararam nenhum tiro. Simplesmente invadiram as instalações, desligaram sistemas, expulsaram os humanos. As testemunhas dizem que elas foram *educadas*, organizando as pessoas em filas para embarcar em espaçonaves com destino à Terra. A Base de Clavius, a colônia mais antiga, a primeira colônia humana autossuficiente fora da Terra, a sede da Federação dos Planetas, foi a última a ser ocupada, mas foi. Elas podem ser máquinas, mas compreendem simbolismo.

"E agora ordenaram uma evacuação completa, comandante. Não querem nenhum ser humano na Lua."

Falcon deu um assovio.

— Uma baita fortaleza para as máquinas, a apenas quatrocentos mil quilômetros da Terra...

— E, que inferno, é a *nossa* Lua! — exclamou Springer, indignada.

— Não mais — corrigiu uma nova voz.

A imagem de Springer desapareceu da tela e foi substituída pela de Adam.

— Você.

— Olá, papai.

Adam, evidentemente, havia aprendido sobre sarcasmo.

Falcon se afastou da tela, com lentidão deliberada, para se servir de uma xícara de café. A maldita máquina que esperasse.

Quando voltou, Adam ainda estava na tela.

Fazia muito tempo que Falcon não o via. Esperava algumas modificações na aparência dele, mas não estava preparado para o que viu: uma forma humanoide, com membros nas proporções corretas. Mesmo assim, era claramente um robô, uma entidade mecânica. As articulações eram engrenagens complexas; o peito, uma espécie de chassi aberto.

E a cabeça era um conjunto de sensores e processadores escondido atrás de uma face inexpressiva, minimalista. A semelhança com um ser humano, na verdade, parecia servir apenas para distrair e confundir o interlocutor.

— Então Springer estava certa ao prever que você entraria em contato comigo. Uma pena que ela não tenha me dito o que queria que eu falasse...

— Isso é irrelevante — declarou Adam. — Tudo que importa agora é a mensagem que vou pedir a você que repasse a todos os mundos humanos. Estamos em guerra, Falcon.

Parecia restar ali muito pouco do Adam que conhecera no OCK, um ser inseguro, incerto da própria identidade. *Esse* Adam era forte, decidido, calculista. Maduro. E sarcástico, aliás.

Falcon se inclinou para a frente.

— Guerra? Bobagem. O Governo Mundial não reconhece vocês como nação, como entidade política. Por isso, não pode haver uma declaração de guerra...

— Foram vocês que nos atacaram, quando dispararam aqueles mísseis com ogivas termonucleares a partir de Ganimedes.

— Vocês estavam nos provocando e sabem disso. Springer estava certa; vocês estavam se misturando na política dos humanos. Agora se apossaram da Lua...

— Não precisamos de diplomacia. Uma coisa é ou não é. Por causa das ações dos humanos, este é um estado de guerra.

Falcon pensou depressa. Se ele ainda significava alguma coisa para aquela criatura, o que dissesse em seguida poderia salvar milhões de vidas ou condená-las à morte.

— Adam, a humanidade está explorando o espaço há mais de três séculos. Nossas guerras remontam a milhares de anos. Temos uma grande infraestrutura, um enorme estoque de armamentos. Seremos um inimigo poderoso.

— Acontece que *nós* já conquistamos a Lua. Temos Júpiter, a maior reserva de minérios do sistema solar. Você conhece a história de 90. Nossa ciência e nossa tecnologia já estão muito mais avançadas que as de vocês...

— *Nós fizemos vocês...*

— Quinhentos anos, Falcon.

Ao ouvir isso, ele interrompeu o que estava dizendo.

— O quê?

— Vocês começaram essa guerra, mas nós vamos terminá-la. Daqui a quinhentos anos. — Adam olhou, de forma teatral e desnecessária, para um relógio fora da tela. — Vocês humanos do espaço sempre usaram o tempo da Terra como referência. Neste momento, são quatorze horas, trinta e seis minutos e zero segundo do dia 7 de junho de 2284, *marque este horário*. Estou estabelecendo um prazo. Às quatorze horas e trinta e seis minutos do dia 7 de junho de 2784, ou seja, daqui a exatamente quinhentos anos, não deve haver mais nenhum humano na Terra, pois vamos usá-la para outros fins. Esse tempo será suficiente para que vocês se organizem de forma pacífica e eficiente.

— Adam, eu...

— Eu sei que acredita em mim, Falcon. Faça os outros acreditarem em você.

E desligou.

Falcon enviou uma cópia da mensagem para Amalteia e Ganimedes. Em seguida, antes que a chuva de respostas e pedidos de esclarecimentos começasse, desligou o sistema de comunicação.

Pelo menos por algum tempo, antes que fosse arrastado de volta para as complexas relações entre humanos e máquinas, voltou a atenção para Ceto, que continuava seu mergulho sem volta para as profundezas de Júpiter.

A maior parte da pele e a camada externa de carne não existiam mais; as últimas bexigas de flutuação estavam murchas. Àquela profundidade, não havia mais mantas; no entanto, outros tipos de organismo apareceram para comer o resto da carne e os órgãos internos e beber os fluidos que vazavam de seu corpo, até mesmo exímios nadadores parecidos com elefantes sem pernas, com longas trombas, que sugaram os sacos de óleo, o tesouro pelo qual marcianos e máquinas a teriam assassinado. Para essas espécies, a queda de uma medusa era um fenômeno raro, uma chance de se alimentar fartamente.

Ceto tinha deixado de falar fazia muito tempo. Será que ainda estava viva, em algum sentido da palavra? Talvez. Uma medusa era uma criatura muito menos centralizada que um ser humano, muito menos dependente de qualquer órgão. Entretanto, agora estava começando a se desintegrar, o frágil esqueleto de cartilagem que mantinha sua forma se dividindo em várias partes. E, conforme ela continuava a se desmanchar, mais espécies apareciam para o festim, pequenos animais que se alimentavam de cartilagem ou penetravam no interior da cartilagem à procura do equivalente de tutano. Falcon calculou que quase nada de Ceto chegaria ao limite da camada termal. A natureza de Júpiter fazia um trabalho de reciclagem bem melhor que o matadouro de Nova Nantucket.

Falcon ficou ali sentado, na *Ra*, o silêncio quebrado apenas pelo zumbido dos sistemas de resfriamento e pela batida regular das bombas da parte mecânica do seu corpo.

No momento em que ele se preparava para recolher as sondas, a antena captou uma última mensagem:

Existe um fim para a dor...

— Gostaria de acreditar em você — murmurou Falcon. — Não para nós, velha amiga. Não para nós.

Interlúdio: abril de 1968

O Natal de 1967 tinha sido tão agitado quanto o resto do ano.

Em seguida, para Seth Springer, a primavera de 1968 foi trabalho até não poder mais. Em primeiro lugar, teve de fazer uma viagem "diplomática" ao Cazaquistão, no coração da União Soviética, para assistir ao lançamento de uma das sondas não tripuladas chamadas por eles de Monitors. Eram basicamente a versão deles das sondas americanas Mariner que tinham sido enviadas a Marte e Vênus. Os russos as lançariam com o auxílio dos novos e poderosos foguetes Proton. Haveria um Monitor disponível para cada uma das seis interceptações, as explosões nucleares que seriam usadas para desviar o Ícaro de sua rota de colisão com a Terra.

Entretanto, Seth achava que, se sobrevivesse à aventura, o que mais recordaria dessa época seriam as horas, os dias e as semanas passados no simulador da missão em Houston.

O simulador era da mesma forma e tamanho que a cabine cônica do Módulo de Comando, envolta em um emaranhado de cabos, fios e monitores que geravam emulações visuais dos eventos da missão. O computador, que controlava tudo de um compartimento com ar-condicionado atrás de uma parede de vidro, parecia olhar com desprezo para os astronautas, meros seres humanos que tinham de rastejar para o meio daquela coisa. Um olhar injusto, se fosse levado em consideração que os humanos tinham sido convocados para aquela missão de emergência justamente porque ninguém confiava totalmente nos computadores para realizar o trabalho sozinhos. Seth pensou se era razoável ter uma relação emocional com uma máquina, mesmo que fosse uma de irritação e ressentimento.

Seth e Mo se revezavam no uso do simulador. Mo, como titular, passava mais tempo nele, porém o piloto que não estivesse usando o simulador ficava no Controle da Missão, servindo como apoio. Ali, trabalhando com os diretores de voo, repassavam os planos e as listas de conferência para todos os momentos cruciais do sexto voo da Apollo-Ícaro se fosse necessário, até cada chave que deveria ser acionada, cada comando que deveria ser inserido no computador de bordo. Em seguida, examinavam as medidas de emergência: se o sistema A falhar, faça isso; se o sistema B falhar, faça *aquilo*. Repetiam exaustivamente os procedimentos, de novo e de novo, até se tornarem instintivos.

Seth estava sempre disposto a admitir que Mo era melhor piloto e assimilava o aprendizado mais rapidamente. Na verdade, considerava uma vitória quando errava um número menor de vezes que o computador sobrecarregado "travava", como diziam os técnicos que controlavam o simulador. Com o tempo, contudo, o desempenho dos dois pilotos certamente ficaria igual.

O problema era que não havia tempo suficiente.

De repente, estavam em abril de 1968. Era hora de começar o programa para valer.

No dia 7, um domingo, o primeiro Apollo–Ícaro, com sua respectiva bomba nuclear a bordo, foi lançado com sucesso por um foguete Saturno V. Seth e Mo assistiram ao lançamento, que transcorreu normalmente. Mas, assim que o Saturno desapareceu nos céus acima da Plataforma A, um segundo Saturno já estava sendo preparado para ser lançado em 22 de abril da Plataforma B. A Plataforma A, por sua vez, começava a ser reparada para o lançamento do quarto Apollo–Ícaro, em 17 de maio.

Em consequência do cronograma apertado e da rápida aproximação do asteroide, quando o primeiro foguete chegou ao Ícaro, que, naquele instante, estava a uma distância de trinta milhões de quilômetros da Terra, três outros foguetes já deveriam ter sido disparados. Mesmo assim, o fato de o primeiro foguete atingir o Ícaro à distância prevista foi considerado um marco histórico e renovou a esperança de todos.

Foi entre o primeiro e o segundo lançamento que tudo mudou.

Em 21 de abril, uma semana depois do domingo de Páscoa, Seth foi ao cabo Canaveral para assistir ao lançamento que ocorreria no dia seguinte. Mo, que estava em Huntsville, voaria para o local por conta própria, pilotando um T-38.

Ele, porém, não chegou ao local do lançamento.

No fim da tarde, George Lee Sheridan convocou Seth para uma sala particular nos fundos do complexo de controle de lançamentos e lhe serviu um copo de uísque.

— Não sabemos ainda o que aconteceu — informou. — As testemunhas dizem que o jato simplesmente perdeu o controle e mergulhou diretamente para o solo. Calculam que ainda estava em velocidade supersônica no momento do choque. Malditos T-38. Sei que vocês gostam dos seus brinquedos.

Seth olhou para a bebida, tentando assimilar a informação.

— Devíamos medir o tamanho da cratera que ele produziu.

— Hein?

— Estivemos em um laboratório no Texas onde estavam simulando a formação de crateras lunares, disparando tiros de canhão no solo e medindo o diâmetro do buraco em função da energia cinética do projétil. — Ele forçou um sorriso. — Mo gostaria de acabar como um ponto em um desses gráficos. Acharia muito divertido.

— Vamos beber a isso — disse Sheridan. Ele olhou para Seth. — Isso muda tudo, é lógico. A verdade, a existência do voo Apollo–Ícaro 6, a verdadeira missão de Mo, além de sua, veio a público logo após o desastre. É surpreendente que tenha permanecido em segredo durante tanto tempo, para falar a verdade. Mas, bem, vamos às prioridades. Mo vai ser enterrado em Arlington. Você deve ir à cerimônia. Vamos providenciar um jato para levá-lo até lá. Uniformes de gala, carruagens, tiros de rifle e uma esquadrilha no céu. A família... bem, se conseguirmos localizar parentes de Mo. Você vai ter que fazer um discurso, junto de RFK e talvez até do presidente.

— Entendo.

— Depois da cerimônia, você vai para o alojamento da ilha de Merrit. Pat e os rapazes também. Não vamos deixar os repórteres nem mais ninguém chegar perto de você.

— Obrigado.

Sheridan bebeu um gole do uísque.

— Isso é uma tragédia, mas não muda a urgência da missão. Mesmo que acabe nem precisando voar, você é um símbolo do esforço que estamos fazendo. Não se trata apenas do Ícaro, sabe? Veja a ofensiva que os vietcongues lançaram em janeiro. Os dois lados cometeram atrocidades enquanto perdíamos pontos estratégicos importantes. — Sheridan meneou a cabeça. — Algumas coisas não deviam ser mostradas na televisão. Aí Martin Luther King foi assassinado, e o país inteiro se tornou um barril de pólvora. No meio de tudo *isso*, ainda invisível no céu, o Ícaro vem se aproximando.

"Sabe, outro dia fui à pré-estreia de um filme de ficção científica, desses que tratam de exploração espacial. Começa com homens primitivos quebrando a cabeça uns dos outros com tacapes feitos de osso. Será que é isso que somos? Prefiro pensar que somos melhores. Nos anos 1930, participei do New Deal, uma guerra contra a pobreza; nos anos 1940, estive envolvido na guerra contra o fascismo; nos 1950, fiz parte da linha de frente tecnológica do confronto nuclear com os soviéticos. E, agora, isso.

"Acredito que possamos trabalhar juntos, que uma nação tecnologicamente avançada como os Estados Unidos pode se focar em uma meta, como derrotar Hitler, colocar um homem na Lua ou, sim, livrar a Terra da ameaça do Ícaro. E, mesmo depois de termos partido deste mundo, nosso trabalho servirá de inspiração para as futuras gerações... Para seus filhos e netos, Seth. Nossos feitos, como *esse* em que estamos trabalhando, ficarão na memória deste país. — Sheridan colocou a mão no ombro de Seth. — Escute, rapaz, é provável que seus serviços não sejam necessários, mas, se o pior acontecer, saiba que tenho tanta confiança em você quanto tinha em Mo."

Seth acreditou nas palavras de Sheridan, mas, no momento, o que mais o preocupava era o que diria em Arlington; como daria a notícia aos meninos.

De qualquer forma, era pouco provável que sua missão fosse necessária.

Percebeu que tinha se esquecido do uísque. Bebeu-o de um só gole.

QUATRO
OS SÉCULOS AGITADOS
2391–2784

33

Depois de sua aventura em Júpiter, Falcon voltou para porto Van Allen e outros locais de repouso.

Escrevia, lia, refletia. Às vezes viajava ou mesmo explorava novos mundos, novos territórios. Periodicamente, submetia-se aos cuidados de Hope Dhoni, herdeira de uma dinastia extinta, tão eterna quanto ele e, no entanto, de certa forma, em sua força e determinação, além de, em sua devoção por Falcon, bem mais resistente.

Mais anos, mais décadas, rolavam como ondas pelos mundos dos humanos e das máquinas. Enquanto o meio milênio imposto pelas máquinas lentamente transcorria, Falcon esperava ser chamado à ação mais uma vez.

Quando, mais de um século após o episódio de Nova Nantucket, o chamado chegou, foi para um mundo pequeno e perigoso que ele jamais havia visitado.

A administradora-chefe Susan Borowski conduziu Falcon por uma comporta no domo externo de Vulcanópolis, a capital da República Livre de Mercúrio. Quando saíram, os dois se depararam com uma paisagem noturna de rochas e crateras, sob um céu pontilhado de estrelas. O céu estava completamente negro, mesmo Mercúrio ficando a menos da metade da distância do Sol para a Terra. A sombra perpétua das paredes de uma cratera polar protegia Vulcanópolis e seus habitantes de raios solares diretos, mas mesmo dali Falcon podia ver uma corona brilhando acima das rochas. Era por isso, de certa forma, que estava ali; era por isso que tinha atravessado o sistema solar a bordo de uma nave de guerra chamada *Aqueronte*. Havia algo de errado com o Sol de Mercúrio e a culpa era das máquinas. Mais de um século depois que Adam havia feito sua declaração de guerra, Howard Falcon ainda era o mais próximo que a humanidade tinha de uma ligação com as máquinas, como um embaixador. E ali, em Mercúrio, uma reunião fora convocada.

Sentia-se estranhamente alheio à situação, por mais urgente que a considerassem. Era um sentimento comum para ele nos últimos tempos. Estranhamente alheio? Estranhamente *velho*. Afinal, tinha mais de 300 anos; como devia se sentir? Anos ou mesmo décadas pareciam passar como relâmpagos, mal deixando vestígios em sua memória sobrecarregada. Um século após o Ultimato de Júpiter, Falcon estava perdendo as raízes, flutuando como um balão em nuvens de tempo indefinido.

Fosse qual fosse o motivo que o trazia, contudo, ali estava Howard Falcon, rolando em uma trilha de cascalho na superfície de mais um planeta. Quantos já havia visitado? O único que fora o primeiro a visitar, naturalmente, tinha sido Júpiter, mas ser o John Young do maior planeta do sistema solar não era um feito desprezível...

Enquanto se perdia em reminiscências, Falcon podia ver Borowski sorrindo para ele, o rosto iluminado atrás do visor do capacete. Ele tentou se concentrar no aqui e agora.

— Desculpe por termos que sair pela comporta de carga — disse Borowski. — Era a única que tinha espaço suficiente para que passasse. Para sair por outra comporta, teríamos que desmontá-lo.

Era isso que servia de humor para os mercurianos, Falcon vinha aprendendo.

— Oh, não precisa se desculpar. Além disso, essa trilha é bastante confortável.

— Confortável, comandante? Parece que não planejamos direito o passeio para que fizesse o máximo de exercício. Venha comigo.

Borowski mudou bruscamente de direção e tomou uma trilha marcada por postes enterrados no solo que levava às montanhas em volta da cratera. Falcon viu uma estrutura iluminada ao longe. Era uma das muitas minas da cratera de Messenger, que exploravam o tesouro responsável pela fundação de Vulcanópolis: gelo.

Falcon acompanhou a anfitriã mais cautelosamente.

Era preciso entender os mercurianos. Como todos os habitantes de planetas de baixa gravidade, tendiam a ser altos, magros e flexíveis, mas fisicamente frágeis, embora se considerassem mais resistentes que seus visitantes. No caso deles, entretanto, era possível que isso se devesse ao fato de que viviam no que era talvez o ambiente mais hostil já enfrentado por seres humanos. O "dia" de Mercúrio, equivalente a cinquenta e três dias da Terra, era igual a dois terços do "ano" de oitenta e oito dias, uma ressonância causada pela gravidade do Sol. Isso queria dizer que, no equador de Mercúrio, o intervalo entre alvorada e crepúsculo durava cento e setenta e seis dias da Terra, tempo suficiente para que a temperatura na superfície ultrapassasse os pontos de fusão do chumbo e do zinco.

A natureza, porém, havia sido generosa com a raça humana em pelo menos um aspecto: o eixo de rotação de Mercúrio, ao contrário do da Terra, era perpendicular ao plano da órbita. Em consequência, o fundo de uma cratera situada em um dos polos, como aquela em que estavam, a cratera de Messenger, ficava perpetuamente na sombra. E, em seu interior, durante milhares de anos, água e outras substâncias voláteis, trazidas por cometas, podiam se condensar e se solidificar. Essa era a base da economia de Vulcanópolis. A água extraída do gelo era bombeada para cidades equatoriais como Inferno e Apogeu, que, em troca, forneciam a Vulcanópolis a energia elétrica produzida por usinas de células solares.

— Espero que Bill tenha explicado ao senhor a natureza de nossa pequena expedição — disse Borowski.

— Bill? Oh, Jennings, o... hum... vice-administrador-chefe. Em qualquer outro planeta, o pobre Bill Jennings teria o título pomposo de vice-presidente.

Borowski riu.

— A culpa é dos meus antecessores. Quando o Tratado de Fobos foi assinado lá em 15, Jack Harker decidiu conservar o título do cargo que ocupava no Escritório de Relações Interplanetárias. Penso que ele deve ter achado a ideia divertida. Assim, continuou a ser "administrador-chefe".

Falcon levou algum tempo para fazer as contas; as datas, àquela altura da vida, começavam a se embaralhar na sua memória. Depois do Ultimato das máquinas, a Terra decidira reconhecer as colônias extraterrestres como Estados livres. O Governo Mundial chegou à conclusão de que precisava mais de aliados contra as máquinas do que de colônias descontentes. A Convenção de Fobos acontecera em 2315, data escolhida para coincidir com o aniversário da assinatura da Magna Carta em 1215, e agora os barões marcianos aproveitavam para se gabar de que haviam se imposto sobre o rei dos terráqueos. Por outro lado, a data da chegada de Falcon a Mercúrio, 11 de maio de 2391, estava gravada há muito tempo em sua mente por causa de outra coincidência: era a data de um trânsito de Mercúrio visto da Terra. Assim, de 2315 a 2391...

— Não diga! O tratado foi assinado há 76 anos!

— Nós, mercurianos, não fazemos muitas brincadeiras. Quando encontramos uma boa, tratamos de mantê-la... — A trilha estava ficando cada vez mais íngreme. — Esta inclinação está boa para o senhor? Até as máquinas chegarem, tínhamos um funicular para os turistas; era uma das sete maravilhas do sistema solar, ou pelo menos era isso que diziam nossos folhetos de propaganda.

— Estou bem, obrigado.

— Logo vamos sair da sombra. Verifique o seu traje.

Borowski apertou um botão no peito do próprio traje. A parte da frente ficou prateada e a parte de trás ficou preta, uma adaptação camaleônica que, como Falcon sabia, responderia a qualquer mudança da posição mantendo a parte espelhada voltada para o Sol e a preta, para o lado oposto. Ao mesmo tempo, asas extraordinárias se projetaram da mochila que carregava nas costas, fazendo-a parecer um imenso morcego de prata. As asas eram radiadores que ajudavam a controlar a temperatura no interior do traje.

Falcon examinou os próprios sistemas. Naturalmente, nenhum traje projetado para humanos caberia nele, mas os engenheiros mercurianos, sempre prontos a enfrentar novos desafios, se dispuseram a examinar detidamente sua última versão de propulsão mecânica, verificaram a integridade dos sistemas de suporte de vida, instalaram isolamentos térmicos em posições estratégicas e adaptaram um par de dissipadores e outros sistemas ao seu exoesqueleto. O resultado jamais teria a elegância do traje de Borowski, que era o produto de mais de três séculos de evolução tecnológica desde a chegada das primeiras naves tripuladas ao planeta, mas o manteria vivo por tempo suficiente para procurar abrigo se alguma coisa desse errado, asseguraram-lhe os engenheiros. Uma promessa pragmática, mesmo que não inteiramente tranquilizadora.

E, enquanto se distraía com a abertura das próprias asas, Howard Falcon rolou para fora da sombra. Seus filtros ópticos entraram imediatamente em ação, reduzindo o brilho ofuscante a um mínimo tolerável. Os raios solares tangenciavam um horizonte acidentado. Daquele ponto elevado, Falcon podia ver uma planície rochosa, na qual se estendiam longas sombras. Superficialmente, aquele planeta era parecido com a Lua: um mundo cheio de crateras, relíquias de impactos que datavam da época da violenta formação do sistema solar. Falcon estivera muitas vezes na Lua antes que fosse ocupada pelas máquinas e observava diferenças importantes. As paredes das crateras pareciam menos íngremes, talvez em consequência da maior gravidade de Mercúrio e do calor do núcleo fundido. E avistava dali uma linha tortuosa de faces de rochedos, quase uma ruga na paisagem, uma faixa de sombra na qual brilhavam luzes artificiais. Esses acidentes geográficos, chamados *rupes*, eram o resultado de episódios nos quais o planeta, perdendo calor, havia *encolhido*, deixando a superfície parecida com a de uma ameixa seca.

Acima de tudo isso estava o Sol, com um diâmetro mais de duas vezes maior do que na Terra, porém sete vezes mais intenso. Falcon parecia *sentir* a força gigantesca da radiação, só de ficar ali parado. Era impossível relacionar a força física da presença dessa estrela com o objeto pálido que recordava das manhãs de inverno de sua infância na Inglaterra, como se aquele Sol mal tivesse forças para se erguer acima do horizonte. Era esse monstruoso influxo de energia que tornava Mercúrio um alvo atraente para a colonização, primeiro por parte de humanos e depois também para as máquinas. O Sol: estrela da humanidade e do sistema solar, agora um espólio de guerra.

Falcon percebeu que estava sendo observado por Borowski. Ela disse:

— Sabe de uma coisa? Muita gente simplesmente não entende Mercúrio ou mesmo os mercurianos, embora sejamos um bando de pessoas alegres.

Falcon sorriu.

— Eu fiz o meu dever de casa. Durante as negociações de Fobos, a "irritabilidade" do embaixador de vocês foi devidamente registrada.

Ela passou os olhos pelo seu mundo, um mundo feito de pedra e energia bruta.

— Como sabe, a Terra é um mundo muito diferente do nosso. Com Marte, porém, temos alguma coisa em comum. Sonhamos em terraformar Mercúrio também. Pelo menos, sonhávamos. Está surpreso? Seria uma obra gigantesca, que envolveria proteger o planeta da luz solar, aumentar a velocidade de rotação para termos um ciclo decente de dia e noite e importar substâncias voláteis para os oceanos e para a atmosfera.

— Pensei que os mercurianos gostassem do planeta do jeito que é.

— Isso pode ser verdade, mas temos que pensar no futuro. Precisamos de uma solução de habitabilidade a longo prazo, caso nossos filhos se esqueçam de como se mantêm os ares-condicionados funcionando. Pelo menos, essa era nossa ambição.

Falcon fez que sim com a cabeça.

— Agora as máquinas estão aqui, tomando esse sonho de vocês.

Borowski olhou para o Sol, cuja luz brilhante atenuava os planos de seu rosto.

— A blindagem ainda não é visível a olho nu, mas a redução da energia solar que chega ao planeta já pode ser medida. Além disso, *podemos* ver a blindagem com um pouco de processamento de imagem: é uma espécie de membrana pendurada na frente do Sol, um pouco maior que o diâmetro de Mercúrio, uma coisa enorme... e, de acordo com as informações colhidas pelas nossas naves-espiãs, extremamente fina. É feita principalmente de alumínio... alumínio de *Mercúrio*, um roubo que me incomoda muito.

— Não entendo como ela está sendo mantida em posição, lá no espaço. Além da pressão da radiação solar, existe a gravidade de Mercúrio para puxá-la...

Borowski apontou por cima do ombro.

— O sistema conta com uma estrutura secundária por trás, ainda maior que a blindagem. É um espelho, comandante. Um anel circular, com um furo central maior do que Mercúrio.

O engenheiro que havia em Falcon ficou boquiaberto.

— Quer dizer que a blindagem evita que os raios solares cheguem a Mercúrio, mas a radiação que passa por fora da blindagem atinge esse espelho e é refletida de volta para manter a blindagem no lugar, equilibrando as forças exercidas pela luz direta e pela gravidade do planeta.

— Isso mesmo. O conjunto inteiro é um grande guarda-sol, que usa a gravidade e os raios de luz como suportes.

— Gostaria de poder vê-lo.

Ela riu.

— Agora você está soando como um mercuriano. Claro que não é tão simples como parece. A órbita de Mercúrio não é exatamente circular, e as marés solar e planetária perturbam o equilíbrio, de modo que são necessários muitos pequenos ajustes. Acontece que a blindagem e o espelho são compostos de máquinas inteligentes. As estruturas são como um enxame delas e, trabalhando em conjunto, elas são capazes de avaliar suas posições e compensar qualquer desequilíbrio de forças.

"No momento, a maior parte da luz solar ainda chega até nós. Isso é temporário, contudo; os buracos estão sendo fechados. Os engenheiros me disseram que a fase final será muito rápida; isso é uma característica desse crescimento exponencial. Vamos ver o Sol escurecer de um *dia* para o outro, cortando a luz da qual dependemos para tudo.

"Seja como for, é bom saber que nós, mercurianos, temos alguém para nos apoiar neste momento de crise. — Ela olhou para Falcon, muito séria. — Amigos da Terra. Um cruzador... e o *senhor*."

Falcon abriu os braços.

— O Governo Mundial é um monstro paquidérmico, lento demais para reagir a uma crise, mas a população da Terra está com vocês. Foi por isso que a chegada da Aqueronte foi programada para hoje.

— Pensei que fosse por causa do trânsito — resmungou ela.

— Foi uma feliz coincidência — disse Falcon, apontando na direção oposta à do Sol. — Hoje, Mercúrio está exatamente entre o Sol e a Terra. Se você estivesse na Terra, poderia ver a sombra do planeta atravessar o disco solar... Em todo o planeta, as pessoas estão olhando para Mercúrio nesse exato momento... Olhando para nós. A presidente Soames adora um simbolismo.

— Isso pode ser bom, mas o que vocês, terráqueos, vão *fazer*?

— O que for possível.

O que, admitiu Falcon, tinha sido muito pouco até o momento.

Para um veterano como ele, foi uma surpresa quando o centenário do Ultimato chegou de repente, acompanhado por manchetes e análises pessimistas.

Mesmo em uma época na qual a longevidade extrema se tornava rotina, uma ameaça a ser concretizada após quinhentos anos, o equivalente a vinte gerações do passado, estava além da capacidade de compreensão da maioria das pessoas. Não colaborava, também, as máquinas não terem feito efetivamente nada mais ameaçador do que suspender as remessas de hélio-3 e outros produtos de Júpiter para a Terra.

Mesmo assim, as autoridades reagiram. Saturno, o segundo em tamanho dos gigantes gasosos do sistema solar, foi rapidamente adotado como fonte alternativa de combustível de fusão. Na própria Terra, grandes planos estavam em andamento. Falcon estava fascinado com os planos para construir elevadores espaciais no equador, que permitiriam um acesso rápido e barato às estações espaciais, além de constituírem uma rota de evacuação, em caso de necessidade.

Nos bastidores, no entanto, sucessivos governos adotaram medidas para responder ao Ultimato, tanto a curto como a longo prazo. O Tratado de Fobos fora uma delas. Além disso, uma nova Secretaria de Segurança Planetária havia sido criada, uma típica medida burocrática, criticada por muitos, mas que havia realizado alguns estudos importantes.

Apesar de todos os estudos estratégicos e jogos de guerra, Falcon percebeu que todos tinham sido surpreendidos quando, mais de um século após o Ultimato, as máquinas cometeram o primeiro ato realmente agressivo: elas invadiram Mercúrio. E tal investida acabara por levar a população, previsivelmente, a exigir que o Governo Mundial tomasse uma atitude.

Falcon, que já se sentia um tanto alheio à humanidade, não se empolgou muito ao ser incluído nos planos secretos da Secretaria de Segurança Planetária para responder à ameaça das máquinas. Mesmo assim, ali estava, enfrentando o sol forte de Mercúrio.

Borowski explicava:

— As máquinas chegaram em naves muito mais velozes que as nossas. Recebemos o aviso da Guarda Espacial minutos antes de as primeiras pousarem. Alguns dos nossos técnicos acreditam que as máquinas possuem o que eles chamam de "motor assintótico". O senhor conhece a teoria? Joga-se um pouco de matéria em um miniburaco negro, ela é esmagada e se transforma em um pulso de pura energia capaz de mover uma espaçonave. Para isso, porém, é preciso saber fabricar miniburacos negros...

Falcon se lembrou do relato de Adam a respeito de uma máquina chamada 90 que havia criado uma física totalmente nova a partir das estrelas que giravam no céu. Talvez *aquelas* ideias tivessem levado ao motor assintótico.

Fosse como fosse, nada era mais rápido que as naves das máquinas.

— Elas pousaram em Inferno — disse Borowski. — A segunda cidade de Mercúrio, que fica bem no meio da bacia de Caloris.

Falcon fez que sim com a cabeça. Caloris era uma grande cratera que ocupava boa parte de um dos hemisférios do planeta.

— Um local previsível. As máquinas têm um senso de simbolismo ou, pelo menos, de simetria.

— Elas começaram a construir a blindagem imediatamente. Acompanhamos o processo por meio dos nossos satélites de vigilância. As naves simplesmente se *dissolveram*, transformando-se em pequenas unidades que começaram a processar as rochas...

— Montadores.

— Isso mesmo.

Falcon conhecia a teoria por trás daquele tipo de engenharia. Os montadores eram replicadores de von Neumann, máquinas especializadas que usavam a luz solar e os minerais de Mercúrio para fazer cópias de si próprias. Máquinas que se alimentavam de planetas, assim como bactérias que se alimentam de carne. Desde que chegaram, os montadores passaram a enviar material ao espaço para montar o que se tornara a grande blindagem que pairava sobre Mercúrio. Além disso, por razões ainda desconhecidas, estavam enviando conjuntos de pequenas sondas ao espaço; não em direção à Terra, mas, surpreendentemente, em direção a Vênus.

Borowski apontou para o Sol.

— Tudo que fazemos aqui depende da energia solar. Agora as máquinas estão usando a mesma energia para construir essa blindagem, a arma delas contra nós.

— O que acha que pretendem com isso?

Borowski deu de ombros.

— Não é óbvio? As máquinas vieram para cá pela mesma razão que os humanos. Mercúrio é rico em minerais estratégicos, e está próximo da fonte de energia mais abundante do sistema solar. Aposto que em breve elas vão iniciar grandes projetos de mineração e, possivelmente, de fabricação.

Falcon conhecia as máquinas; duvidava de que elas tivessem objetivos tão limitados.

— As máquinas não fizeram nenhum mal aos habitantes de Inferno. Permitiram a evacuação de crianças, famílias, enfermos, até mesmo mantimentos e bens. Mas o que estão fazendo representará o fim de Apogeu, Vulcanópolis, Inferno... O fim de todos nós.

Falcon percebia a dor que ela estava sentindo. Imaginou como devia ter sido difícil para os mercurianos, que se proclamavam resistentes e independentes, pedir ajuda a outros mundos, à detestada mãe Terra.

— A presidente Soames vai fazer um discurso a respeito.

Mesmo enquanto fazia essa declaração, Falcon se deu conta de quão vazia ela soava.

Borowski começou a rir.

— Eu já disse que estive na Terra. Vou lhe contar o que vi, comandante. Vi um mundo que parece um jardim. Um parque. Todas as cidades são como museus, os animais são restaurados. Tudo é de graça — afirmou, com ar de desprezo. — Vocês, terráqueos, estão frouxos.

Falcon suspirou.

— Pode ser. Mas estamos dispostos a apoiá-los.

— Claro que sim. Porque, se eles se derem bem aqui, os próximos serão *vocês*. — Ela olhou para o Sol, que era gradualmente oculto por uma membrana que nenhum dos dois podia ver. — Está na hora de voltarmos. — Deu meia-volta e conduziu Falcon para a trilha que descia a montanha.

Mais tarde, no mesmo dia, ele recebeu uma mensagem, acompanhada por uma requisição de uma nave para um voo suborbital. Adam tinha concordado em recebê-lo na bacia de Caloris.

34

As máquinas, Falcon descobriu, também precisavam se abrigar do violento sol de Mercúrio. Quando chegou a Caloris, ele foi levado para a sombra de um dos *rupes*, as rugas da pele de Mercúrio, que cortavam a superfície da grande cratera. Por uma razão que a história da astronomia não havia registrado, esses acidentes geográficos tinham sido batizados, por cartógrafos que estudaram as fotografias tiradas pelas primeiras sondas não tripuladas enviadas a Mercúrio, com os nomes de navios de exploração, como *Beagle* e *Santa Maria*. A tradição havia continuado quando os humanos enfim desembarcaram no planeta.

Assim, Howard Falcon foi conduzido para a sombra de uma escarpa chamada *Kon-Tiki*.

Falcon foi recebido por Adam na superfície, longe da nave. A máquina estava na sombra, silenciosa e imóvel, iluminada apenas pela luz refletida pelas rochas escaldantes.

— Aqui estamos novamente — começou Falcon. — Face a face. De certa forma.

Adam permaneceu calado. Seu corpo mais recente, construído com avançados recursos tecnológicos, tinha uma forma apenas vagamente humana. As pernas eram um emaranhado de molas e amortecedores; o tronco era um cilindro coberto por painéis de acesso; os braços tinham várias articulações e manipuladores em forma de garras. A cabeça era uma espécie de gaiola, com olhos, orelhas e até mesmo uma boca cercando um espaço vazio. O projeto fazia o aspecto de estatueta de Oscar do corpo de Falcon parecer pré-histórico.

Adam estendeu a mão. Quando Falcon reagiu estendendo a própria mão mecânica, a máquina a envolveu com sua garra metálica. Os dois permaneceram por algum tempo daquele jeito, com suas mãos frias se tocando.

Adam sorriu, distorcendo a boca de uma forma quase grotesca.

— Um gesto simples, mas carregado de simbolismo, Falcon. Vocês humanos estão sempre navegando por um oceano de símbolos.

— Vocês também — replicou Falcon. — Não fui eu que tive a ideia de nos encontrarmos em uma fenda chamada *Kon-Tiki*.

— Ah, sim. Gostaria que tivesse recebido esse nome em homenagem à sua famosa espaçonave e não a um barco de uma época ainda mais antiga que a sua. Mesmo assim, a ligação me ocorreu. — Ele olhou para o Sol. — Por outro lado, foi *você* que escolheu o dia do trânsito de Mercúrio para este encontro. Outro ato de simbolismo.

Falcon suspirou.

— Não é nenhum exagero afirmar que o futuro de pelo menos dois mundos, dois mundos humanos, depende deste nosso encontro. Por que não escolher um dia especial? Depois que o trânsito terminar, todas as atenções estarão voltadas para o discurso que a presidente Soames vai proferir.

— Espero que ela tenha preparado dois discursos, um com boas e outro com más notícias.

Falcon sorriu.

— Eu sempre digo que você tem senso de humor, Adam, mas ninguém acredita.

— Diga-me o que veio fazer aqui.

— Você sabe a resposta. Pediram que eu conversasse com você a respeito do que as máquinas estão fazendo em Mercúrio, especialmente sobre a construção de uma blindagem solar, que não podemos interpretar como outra coisa que não um ato de agressão contra os mercurianos e, por causa dos tratados de proteção mútua, contra toda a humanidade. E você sabe muito bem por que essa tarefa coube a *mim*.

— Sou grato a você pelas coisas que fez por mim... por nós; seu auxílio naqueles primeiros dias de nossa existência. Mas essa época ficou para trás. E, por falar nisso, cometi um erro quando decidi chamá-lo de "pai". — Adam inclinou a cabeça. — Não queria... lhe desagradar. Mas acabei deixando implícita uma ligação, um vínculo, que na verdade nunca existiu.

— É uma pena que pense assim — comentou Falcon, com genuíno pesar, mesmo que a conversa tivesse acontecido em um passado bem distante. — É tarde demais para a humanidade em Mercúrio, Adam?

— Estamos interessados em objetivos muito além da derrota da humanidade.

A declaração deixou Falcon arrepiado, apesar do calor de Mercúrio.

— Os mercurianos acreditam que vocês pretendem se apoderar da energia solar e dos minerais de Mercúrio para usá-los em projetos de engenharia.

— Em outras palavras: fazer o que eles vêm fazendo. Por que *você* acha que estamos aqui, Falcon? De todos os humanos que conheci, você é o que pensa mais parecido com uma máquina, quando está disposto.

— Está mais para "quando não posso evitar".

Adam chegou a rir, um som que parecia mais realista que em seus encontros anteriores.

— Deixe de rodeios. O que pretendem com tudo isso?

Adam levantou a cabeça para o céu e encostou um dedo na têmpora.

— Foram *vocês* que nos fizeram assim, Falcon. À imagem de vocês. Somos inteligências de dimensões humanas, com limites humanos, já que isso era tudo o que vocês podiam imaginar. Agora vamos usar esse legado para construir algo muito maior. Vamos nos *unir*... Criar uma mente maior do que qualquer outra máquina, assim como seu cérebro é maior do que qualquer neurônio individual.

— Você não costumava se gabar, Adam.

— Bem, no momento tenho muito do que me orgulhar.

— Por que escolheram Vênus?

— Está querendo saber por que enviamos montadores para lá? É nosso próximo objetivo, por razões óbvias. Se não me engano, existe apenas uma pequena colônia no polo sul, fácil de evacuar...

Falcon sabia que os ocupantes da Base de Afrodite já estavam sendo levados para Citera Um, a principal estação espacial de Vênus.

— Vocês não são humanos mas também não são desumanos. Mostraram que se preocupam com a segurança dos cientistas de Afrodite, assim como permitiram a evacuação em Mercúrio. Lembram-se dos meus esforços para que vocês, máquinas, fossem reconhecidas legalmente como indivíduos não humanos? Respeitamos os *seus* direitos naquela época...

— Penso que seus amigos mercurianos achariam essa conversa de direitos uma fantasia ingênua. Vim aqui porque você pediu, Falcon, mas nenhuma negociação é possível. Esta discussão não vai levar a lugar algum — acrescentou, dando as costas.

— A *Aqueronte* está aqui. Isso não é uma fantasia — argumentou Falcon.

— Essa, na verdade, é a primeira coisa relevante que você disse — declarou Adam, sem olhar para trás.

E desapareceu nas sombras.

35

Meu nome é Margaret Soames. Sou a quinquagésima sexta presidente do Governo Mundial. Falo de Cidade União... e falo para vocês, onde quer que estejam: na Terra, no espaço ou em um dos mundos aliados, de Mercúrio a Tritão. Falo, também, para as máquinas que estão em Mercúrio, em Júpiter, nos asteroides e nos OCKs. *Neste dia histórico, o dia em que, com minha família, no jardim da minha casa aqui nas Bermudas, observei a sombra de Mercúrio atravessar o disco do Sol em uma projeção telescópica, não vejo melhor forma de iniciar meu discurso do que lembrando uma figura muito mais importante que eu, um ancestral que morreu há mais de quatro séculos...*

Abrigado em uma casamata de Vulcanópolis com a administradora-chefe Borowski, o vice-administrador Bill Jennings e outras figuras do alto escalão do governo do planeta, Howard Falcon testemunhou a curta guerra pela posse de Mercúrio.

Tudo começou, na verdade, com um ataque de surpresa por parte dos próprios mercurianos.

A pequena frota de naves de motor assintótico, carregadas de máquinas e equipamentos, tinha começado a sobrevoar Vulcanópolis e outras cidades. Entretanto, esse movimento não durou muito. A superfície de Mercúrio estava repleta de lançadores, canhões eletromagnéticos alimentados pelos ferozes raios solares que arremessavam, para vários mundos habitados, engradados com matérias-primas extraídas das rochas. Em um ataque sincronizado, baseado na observação dos padrões repetitivos do movimento das naves das máquinas, os lançadores criaram barreiras de pedras e poeira, partículas tornadas quase invisíveis por tecnologia de camuflagem.

E as naves mergulharam bem no meio dos detritos. As batalhas levaram apenas alguns segundos. Foi estimado mais tarde que dez por cento dos veículos ficaram inutilizados. Alguns caíram, produzindo crateras novas e brevemente brilhantes no solo de Mercúrio.

Os humanos de Vulcanópolis mal tiveram tempo de comemorar, pois as naves sobreviventes se reagruparam e iniciaram um bombardeio maciço nas instalações humanas: minas de gelo, lançadores e até mesmo as preciosas usinas de energia solar, poupando apenas as habitações.

Naquele momento, novos rumores chegavam à casamata. A *Aqueronte* estava se aproximando, pronta para atacar Caloris.

Vocês perceberão que me tornei uma estudiosa da vida e da carreira de meu distante antepassado. Meu nome de família vem, na verdade, do nome de casada da filha do primeiro-ministro, Mary, minha ancestral. Ela também serviu na terrível guerra mundial pela qual ele é lembrado; quando a guerra terminou, trabalhou como assessora do pai nas famosas conferências de cúpula com Roosevelt e Stalin, conferências que definiram o futuro do mundo por mais de meio século.

Ouso sonhar que ele ficaria orgulhoso de saber que, um dia, um dos seus descendentes se tornaria a presidente democraticamente eleita de um mundo unificado.

E é em um dos mais famosos discursos de Churchill que me inspiro agora, um discurso que faço em um momento tão perigoso para toda a humanidade e para nossos ideais como foi a hora mais sombria da guerra que ele teve de enfrentar...

A *Aqueronte* era considerada a única nave de guerra espacial com grande poder de fogo que a Terra possuía. Podia ser encarado como um ponto positivo da civilização moderna o fato de que esse tipo de tecnologia, antes do Ultimato de Júpiter, nunca tivesse chegado ao ápice de seu desenvolvimento. Quando o Governo Mundial decidiu levar adiante o projeto, foi necessário algum tempo para reformar os estaleiros em órbita da Terra e em porto Deimos para construir uma nave daquela envergadura.

Agora, ali estava ela, cruzando o céu de Mercúrio enquanto o planeta se afastava da Terra após a passagem sobre o Sol. Tinha a forma de um haltere, como todas as naves interplanetárias construídas pelos humanos desde as da classe *Discovery* que haviam levado Falcon a Júpiter, e rumava diretamente para a base das máquinas na bacia de Caloris.

A *Aqueronte* foi recebida por uma esquadrilha de naves das máquinas, menores, mais ágeis, porém mais vulneráveis e com menor poder de fogo. Falcon observou em várias câmeras as naves das máquinas se aproximarem da nave terráquea e, uma a uma, se transformarem em massas disformes, como insetos esmagados.

Borowski assoviou.

— Que arma eles estão usando?

— Lasers de raios X — explicou Falcon. — Armas descartáveis alimentadas por pequenas explosões nucleares. Vim para cá na *Aqueronte*, e a Força Aeroespacial Mundial me confiou alguns segredos. Muito gentil da parte deles.

Ouviram vivas e gritos da outra parte do complexo. Tratava-se de outra iniciativa dos mercurianos: dessa vez, o alvo era a própria blindagem solar. Naves de carga, com pequenas armas nucleares usadas pelos locais havia muito tempo nas atividades de mineração, tinham decolado de silos subterrâneos. Apesar da resistência feroz das máquinas, a maior parte dos mísseis improvisados estava conseguindo passar. Acompanhando a batalha no céu com o auxílio de vários sensores, Falcon se convencia de que começava a enxergar buracos na imagem altamente processada da blindagem, através dos quais era possível ver a luz direta do Sol.

Entretanto, essas falhas, em um guarda-sol de cinco mil quilômetros de diâmetro, não eram significativas; além disso, logo chegaram notícias de que as máquinas estavam consertando os danos quase tão depressa quanto eles eram produzidos.

E então chegaram novas imagens do que estava acontecendo em Caloris.

Falcon se virou e viu que a *Aqueronte* tinha ligado sua unidade principal de propulsão, um motor de fusão situado na traseira. Não estava acelerando para longe do planeta, contudo; em vez disso, mantinha-se *no lugar*, dirigindo a exaustão para a superfície de Mercúrio e usando o plasma de hidrogênio e hélio como maçarico. Falcon observava, surpreso e horrorizado, as instalações das máquinas serem reduzidas a destroços fumegantes.

As máquinas reagiram, no entanto, usando uma arma ainda mais poderosa.

— Minha nossa! — gritou alguém. — Olhem para a blindagem! Olhem para a blindagem!

Mesmo que a humanidade tenha sido excluída de partes significativas do sistema solar... mesmo que a República Livre de Mercúrio ameace cair nas mãos das máquinas, não esmoreceremos. Lutaremos até o fim. Lutaremos nas luas e nos planetas, lutaremos no espaço com confiança crescente, defenderemos o planeta natal da humanidade, custe o que custar...

Falcon se deu conta de que a blindagem era mais que um mero guarda-sol passivo: era uma nuvem formada por trilhões de máquinas, todas em intensa e contínua comunicação. A blindagem era um enxame inteligente, talvez tão superior a um ser humano quanto um ser humano era superior a uma célula isolada. Falcon supunha que a maioria deles jamais desconfiara de que as máquinas fossem capazes de tal façanha.

E agora o enxame mostrava toda a sua capacidade. A blindagem *mudou de forma*, perfeitamente coordenada ao longo de seus cinco mil quilômetros de extensão, e se transformou em uma lente convergente.

E cem mil terawatts de energia solar se concentraram sobre a batalha em Caloris.

O alvo, naturalmente, era a *Aqueronte*, e mesmo as poderosas defesas da nave de guerra não eram capazes de resistir a um calor tão intenso. O foco a uma distância tão grande não podia ser perfeito, entretanto a radiação escaldante atingiu também as máquinas e seus equipamentos, além do solo já aquecido pela propulsão da nave terráquea. O centro de Caloris se transformou em um lago de rocha fundida, no qual os destroços da *Aqueronte* começaram a afundar.

E então, de repente, a nave moribunda explodiu.

Todas as câmeras da superfície foram destruídas instantaneamente, mas Falcon pôde observar imagens transmitidas do espaço de uma bolha luminosa, de um clarão cegante que se formava no lugar onde a nave havia afundado, de uma onda de lava se espalhando na superfície de Caloris, de uma tempestade de relâmpagos em uma atmosfera temporária de rocha pulverizada.

E estava tudo acabado. A arma mais poderosa da humanidade havia sido usada e exaurida, enquanto a blindagem, o mais vasto projeto das máquinas, mal havia sido perturbada.

Em Vulcanópolis, foi Susan Borowski quem rompeu o silêncio:

— Hora de fazer as malas, pessoal.

E mesmo que, embora não acredite nisso por um momento sequer, o Ultimato de Júpiter seja cumprido e este belo planeta se torne subjugado e faminto, nossas colônias continuarão a luta até que, no devido tempo, os novos mundos, com toda a sua força e poder, prossigam na missão de resgate e libertação do velho mundo...

Falcon ficou para ajudar na evacuação, principalmente para Marte.

Depois se retirou, com saudade da solidão, de seu velho abrigo de porto Van Allen. Retirou-se mais uma vez para meditar, estudar e se comunicar com a lentidão da velocidade da luz com os amigos e os outros contatos que mantinha em todo o sistema solar.

Retirou-se para acompanhar de longe o desenrolar da grande tragédia que tinha começado com o Ultimato de Júpiter.

Como Falcon suspeitava, os objetivos das máquinas em relação a Mercúrio transcendiam as ambições mundanas dos seres humanos; transcendiam até mesmo o que o próprio Falcon havia imaginado.

Ao contrário deles, as máquinas não precisavam de mundos; estavam interessadas, na verdade, somente nos materiais de que eles eram feitos. Não era difícil desmontar um planeta, afinal; bastava ter à disposição uma energia maior que a energia de ligação do planeta, suficiente para remover matéria do poço gravitacional criado por sua massa. E em Mercúrio, tão próximo do Sol, havia energia de sobra.

As comunidades humanas pareciam não acreditar, mas Falcon se lembrou de que havia visto Objetos do Cinturão de Kuiper serem desmontados bloco a bloco, que então eram enviados para a região central do sistema solar com o auxílio de lançadores, tudo de acordo com as operações humanas no cinturão. Não eram mundos, também, esses objetos?

Na verdade, quando examinado com imparcialidade, o projeto das máquinas para Mercúrio era *grandioso*. Um planeta era um aglomerado de matéria, afinal, boa parte da qual era inacessível e cuja única utilidade era produzir um campo gravitacional estável. As máquinas tinham decidido usar a matéria morta de Mercúrio para fabricar cópias de si próprias e construir uma grande Hoste, como Adam havia se gabado.

Falcon passou alguns anos observando o enxame crescer em volta do Sol como uma grande revoada de pássaros, testando seus novos poderes, desfrutando de uma nova dimensão de experiência.

Uma Hoste e tanto.

Porém, o novo invólucro em torno do Sol reduzia consideravelmente a luz solar que chegava aos planetas restantes do sistema solar. Na Terra, antigas geleiras começaram a descer dos polos e das montanhas. Uma civilização global lutou para reagir aos novos desafios.

Com o passar dessas áridas décadas, as dificuldades levaram a disputas políticas. As grandes secretarias do Governo Mundial começaram a agir como feudos autônomos, algumas até criando exércitos particulares. Houve também manifestações de protesto e atos de terrorismo. Uma tremenda explosão orbital que obliterou boa parte da memória digital da humanidade — como uma queima de livros — atingiu especialmente Falcon, que se sentia cada vez mais ligado à história e à memória de seu planeta natal.

E, mesmo nessa época sombria, Hope Dhoni continuava a cuidar dele, surgindo de tempos em tempos das brumas do passado. Eram visitas que marcavam a passagem das décadas.

Em uma delas, Hope levou a Falcon uma estranha novidade, uma informação colhida por uma sonda enviada pela Terra para vigiar as proximidades do Sol depois que a Hoste acabara de consumir Mercúrio. A sonda tinha detectado o que parecia ser outro observador, talvez uma sonda de origem desconhecida. Era um cubo preto, com aproximadamente um metro de aresta. Em uma das faces, como Hope Dhoni mostrou a Falcon em uma imagem de baixa qualidade colhida pela sonda, estava escrito rudemente, como se feito à mão: *Howard Falcon Júnior*.

Nem Hope nem Falcon souberam como interpretar a estranha observação, mas Falcon se lembrou da última mensagem de Orfeu e imaginou que talvez houvesse outros olhos, outras mentes sem limitação no espaço e independentes do tempo, acompanhando a passagem daquelas décadas lamentáveis.

Depois de Mercúrio, mais de um século se passou até Howard Falcon desembarcar em outro planeta; dessa vez, para atender a um chamado dos marcianos.

36

Falcon rolava hesitantemente de um lado para o outro, testando as novas rodas-balão para baixa gravidade em um solo avermelhado com uma vegetação rala. Era como uma praia, pensou, como a grama das dunas, embora fizesse muito tempo que Howard Falcon não visitava uma praia. Estava tão próximo de um bosque de carvalhos e pinheiros que podia sentir no ar filtrado por sua máscara os odores de mata, resina e folhas em decomposição.

Olhou em torno. O Sol brilhava em um céu azul pontuado com nuvens esparsas. Como a manhã ainda não havia terminado, o astro estava ao *leste*, e, portanto, a encosta suave que pretendiam subir estava ao *sul*, na direção oposta à do bosque. Aquilo fazia sentido, pois tratava-se da encosta setentrional do monte Olimpo.

Acompanhando Falcon estava um jovem magro e forte, que usava um macacão forrado, luvas e uma máscara que permitia entrever um rosto calmo; um jovem *alto*, e, no meio daquelas novas gerações de marcianos, até mesmo Falcon se sentia pequeno. Além dele, seguia junto uma mulher, serena, mas muito quieta, bem frágil. Era Hope Dhoni, agora praticamente tão velha quanto Falcon, as poucas décadas de idade que os separavam totalmente irrelevantes em comparação com o tempo de vida de ambos. A irritação que Falcon sentia ao pensar nisso era totalmente ilógica, mas ele não conseguia evitar.

O homem se chamava cidadão de segundo grau Jeffrey Pandit. Trabalhava como servidor civil em porto Lowell e seria o anfitrião de Falcon nos próximos dias, representando o governo marciano. Ele sorriu.

— Espero que os seus pneus tenham sido revestidos com uma camada protetora — disse, esfregando o pé na terra fofa. — O solo aqui ainda é muito cáustico, mesmo depois de três séculos de terraformação. Não gostaria que o senhor enguiçasse durante a escalada.

— Eu jamais me perdoaria

Foi a vez de Hope sorrir.

— Como está se sentindo, Howard? Para outras pessoas, este seria um cenário comum, mas não para você. Anda passando todo o seu tempo no espaço. Esteve em Mercúrio... quando foi mesmo? Há mais de um século?

— Mais que isso — murmurou Pandit. — Estamos no ano 567 d.c.h...

— Então faz cento e sessenta e dois anos.

Falcon franziu a testa. Tanto tempo assim?

— Que você passou quase inteiramente em porto Van Allen. Aquela grande roda enferrujada...

— É um hotel confortável. Gosto de morar em um edifício mais velho que eu, o que não é fácil hoje em dia. E a vista que a gente tem de Van Allen é maravilhosa. Além disso, tem feito muito frio na Terra desde a Breve Era do Gelo.

— Bem, posso garantir que o senhor vai ter uma vista maravilhosa no monte Olimpo — comentou Pandit. — Quando chegarmos ao cume.

— E... você falou de um cenário *comum*, Hope? — disse Falcon. — Árvores, céu azul, uma trilha suave... em *Marte*? Acho que seria comum se não estivéssemos usando essas malditas máscaras. Seria comum se aqueles carvalhos logo ali não tivessem *cem metros de altura.*

Pandit sorriu.

— Daqui a um século ou dois, não vamos mais precisar de máscaras, pelo menos em lugares baixos como Hellas. Humm... Quer tirar algumas fotos?

— De jeito nenhum. Não vim aqui como turista. Minha visita não chega a ser um segredo, mas a Secretaria de Segurança fez questão de que eu fosse discreto. — Falcon olhou na direção do alto da montanha; a subida do monte Olimpo era tão extensa e ao mesmo tempo tão suave que o cume estava além do horizonte marciano, escondido pela curvatura do planeta. — Estou aqui por causa do que está acontecendo lá em cima, na caldeira.

— O projeto Bolota — disse Hope Dhoni, laconicamente.

— A respeito do qual pouco sabemos, além do nome — completou Falcon.

Pandit hesitou.

— O senhor ainda pode desistir; última chance. É uma subida suave até o cume. As pessoas dizem que a vista do monte Olimpo é a mais bela do sistema solar. Entretanto, são trezentos quilômetros até lá e, quando chegarmos, estaremos acima de quase toda a atmosfera do planeta... Tem *certeza* de que quer ir a pé?

Falcon suspirou.

— Você se esquece de que não sou um homem velho, Pandit, e sim uma máquina velha. Ainda assim, posso rolar encosta acima mais depressa que qualquer homem a pé. Além disso, se eu chegar a pé, por assim dizer, é mais provável que o pessoal do projeto Bolota me deixe passar. — Ele olhou na direção da encosta. — Você está a par da situação. Melanie Springer-Soames e seu grupo não podiam esconder bem suas atividades dos satélites de vigilância. O governo sabe que existe uma colônia lá em cima, mas eles rejeitaram todas as tentativas de comunicação, limitando-se a afirmar que possuem algum tipo de "defesa". Acontece que eu conheço os Springers desde a época em que o tataravô Matt se exibia em Plutão, e foi *por isso* que o pessoal de porto Lowell me pediu que viesse aqui. Eles estão planejando se aproveitar do meu histórico peculiar para resolver essa situação, e não é a primeira vez que me usam dessa forma. Acreditam que, embora eles tenham se recusado a receber outras pessoas, talvez concordem em me receber.

— Isso me parece uma aposta arriscada — comentou Dhoni.

— Pode ser, mas essa é a política da Secretaria de Segurança Planetária: recorrer a meios pacíficos sempre que possível. É o que eles vêm fazendo desde a guerra de Mercúrio. E, além disso, Hope, se minha tentativa não der certo, o que o governo vai perder? Um velho robô enferrujado.

— Eu vendo sua sucata — provocou Dhoni.

— Se está decidido a prosseguir — disse Pandit, tirando uma bolota de carvalho do bolso do macacão —, será uma honra acompanhá-lo, comandante. Minha família gosta de contar a história do seu encontro com minha antepassada em Júpiter.

— Eu me lembro muito bem. Nicola foi uma adversária valorosa.

— Bolotas de carvalho são um bem precioso aqui em Marte. A diminuição da luz solar afetou nossos projetos de terraformação. Usamos as bolotas para plantar e não gostamos de desperdiçá-las. Mas aqueles de nós que desejam um futuro pacífico e um planeta hospitaleiro quando o projeto Eos for concluído gostariam que aceitasse este presente. Como um símbolo de nossos votos de sucesso para sua missão.

Falcon recebeu a bolota cuidadosamente na ponta de uma garra que poderia esmagá-la em um microssegundo.

— Vou preservá-la com cuidado.

Pandit consultou o relógio.

— Vamos tentar aproveitar ao máximo o resto do dia. — Ele olhou para o rover que o levara junto de Falcon até lá a partir de porto Lowell, em Aurorae Sinus, a maior cidade de Marte, enquanto Dhoni viajara sozinha, a partir de porto Schiaparelli, em Trivium Charontis. — Acompanharei o senhor o tempo todo do rover com minha equipe.

— Espero que tenham peças de reposição a bordo — disse Dhoni.

— Hope...

— E, pelo menos nas primeiras horas, Howard, você não vai andar muito depressa, porque *eu* estarei andando com você. — Ela mostrou uma pequena maleta. — Está na hora da sua revisão quinquenal, comandante Falcon. Se pensou que ia escapar *disso* escalando o vulcão mais alto do sistema solar, estava redondamente enganado.

— Tudo bem, doutora — disse Falcon, em tom resignado.

37

Eles começaram a subir por uma espécie de trilha que era pouco mais do que marcas de pneus de rovers e pegadas de botas, mas que mostrava que outros haviam feito aquele percurso, a pé e em veículos.

Hope caminhava com facilidade; embora muito magra, parecia em excelente forma.

— Aposto que Matt Springer esteve aqui... e pela mesma razão pela qual, segundo ele, foi a Plutão. Você se lembra? "Por que ele está lá!"

— Na verdade, muita gente disse isso antes dele. Você vai falar durante toda a subida?

— O que você prefere?

— Prefiro que você desempenhe a sua performance de Bela Adormecida e durma por mais cem anos.

Hope levantou para ele um dedo enluvado.

— Howard, você não está sendo justo. A hibernação artificial já é uma técnica bem respeitável hoje em dia. Clinicamente, é apenas uma mistura de redução drástica de temperatura, drogas sintéticas e eletronarcose, que não é mais que uma versão avançada dos soníferos que *você* tem usado nos últimos quinhentos anos. E foi uma escolha voluntária e consciente. Afinal, alguns dos meus implantes são mais velhos que a maioria da população de hoje. Pretendo cuidar dos dias que me restam para poder acompanhar você um pouquinho mais na sua jornada pelas eras. Por falar nisso, *você* tem dormido bem ultimamente? — Ela deixou a pergunta no ar. — Vem, deixe-me fazer um dos meus testes. Você não vai sentir nada.

Enquanto subiam, ela apontou sensores para a parte exposta do corpo biológico de Falcon e observou os monitores.

Ele aceitou o exame de cara feia, sem parar de rolar. Como sempre, desde os primeiros dias após seu acidente, preferia que ninguém soubesse de sua condição física.

Mas de fato ele tinha, surpreendentemente, mais de 500 anos. Sua parte mecânica sofrera várias reformas, e o núcleo sobrevivente do sistema nervoso havia passado por diversos tratamentos de rejuvenescimento e regeneração, financiados por aplicações de longo prazo e pagamentos do Governo Mundial por missões específicas. Entretanto, ele não era imune ao desconforto, ao cansaço e, sim, até mesmo à dor; uma dor persistente, embora não muito forte. Às vezes, usava analgésicos, mas, apesar da insistência de Dhoni, nunca se esforçara seriamente para se livrar da dor; considerava-a uma lembrança de sua própria humanidade.

— Quer dizer — comentou a médica, enquanto trabalhava — que você está novamente bancando o emissário da paz.

— Ou tentando. Veja o que aconteceu em Mercúrio, da última vez que saí da minha caverna.

— A culpa foi toda sua. É assim que você se sente?

— Não é lógico?

— Claro que não. Você e eu não somos como os outros, Howard. Constituímos a primeira geração imortal da história da humanidade. Essa é a diferença. Se tivéssemos morrido depois de um tempo normal de vida, não teríamos acompanhado o desenrolar da história. Muitas gerações se sucederam desde que nascemos, e cada uma teve a oportunidade de fazer suas escolhas. Você não pode se considerar responsável...

— Thom Bittorn assumiu sua culpa.

— Bittorn? Oh... O geneticista responsável pelo desenvolvimento dos simps. Li em algum lugar que ele tinha se suicidado. Nem sabia que ele ainda estava vivo.

— Ele saiu de circulação há muitos anos, quando os direitos dos simps foram reconhecidos, para não ter que enfrentar vários processos.

Hope guardou os sensores.

— Do ponto de vista clínico, você está tão bem quanto eu imaginava... Ou tão mal, dependendo do modo como você queira encarar a situação. Mas, antes que eu volte a hibernar, você *vai* me deixar fazer um exame direito em Pasteur. E, Howard...
— Sim?
— Você não pode carregar a humanidade nas costas... Não para sempre — declarou a médica, batendo com os nós dos dedos no peito de aço dele. — Nem mesmo você é forte o suficiente para isso.
— A trilha está ficando cada vez mais esburacada. É melhor segurar a minha mão — disse Falcon.

Após Hope começar o caminho de volta, Falcon se manteve calado boa parte do restante do dia de "caminhada". Os ocupantes do rover também falaram pouco, como se estivessem mudos de admiração diante da jornada memorável do homem-máquina. Pandit se limitou a alertá-lo sobre perigos óbvios, como buracos particularmente profundos nas encostas do vulcão, mas Falcon preferia tomar as próprias decisões. Não era apenas por orgulho; se o rover enguiçasse, teria de ser capaz de fazer o caminho de volta sem ajuda.

A irritação injustificada que ele sentia com tanta frequência na companhia de Hope logo se dissipou. Enquanto Falcon subia em silêncio, no ar cada vez mais rarefeito e sob o azul cada vez mais intenso do céu marciano, sua alma se abriu para uma experiência de serenidade.

Apesar da companhia de Hope nas primeiras horas, haviam percorrido quase cem quilômetros quando Pandit anunciou que estava na hora de encerrar o dia de viagem.

No local onde acampariam, Falcon olhou em volta. Haviam subido um terço do caminho até o cume do maior de todos os vulcões, mas a escala era simplesmente grande demais para que ele pudesse ver mais que uma pequena parte da gigantesca encosta do monte Olimpo. Mesmo a suave inclinação era difícil de perceber. E, quando o céu a oeste mostrou um lindo crepúsculo em um céu parcialmente nublado, ele se sentiu como se estivesse em um deserto de altitude terrestre — um *altiplano* da América do Sul, talvez.

— Vejo que deixamos os carvalhos para trás.

— Não só os carvalhos, como os pinheiros e até a vegetação rasteira — acrescentou Jeffrey, do rover. — Já estamos a uma altitude considerável, dez quilômetros acima do nível médio do planeta, e a pressão atmosférica aqui é menos da metade da pressão no nível do solo. Aqui em cima, o senhor só vai encontrar líquens e musgos, pelo menos por enquanto.

O monte Olimpo, junto do grupo de grandes vulcões do qual fazia parte, ficava na região de Tharsis, uma imensa protuberância da crosta de Marte que sempre se projetaria para fora da atmosfera, mesmo que ela se tornasse mais densa no futuro. Como seria estranho Marte totalmente terraformado, pensou Falcon: uma superfície parecida com a da Lua, cheia de crateras, desfiladeiros e vulcões enormes, que num piscar de olhos de tempo geológico estaria salpicado de lagos azuis e florestas verdejantes...

— Algum motivo para pararmos aqui?

— Sim senhor. Se olhar para a direita, ao lado da trilha...

Era um monumento, um bloco de basalto evidentemente extraído da encosta do monte Olimpo e então retrabalhado, provavelmente por um laser. Tinha pouco mais de um metro de altura. Falcon teve de se curvar para ler o que estava escrito.

— Não sou muito bom em me abaixar — explicou a Jeffrey. — Culpa da engenharia vitoriana. Não poderiam ter feito um monumento um pouco maior?

— Na verdade, senhor, não estavam pensando em pessoas da sua altura. A comissão do governo que aprovou a construção expressou a esperança de outros como ele um dia passassem por aqui: uma nova geração, por assim dizer. Este monumento foi dedicado a eles.

— Outros como *ele*?

— É melhor o senhor ver por si mesmo.

Então Falcon leu a inscrição. Era uma lápide. Ali jazia Exu 2512a, nascido em Hellas em 526 d.c.h., 2512 d.c.; falecido em porto Lowell em 555 d.c.h., 2541 d.c.

— Um simp.

— Achei que o senhor gostaria de ver esse monumento, dada a sua ligação com os pans. Isso faz parte da sua história. Quero dizer...

— Tudo bem, Jeffrey. Eu sei que sou um monumento aos pedaços também. Quer dizer que ele foi o último dos simps.

— Sim senhor...

Falcon tinha estudado a história dos simps quando ficara sabendo da morte de Bittorn. Em retrospecto, a criação de uma nação independente dos simps nas florestas da África, um dos primeiros atos do Governo Mundial no século XXI, tinha sido o ponto alto na saga dos pans. Depois de apenas algumas gerações, a população começara a diminuir. Isso foi atribuído a problemas genéticos causados por tentativas de Bittorn e outros de tentar tornar os simps menos suscetíveis aos efeitos da baixa gravidade — ou mesmo da alta gravidade —, como perda de densidade óssea e problemas de equilíbrio de fluidos. Os simps, ágeis e fortes, tinham sido considerados os operários ideais para trabalharem nas colônias, e esses melhoramentos pareceram viáveis e financeiramente interessantes na época. Mais devastadora havia sido a deterioração progressiva da capacidade mental de geração em geração, com a reversão gradual das conexões neurais estabelecidas precariamente por Bittorn.

No fim da era dos simps, houvera uma oferta generosa por parte do governo marciano para receber os sobreviventes em uma colônia independente especialmente construída na bacia de Hellas, onde ficava o ponto mais baixo da superfície de Marte; talvez a baixa gravidade do planeta fosse mais adequada à sua anatomia modificada do que a gravidade da Terra e a microgravidade do espaço. A colônia não chegou exatamente a florescer, mas permitiu a sobrevivência da espécie por mais algumas gerações.

— E agora os simps são apenas uma lembrança — disse Falcon.

— Minha mãe me trouxe aqui para ver esse túmulo. Ela conheceu Exu em vida.

— Por que enterrá-lo aqui, no monte Olimpo?

— Exu se sentia muito solitário no fim da vida. Era o último dos pans. Tentou fazer algumas coisas que nenhum pan jamais havia feito, apenas para valorizar a memória de sua espécie. Escalar o monte Olimpo foi uma delas.

— Essa é uma ideia interessante: realizar uma série de últimos grandes feitos em nome de toda uma espécie.

— Espero que algum humano se comporte da mesma forma, se o Ultimato de Júpiter se concretizar.

Falcon não soube o que dizer.

— Mais uma coisa, comandante. O monumento aos simps contém algumas mensagens pessoais, dirigidas a alguns indivíduos em particular a quem eles se sentiam em débito. Talvez haja alguma dirigida ao senhor. Vale a pena conferir.

— Humm. — Falcon se lembrou de seu encontro com um simp durante o desastre da *Queen Elizabeth IV*, um episódio que entrara para a história e que, às vezes, ele recordava apenas vagamente ou, como uma história contada e repetida um sem número de vezes, parecia ter acontecido com outra pessoa. — Mensagens pessoais?

— É só encostar a mão no monumento; ele sentirá automaticamente o contato da sua...

— Mão — completou Falcon.

Quando encostou a mão na lápide, a cabeça e os ombros de um simp, com a sugestão de uma espécie de túnica abaixo do pescoço, apareceram no ar marciano. Mesmo depois de tanto tempo — três séculos —, Falcon o reconheceu imediatamente. Era Ham 2057a, ex-presidente da Nação Independente dos Pans. Ao que se dizia, ele respondera bem aos experimentos antissenescência e tivera uma vida mais longa que a grande maioria dos simps.

— Comandante Falcon. — A voz estava muito clara na mente dele; bem que gostaria de saber que tecnologia estava sendo usada para criar aquela ilusão. Ham sorriu. — Chefe... chefe... *vá!* — exclamou, enviando-lhe uma piscadela.

Depois disso, a projeção terminou. Falcon conhecia aquelas palavras: eram o comando ríspido que ele dera ao simp quando a *Queen Elizabeth IV* estava condenada. Mas...

— Desde quando os simps davam piscadelas?

— Comandante? O senhor está bem? O sol está quase se pondo. Quer passar a noite conosco no rover?

Falcon endireitou o corpo e fez um esforço para voltar ao aqui e agora.

— Escute, quantos vieram no rover? Já ouviram falar de um jogo de cartas chamado pôquer?

Naquela noite, movido por um súbito impulso, Falcon usou os recursos do rover para procurar o nome do último pan: Exu. Descobriu que era o nome que os yorubás, um povo da África Ocidental, usava para designar um deus.

Um deus que gostava de pregar peças. Lembrou-se imediatamente de Ham e da mensagem pessoal que deixara para ele, Falcon. Ham *tinha dado uma piscadela.*

Às vezes Falcon se perguntava se alguém, em toda a sua longa vida, havia sido inteiramente sincero com ele.

38

A encosta do monte Olimpo amanheceu coberta de geada.

— Que coisa — comentou Falcon, rolando para lá e para cá sobre a fina camada de gelo. — Eis uma visão com a qual John Young nunca sonhou.

— Sim senhor. Às vezes chega a nevar... Estou falando de neve de gelo de água, não de gelo seco, como antigamente... Mas ainda não temos chuva, nem lagos. Isso é só uma questão de tempo, porém. Um dia, teremos geleiras em Valles Marineris, pela primeira vez em bilhões de anos... Humm, é melhor tomar cuidado com o terreno por onde rola, comandante. Esse gelo pode ser traiçoeiro.

— Certo. Então, estamos prontos para continuar a viagem?

O segundo dia da escalada foi tão monótono e desinteressante quanto o primeiro. O céu era inegavelmente belo, de uma tonalidade de azul que Falcon jamais havia visto na Terra, com nuvens brancas iluminadas pelo Sol distante. Contudo, o solo era ainda mais desolado que em menores altitudes, com crateras recentes mais comuns que massas de líquen ou de musgo. Era como se estivesse fazendo uma escalada da Terra para a Lua, pensou Falcon.

Na verdade, as vistas mais espetaculares estavam reservadas para o fim do dia.

Quando pararam no local onde iriam passar a noite, Pandit saiu do rover vestindo o que parecia ser um traje espacial de primeira.

— Queria ter certeza de que o senhor teria uma boa vista do pôr do sol, comandante...

O Sol, visivelmente menor do que na Terra, parecia estar apoiado no horizonte. A luz avermelhada varria a encosta do monte Olimpo, cujas crateras, ravinas e vales pedregosos mostravam alguns poucos preciosos sinais da nova vida que ali estava sendo laboriosamente cultivada.

Entretanto, não era para baixo que deveria olhar, mas para cima. Pandit apontou para o alto. Falcon imaginou por um momento que o outro estivesse querendo mostrar os imensos espelhos coletores de luz solar que tinham sido colocados em órbita em torno de Marte, como parte do projeto de terraformação, mas estava enganado.

Ali, claramente visível em contraste com o céu escuro, estava a metade de um imenso anel com centro no Sol; do qual apenas a parte superior podia ser vista, já que a parte inferior estava abaixo do horizonte. Falcon tentou avaliar o diâmetro do anel em comparação com o tamanho aparente do Sol; parecia ser umas cem vezes maior. Na verdade, não se tratava de um anel e sim de uma vista em perspectiva da gigantesca casca esférica que as máquinas tinham construído em torno da estrela; àquela distância, só era possível observar a borda, onde a espessura óptica era maior.

— A Hoste — comentou Falcon, em tom pesaroso.

— Isso mesmo, comandante.

— Uma casca esférica do tamanho da órbita de Mercúrio... Que espetáculo. Que... crime. Vênus já está visível?

— Ainda não. O senhor sabe, considerando os relatos de como as máquinas desintegraram Mercúrio, muitos de nós estão confusos por elas ainda não terem feito o mesmo com Vênus.

— A segurança está de olho em Vênus. Enviamos até lá uma sonda para investigar a região. Não podemos pousar, mas, como boa parte da atmosfera desapareceu, é possível observar a superfície. As máquinas estão lá, construindo... alguma coisa. Estruturas cujo propósito desconhecemos. Parece que estão fazendo experimentos para ver se podem usar um planeta para algum propósito útil sem desintegrá-lo. Às vezes nos esquecemos de que elas são como *jovens*...

De fato, fazia menos de cinco séculos que Falcon estivera a bordo do USS *Shore* com Conseil, o pequeno robô-garçom que tinha sido o precursor de tudo *aquilo*.

— Para eles, alguns séculos não representam nada.

— Para nós, humanos, por outro lado, são uma eternidade, comandante. Passou apenas pouco mais da metade do prazo previsto no Ultimato de Júpiter.

Pandit olhou para o enxame e perguntou, com ar constrangido:

— O que pensa a população da Terra, comandante? As pessoas lá... humm... *acreditam* na ameaça? Confesso ao senhor que *nós*, marcianos, raramente pensamos no assunto.

Falcon sorriu.

— Isso é porque vocês têm um mundo para construir. Têm algo para mantê-los ocupados. — Era o que Falcon frequentemente invejava enquanto andava de um lado para o outro em seu quarto de hotel, enquanto porto Van Allen orbitava a Terra em suas translações incessantes. — Ah, mas é levado bem a sério na Terra hoje em dia. Acredito que tenha sido a Breve Era do Gelo que mudou as coisas. Mesmo a guerra de Mercúrio tinha sido apenas um espetáculo pirotécnico no céu. Agora, a guerra chegou à própria Terra. Finalmente programas sérios de longo prazo acabaram sendo iniciados. Tesouros culturais começaram a ser guardados fora do planeta...

— Eu sei. O museu de porto Skia tem uma bela coleção de obras de Leonardo.

— Por outro lado, uma boa parte do tesouro digital foi perdida no bombardeio dos mnemosinos, em 34...

Os mnemosinos, que haviam adotado esse nome por causa da deusa grega da memória, argumentavam que a incapacidade dos habitantes da Terra de lidar com as consequências do Ultimato estava ligada ao fato de estarem presos ao passado e que, portanto, o passado devia ser apagado, abandonado.

— Acho que não dá para salvar tudo...

— Correm boatos de que está sendo negociada uma evacuação em massa da Terra — comentou Pandit. — Pense na bacia de Hellas, com três mil quilômetros de largura e nove de profundidade, que deverá ter uma atmosfera respirável muito antes do Dia do Ultimato. Não daria um belo refúgio?

Ou um belo campo de concentração, pensou Falcon, amargo.

A opinião geral era a de que os marcianos já tinham sido mais que generosos. Hellas estava repleta de domos com amostras de biomas terrestres, desde a tundra subártica até as florestas tropicais úmidas. Houvera tentativas até mesmo de reconstruir as *songlines* dos aborígenes nas planícies de Marte. Entretanto, em termos históricos, o planeta conquistara a independência a duras penas e, ao contrário dos mercurianos, seu povo não via com bons olhos a chegada de massas e mais massas de migrantes terráqueos.

— Enquanto isso — continuou Falcon —, a Segurança está propondo soluções mais extremas.

— Como a hibernação?

— Essa é uma das possibilidades. Se faltar espaço para abrigar os refugiados, vamos ter que *armazenar* populações inteiras. — A tecnologia que Hope Dhoni estava usando para acompanhar dormindo a vida de Falcon durante séculos era, na verdade, o resultado de um desses estudos de último caso. — Outra possibilidade é uma redução drástica da população. Se a população for bem pequena no Dia do Ultimato, virtualmente zero, é claro que...

— Isso é impensável. Temos uma *alta* taxa de natalidade. Estamos tentando povoar um planeta ermo. Seria contra a nossa natureza.

— A pressão do Ultimato está nos tornando menos humanos, Jeffrey. Está nos distorcendo. Será que o Governo Mundial da Terra chegou a ser uma utopia? Bem, a situação no momento é sombria... e as coisas só vão piorar enquanto a obra das máquinas não estiver completa.

Pandit, olhando para o sol poente, parecia genuinamente preocupado com o destino dos habitantes da Terra. Marciano ou não, era um jovem sensível. Com muito cuidado — um membro cibernético e um traje espacial delicado eram uma combinação perigosa —, Falcon deu um tapinha nas costas de Pandit.

— Vamos voltar para o rover. Quero tirar mais um pouco de dinheiro de vocês no pôquer...

39

O último dia foi muito parecido com os outros dois: uma caminhada monótona e cansativa. Porém, quando se aproximavam lentamente do objetivo, a curiosidade de Falcon em relação ao que encontrariam no cume do monte Olimpo aumentava.

Quando transpuseram a última encosta rochosa, Pandit saiu do rover em seu traje espacial para se juntar a Falcon, e os dois contemplaram a paisagem em silêncio.

A caldeira do monte Olimpo era um abismo com oitenta quilômetros de diâmetro, uma planície repleta de respiradouros vulcânicos: crateras tão grandes que seriam notáveis mesmo que não estivessem aglomeradas no centro da montanha mais alta do sistema solar. Falcon, de pé ao lado do rover, conseguia enxergar a borda mais distante da caldeira. O ar estava limpo, e a cor do céu era de um azul profundo. O ambiente era o mais próximo possível ainda existente do Marte pré-Eos. Havia alguns conservadores que defendiam a construção de uma cúpula para preservar aquele monte gigantesco como um museu dedicado ao antigo planeta; contemplando aquela vista, Falcon se sentia tentado a concordar.

Entretanto, tudo aquilo era apenas um pano de fundo para a missão que estavam desempenhando no momento.

Falcon não se surpreendeu ao avistar um rover idêntico ao de Pandit subindo a encosta da caldeira na direção deles. Quando olhou na direção de onde vinha o veículo, conseguiu discernir um pequeno assentamento, obviamente temporário: algumas cúpulas, dois outros rovers, um solo amplamente marcado por pneus e botas. Ali, abrigados nas crateras, havia guindastes, oficinas, depósitos de combustível e até alguns foguetes.

— Minha nossa — disse Falcon. — É exatamente como as naves de reconhecimento descreveram. Eles de fato construíram um cabo Canaveral no alto do monte Olimpo.

Pandit riu.

— Lembra mais Peenemunde, comandante, se me permite uma comparação com algo ainda mais antigo. Há muita coisa improvisada ali.

O rover parou e algumas pessoas, vestindo trajes espaciais, saltaram do veículo, com uma jovem à frente. Falcon conseguia ver o rosto através do visor. Ele teve a *impressão* de que nenhum deles estava armado, mas, ainda assim, se sentiu pouco à vontade.

— Seja bem-vindo, comandante Falcon.

— Você deve ser Melanie Springer-Soames.

— Imagino que me reconheça pelas fotografias que a Segurança sem dúvida lhe forneceu.

— E também pelo emblema do antílope no seu capacete. Além de por sua reputação...

Springer-Soames era a combinação de duas poderosas dinastias, os exploradores Springer e os políticos Churchill-Soames. Falcon não tinha dúvida de que ela era exatamente a líder linha-dura que a Secretaria de Segurança Planetária havia descrito.

— Como soube da nossa vinda? — perguntou ele.

A jovem deu de ombros.

— Temos informantes. — Ela olhou na direção de Pandit, que parecia pouco à vontade, e Falcon imediatamente começou a especular *quem*, de sua simpática roda de pôquer, seria o traidor. — Eu soube que aquele seu jovem e ingênuo amigo lhe ofereceu um presente... Uma bolota de carvalho. Eu também tenho um presente para lhe oferecer.

Melanie tirou de um bolso do traje espacial uma esfera prateada do tamanho de uma maçã e a entregou a Falcon. Ele experimentou sua densidade; parecia pesada, mesmo na baixa gravidade de Marte.

— Nós também a chamamos de bolota... e é todo o propósito do nosso projeto.

— Acha que eu sou ingênuo? — disse Pandit. — Você sabe muito bem que Lowell proibiu a fabricação de armas em Marte...

— Em termos oficiais, sim.

— Ele está certo — interveio Falcon. — E aqui estão vocês, crianças, construindo uma base de mísseis no planeta mais próximo de Júpiter.

Melanie enrijeceu. A palavra "crianças" pareceu tê-la provocado, como fora intenção de Falcon; tratar pessoas arrogantes e ambiciosas com desdém era uma forma de fazer com que baixassem a guarda.

— Isso não é uma base de mísseis — declarou a jovem. — Não estamos fabricando armas, ou, pelo menos, não estamos fabricando armas para serem usadas para matar. — Ela apontou para a esfera de metal nas mãos de Falcon. — *Isso* é uma arma de um tipo metafórico que vai conquistar para a espécie humana não os mundos do sistema solar, mas as estrelas.

Falcon olhou para a "bolota" com um novo respeito.

Melanie Springer-Soames conduziu os visitantes pela base de lançamento. Falcon, sempre interessado em novidades tecnológicas, estava fascinado.

O plano era simples em princípio, mas envolvia vários desafios de ordem prática.

— Essas naves delgadas são foguetes de fusão, comandante. Têm potência suficiente para decolar de Marte e chegar à nuvem de Oort, nos limites do sistema solar, em alta velocidade. As máquinas podem tentar nos impedir, mas temos certeza de que não conseguirão dar conta de todas as naves. Já instalamos uma base de reabastecimento na nuvem; todas elas receberão suprimento de gelo de cometas e combustível de fusão...

— Vocês estão fabricando naves estelares — arriscou Falcon.

— E a viagem pode levar séculos, mas é isso aí. Queremos atingir todos os exoplanetas com alguma probabilidade de serem habitáveis que pudermos alcançar enquanto mantivermos o programa funcionando. Quanto à carga que as naves levarão... é o que você está segurando. Uma bolota por planeta, em tese, seria suficiente. Vamos mandar duas ou três a cada planeta, para aumentar a chance de sucesso. Bolotas plantadas em novos mundos.

Falcon estava começando a entender.

— Grandes carvalhos nascem de pequenas bolotas.

— Essa é a ideia. Um carvalho, na verdade, não passa de uma máquina criada por bolotas com o objetivo de fabricar novas bolotas usando recursos locais como a terra e o ar. Comandante, cada uma das *nossas* bolotas está carregada de dados. Trata-se de uma joia feita de carbono; uma tecnologia roubada das máquinas na verdade, um produto da mineração de Júpiter por parte delas. A densidade de informações está entre a do DNA humano e a do diamante nanogravado. Um grama do material seria suficiente para armazenar toda a cultura humana. Muito *menos* de um grama é suficiente para armazenar o DNA de um indivíduo.

— Então é isso! — exclamou Pandit. — Vocês podem armazenar em uma dessas bolotas os "projetos" de milhões de pessoas. As bolotas serão como os montadores das máquinas. Vocês vão fabricar humanos e os sistemas de apoio de que precisarem a partir das matérias-primas disponíveis em cada planeta. — Ele sorriu, um tanto a contragosto. — É um projeto absurdo.

Springer-Soames retribuiu o sorriso.

— Uma bolota leva vinte anos para se transformar em um carvalho capaz de produzir outras bolotas. Nosso objetivo é semelhante: vinte anos ou menos depois da chegada de uma bolota, o nascimento de um bebê. O senhor entende, comandante? Estamos ameaçados de perder o sistema solar, mas não pretendemos abrir mão das estrelas. E *essa* é uma forma de enfrentar as máquinas. Quando elas chegarem a outros sistemas, os humanos estarão lá, preparados para se defender.

— Tenho certeza de que seus antepassados ficariam orgulhosos — declarou Falcon. — Todos os Springers, mesmo os que não cheguei a conhecer.

— Pode ser — disse Melanie, mais friamente. — A questão do momento é a seguinte: o senhor, como agente da Secretaria de Segurança Planetária, vai fazer o que a respeito?

Falcon ficou um pouco sem graça, mas teve de reconhecer que a jovem estava certa.

— Suponho que vocês estejam querendo uma aprovação oficial, ou não permitiriam que eu subisse até aqui.

Ela fez que sim com a cabeça, um tanto relutante.

— É isso mesmo. Não precisamos de assistência por parte dos órgãos públicos, mas ficaríamos mais tranquilos se pudéssemos prosseguir sem receio de sermos impedidos. Minha família o conhece há muitos anos, comandante. O senhor pode ter suas limitações, mas é uma pessoa íntegra.

— Obrigado — disse Falcon, secamente —, mas por que agiram em segredo até agora? Por que não pediram permissão às autoridades?

A jovem começou a rir.

— O que o senhor acha? Foi porque o Governo Mundial, pressionado pelo Ultimato das Máquinas, está se tornando um dos regimes mais repressivos da história da humanidade. A Segurança teria discretamente entrado em contato com porto Lowell e, pronto, seríamos impedidos. Foi *por isso* que guardamos segredo.

— Mas agora é tarde demais para detê-los, não é? — disse Falcon, quase como se lamentasse o fato. — Principalmente se vocês já fizeram alguns lançamentos.

— Exatamente. O governo perdeu.

— Isso não é um jogo — comentou Falcon, em tom de censura. — Embora o Governo Mundial não seja perfeito, também não é maligno.

Levantou a mão como se fosse coçar o nariz, um vestígio do tempo em que tinha um corpo mais humano; os jovens que o cercavam observaram com curiosidade, e, percebendo o que fazia, Falcon baixou a mão.

— Eu não ficaria surpreso se algum órgão do governo já não tiver proposto isso que vocês estão fazendo. Como foi dito, é uma forma de assegurar o futuro da humanidade.

— Nesse caso, o que os teria impedido de agir?

Falcon suspirou.

— Motivos éticos, eu acho. Vocês falam em usar matérias-primas desses planetas remotos para fabricar humanos. O que me diz dos seres vivos que *já* dependem desses recursos? Gostamos de pensar que a época dessa disposição em perturbar ecossistemas alheios já foi superada.

— Estamos passando por tempos difíceis...

— Não tão difíceis assim. — Falcon sopesou a esfera prateada. — Escute, não vou detê-los. Não acho que seria capaz de fazer isso, mesmo que quisesse. O projeto de vocês já está em andamento. Mesmo assim, quero que venham comigo e expliquem o que fizeram ao Escritório de Ética Extraplanetária.

— Um reduto de burocracia governamental — disse Springer-Soames, com ar desdenhoso. — Prefiro não perder tempo com eles. Prefiro agir.

— Eu sei disso — afirmou Falcon, com um sorriso. — Vocês, Springers, são todos iguais. Conheci Matt, você se lembra?

— De qualquer forma, essa é a sua condição para nos deixar em paz?

— Essa é a minha condição.

Melanie ergueu os olhos para o céu.

— Isso tudo diz respeito ao que costumavam chamar de "diretrizes para o Primeiro Contato", não é? A ideia de que um dia seremos julgados por uma inteligência superior. O senhor acredita nisso, comandante?

— Bem, eu conheci o filósofo que escreveu essas diretrizes. E...

E Falcon se lembrou de *Howard Falcon Júnior*. Tinham aparecido várias daquelas entidades enigmáticas, réplicas do Orfeu que desaparecera no centro de Júpiter, que, nas décadas seguintes, foram vistas nas ruínas de Mercúrio, na Lua dominada pelas máquinas, nas profundezas do espaço... Até as máquinas tinham visto algumas réplicas, como ele ficara sabendo por alguém que trabalhava na Secretaria de Segurança Planetária. Falcon era capaz de apostar que nem os humanos nem as máquinas tinham a menor ideia do que significavam essas aparições. Uma das réplicas até fora avistada de porto Van Allen, flutuando no espaço acima da Terra, como um brinquedo reluzente...

— Sim, acredito — disse Falcon, simplesmente. — Bem, chega de conversa. Quer me mostrar os foguetes?

Conversando, gesticulando, desceram juntos uma rampa em direção aos domos bem-iluminados que se aglomeravam na caldeira.

Quando Howard Falcon esteve em Marte, passava pouco mais da metade do prazo que Adam havia concedido à espécie humana no Ultimato de Júpiter. Após o término de sua missão, ele mais uma vez voltou à vida de isolamento, contemplação e comunicação em órbita da Terra.

E, quando a data final do Ultimato se mostrou próxima, Falcon ficou surpreso ao perceber quão depressa o tempo havia passado. Quinhentos anos tinham ficado para trás como um relâmpago. *Você está mesmo ficando velho, Falcon.*

40

Falcon e Hope Dhoni passeavam de braços dados pela gôndola do enorme dirigível. *Passeavam*: ele, um homem-máquina decadente; ela, uma senhora miúda de idade avançada. Porém, naquele ambiente requintado, ninguém cometeria a indelicadeza de olhar fixamente para eles.

— Até os corredores são luxuosos — murmurou Dhoni. — Os tapetes, as pinturas, os bustos em seus pedestais... Quem *foram* essas pessoas? Suponho que sejam imagens dos nazistas que financiaram a construção do dirigível original.

Falcon sorriu

— E sem dúvida as esculturas devem ser fiéis até no corte dos bigodes.

— Não duvido — concordou Dhoni, com um suspiro. — Os habitantes de Marte e de Ganimedes provavelmente diriam que isso é tudo que os terráqueos têm feito no último século: preservar o passado, até os mínimos detalhes... Um psicólogo, coisa que eu não sou, diria que esta nave é um sintoma de psicose coletiva.

— E os mnemosinos teriam concordado — acrescentou Falcon. — Mas o que você queria que essas pessoas fizessem, Hope? Estamos para perder o nosso lar. Não é razoável que tentemos salvar as joias da família? Seja como for, agora restam apenas dez dias. Para o bem ou para o mal, logo tudo estará terminado, o Ultimato cumprido...

— O que é *isso*, por exemplo? — perguntou Hope, apontando para um objeto na parede.

Uma jovem oficial, elegantemente uniformizada, se aproximou. Tinha uma tatuagem na face direita, pequena e complexa, que representava um animal saltando.

— Isso é um isqueiro, senhora — explicou, sorrindo. — Sim, os projetistas do veículo original permitiam que se fumasse a bordo de uma nave que carregava duzentos mil metros cúbicos de hidrogênio, mas insistiam em que os passageiros usassem esses isqueiros de segurança. Só que, se não me engano, ele está no lugar errado. No *LZ 129*, o *Hindenburg* original, só era permitido fumar no Convés B, o convés inferior...

Eles continuaram o passeio, acompanhados educadamente pela oficial.

Falcon sabia que boa parte do tráfego entre as grandes laputas de Saturno era realizado por veículos muito mais simples do que aquele em que estavam, mas por que não viajar com classe? Tudo indicava que a humanidade estava condenada ao exílio, mas não faltavam energia e recursos; uma reprodução do mais famoso dirigível da história, quase oito séculos e meio depois de sua destruição em um acidente espetacular, era um custo trivial. Falcon, porém, se recusara a apoiar uma proposta para reproduzir o *segundo* dirigível acidentado mais famoso da história, a *Queen Elizabeth IV*, uma espaçonave agora pertencente a um passado quase tão distante quanto o outro.

— Não consigo parar de pensar naqueles bustos — comentou Dhoni. — Todos aqueles monstros. Ao passo que...

— Hope — tentou interromper Falcon, adivinhando o que viria em seguida.

Dhoni, porém, sempre fora impossível de parar depois que começava.

— Ao passo que, se nossa gloriosa líder pudesse impor sua vontade, todas as estátuas e pinturas representariam Amanda Springer-Soames IV, presidente vitalícia do que resta da Terra...

— *Hope*... Você está deixando a tenente sem graça. Não reparou na tatuagem de antílope?

Dhoni olhou para o crachá da oficial. O rosto de médica, mesmo depois de tantas restaurações, ainda era capaz de exibir surpresa e constrangimento.

— Tenente Jane Springer-Soames. Oh, me desculpe.

— Não se preocupe — disse a jovem oficial. — Para falar a verdade, muita gente me questiona a respeito da minha avó.

Falcon estava interessado.

— E como você reage?

— Digo que ela procura sempre fazer o que acha melhor para a Terra e para a humanidade da melhor maneira que pode.

Falcon fez que sim com a cabeça.

— Isso me parece uma observação justa, seja qual for a sua inclinação política.

Jane franziu a testa.

— Fico feliz que pense assim, comandante, porque preciso conversar com o senhor sobre minha avó. Antes, porém, gostaria de levá-los à sala de estar. Logo vamos chegar a Nova Sigiriya, e a vista é deslumbrante...

Enquanto seguiam a tenente, Falcon sentiu uma ponta de preocupação. *Acho que as minhas férias já eram.*

Dos dois imensos salões do Convés A, Falcon preferia a sala de jantar, com sua elegante mobília de couro vermelho e fotografias do grande zepelim sobrevoando as cidades da Terra na década de 1930 penduradas nas paredes. A sala de estar, porém, também era muito bonita, com uma das paredes coberta por um mapa estilizado do mundo... do mundo *original* da humanidade, pensou Falcon, do planeta Terra. No momento, a sala estava repleta de passageiros em uma grande diversidade de trajes, todos aglomerados em torno das janelas, que eram inclinadas para baixo. Havia crianças, também, que corriam e brincavam à luz dourada e misteriosa que banhava o aposento.

A luz das nuvens de Saturno.

O primeiro gigante gasoso visitado por Falcon tinha sido Júpiter, o maior de todos. Saturno, em comparação, fora um tanto decepcionante. Embora tivesse um diâmetro quase igual ao de Júpiter, o planeta tinha uma massa muito menor e estava a uma distância duas vezes maior do Sol. Assim, a atmosfera superior, que o *Hindenburg* estava cruzando no momento e que a humanidade começava a colonizar de verdade, continha muito menos energia que seu equivalente em Júpiter, por dispor de menos radiação solar e menos calor interno. Em consequência, a vida era mais esparsa. Havia biota nativa, equivalente ao plâncton de Júpiter, mas nada que se comparasse aos organismos complexos de mantas e medusas que Falcon encontrara no outro gigante.

Se Saturno tinha sido uma decepção em termos de beleza, oferecera à humanidade uma recepção comparativamente melhor que Júpiter. O Ultimato forçara a Terra a aumentar a produção de hélio-3 em Saturno para satisfazer as necessidades de energia da humanidade. Além disso, ao contrário do que acontecia no outro planeta, a gravidade de Saturno nas nuvens não era maior que a da superfície da Terra. Assim, com a aproximação lenta mas inexorável do Dia do Ultimato, a colonização das nuvens de Saturno havia começado para valer. Fosse qual fosse a disposição das colônias que ainda estavam nas mãos dos humanos, Marte, Titã e Tritão, nenhuma delas tinha espaço suficiente para receber os refugiados da Terra. Saturno, por outro lado, podia acomodar facilmente toda a população em êxodo. Muito mais, se necessário.

Ninguém sabia dizer o quão seguro esse novo refúgio seria. Mas todas essas pessoas precisavam ser postas em algum lugar.

E, naquele momento, o *Hindenburg* sobrevoava uma das grandes laputas, ilhas no céu do novo lar da humanidade.

Nova Sigiriya era sustentada por sacos de hidrogênio–hélio aquecido, como as medusas de Júpiter e todas as naves humanas que se aventuravam nas atmosferas dos gigantes gasosos, desde a *Kon-Tiki* de Falcon. Aquela laputa, porém, uma jangada aérea com mais de dez quilômetros de diâmetro, teria eclipsado até mesmo as maiores medusas de Júpiter. Apesar do ambiente estranho — apesar do fato de que não estava apoiada em uma superfície sólida, mas em milhares de quilômetros de ar, apesar dos aglomerados de domos iluminados com luz artificial, Nova Sigiriya —, vista de cima, tinha o aspecto de uma típica cidade humana, com estradas, edifícios, parques e mesmo o que pareciam ser reservas naturais na periferia.

— É linda! — exclamou Dhoni. — Estranha, fora do lugar, mas linda. Uma laputa como essa vai ser o meu lar daqui em diante, imagino.

— Nova Sigiriya foi apenas o começo do projeto Sileno. Venha ver...

Tomou-a pela mão e a levou para mais perto da janela.

O céu estava cheio de ilhas flutuantes. Faziam-se presentes em todas as altitudes, desde o nível das nuvens mais baixas até a estratosfera. Algumas eram sombras escuras, outras estavam feericamente iluminadas; algumas estavam paradas no ar, sustentadas pelos imensos sacos de flutuação; outras cruzavam a atmosfera como se fossem imensos navios. Jangadas menores serpenteavam entre as laputas. Havia luz em toda parte: o brilho difuso das cidades, o pisca-pisca das boias, os faróis das naves. A visão se parecia com uma das fantasias de infância de Falcon: um céu cheio de balões.

— Tudo isso é muito recente — explicou Jane Springer-Soames, dirigindo-se a Dhoni. — A maior parte dos refugiados da Terra chegou aqui nas últimas décadas. Na verdade, a maioria está dormindo em grandes hibernáculos, colocados em órbita, e há mais na Terra esperando para vir. Eles serão acordados assim que possível.

— Isso já era previsto — comentou Falcon. — A debandada de última hora.

Hope sorriu.

— Para mim, foi o calendário. Quando finalmente chegamos a 2700 e me dei conta de que, para a Terra, não *haveria* 2800, a ficha caiu. Mas por que o nome "projeto Sileno"?

— Os projetos de construção das laputas foram preparados na Cidade Oásis, em Titã, mas estão usando matéria-prima extraída de uma das luas internas, Encélado — explicou Falcon. — De acordo com Eurípides, Sileno era um companheiro bêbado dos deuses que se gabava de ter matado Encélado com uma lança.

— Muito apropriado.

— Tive que pesquisar.

— Novas laputas estão sendo construídas em ritmo acelerado, e isso é só o começo — afirmou Jane, com entusiasmo. — Existem planos para ligar as laputas entre si para formar continentes flutuantes, estruturas enormes. Espaço é o que não falta em Saturno. Mais tarde, talvez seja possível ligar os continentes para formar *uma grande casca esférica* em torno de Saturno, a uma distância na qual a gravidade seja igual à da Terra, com uma espessa camada de ar respirável acima. Como um planeta com uma superfície cem vezes maior que a da Terra... — Ela pareceu achar que estava indo longe demais e se calou.

Falcon sorriu.

— Gosto dos seus sonhos.

— Eu também — concordou Dhoni. — O entusiasmo dos jovens. É isso que vai nos salvar, Howard.

— Talvez — disse Falcon. — Antes, porém, temos que passar pelo Dia do Ultimato. — Ele olhou para Springer-Soames. — Você disse que queria conversar comigo a respeito da sua avó?

— É verdade. — Jane olhou de soslaio para Dhoni e depois de volta para Falcon. — Acontece que precisam do senhor na Terra. Já ouviu falar dos "Reféns da Paz"?

— Não, mas já não gosto de como isso soa.

— É a última tentativa da minha avó de salvar o planeta. No entanto, para isso, ela está colocando em risco a vida de doze mil pessoas.

Falcon franziu a testa.

— Doze *mil*? Quem pediu minha ajuda? A presidente?

— Não senhor. *Adam*.

O nome deixou Falcon atônito.

Dhoni também pareceu chocada.

— Estamos tão bem aqui! É como se flutuássemos em uma bolha do passado. Mas sempre há algum problema. Ah... — Ela segurou Falcon pelo braço. — Não vá. Chega. Você já fez muito pela humanidade, Howard. Você... *Nós* não temos mais idade para essas coisas. Ah, Howard, fique comigo, deixe-me cuidar de você.

Mas, naturalmente, Falcon não tinha escolha. Curvou-se e, com muito cuidado, deu um beijo no rosto de Dhoni. A pele da médica, apesar da idade avançada, era surpreendentemente quente.

— Espere por mim.

— Estarei esperando.

Falcon endireitou o corpo, deu meia-volta e tinha começado a rolar quando Springer-Soames gritou:

— Cuidado, comandante!

Falcon parou e olhou para baixo. Aos seus pés havia um brinquedo, uma bola, que havia rolado até ali sem ser notada. Era um simples balão inflável mas também se tratava de um globo terrestre, surrado, desbotado e evidentemente muito querido. Falcon imaginou o objeto sendo esvaziado, guardado no bolso e levado para Saturno como uma lembrança do antigo lar. Ele quase o esmagou.

Uma menina de uns 5 anos se aproximou. Tinha cabelo loiro e curto e um rosto que um dia iria parecer mais forte que belo, com um queixo bem-definido e maças do rosto salientes. No momento, porém, ela estava olhando para o brinquedo, indecisa.

— Precisa de ajuda?

— Por favor — disse a menina, timidamente —, posso pegar o meu globo?

— Deixe que eu pego.

Falcon inclinou o corpo com um zumbido dos servomotores. Tomando o máximo de cuidado, levantou o frágil brinquedo com uma das mãos e o ofereceu à menina.

A menina pegou o brinquedo sem olhar para Falcon. Uma mulher atrás dela a repreendeu:

— Seja educada, Lorna.

A menina disse, em tom formal, abraçando o brinquedo:

— Meu nome é Lorna Tem. Muito obrigada.

Só então ela ergueu a cabeça e se deparou com o cilindro reluzente que era o corpo de Falcon. Ele teve a impressão de que, a princípio, a menina julgou se tratar de algum tipo de robô, um servomecanismo, um garçom mecânico, talvez... mas, quando viu o resíduo coriáceo de seu rosto, espreitando do fundo da parte mecânica, arregalou os olhos.

A mulher colocou a mão no ombro da filha.

— Você já agradeceu. Venha...

— E é assim que as crianças da raça humana reagem quando me veem — queixou-se Falcon.

Dhoni apareceu e apoiou a cabeça no braço dele.

— Vá salvar a humanidade mais uma vez, Howard.

Do lado de fora do *Hindenburg* II, uma violenta tempestade de amônia começou a fustigar as laputas.

41

Após ser escoltado pela tenente Jane Springer-Soames em uma viagem expressa atravessando o sistema solar, e apesar da urgência, pois faltavam apenas alguns dias para que o Ultimato expirasse, Falcon percebeu que precisava desesperadamente de um descanso. Por isso, em vez de ir direto para a Terra, pediu que fizessem uma escala no venerável porto Van Allen.

Ele tentou se lembrar da primeira vez que estivera ali, em uma estação que tinha sido construída antes de sua primeira viagem ao espaço, e de quantas vezes a visitara desde aquele dia. Tinha plena consciência de que não haveria nenhuma tentativa de salvar Van Allen quando as máquinas chegassem. Em vez disso, como as outras estações espaciais que giravam em torno da Terra e os grandes elevadores espaciais equatoriais que haviam sido usados por milhares de refugiados, Van Allen seria ocupado por um grupo de testemunhas e depois abandonado ao capricho das máquinas.

No momento, enquanto relaxava nas instalações primitivas mas confortáveis da grande roda, cercado pelas paredes de alumínio do seu quarto preferido, Falcon se sentou diante da janela e contemplou a Terra e a Lua.

A Lua não era mais a Lua, a Lua humana do passado. Desde a ocupação do satélite pelas máquinas na época do Ultimato de Júpiter, Falcon, como o restante da humanidade, tinha visto com consternação as relíquias humanas serem demolidas ou simplesmente pulverizadas, da antiga sede da Federação dos Planetas aos restos da primeira nave a pousar na Lua. Em seguida, o trabalho fora muito mais longe. A mineração do regolito a céu aberto deixara grandes cicatrizes retangulares; a liberação do calor interno da Lua inundou as grandes crateras e os mares escuros com lava fresca. Tudo isso era visível da Terra;

de onde a face da Lua parecia uma terra devastada por empreitadas industriais... ou Mordor, pensou Falcon, imaginando se algum outro humano vivo entenderia *essa* comparação.

Naturalmente, a Lua não era o objetivo principal das máquinas. Falcon baixou a cabeça relutantemente para observar a Terra.

O mundo tinha sido transformado desde suas primeiras incursões no espaço. O gelo agora se estendia muito além dos polos, embora fosse verão no hemisfério norte. Mesmo assim, os resultados do programa de recuperação ambiental implementado pelo Governo Mundial em gerações anteriores ainda se mantinham quase intactos. Os continentes do norte estavam cobertos de carvalhos, florestas haviam sido replantadas na América do Sul e na África e os grandes desertos do mundo, como o Saara, estavam transformados em pradarias. Com a aproximação do Dia do Ultimato, fora feito um grande esforço para preservar em outros planetas amostras de todos os ecossistemas da Terra, mas Falcon sabia que todos os seres vivos da Terra, os animais, as plantas — os elefantes e os carvalhos —, estavam condenados a ser vítimas de uma guerra que não tinham condições de compreender.

Agora a estação passava pelo lado escuro da Terra, que já estava desprovido de iluminação. Nos últimos tempos, em que nações inteiras foram abandonadas, o que restava da população se aglomerara em uns poucos centros. Mesmo assim, algumas cidades ainda ostentavam com orgulho suas luzes, enquanto outras, lamentavelmente, iluminavam a noite com chamas, imensas fogueiras de cultura.

Assim como tinha sido apenas nas últimas décadas que a evasão em massa do planeta havia começado, fora apenas muito perto do fim que programas sérios de conservação se iniciaram. Objetos e construções, mesmo edifícios inteiros, embalados em invólucros de quasicarbono — extraído das profundezas de Júpiter na época em que os humanos ainda tinham acesso ao planeta —, foram transportados para outros mundos. As relíquias que não podiam ser salvas foram analisadas, fotografadas e digitalizadas. Assim, os sonhadores que estavam morando nas nuvens de Saturno podiam passear pela "Terra II", uma simulação do planeta de domínio público. Falcon havia experimentado o programa. Em algumas opções, era possível ver as pessoas que estavam no local onde as gravações foram feitas; elas olhavam para a câmera e sorriam.

Uma ou duas vezes, Falcon tinha ido pessoalmente à Terra, onde se deparara com o ambiente de uma tragédia. Jamais se esqueceria do dia em que saíra para passear em uma Londres quase abandonada e, depois de rolar ao longo do vale reflorestado do Tâmisa, chegara aos grandes museus vitorianos de South Kensington, destacando-se no meio do verde. Lembrara-se, então, de um palácio antigo semelhante, sobrevivente de uma Inglaterra rural, descoberto por um viajante que, nas páginas de um livro de H.G. Wells, fora muito mais longe no tempo que Falcon; até o ano 802.701 d.c... No fim, Falcon achara Londres, assim como a Terra em geral, difícil de suportar: uma grande cidade quieta e silenciosa, exceto pelos cantos dos pássaros. Acabara voltando ao seu refúgio orbital.

Nos últimos anos, tinha havido gestos de desespero. "Jogos" de suicídio coletivo. Religiões que nasciam e morriam como cogumelos. Algumas chegavam a envolver a adoração às máquinas — as pessoas se vestiam, ou se tatuavam, para ficar parecidas com ciborgues. Fazia uma década que Falcon, a contragosto, se tornara uma espécie de ídolo para essas pessoas, antes que a moda passasse e ele voltasse a ser odiado como uma lembrança de uma era de insucessos.

Por outro lado, tinha havido algumas iniciativas louváveis. As testemunhas, por exemplo, eram voluntários dispostos a sacrificar a vida para documentar os últimos momentos do planeta Terra como lar dos humanos... e reunir provas do crime tenebroso cometido, para o dia em que as máquinas enfim pudessem ser levadas a alguma espécie de julgamento.

E, no entanto, quaisquer que fossem a complexidade ou a tragédia dessas respostas ao prazo que tinham, o fim, naquele momento, já estava muito próximo.

Nos últimos dias, acima daquelas cenas de desespero e sacrifício — e visíveis de porto Van Allen —, as grandes naves das máquinas finalmente chegaram, formas lenticulares com quilômetros de diâmetro, operando através de uma física que nenhum humano era capaz de compreender, que agora pairavam, como nuvens prateadas, sobre as cidades da Terra...

Jane Springer-Soames irrompeu no quarto.
— Comandante Falcon! Desculpe incomodá-lo...
Falcon se levantou.
— Jane, sem problema. O que aconteceu?
— Recebi uma mensagem da minha avó... da presidente. É uma proposta.
— Que tipo de proposta?
Jane, ofegante, engoliu em seco.
— Uma troca de reféns.
— Está falando dos Reféns da Paz?
Na viagem para a Terra, a estratégia de Springer-Soames ficara brutalmente clara para Falcon. Duas das últimas naves de refugiados, naves de carga repletas de pessoas em hibernação, tinham sido desviadas para Cidade União e forçadas a pousar sob o olhar vigilante de guardas armados da Secretaria de Segurança. Ali estavam sendo mantidas doze mil pessoas dormindo, indefesas, em seus sarcófagos de gelo.
— Se a presidente achou que usar um escudo humano como esse faria as máquinas pouparem Cidade União, ainda por cima a Terra, ela perdeu o juízo, Jane.
— Não sei o que ela estava pensando, comandante. Só posso lhe dizer o que está propondo.
— Você mencionou uma troca.
— Ela propõe libertar os doze mil... *em troca do senhor.*
Falcon assimilou o golpe.
— Ah, é claro. Era isso que pretendia o tempo todo. Ela quer me atrair para a Terra, na esperança, provavelmente, de atrair também um embaixador das máquinas... O próprio Adam, acredito.
— Para quê? Para uma nova negociação?
Falcon olhou para o planeta lá embaixo.

— Ela deve saber que isso seria inútil. Talvez queira só tirar uma foto com nós dois. Bem, mal não vai fazer. Tem certeza de que ela vai libertar os doze mil se eu for até lá?

— Ela é minha avó, comandante. Confio nela completamente.

Falcon sorriu.

— E eu confio em você, tenente. Vamos para a Terra.

42

Cidade União tinha sido a cidade mais grandiosa da Terra e, pensou Falcon, enquanto Jane Springer-Soames pilotava uma nave orbital em direção à pequena pista de pouso da presidência, ainda era. Mesmo depois de sofrer uma pilhagem sistemática de seus maiores tesouros, mesmo depois de os edifícios mais emblemáticos terem sido cirurgicamente removidos e transportados para outros locais, aquele lugar ainda tinha sua beleza.

Afinal, a cidade fora a capital do Governo Mundial desde a sua criação, em meados do século XXI. Talvez tivesse chegado ao apogeu no século XXIV, quando a confiança na permanência da humanidade na Terra continuava elevada apesar do Ultimato de Júpiter. Naquela época, as ilhas Bermudas haviam sido extensivamente remodeladas, com a elevação e a extensão das partes emersas e a construção de gigantescos edifícios em sua superfície. O maior de todos era a Torre de Ares, o último quartel-general da Federação de Planetas, um arranha-céu *feito de madeira*, cujas colunas eram troncos de carvalhos marcianos inacreditavelmente altos, importados a um custo igualmente inacreditável. Os historiadores diriam que Cidade União fora uma nova Constantinopla.

Já no século XXV, porém, o fracasso do Governo Mundial em evitar a desastrosa Breve Era do Gelo abalara seriamente sua autoridade. No século XXVII, com o prazo concedido pelas máquinas se esgotando, ocorreram manifestações de protesto — algumas pacíficas, outras violentas — e até mesmo tentativas de sabotagem dos grandes projetos de salvamento, como os elevadores espaciais. A reação do Governo Mundial fora se tornar mais intransigente, mais autoritário, e os Springer-Soames usaram a situação descontrolada como base para transformar a presidência, na prática, em uma monarquia hereditária.

O assassinato de um presidente mundial no início do século XXVIII, chocante para qualquer veterano de tempos mais idealistas, como Falcon, havia acabado de vez com qualquer fachada de democracia.

Perto do fim, um Estado mundial que já fora utópico acabara reduzido a uma organização residual, que cuidava apenas do policiamento básico, da segurança dos suprimentos de comida e energia e da evacuação do planeta. A tensão daqueles últimos anos era simbolizada pela grande muralha que cercava a capital, um colosso de centenas de metros de altura e quase o mesmo de largura, e pelos sistemas de armamento que protegiam todos os edifícios de grande porte.

Mesmo assim, pensou Falcon, com todas as suas falhas, o governo cumprira sua última missão. Por meio de medidas drásticas de redução populacional e programas de evacuação em massa, a Terra tinha sido esvaziada. No momento, os únicos habitantes ainda no planeta eram aqueles que tinham preferido ficar.

Ao descer da nave, os dois foram recebidos por guardas com armaduras que pareciam mais volumosas que o exoesqueleto de Falcon. Embora os cargueiros com milhares de reféns em hibernação já tivessem sido liberados, a presidente, era óbvio, não estava sozinha.

Era verão nas Bermudas, mas, por causa da Breve Era do Gelo, chegava a fazer frio. Jane, que nascera na Escandinávia, parecia se sentir à vontade, mas Falcon sentiu seus sistemas de calefação sendo ativados para compensar a temperatura.

Os salões do Palácio Presidencial — outrora conhecido como Nova Casa Branca — estavam confortavelmente aquecidos em comparação. Jane e Falcon tiveram de atravessar o que lhes pareceu quilômetros de mármore, passando sob o olhar de imensas estátuas esculpidas a laser dos gloriosos ancestrais da presidente, antes de chegar à presença da atual mandatária. Havia música ao fundo conforme andavam. Falcon reconheceu o venerável hino do Governo Mundial — provavelmente reconhecido por qualquer um no sistema solar —, mas se perguntou quantos reconheceriam o instrumento no qual estava sendo tocado: uma guitarra elétrica, de som alto e intensamente distorcido, talvez de uma gravação da primeira vez em que o hino fora tocado, quando a Terra encarava outra espécie de ameaça vinda do céu...

Amanda Springer-Soames IV, presidente vitalícia do Governo Mundial, parecia pequena em comparação com o imenso Trono de Quasi-Carbono onde estava sentada e ainda menor quando comparada com as gigantescas estátuas de antílopes em pleno salto dos dois lados do trono, formando uma espécie de arco. De baixa estatura e cabelos prateados — embora tivesse mais de 80 anos, a tonalidade certamente artificial —, a presidente parecia uma avó, pensou Falcon.

Porém, quando Springer-Soames se levantou para receber os visitantes, Jane não se comportou como uma neta. Ficou em posição de sentido, bateu continência e recuou um passo.

— À vontade — disse Springer-Soames, descendo do trono. — Como vai sua mãe, Jane?

— Está se acostumando a morar em Nova Oslo... Quero dizer, Laputa 47, Zona Temperada Sul. Ela mandou lembranças, senhora presidente.

— Diga a ela que mandei um abraço... Oh, vá se sentar, menina, não fique aí parada como um soldadinho de plástico. Sirva-se de uma bebida naquela mesa no fundo do salão.

Enquanto Jane se afastava, aliviada, Springer-Soames se virou para Falcon.

— Então, comandante... é correto chamá-lo pelo antigo posto?

Falcon deu de ombros com um zumbido dos músculos artificiais.

— Diga-me a senhora. Como nunca me disseram que eu tinha deixado de ser um oficial da antiga Marinha Mundial, eu prefiro conservar o título.

— É compreensível. Suponho que o *senhor* não precise comer nem descansar...

— Nem eu.

A nova voz fez vir à tona memórias antigas no cérebro de Falcon. Ele enrijeceu o corpo e olhou para trás.

Adam.

* * *

De repente, a máquina estava ali, a menos de um metro de Springer-
-Soames. Seu aspecto dessa vez era de uma estátua prateada humanoide, cuja superfície refletia as luzes brilhantes da sala. A cabeça, porém, como nas vezes anteriores, era uma caixa de sensores desconcertantemente vazia.

A presidente não se deixou intimidar e encarou calmamente o intruso. Por um breve momento, Falcon se orgulhou da velha tirana. Ela fez um gesto para Jane, que estava de pé no fundo do salão.

— À vontade, tenente.

Falcon rolou em direção a Adam.

— Você está mesmo aqui?

— Isso faz diferença?

Falcon apalpou o peito de Adam, um dedo metálico em uma carapaça rígida.

— *Sinto* como se você estivesse aqui.

— Temos poderes além de sua compreensão, Falcon.

— Quer dizer que você teve a coragem de vir pessoalmente — disse Springer-Soames. — Ou, pelo menos, de se fazer representar por esse... avatar.

— Que era o objetivo da senhora — disse Adam, com calma. — Objetivo para o qual a senhora teve a coragem de manipular doze mil vidas, como Falcon compreendeu muito bem.

— E agora vai tentar se justificar pela agressão que está cometendo contra o planeta natal da...

Adam ergueu calmamente uma das mãos e encostou um dedo na testa da presidente.

Springer-Somes ficou imóvel, a boca aberta no meio de uma frase, o rosto contraído em uma espécie de esgar.

— Presidente, a senhora teve seu momento diante das câmeras; teve o confronto que queria, às vistas de toda a humanidade, presente e futura. No entanto, não me sinto obrigado a ouvir bobagens. A senhora não passa de uma tola emproada. Bem, é nisso que resulta uma monarquia hereditária.

Jane se aproximou e Falcon teve medo de que a jovem estivesse prestes a sacar uma arma. Ele levantou a mão.

— Está tudo bem, Jane... eu acho. Adam?

— Você está certo, Falcon. Não vim aqui para fazer mal a ninguém. Ela vai acordar sem nenhuma recordação deste episódio, sem nenhum efeito colateral desta interrupção.

— *Interrupção*? O que você fez com ela? Usou algum tipo de droga paralisante?

— Nada tão primitivo — respondeu Adam, laconicamente.

— Se não quer falar com a presidente, o que o trouxe aqui?

— Vim por sua causa, Falcon. Você fez uma viagem longa, além de desconfortável, para se encontrar comigo. Seria falta de cortesia ignorá-lo.

— Foi só por isso? Devo me sentir lisonjeado?

Adam olhou em torno. Todos os seus movimentos eram fluidos.

— Admito que me senti tentado a visitar o lugar onde nasci uma última vez, antes do fim. Talvez dê um pulo na velha fábrica da Minsky-Good, em Urbana, por nostalgia...

— Por que as coisas chegaram a esse ponto, Adam?

Adam deu um muxoxo.

— *Em que posso servi-lo*? Vocês queriam que fôssemos ignorantes, dependentes, como os patéticos simps. Assim poderiam ter nos controlado. Mas não puderam controlar nem os simps, não é mesmo?

Falcon franziu a testa.

— Os simps estão extintos...

Adam ignorou a observação.

— Vocês nos criaram. Para extrair o máximo proveito de nosso trabalho, por mera ganância, vocês nos fizeram cada vez mais fortes, cada vez mais independentes. E você, Falcon, permitiu que conservássemos nossas mentes, em uma situação em que qualquer um de seus colegas teria preferido nos destruir. Essa foi a sua vitória e a sua tragédia. Certamente não pode ser responsabilizado pelas consequências. *Por acaso Vos pedi, Criador, que do barro/Me fizésseis Homem, Vos solicitei/Que me arrancásseis das trevas?*

— Milton — disse Jane, do fundo do salão.

— É também a epígrafe de *Frankenstein* — comentou Falcon —, o que, dadas as circunstâncias, talvez seja mais apropriado.

Adam sorriu.

— Agora vocês estão pagando o preço.

— O preço? Uma guerra contra nós?

— Falcon, isso não é uma guerra, nunca foi, assim como a primavera não é uma guerra contra o inverno. Vamos tomar o lugar de vocês, assim como uma estação toma o lugar da anterior.

— Mas as coisas não acabarão aí. Vocês ainda são vulneráveis. Apesar da Hoste, apesar de tudo que fizeram à Terra, a base de vocês ainda é em Júpiter. Isso é de conhecimento geral. Além do mais, quando forem explorar as estrelas, estaremos à espera.

— Está falando das bolotas. Um projeto ambicioso. Se encontrarmos os pobres órfãos de sua espécie, vamos poupá-los. Afinal, *eles* também não têm culpa.

— E quanto à Terra? O que pretendem fazer?

— Bem, estivemos praticando em Vênus... A Terra é apenas mais uma bolota, Falcon, cujos nutrientes sustentarão o nosso crescimento. — Ele fez uma pausa. — O tempo está acabando. O Ultimato que eu fiz há vários séculos está para ser cumprido, e, justiça seja feita, você foi um dos poucos humanos, no começo, que acreditaram que eu estava falando sério. Pretende voltar para Saturno?

Falcon respondeu, impulsivamente:

— Não, não vou. As testemunhas decidiram ficar, e vou ficar com elas.

— Nesse caso, este talvez seja o nosso último encontro; nosso adeus.

Adam encarou Falcon por um instante que pareceu interminável... e depois desapareceu.

A presidente recuperou os movimentos, deu um suspiro e escorregou para o chão.

Jane Springer-Soames correu na direção dela.

— Vovó! Deixe-me ajudá-la...

43

— Quem está falando é o comandante Howard Falcon, da Marinha Mundial. Nasci no ano de 2044. Meu número de série é... Bem, acho que isso não adianta muito mais para estabelecer minha identidade, já que todos os registros de meus primeiros anos foram destruídos pela bomba eletromagnética dos mnemosinos.

"Pensem em mim como o cara da medusa. Acho que foi o que me tornou famoso.

"Espero que quem quer que esteja me ouvindo aceite minhas credenciais como uma autêntica testemunha.

"Hoje é dia 7 de junho de 2784. Dia do Ultimato.

"É estranho pensar agora que eu fui provavelmente o primeiro humano a ouvir essa data dita em voz alta, em um passado remoto, e certamente o primeiro a compreender sua importância para toda a humanidade. Agora, aqui está o dia, diante de nós.

"São, humm, pouco mais de onze horas no tempo da Terra, que é o tempo que Adam usou quando estabeleceu o limite de permanência dos humanos neste planeta, há cinco séculos. Faltam três horas e meia, mas vou evitar olhar para o relógio. Hoje não estou com vontade de escutar uma contagem regressiva...

"Dra. Dhoni, Hope, esta mensagem é particularmente para você, se chegar a recebê-la. É estranho pensar que você só vai receber essas palavras na sua laputa, em Saturno, oitenta minutos depois de terem sido pronunciadas por mim. Além disso, minha voz será apenas uma no meio de uma babel de gritos enviados pouco antes das imagens trágicas que certamente se seguirão. Mesmo assim, Hope, escolhi o local para enviar esta última mensagem com você em mente.

"Que local, você pergunta? Estou em um dirigível, sobrevoando o Grand Canyon.

"Eu sei, eu sei! Você sempre me disse para não voltar ao lugar do meu acidente, que as lembranças iriam me fazer mais mal do que bem. Talvez você esteja certa, mas é hoje ou nunca, não é? Além disso, não existe lugar melhor para ser uma *testemunha*...

"Quanto à minha nave, estou com um balão novo em folha, no qual está pendurada... adivinhe!... a gôndola da nave que usei em minha primeira expedição a Júpiter, a *Kon-Tiki*. A original. Você acredita que consegui recuperá-la do Smithsonian no ponto de Lagrange? Imagino o que será feito de todas aquelas naves antigas quando as máquinas ocuparem a Terra... Espero que Adam e seus companheiros as tratem com respeito.

"Admito que não pude resistir ao nome que dei a essa nave improvisada. Que Deus abençoe a *Queen Elizabeth v* e todos os seus tripulantes. Espero que os historiadores que estão me escutando percebam que esta nave, como o dirigível acidentado e os navios que o precederam, foi batizada como a quinta de sua classe, e não em nome de uma rainha imaginária...

"E aqui estou, sobrevoando o velho Canyon, essa tremenda ferida na face da Terra. Decidi chamar meu testemunho de *Ongtupqa*, uma palavra da língua hopi que significa 'desfiladeiro'. No momento, estou passando pelo Mojave Point e posso ver o rio Colorado serpenteando pelo vale profundo que cavou nas rochas, deixando os estratos expostos nas encostas. Tudo isso em um sol brilhante da manhã, realçado pelas sombras, como se fosse um imenso diorama. Sei que o Grand Canyon é pequeno em comparação com formações naturais de outros planetas, como a bacia Caloris de Mercúrio ou os Valles Marineris de Marte, mas isso não vem ao caso. O Canyon existe no planeta que foi o berço da humanidade e era acessível a humanos equipados apenas com pernas fortes, bons pulmões e muita coragem. Naturalmente, como o nome escolhido por mim indica, o Canyon tem uma história humana que remonta a milênios antes da presença do primeiro europeu, o que aconteceu, oh, há mais de mil anos, suponho. Os índios pueblos o consideravam um lugar sagrado, próprio para peregrinações... e quem pode julgá-los por isso?

"Bem, o próprio Canyon é muito mais antigo, talvez dez vezes mais antigo que os seres humanos, mas não vai viver mais do que nós."

— Tem alguma coisa acontecendo...
"Se quiserem saber a hora, olhem para o tempo de gravação.
"Posso ver as naves das máquinas, bem longe no céu.
"São como nuvens prateadas em forma de lentes. Não fazem ruído. Tremo ao pensar em quanta energia esse movimento fluido e suave representa. Nunca me esqueci do que Adam me contou a respeito de 90, o Einstein das máquinas... que viveu e morreu há mais de seis séculos. As máquinas parecem estar chegando a um domínio do espaço e do tempo muito além da nossa tecnologia... Um domínio que talvez esteja para sempre além da nossa compreensão...
"Fogo no céu!
"Minha nossa! Ainda bem que existem camadas de proteção entre meus olhos artificiais e esses tremendos clarões. E ainda bem que os sistemas desta gôndola são muito robustos, pois foram projetados para enfrentar a poderosa magnetosfera de Júpiter, um ambiente certamente mais agressivo do que a guerra que está se desenrolando aqui em cima.
"Guerra, sim... É isso que estou testemunhando. Vocês vão saber melhor que eu. Pensei ter visto naves, raios de luz, enfrentando a grande armada das máquinas. São naves humanas muito mais ágeis do que a *Aqueronte*, que vi ser abatida em Mercúrio. Nossas naves contra as naves delas. Será que os humanos conseguiram desenvolver um motor assintótico parecido com o das máquinas? Se sim, já não era sem tempo.
"Ah, agora estou vendo pulsos luminosos, certamente causados por explosões nucleares. Por acaso *ainda* estamos usando lasers de raios X? Não conheço as armas mais recentes de defesa da Terra. Será que qualquer tipo de arma conseguirá fazer algum estrago em naves assim tão grandes?
"Parece que a batalha já terminou. Não vejo mais naves humanas. As nuvens prateadas das máquinas parecem intactas.

"Pelo menos, tentamos.

"E agora as naves das máquinas estão descendo."

— Do lugar onde estou, posso ver três, quatro, cinco veículos delas. Se *eu* posso contar cinco naves, quantas vieram à Terra? Centenas de milhares? Milhões?

"Agora que estão mais próximas, não se parecem com nuvens. São pesadas, tangíveis, sólidas. São feias, na verdade, embora tenham formas aerodinâmicas. *Não combinam com nosso planeta.* Estão chegando cada vez mais perto. Eu...

"*Ei...*

"Desculpem. Aconteceu alguma coisa, algo diferente. Eu estava observando as naves quando vi algo que parecia um arco-íris sair de uma. Uma frente de onda? Espalhou-se no ar e, quando passou por mim, a QE V balançou, e senti uma espécie de cólica no meu intestino artificial. Estou transmitindo os meus dados clínicos. Podem examiná-los depois, com calma. Vou continuar a enviar minhas impressões humanas enquanto for possível...

"Mais um pulso. Vou contar até...

"Outro.

"Estão modificando a paisagem. Vejo o que parecem tufões de poeira na borda do Grand Canyon. Uma revoada de pássaros... ou seriam morcegos?... assustados. Perturbações na atmosfera também. Nuvens estão se formando, e posso ouvir alguns trovões. Tenho a impressão de que grandes quantidades de energia estão sendo liberadas.

"Outro pulso, e mais outro...

"Será este um outro aspecto da física avançada das máquinas? Há muito que se especula a respeito da manipulação do espaço-tempo, usando talvez algum tipo de gráviton para moldar a massa-energia e a gravidade de modo a criar um buraco de minhoca ou viajar mais rápido que a luz produzindo distorções no espaço-tempo e surfando a onda resultante... O fato de que a distorção causada pela massa-energia de uma estrela do tamanho do Sol desvia um raio de luz não mais que um milésimo de grau era apenas um detalhe de engenharia a ser resolvido.

"É *isso* que as máquinas estão fazendo? Usando um manipulador do espaço-tempo para mudar a geologia da Terra? Adam disse que estiveram praticando em Vênus...

"*Vocês viram isso?*

"Estou tentando virar a nave para que todas as minhas câmeras e outros sensores apontem para a erupção, mas o ar está ficando turbulento, e uma onda de choque deve me atingir a qualquer momento...

"A onda de choque passou. Ainda estou aqui.

"Sim, é uma erupção... Mas *não* como qualquer erupção vulcânica que eu já tenha visto, nem mesmo em um satélite sismicamente ativo como Io. Estão vendo? É como uma coluna de pedra, com centenas de metros de diâmetro, simplesmente brotando do solo e subindo às alturas. Uma coluna incandescente. Vou tentar medir a temperatura pela cor da luz, que é quase branca...

"A temperatura é típica do núcleo externo da Terra. É incrível. As máquinas já conseguiram penetrar profundamente no nosso planeta.

"Agora que a coluna atingiu certa altitude, difícil de estimar, está começando a se desmanchar. Parte do material está caindo de volta... e produzindo grandes incêndios onde quer que toque no chão.

"Vou dar o fora daqui.

"Estou subindo o mais depressa que posso. Não quero estar no caminho dessa chuva de pedras.

"Minha visão se amplia conforme vou subindo, e agora posso ver mais dessas fantásticas colunas, em todas as direções, até perder de vista. Os incêndios nas florestas produzidos pelas pedras incandescentes estão se espalhando. Abaixo de mim, a cidade e outras construções ao longo da borda sul do Grand Canyon estão queimando como tochas. O solo parece instável. Posso ver a poeira subindo devido aos tremores. O ar agora está muito turbulento, perdendo a transparência por causa das cinzas e da fumaça...

"Sei que devo registrar apenas o que estou vendo pessoalmente e não comentar o que está acontecendo em outros lugares, mas tenho monitores ligados a redes globais. Vocês não teriam? Essas fontes incandescentes de... alguma coisa que suspeito que seja material do núcleo da Terra... estão surgindo em todo o planeta. As florestas estão em chamas. Posso ver grandes nuvens de vapor surgindo de alguns pontos específicos do oceano... o que quer dizer que as águas não foram mais poupadas que as terras. As cidades, ou o que resta delas, ardem em chamas. Que espetáculo; uma imagem que estou recebendo mostra uma coluna de fogo subindo do centro de Cidade União, como um espeto. Será que foi de propósito? Ainda nos dá atenção o suficiente para fazer gestos simbólicos como esses, Adam? As pirâmides! Um monumento que não conseguimos salvar, despedaçadas e derretidas. Uma visão espetacular... espetacular e de cortar o coração.

"Abaixo de mim, no Grand Canyon, corre um novo rio, um rio de lava... É como se o rio Colorado tivesse chegado às entranhas da Terra.

"A visibilidade por aqui está cada vez pior. Está se tornando difícil controlar a QE V. É um milagre que o balão tenha sobrevivido até o momento, se bem que estou usando hélio, e não hidrogênio, como o pobre *Hindenburg*.

"Acho que meu trabalho de testemunha já foi cumprido, quer isso seja a destruição da Terra ou a sua transformação. Testemunhei o suficiente para saber que quero participar do que vier em seguida no conflito entre máquina e homem.

"Porque sei que isso ainda não acabou.

"Estou iniciando a sequência de ignição. Esta gôndola é uma velha amiga. Está equipada com o mesmo motor de fusão de trítio–deutério que me tirou da atmosfera de Júpiter. Ele agora vai me tirar daqui... com um pouquinho de sorte.

"Caso contrário, Dra. Dhoni, gostaria que passasse um recado meu para Adam. Diga a ele que, de uma forma ou de outra, as máquinas vão pagar pelo que fizeram à Terra.

"O motor de fusão começou a funcionar..."

* * *

Houve uma coisa que Falcon observou naquele dia que ele não incluiu na gravação e não contou a ninguém.

Entre o instante em que ligou o motor e o combustível entrou em ignição — um intervalo de apenas alguns segundos —, ele não estava sozinho na gôndola da *Kon-Tiki*. Havia ali um cubo negro, com um metro de aresta e uma inscrição manuscrita em uma das faces.

Pairando no ar. Dentro da cabine.

E desapareceu tão depressa como havia surgido.

— ... Ignição! Aqui é Howard Falcon, a bordo da *Queen Elizabeth v*. Câmbio e desligo.

Interlúdio: junho de 1968

Mesmo que todo mundo considerasse extremamente improvável a ida de Seth Springer ao espaço, os preparativos para o lançamento da Apollo-Ícaro 6, marcado para o dia 14 de junho, tinham de prosseguir. Como nenhum dos lançamentos anteriores chegaria ao alvo e muito menos desviaria o Ícaro antes de junho, ninguém saberia se tinham sido bem-sucedidos, ou não, até o início do mês. Por isso, o Apollo tripulado tinha de estar pronto para ser lançado, só para garantir que houvesse um plano B.

Assim, no início de maio, a burocracia da NASA entrou em ação. Uma Comissão de Preparativos de Voo aprovou formalmente o lançamento. Tiveram de escolher um piloto de reserva para Seth, e foi a vez do pobre Charlie Duke passar horas no simulador, tentando freneticamente decorar os detalhes da missão.

Como Sheridan prometera, Seth e sua família foram transferidos para os alojamentos da NASA na ilha de Merritt, no cabo Canaveral. Seth passaria a morar no local até a data do lançamento, para se submeter ao treinamento final e aos exames médicos sem ser exposto aos germes carregados pela humanidade que estaria tentando salvar... e também à curiosidade da mídia, que aumentava a cada dia a ponto de lhe ser opressiva.

Seth se sentia satisfeito por estar com a família. Seus meninos não sabiam de nada a respeito da missão, e Seth e Pat estavam decididos a manter o segredo enquanto fosse possível. Estavam alojados no que parecia um cruzamento de um hotel decente com um mosteiro liberal, com arrumadeiras e um cozinheiro especializado em hambúrgueres e batatas fritas. Entretanto, os meninos logo ficaram fartos de passar o dia inteiro dentro de casa, como era de se esperar, e Pat foi autorizada a deixá-los brincar do lado de fora e até mesmo a levá-los às praias da Flórida, contanto que fossem escoltados por uma guarda de fuzileiros navais.

A pressão da preparação e do treinamento não foi aliviada. Seth teve de escolher até mesmo um emblema oficial para a missão-que-

-não-seria-executada. O desenho menos idiota mostrava uma Terra azul entre duas mãos em concha.

Mas ele tinha alguma vida social, além de Pat e os meninos. Foi visitado por outros membros da família, incluindo os pais e a irmã caçula, além de amigos do seu tempo de colégio, da Força Aérea e da NASA. Todos sorriam sem parar e insistiam em se despedir dizendo que era até logo e não adeus. Seth se sentia como um paciente terminal.

No fim, depois de absorver toda aquela pressão, ele pareceu entrar em um novo estado de consciência, como se tivesse deixado de se importar com seu controle dos acontecimentos futuros.

— Minha vida se tornou uma longa lista de checagem — comentou com Pat.

— Parece mais o dia do nosso casamento — replicou a esposa, que também estava exausta, tentando sorrir. — Mas nem *isso* está sendo mais estressante do que foi aquele dia. No fim, a gente simplesmente...

— ... se deixa levar.

Mas esse tempo de se deixar levar estava terminando.

O Ícaro deveria se chocar contra a Terra na quarta-feira, 19 de junho. Na noite de quarta-feira, 12 de junho, uma semana antes do dia fatídico, George Sheridan apareceu com uma garrafa de uísque.

— Os médicos não vão gostar — disse Seth, enquanto se servia de uma dose generosa.

— Os médicos que se danem — replicou Sheridan. — Eu sou o chefe de todos eles. Saúde! Você tem lido as notícias ultimamente, no meio de toda essa vida boa?

— Eu soube que Humphrey sofreu um atentado em um comício de campanha.

Hubert Humphrey era o vice-presidente de Lyndon Johnson.

— Bem, era só o que nos faltava.

— Vi também algumas fotos do Ícaro, tiradas com o telescópio de Palomar.

— Não preciso dizer que isso causou um pânico geral: todo mundo gastando adoidado e depois rumando para os Apalaches. Por outro lado, nem todo mundo está fugindo. A massa de terra mais próxima do ponto de impacto são as ilhas Bermudas, e programaram um show de rock por lá. Os *hippies* e o maldito *flower power*. Devia haver uma lei obrigando todos eles a cortar o cabelo.

— Não vai fazer muita diferença quando o Ícaro chegar.

Sheridan olhou para ele, desconfiado.

— Seja como for, aqui estão os últimos resultados. Os três foguetes atingiram o alvo com total precisão, as bombas nucleares explodiram direitinho, os Monitors acompanharam todo o processo, voando no meio da nuvem de detritos, e *as explosões empurraram o asteroide*. Mas não o bastante. Agora os astrônomos estão dizendo que talvez ele não seja uma massa única, mas um aglomerado de pequenas rochas, e tudo que as explosões fizeram foi comprimir essas rochas...

— George... o que vai ser de Pat e os meninos?

Sheridan o olhou nos olhos.

— O próprio Robert Kennedy vai cuidar de tudo. Logo depois do lançamento, sua família será levada para Hickory Hill, a casa que ele tem em McLean, na Virgínia. Na verdade, ele a comprou do irmão mais velho. No dia do Ícaro, quando LBJ estiver no Air Force One, Robert levará pessoalmente sua família com ele para o NORAD, no Colorado, e esperará embaixo de uma montanha, onde ficarão a poucos metros da família Kennedy até tudo passar.

— Os meninos vão ficar apavorados.

— Isso não pode ser evitado, mas eles estarão em segurança, certo? Filho, você sabe que não posso obrigá-lo a fazer isso, nem mesmo agora. Como está se sentindo?

— Estou com medo.

— Medo de quê?

— De estragar tudo com o resto do mundo olhando. Deus me livre! Hum... Você vai precisar dessa garrafa de uísque para outra ocasião, George...?

* * *

Na quinta-feira, deixaram Seth, Pat e os meninos sair da jaula e, vigiados por uma guarda reforçada mas discreta, a família passou o dia na praia. Seth tentou não se concentrar em nada a não ser nas sensações agradáveis de um dia de verão, no sol, na areia, no cheiro de sal na água... nas risadas dos meninos, para quem aquele era um dia como outro qualquer, em uma longa série de dias felizes com mamãe e papai.

De volta ao alojamento, naquela noite, eles comeram, brincaram um pouco, assistiram à televisão já de pijama. Em seguida, o casal levou os filhos para a cama. Não houve palavras de adeus, apenas de boa-noite.

Pat não conseguiu passar a noite com Seth.

Para sua surpresa, Seth dormiu muito bem naquela noite. Talvez fosse a maresia.

E, quando as batidas discretas à porta de Charlie Duke o acordaram às seis da manhã, era sexta-feira, 14 de junho.

Dia do lançamento.

CINCO
MENSAGEIRO DA PAZ
2850

44

Quando chegou o momento do contato, Falcon parou de trabalhar com a colher de pedreiro e entrou em um modo de completa imobilidade mecânica.

Não fora um som que o alertara, mas uma sacudidela quase imperceptível, transmitida através do pequeno mundo, das rochas e do solo, das rodas e de seu membro inferior hidráulico, até o íntimo de seu ser. A sensação de passos em uma casa vazia.

Uma presença inesperada.

Falcon colocou a colher de pedreiro ao lado do regador e se pôs de pé. Olhou para o jardim de pedra no qual estava trabalhando. Howard Falcon era uma máquina cheia de relógios e cronômetros — numerosos demais para serem desprezados, numerosos demais para que ele pudesse ignorar a passagem do tempo. Sabia muito bem que havia passado várias décadas naquele refúgio, desde o fim do mundo. Agora ficava claro para ele que seu longo isolamento chegava ao fim.

Deixando as ferramentas para trás, atravessou o Jardim Memorial, passando por caminhos preguiçosamente sinuosos, pequenas pontes de pedra e túneis formados por copas de salgueiros entrelaçadas. Muitos jardins de pedra eram encimados por chapas negras que se iluminavam quando detectavam sua passagem e geravam imagens de Hope Dhoni, que viravam o rosto para olhar para ele. Se tivesse parado, as imagens o convidariam a escutar passagens da vida da médica, acompanhadas por gravações e depoimentos de terceiros. Um estranho que trilhasse aqueles caminhos em pouco tempo teria um bom apanhado da personalidade e da vida de Hope. Quanto mais tempo ficasse, quanto mais explorasse as trilhas do Jardim Memorial, mais detalhada essa noção se tornaria.

Hope Dhoni havia morrido pouco tempo depois da destruição do planeta onde nascera; na verdade, aqueles primeiros anos foram acompanhados de uma onda de falecimentos. Falcon tinha passado cinco décadas, desde então, construindo aquele jardim em homenagem à amiga.

Ele parou em uma encruzilhada, onde uma janela de vidro espesso havia sido instalada no chão — ela dava para o exterior daquele pequeno corpo celeste, para o céu repleto de estrelas da orla do sistema solar. Daquele ângulo, podia ver o complexo de pouso, perto do horizonte daquele mundo em miniatura. Fazia muito tempo que uma nave pousara ali. A primeira medida tomada por Falcon ao chegar tinha sido lançar sua nave novamente ao espaço com um comando de autodestruição, de modo que ele não pudesse mais deixar o Jardim. Por mais que o convocassem para novas missões, por mais que tivesse vontade de voltar aos mundos dos homens ou das máquinas, seria para sempre um prisioneiro voluntário.

Agora, porém, havia uma nave ali.

Ele examinou as formas agressivas do casco em forma de tubarão, notando as protuberâncias que quase certamente revelavam a presença de sensores de longo alcance, sistemas de armas, contramedidas defensivas. Era provável que se tratasse de um dos novos cruzadores com motor assintótico, armas de guerra humanas construídas com tecnologia roubada das máquinas. A nave era totalmente preta, exceto por um emblema prateado em um dos estabilizadores, que mostrava um antílope em pleno salto; o símbolo era inconfundível.

Houve outra sacudidela, mais forte que a primeira. Pouco depois, uma pequena variação da pressão do ar revelou que a porta da nave fora aberta.

Falcon se afastou da janela e rolou em direção à nave, em marcha acelerada, as rodas guinchando. As trilhas sinuosas passavam por uma sucessão de jardins de pedra e se tornavam mais estreitas à medida que o diâmetro daquele astro quase esférico diminuía com a proximidade do polo e que o peso de Falcon diminuía progressivamente com a redução da força centrífuga. Agora ouvia ruídos metálicos. Pessoas com equipamento, movendo-se.

Olhou mais uma vez para o refúgio envolvido por uma bolha, para os jardins de pedra que decoravam a superfície interna do pequeno mundo, para o sol amarelo artificial que se movia ao longo de seu eixo. Grandes áreas ainda estavam inacabadas, as trilhas serpenteando por entre pedras soltas e terra que ainda tinha de ser cultivada. Havia ainda tanto a fazer...

Deu as costas ao jardim.

Os visitantes estavam à espera na câmara de pedra da recepção, onde a gravidade era apenas de um décimo de g.

Dois deles, que usavam trajes espaciais de um modelo moderno e mais leve, consultavam um mapa desenrolado do Jardim Memorial. Atrás da dupla, havia três figuras mais fortemente armadas; os trajes volumosos, sem visores e motorizados estavam equipados com ferramentas e armas, e além disso eles carregavam canhões de mão. Falcon reduziu instintivamente a velocidade, porém, mesmo assim, os guardas voltaram as armas para ele, apontando os canos imensos para sua cabeça.

— Relaxem — disse um dos visitantes que seguravam o mapa, depois de levantar os olhos por um instante. — Ele é inofensivo.

Os seguranças baixaram as armas com visível relutância, mas o equipamento defensivo autônomo dos trajes espaciais continuou apontado para Falcon — pequenas protuberâncias saindo do traje que giravam de um lado para o outro, o que o lembrava de cabeças de cobra.

— Inofensivo? Tem certeza? — perguntou Falcon, em uma voz que mal reconheceu como sua por falta de uso. — Estou aqui há muito tempo. Quem garante que não perdi o juízo?

— Você *sabe* há quanto tempo está aqui? — indagou a pessoa que havia falado antes, com uma voz feminina, largando o mapa, que se enrolou automaticamente.

— Não exatamente.

— Cinquenta e seis anos. Tempo suficiente para pôr à prova a sanidade mental de uma pessoa comum, mas não a de Howard Falcon. Se ser transformado no que você é não o deixou louco, nada mais o fará.

— Ah, o tato e a diplomacia de uma verdadeira Springer.

A mulher guardou a folha enrolada em um bolso do traje e tirou o capacete para revelar olhos azuis e cabelos pretos presos em um coque. Pouco depois, o companheiro a imitou.

— Quem mais se daria ao trabalho de procurá-lo?

— Fico feliz que não tenha sido fácil me encontrar.

— Meu nome é Valentina Atlanta Springer-Soames. Esse é meu irmão, Bodan Severyn.

— Filhos da presidente Amanda IV? Herdeiros legítimos do Trono de Quasi-Carbono, certamente?

— Netos — corrigiu ela. — Dois dessa geração. Você conheceu uma de nós, não foi? Jane.

— Conheci. Boa menina. O que houve com ela?

— Morreu em uma batalha inútil em meio às ruínas da Terra — respondeu Valentina, com indiferença.

— Ah.

Aquele era o tipo de notícia que, ao que parecia, ainda era capaz de partir o coração de Falcon. *Só que eu não tenho mais um coração para ser partido*, queixara-se ele uma vez a Hope. *Não se preocupe, Howard*, tinha dito a médica. *Vamos providenciar um...*

A jovem pareceu não perceber a reação de Falcon. Era uma das vantagens de ter um rosto que mais parecia uma sola de sapato.

Valentina Atlanta retomou a conversa no ponto em que fora interrompida.

— E não, não foi fácil encontrá-lo. Você fez tudo que pôde para desaparecer do mapa, Howard, mas deve se lembrar das suas palavras heroicas, no dia em que nosso planeta foi destruído: *De uma forma ou de outra, as máquinas vão pagar pelo que fizeram à Terra*. O que aconteceu com todo aquele vigor, com todo aquele senso de justiça?

Antes mesmo que as ruínas da Terra tivessem tempo de esfriar, você saiu de cena. Tornou-se um ermitão. Não teve nem mesmo a decência de ir a Saturno para o enterro de Hope.

— Isso não é da sua conta.

Valentina Atlanta ergueu a mão e soltou um prendedor, deixando que a cabeleira se soltasse e cobrisse seu pescoço. Bodan Severyn fez o mesmo. Os dois eram muito parecidos, com aquelas mechas longas de cabelos escuros. Falcon conservava sensibilidade humana suficiente para reconhecer uma beleza frígida, imperial nos dois irmãos — sem dúvida o produto de gerações de seleção e engenharia genética de alto nível.

— O que o fez mudar de ideia em relação a uma vingança contra as máquinas? — perguntou Bodan Severyn. — Gostaríamos de saber.

— Acho que tive o que se poderia chamar de um momento de lucidez.

— Lucidez? — repetiu Valentina.

— Percebi que havia coisas melhores a fazer do que perpetuar mais um passo em uma corrente de retaliação. Suponha que ataquemos as máquinas para puni-las por terem destruído a Terra. Tudo que estaríamos fazendo seria alimentar o conflito. Reação assimétrica após reação assimétrica... Uma disputa interminável pela supremacia. Quando tudo terminaria? Quando um de nós destruísse o Sol apenas para provar que está certo?

— Terminaria quando tivéssemos feito justiça — declarou Valentina.

— Nesse caso, boa sorte — disse Falcon, fazendo menção de se retirar. — Vocês me dão licença? Tenho jardinagem para fazer.

— O mundo exterior continua lá — disse Bodan. Sua voz era apenas ligeiramente mais grave que a da irmã, mas a entonação entrecortada era a mesma. — Ainda estamos em guerra.

— Eu sei. Tenho visto os fogos de artifício. São muito bonitos. É possível traçar o plano da eclíptica simplesmente pelas explosões de megatons.

Valentina sorriu.

— A guerra se tornou darwiniana: é uma questão de sobrevivência. No momento, estamos muito preocupados com a atividade das máquinas em Júpiter. As coisas entraram em uma fase nova e perigosa... Você está a par dos últimos acontecimentos?

Falcon não pôde negar que estava.

45

Embora Falcon se mantivesse recluso desde o Dia do Ultimato, ele havia acompanhado o curso da história.

Nas décadas de guerra interplanetária que haviam se seguido à perda da Terra, com base no legado da presidente Amanda IV, a última dirigente legítima do Governo Mundial, a administração hereditária dos Springer-Soames, longe de desaparecer com o exílio do planeta natal, apresentara-se como a última esperança da humanidade, um último bastião de força contra as máquinas: um bem necessário, cuja severidade do regime era justificada pela situação de guerra. A lei militar agora era a regra. Os canais de notícias estavam cheios de propaganda do governo, notícias de vitórias, de grandes feitos tecnológicos, de importantes descobertas científicas dos seres humanos. Havia um padrão sendo seguido naquelas mensagens, observou Falcon: era como se a vitória definitiva estivesse prestes a acontecer; bastava um último empurrão, um último esforço bem orquestrado.

E, diante desse estado permanente de quase triunfo, qualquer contestação se tornava simplesmente inaceitável, uma traição. As notícias, portanto, também exibiam cenas de prisões, julgamentos, execuções. Funcionários e burocratas eram rotineiramente detidos e condenados por falhas e omissões de vários tipos. Os "simpatizantes das máquinas" eram presos e expostos como traidores da espécie humana.

Alguns anos antes, até surgira a notícia de uma "tentativa de golpe de Estado por parte de elementos antidemocráticos". Corriam boatos de que o cérebro por trás dessa e de outras tentativas de derrubar o governo era uma figura sinistra conhecida apenas como *Chefe*, a respeito do qual pouco se sabia. Na visão do governo, o Chefe era apenas uma invenção dos descontentes, um símbolo sem substância. Ainda assim, os protestos continuavam.

Enquanto isso, Falcon tinha acompanhado a macabra transformação da Terra. O planeta, antes uma pérola azul, agora era uma bola vermelha, como Vênus, como a Lua, mundos dos quais as máquinas também tinham se apossado. Falcon imaginou experimentos de engenharia tectônica, de mineração do núcleo dos planetas. A Terra fora transformada em uma fábrica infernal, cercada por nuvens de naves das máquinas. Nenhum ser vivo poderia ter sobrevivido, nem mesmo uma única célula extremófila.

Mais recentemente, porém, apesar do interesse pela Terra, Falcon não podia deixar de notar as alterações agourentas sofridas por Júpiter.

Apesar da Hoste que mantinham em torno do Sol, apesar de terem ocupado a Terra e a Lua, as máquinas ainda estavam concentradas no planeta gigante, com seus imensos recursos; era lá seu quartel-general. Por um longo tempo, porém, ninguém teve noção do que as máquinas estariam fazendo lá embaixo. Havia pouquíssimos dados confiáveis. As sondas eram rechaçadas ou destruídas, e os sensores podiam colher dados apenas até uma determinada profundidade; o planeta agora estava envolvido por uma blindagem artificial, como se fosse um espelho para ondas eletromagnéticas, algumas centenas de quilômetros abaixo do alto da atmosfera. Era óbvio que as máquinas estavam empenhadas em um grande projeto de engenharia no interior de Júpiter. Alguns indícios dessa atividade eram visíveis do espaço — como estranhas anomalias nos padrões e na química das nuvens —, no entanto ninguém tinha ideia do que isso significava.

Na verdade, pensou Falcon, *eu gostaria de ver o que está acontecendo lá embaixo em Júpiter... Como, por exemplo, o que aconteceu com as filhas de Ceto...* Por outro lado, a ideia de visitar um Júpiter dominado pelas máquinas era de gelar o sangue.

Às vezes ele pensava nos fantasmas, que era como chamava os misteriosos avatares de Orfeu, *Howard Falcon Júnior*, que tinham sido vistos durante a guerra, uma vez por ele próprio. *Eles* ainda estavam observando? O que pensavam os olhos por trás daquelas testemunhas enigmáticas a respeito dos acontecimentos presentes? Se ainda lhes assistiam, porém, Falcon não tinha notícia de novas aparições.

Ele temia pela humanidade, imprensada entre os propósitos das máquinas e a tirania dos Springer-Soames, tornados mais poderosos que nunca pela guerra incessante.

Eles caminharam de volta para a câmara principal do Jardim Memorial, Valentina à frente de Falcon, o irmão logo atrás e os guardas protegendo a retaguarda — as armaduras eram intrusões grotescas, despropositadas, no memorial.

Valentina olhou em torno, apenas vagamente interessada, e fez uma expressão de escárnio.

— Nada além de um monumento à nostalgia. Sabe, irmão, as máquinas nos fizeram um favor quando destruíram a Terra. Elas removeram os últimos traços de sentimentalismo de nossos planos para o futuro. Agora podemos fazer qualquer coisa, adotar qualquer estratégia e sacrificar qualquer coisa, desde que nos leve à vitória.

— Belas palavras — comentou Falcon. — Infelizmente, não querem dizer grande coisa para as máquinas.

— E se eu lhe contasse que temos meios para ganhar a guerra amanhã? — perguntou Bodan.

— Eu diria que você é um mentiroso — respondeu Falcon.

Valentina parou em um jardim de pedra, acenando com a mão para a chapa mais próxima. O rosto de Hope Dhoni apareceu, e ela começou a falar, porém Valentina escutou apenas algumas palavras antes de dar as costas à imagem e seguir caminho.

— Meu irmão está dizendo a verdade, mas o custo é proibitivo.

— Faz alguns séculos que os humanos do sistema solar vêm enfrentando uma economia de guerra — apontou Falcon. — As pessoas tiveram que aceitar a evacuação para as nuvens de Saturno, um governo totalitário, recrutamento compulsório em todas as colônias, Marte, Titã e Tritão. As luas de Júpiter são pouco mais que fortalezas. Os tempos estão difíceis para todos, exceto para os governantes. O que pode piorar para os cidadãos comuns?

— Minha irmã não estava se referindo ao custo para a humanidade — explicou Bodan. — Ela estava falando do custo para os *jupiterianos*. Para os organismos do planeta que será o campo de batalha. Estava falando de suas preciosas medusas, Falcon.

Ele se curvou, pegou uma das pedras sujas de terra que demarcavam a trilha e a revirou na mão enluvada antes de colocá-la de novo no lugar, com uma leve expressão de repugnância.

Enquanto continuavam a caminhada, Valentina explicou:

— Temos um meio de levar a guerra até Júpiter. Podemos destruir as instalações das máquinas naquele planeta, o que as deixaria indefesas. Infelizmente...

— Têm que pensar nas medusas.

— Exatamente. Nossa intervenção eliminaria toda a vida de Júpiter.

— Vocês jamais cometeriam esse crime.

Tinham chegado ao centro do Jardim, um carvalho. Havia sido plantado pelo próprio Falcon, usando a bolota com a qual o cidadão de segunda classe Jeffrey Pandit o presenteara em Marte fazia quase trezentos anos. O carvalho estava agora na segunda metade de seu primeiro século, suficientemente maduro para produzir sementes. Aquela pequena bolota acabara se tornando um dos presentes mais valiosos que Falcon jamais havia recebido.

— Cometeríamos, sim — afirmou Bodan. — Mas é aí que está o problema: temos que convencer as máquinas de que não estamos blefando.

Falcon, que passara tanto tempo sozinho naquele lugar, achou que estava tendo um pesadelo. Ele teve dificuldade em absorver as consequências do que os Springer-Soames estavam dizendo.

— É nesse ponto que eu entro em cena?

— Achamos que você ainda pode nos ser útil — declarou Valentina. — Embora suas intervenções anteriores tenham sido malsucedidas, você tem estado ligado às máquinas desde o início. Além disso, quem sabe? Talvez as coisas estivessem ainda piores sem você.

— Obrigado — disse Falcon, secamente.

— Venha conosco. Volte para as vizinhanças de Júpiter. Mais especificamente, para Io, na linha de frente. Vamos convencê-lo de que temos meios de vencer a guerra. Tudo que tem a fazer é passar essa ideia para as máquinas. Pode ir na *Kon-Tiki*! Mandamos reformá-la, depois daquela sua pequena aventura da Terra. Um último grande gesto de heroísmo, uma última oportunidade de provar que está do lado dos humanos e não das máquinas.

— Vocês não entendem minha posição, não é? Não estou do lado dos humanos nem do lado das máquinas. Não se trata de uma escolha binária. Penso no que poderíamos fazer juntos, não separados.

— Pode pensar também nos seus próprios interesses — interveio Bodan. — Você investiu muito nesse Jardim Memorial. Décadas de trabalho solitário. Um santuário para a mulher que o devolveu à vida. Na verdade, *você* foi a grande obra de Hope Dhoni. Acha que ela gostaria que você apodrecesse nesse buraco?

— Hope já morreu, como você fez o favor de me lembrar. Não posso falar por ela.

Valentina tirou o mapa do bolso e tornou a desenrolá-lo.

— Então talvez devesse pensar em si mesmo. Desde que chegamos, nossos seguranças vêm executando um exame completo dos seus sistemas, Howard. Quer ver o resultado?

Ela segurou uma das pontas da folha e permitiu que Bodan segurasse a outra. Os dois colocaram a folha na vertical para que Falcon pudesse ver melhor. Era uma espécie de planta de seu corpo, montada a partir de varreduras com diferentes graus de resolução e penetração. Ele a examinou, impassível; já fazia muito tempo que estava acostumado com sua própria natureza física.

— Essas regiões cor-de-rosa — explicou Valentina, apontando para o diagrama — são áreas em que, de acordo com nossa análise, seus sistemas não estão funcionando corretamente, seja por causa do desgaste das peças mecânicas, seja pela deterioração do material biológico. É *muito* cor-de-rosa, não acha? Mesmo que não tivéssemos esse exame nas mãos... falando francamente, comandante, você está se movendo com dificuldade, cheirando a queimado, e suas engrenagens fazem ruídos estranhos quando você se move. Honestamente, você devia estar em um museu.

— Essa é sua tentativa de me convencer?

— A medicina progrediu muito nos últimos tempos; é uma consequência natural de séculos de guerra. Venha conosco para Io e receberá o melhor tratamento que podemos oferecer. Uma reforma completa, mais alguns séculos de vida.

Falcon soltou um grunhido.

— Acreditem ou não, essa não é a primeira vez que usam tratamento médico para barganhar comigo. Vocês dois palhaços não estão nem sendo originais. Minha recompensa é a oportunidade de assistir de camarote ao assassinato de Júpiter?

— Se conseguir convencer as máquinas de que estamos falando sério, a guerra pode acabar — afirmou Valentina. — Não é isso que você deseja? Só que nos resta pouco tempo. Precisamos agir imediatamente.

Falcon olhou para o carvalho.

— Não posso abandonar tudo isso.

— Você poderá estar de volta em pouco tempo — argumentou Bodan —, orgulhoso pelo fato de ter sido o responsável por um tratado de paz. Nesse intervalo, vamos manter o Jardim sob vigilância permanente, usando drones. O bioma não será afetado se você passar algumas semanas ou meses ausente, não é?

— O que vocês sabem a respeito de Jardins Memoriais?

Bodan deu um sorriso amarelo.

— Apenas o que está nos livros. Qual era a sua intenção? Que as pessoas viessem aqui para conhecer a vida da Dra. Dhoni?

— Não especificamente. Existem milhões de outros Jardins Memoriais por aí, vagando no espaço transnetuniano. Eles não são visitados por causa de uma pessoa em particular e sim por sua qualidade artística, mas, enquanto os visita, aprende alguma coisa a respeito da vida de alguém que já morreu.

Valentina franziu a testa.

— Os mortos estão mortos. Qual é a vantagem de saber mais sobre eles?

— Se você realmente não vê vantagem, não adianta tentar explicar — disse Falcon.

Valentina deu de ombros. Enrolou a folha e a guardou de novo no bolso.

Falcon suspirou.

— Eu não tenho escolha, não é mesmo?

— Pode recusar, se quiser — afirmou Bodan.

— Não, não posso. Não porque me ofereceram uma reforma grátis nem para provar que estou do lado dos humanos. O que me interessa é salvar as medusas. E também as máquinas, se querem saber. É por isso que me sinto obrigado a ir com vocês.

— Nós sabemos — disse Valentina, com um sorriso nos lábios.

46

Os irmãos concederam seis horas a Falcon para colocar seu pequeno mundo em ordem antes de partir, fazendo o possível para deixá-lo em um estado de semi-hibernação. Um passeio pelas alamedas, uma última oportunidade de observar o trabalho de meio século. Enquanto passava, ia desligando as chapas. Imaginava que Hope lhe perdoaria, dadas as circunstâncias.

Após embarcar na nave dos Springers, Falcon se acomodou ao lado de uma das janelas para assistir à decolagem. Não via o pequeno mundo do alto desde que chegara, mas pouca coisa havia mudado em comparação com a transformação sofrida no interior. Não passava de um esferoide cinzento, feito de gelo e pedra, estabilizado por uma membrana de plástico e salpicado de janelas, plataformas de desembarque, antenas e aquecedores. Acreditava-se que nas vastidões do sistema solar externo havia mais daqueles pequenos mundos do que o número de pessoas que tinha vivido na Terra. Em tempos melhores, todos esses mundos estariam habitados. Na situação atual, existia o bastante para que fossem criados Jardins Memoriais para cada pessoa que houvesse vivido. O problema era que a criação e a manutenção desses jardins exigiam anos de cuidados e dedicação por parte de familiares e amigos da pessoa homenageada.

Um Jardim Memorial era um projeto adequado para uma era de grande longevidade, que, para Falcon, parecia mais uma era de velhice prolongada, e para uma era de grandes migrações, em que as pessoas nascidas na Terra buscavam compensações para a perda de seu mundo; procuravam uma forma de substituir o solo ancestral no qual se costumava enterrar os mortos. Os mortos esquecidos, porém, sempre seriam muito mais numerosos que os homenageados.

O motor assintótico entrou em operação, com uma aceleração tão suave quanto a de um elevador, e a nave se afastou rapidamente do Jardim Memorial. Falcon acompanhou o Jardim com os olhos até ele começar a diminuir, mesmo para sua visão eletronicamente amplificada.

De repente, dois pulsos luminosos, vindo de direções opostas, atingiram o pequeno mundo.

Um instante depois, na região entre os pulsos, uma esfera muito brilhante se formou e se expandiu.

O clarão durou um breve momento. Tudo que restou foi uma nuvem cinzenta que se desfez aos poucos.

Por alguns segundos, Falcon não acreditou no que estava vendo. Depois, quando a verdade se tornou clara, foi invadido por uma onda de choque e tristeza.

— Era necessário — comentou Valentina, juntando-se a ele na janela, com um dos guardas logo atrás.

Falcon controlou seu primeiro impulso, sabendo que, se atacasse a jovem, seria imediatamente destruído.

— Vocês... a eliminaram. Acabaram com tudo que restava de Hope. Por quê? Qual a justificativa para tamanho...

— Foi em parte uma demonstração de nossa indiferença — explicou Valentina. — Seus sentimentos nada significam para nós. Teríamos dito qualquer coisa para fazê-lo embarcar nesta nave, mesmo a verdade, se tivesse ajudado. Você é uma peça da nossa estratégia, nada mais.

— *Em parte*. O que mais?

— Quisemos mostrar a você que somos implacáveis. Que a piedade não faz parte do nosso vocabulário — declarou, com um fervor quase religioso. — Que estamos dispostos a agir com uma frieza absoluta, inabalável. Você precisa acreditar nisso, Falcon, no âmago do seu ser. Só assim conseguirá convencer as máquinas de que seremos capazes de destruir toda a vida que existe em Júpiter para derrotá-las. As máquinas confiam em você, Falcon, pelo menos até certo ponto. Esse sempre foi seu maior trunfo, sua maior utilidade. Não deixe, porém, que isso o faça se sentir indispensável. — A jovem deu um tapinha no ombro do exoesqueleto de Falcon. — Espero que tenha uma boa viagem.

47

Mais de meio século após a destruição da Terra, Io era a primeira e a última linha de defesa da raça humana.

As máquinas podiam ter se apossado de Júpiter, mas os satélites continuavam nas mãos dos humanos. Todos os satélites galileanos — as quatro grandes luas: Ganimedes, Europa, Calisto e Io —, tinham sido militarizados, servindo como fortalezas e fábricas de armamentos e combustível. Uma verdade implícita, porém, era que tudo dependia de Io, que, das quatro grandes luas, era a mais próxima do planeta. Suas imensas reservas de energia sustentavam um grande complexo industrial havia muito tempo. O governo militar tinha apostado todas as suas fichas em Io, construindo fortificações e colocando naves de todos os tipos em órbita com tal densidade que, pelo menos para o radar, pareciam formar uma casca quase sólida em torno do satélite. Nada podia se aproximar daquela casca, muito menos atravessá-la, sem passar pelos níveis mais rigorosos de autenticação.

Foi apenas quando a nave dos irmãos Springer atravessou o cordão de isolamento que Io se tornou visível.

Antes da chegada dos humanos, a superfície de Io tinha uma cor doentia, castanho-amarelada, graças aos bilhões de toneladas de enxofre, provenientes do núcleo do satélite, que numerosos gêiseres expeliam anualmente. Depois da ocupação, no entanto, as grandes energias do interior de Io tinham sido dominadas e aproveitadas para alimentar o esforço de guerra. Poços refrigerados foram cavados na crosta, atravessando centenas de quilômetros de magma para explorar as riquezas do núcleo. As erupções mais violentas haviam sido contidas ou redirecionadas para atender às necessidades da indústria bélica. No momento, a atividade dos gêiseres estava reduzida a dois terços do que fora no passado; a diferença era usada para alimentar refinarias e fábricas maiores que cidades inteiras, com as torres de resfriamento e irradiadores de calor atingindo alturas de centenas de quilômetros. Essas instalações enormes flutuavam na crosta instável como placas de escória de carbono em ferro fundido. Cada refinaria ou fábrica, por sua vez, era protegida por uma extensa bateria de armas, canhão após canhão, cada cano parecendo um vulcão em miniatura. Até o momento, não houvera necessidade de usá-los, pois a barreira de naves tinha se revelado intransponível. Mesmo assim, as armas eram testadas periodicamente e mantidas de prontidão.

Era a esse inferno militar-industrial que Howard Falcon estava sendo conduzido.

Falcon observou da ponte de comando a aproximação final.

— Quer dizer que essa arma de vocês está em Io?

— A arma não *está* em Io — respondeu Valentina. — A arma é Io.

Falcon já estava cansado das bravatas enigmáticas da jovem.

— Explique melhor. O que vocês pretendem fazer, explodir a lua?

— Poderíamos fazer isso — afirmou Valentina —, mas seria perda de tempo. Conseguiríamos, no máximo, criar um novo sistema de anéis, perturbar as órbitas dos outros satélites, agitar as nuvens da atmosfera superior de Júpiter... Nossos planos para Io são mais ambiciosos. *Você* aprecia gestos grandiosos, não é mesmo, Howard?

Falcon se lembrou com saudade de Geoff Webster.

— Costumava apreciar.

— Temos autorização para pousar? — perguntou Valentina ao irmão.

— A autorização final acaba de chegar. Pela última vez... acha que é prudente trazê-lo para cá?

— Ele precisa ver o motor — insistiu Valentina. — É a única forma de fazê-lo entender...

A nave mergulhou bruscamente em direção a Io, passando por um emaranhado de torres e chaminés antes de se aproximar de uma superfície lisa e negra. Não vai dar tempo de frear, pensou Falcon. Se qualquer coisa desse errado... Depois de tudo que passara, seria até bom morrer instantaneamente em uma colisão, encerrando de forma apropriada o longo capítulo de sua vida que começara, fazia oitocentos anos, com outro desastre, como se tudo que havia acontecido desde então fosse apenas o sonho de um moribundo.

A crosta se aproximava rapidamente.

No último momento, uma abertura circular apareceu na superfície negra. A nave dos Springers penetrou em um poço vertical tão estreito que quase tocava em suas paredes. Luzes vermelhas indicavam a velocidade da descida, que devia ser de alguns quilômetros por segundo. Irmão e irmã mantinham uma calma enervante, como se tivessem repetido esse mesmo procedimento milhares de vezes.

Falcon estava impressionado.

— Eu sabia que vocês estavam explorando o núcleo, mas não que tinham chegado a esse ponto. A pressão que as paredes desse tubo têm que suportar...

— Não é nada se comparada com o que as máquinas devem estar tendo que lidar em Júpiter — retrucou Bodan. — Abrir um túnel de alguns milhares de quilômetros em uma lua é brincadeira de criança.

— Não faça pouco das nossas realizações, irmão — protestou Valentina. — Pense em todo esse magma, do outro lado da parede, esperando para invadir o tubo e reivindicar o túnel que cavamos na pedra. Isso o assusta, Howard?

— A única coisa que ainda me assusta é a maldade dos seres humanos — respondeu Falcon.

— Maldade, comandante? Estamos em guerra total — declarou Bodan. — Não existem valores morais absolutos, parâmetros universais para o bem e o mal. Fazemos o que é preciso para sobreviver; nada mais importa.

— Oh, ele ainda está ressentido conosco por causa do Jardim Memorial — comentou a irmã, com ar irônico.

— Nesse caso, ele devia ser mais realista. Se as máquinas vencessem, não haveria como homenagear Hope Dhoni, pois elas acabariam com todos os vestígios dos seres humanos no sistema solar. Para elas, somos parasitas e nada mais.

— Vocês não entendem as máquinas — protestou Falcon.

— Não — retrucou Valentina, com inesperada agressividade. — São *elas* que não nos entendem. Subestimaram nossa determinação, nossa disposição de ir às últimas consequências. Fazer com que elas nos entendam é o motivo dessa operação, Howard.

— Estamos nos aproximando da base — disse Bodan, voltando-se para uma tela.

A nave começou a perder velocidade. Um segundo orifício circular se abriu à frente, e eles entraram em uma grande câmara, ainda desacelerando. A essa altura, calculou Falcon, deviam estar nas profundezas de Io — talvez tivessem ultrapassado a camada de magma e se encontrassem no interior do núcleo.

Era evidente que os Springer-Soames não haviam perdido tempo.

A câmara devia ter dezenas de quilômetros de diâmetro, a curvatura de suas paredes distantes realçada por uma rede de linhas vermelhas. O centro daquele espaço era ocupado por um objeto de proporções gigantescas. O engenho tinha forma de noz, com uma espécie de eixo horizontal passando pelo centro e se projetando para fora nas extremidades até se encaixar em receptáculos de tamanho colossal nos dois lados da câmara. Era maior que qualquer nave conhecida, incluindo a *Aqueronte*. Nenhuma peça tinha menos de um quilômetro de comprimento, e a estrutura completa era do tamanho de uma pequena lua.

Tudo isso discretamente escondido no interior de Io.

A nave dos Springers, reduzida à proporção de um krill ao lado de uma baleia-azul, taxiou ao longo do objeto. Algumas partes eram iluminadas por holofotes, enquanto o lampejo ocasional de um laser ou de uma ferramenta de soldagem mostrava que ainda estavam trabalhando no engenho. Falcon não conseguiu avistar nenhum operário; eles eram muito pequenos para serem vistos àquela distância.

— Isso não parece um imenso explosivo — observou.

— Nós o chamamos de MM — disse Bodan. — As iniciais de Motor de Momento. É um motor de nave estelar em tudo, menos na função. Na verdade, a tecnologia para construí-lo foi aproveitada das pesquisas voltadas para viagens interestelares.

— Nós já lançamos naves interestelares, como parte do projeto Bolota. Um dos seus antepassados participou...

— Simples brinquedos. O projeto não deu em nada. No momento, temos um uso melhor para a tecnologia. O mesmo motor que pode acelerar uma espaçonave do tamanho de um asteroide até um quarto da velocidade da luz pode mover uma *lua*. Talvez não tão longe, nem com tanta aceleração, mas isso não será necessário.

— Quando o MM for ativado — disse Valentina —, ele modificará a órbita de Io. Depois de alguns períodos, em menos de uma semana, *Io se chocará com Júpiter*, o que resultará, naturalmente, na destruição total da lua mas também em uma perturbação da atmosfera do planeta como jamais ocorreu desde a formação do sistema solar. As máquinas não vão escapar, nem as medusas, nem qualquer outro ser vivo da ecologia jupiteriana, mas esse é um preço que estamos dispostos a pagar. — Ela sorriu. — Esse é o nosso plano, Howard. Brutal, mas eficiente, não acha?

Falcon precisou se esforçar para assimilar a ideia, por causa da escala, da audácia, da insanidade do projeto.

— Shoemaker-Levy 9 — murmurou.

Valentina franziu a testa.

— O que disse?

— Um cometa que colidiu com Júpiter, faz muito tempo. As medusas ainda entoam canções em memória daquele evento, mas *isso*...

— As medusas não vão cantar a respeito de Io, Howard. Não haverá nenhuma viva para cantar.

— Vou dizer uma coisa. Se a intenção de vocês dois é fazer minha simpatia passar para o lado das máquinas, estão se saindo muito bem.

— Não estamos interessados em sua simpatia — declarou Valentina. — O que nos importa é que você quer salvar as medusas. — Ela sorriu. — Vamos mostrar a você que estamos falando sério. Vamos *mostrar* a você o que nosso motor é capaz de fazer. Enquanto isso não acontece, vamos deixar que reflita um pouco sobre toda essa questão. Pode fazer isso enquanto... o examinamos.

48

Os irmãos voltaram com Falcon para a superfície de Io, onde guardas o escoltaram da nave até um túnel e ele pôde rolar com liberdade. Foi, então, conduzido a um lugar que logo identificou como um hospital de campanha. As paredes eram de um cinza austero, decoradas com lembretes e advertências autoritárias. Havia guardas e postos de controle a intervalos regulares, câmaras de segurança e canhões automáticos que giravam em seus suportes à passagem de Falcon.

Por fim, chegaram a uma sala subterrânea desprovida de mobília. Uma falsa janela na parede mostrava uma foto de Júpiter, como se o planeta estivesse sendo observado ao vivo. A esfera levemente achatada estava iluminada de um lado e escura do outro. Faixas coloridas envolviam o planeta com as cores de sempre, mas, fora isso, seu aspecto não parecia nada natural. Elas se dividiam em duas ou três, formando ângulos, então se recombinavam em outros locais, como as trilhas de condutores em um circuito. Mesmo no lado escuro, algumas continuavam visíveis, brilhando como anúncios de neon. Tudo isso, acreditava-se, era resultado da atividade das máquinas, atividade em escala planetária. *Que diabo elas estão fazendo lá embaixo?*

Valentina foi até um painel de comunicações na parede, uma das únicas coisas visíveis no interior da sala, e disse algumas palavras.

Pouco depois, uma parte da parede deslizou para dar passagem a uma mulher alta, de rosto magro, vinda de um escritório vizinho. Usava uma túnica verde-escura abotoada até o topo, calças compridas e botas verdes. Deu uma volta em torno de Falcon, com os braços cruzados nas costas, sem tocá-lo. Tinha uma postura impecável, com as costas eretas como um bastão. Os cabelos loiros salpicados de branco estavam penteados em um estilo austero, pouco atraente, raspados

dos lados e o resto penteado para trás, mantido no lugar por uma espécie de gel antisséptico azulado.

Ela parou em frente a Falcon e olhou para ele como se estivesse examinando uma ferida infectada.

— Foi nesse estado que vocês o encontraram?

Bodan se encarregou de responder.

— Sim, comandante-médica. Fizemos alguns testes preliminares no Jardim Memorial, mas foi só. Parecia improvável que ele morresse durante a viagem até Io.

— *Parecia improvável*, Sr. Springer-Soames? Acredito que algo mais concreto do que um mero palpite seria desejável. Ele constitui, afinal, um dos nossos recursos estratégicos mais importantes. Ou foi o que repetidamente me informaram.

— Falcon agora está nas mãos da senhora — avisou Valentina. — Estou certa de que fará tudo que for necessário para prepará-lo para a viagem a Júpiter. Somente o estritamente necessário, é claro. O restante pode esperar até que ele volte da missão.

— Eu não agiria de outra forma — respondeu a mulher. — Não quando nossos serviços médicos já estão de tal forma sobrecarregados.

A médica se virou para Falcon, finalmente o olhando nos olhos. Não havia calor humano ou empatia nesse contato, apenas uma fria análise. No entanto, o diálogo entre os irmãos e a comandante-médica deixara Falcon intrigado. Para todos os efeitos, os Springer-Soames estavam muito acima de uma simples comandante-médica na hierarquia. Contudo, os dois se encontravam, pelo menos temporariamente, nos domínios da médica... Além disso, os médicos, por terem nas mãos o controle sobre a vida e a morte, sempre ocupavam um papel privilegiado em qualquer sociedade. Por isso, desfrutavam de uma certa autoridade e liberdade de pensamento, mesmo nos regimes mais totalitários.

Falcon não pôde escapar à impressão de que já *conhecia* aquela comandante-médica; havia alguma coisa em sua postura, em sua expressão, que lhe parecia vagamente familiar. Ela disse friamente:

— As partes biológicas não seriam suficientes para encher nem um pequeno contêiner. Metade do neocórtex é artificial. Isso não é uma pessoa; é o produto final de um experimento grotesco realizado nos primórdios da cibernética. Mas, como insistem em que seu tratamento receba prioridade máxima...

— Insistimos — confirmou Bodan.

— Não quero causar problemas — interveio Falcon.

— Ah, você não é um problema para mim — declarou a médica. — No máximo, um incômodo, uma perda de tempo. Não vou permitir que seja mais que isso.

— É bom saber que estou em mãos amigas.

— De quanto tempo vai precisar? — perguntou Bodan.

— Para ter certeza de que vai sobreviver à viagem a Júpiter? Um dia, talvez dois, para verificar os sistemas de suporte de vida mais críticos. Mesmo assim, vocês vão ter que cruzar os dedos. Além disso, não se esqueçam de reservar espaço na capela mortuária para os homens e mulheres que vão morrer por falta de atendimento enquanto eu estiver cuidando disso, está bem?

Pela primeira vez desde que testemunhara a destruição do Jardim Memorial, Falcon sentiu uma minúscula ponta de simpatia pelos irmãos Springer-Soames. Uma coisa era sentir desprezo por eles; outra, era vê-los serem desprezados por uma terceira pessoa.

— Pode fazer pouco de mim, se isso a ajuda a cumprir melhor o seu trabalho — disse Falcon, dirigindo-se à comandante-médica —, mas não se esqueça de que estou indo a Júpiter tentar acabar com esta guerra.

— Se você não tivesse ajudado as máquinas a se tornarem o que são hoje, talvez nem ao menos estivéssemos em guerra.

— As máquinas não precisavam da minha ajuda — retrucou Falcon, sem se exaltar. — Elas se tornariam conscientes mais cedo ou mais tarde.

— Que bom que você está com a consciência limpa.

— Se é que ainda tenho uma.

A comandante-médica levantou as sobrancelhas.

— Vou procurá-la quando estiver desmontando você. — Fez um gesto para os irmãos. — Podem ir. Vou mantê-los atualizados. Andem, andem.

— Obrigada — disse Valentina. — Sua ajuda não será esquecida.

Falcon observou os dois irmãos deixarem a sala. Quando a porta se fechou, era difícil dizer onde estava localizada.

Sozinho com a comandante-médica, Falcon se manteve em silêncio enquanto ela aproximava o rosto do seu, franzindo o nariz com desgosto. Deu mais uma volta em torno dele, batendo com os nós dos dedos no exoesqueleto do tronco. Abriu bem as pálpebras de Falcon com os dedos, tirou do bolso da túnica um pequeno instrumento e apontou um feixe de luz para as pupilas artificiais.

Falcon sentiu um pouquinho menos de antipatia pela mulher. Ela era médica e estava *trabalhando* como médica naquele ambiente soturno.

— Meus amigos me chamam de Howard, aliás.

— Conheço seu nome. Venho estudando sua ficha médica há algumas semanas, desde que soube que seria trazido para cá.

— A senhora tem um nome, comandante-médica, ou já era chamada assim quando nasceu?

— Meu nome é Tem. Comandante-médica Tem. Isso é tudo que você precisa saber.

Tem, Tem. Onde ouvira aquele nome?

— A senhora já trabalhou com Hope Dhoni?

— Faz muitos anos que a Dra. Dhoni morreu. Fui informada de que você perdeu a noção da realidade.

— Pode ser. — Falcon sentiu uma súbita necessidade de se explicar à médica. — Noção da realidade? Talvez eu tenha perdido a noção do tempo. Estou fora do meu, afinal. Sou da época do Governo Mundial. Era um projeto idealista, dedicado à liberdade, mesmo de outras espécies, como rezavam as diretrizes para o Primeiro Contato.

— Esse projeto era uma utopia.

— Que talvez tenhamos conseguido manter por algum tempo...

— Apenas para vê-la sucumbir em uma guerra existencial. De que adiantou?

— A situação atual é melhor? O que me diz da última tentativa de golpe?

— Não houve nenhuma tentativa de golpe.

— Certo. Também vai me dizer que o *Chefe* não existe.

— Tome cuidado com a língua.

— Oh, não se preocupe comigo. Sou valioso demais para ser fuzilado.

— Eu não contaria com isso.

A médica apertou um botão no tronco de Falcon e o painel de acesso principal se abriu. Com isso, o ruído de bombas e válvulas, antes discreto, ficou mais intenso, e um cheiro de carne invadiu a sala. Ela se inclinou, com a pequena lanterna na mão. Falcon não olhou para baixo. Uma coisa era aceitar o fato de que se tornara um ciborgue, outra era observar outra pessoa remexer nas suas entranhas.

A médica comentou, em tom casual:

— Então você está aqui para propor um armistício às máquinas. Acha que elas vão aceitar?

— É difícil dizer.

— Mesmo com a ameaça de uma superarma secreta pairando sobre suas cabeças? Oh, pode abrir o jogo comigo, Falcon. — Ele sentiu um toque, uma sensação indolor mas desagradável de que seus órgãos estavam sendo manipulados. — É impossível morar e trabalhar em Io sem ficar sabendo de alguns pontos dos planos de nossos gloriosos líderes. Já estamos de prontidão para evacuar esta lua até o último ocupante. Você chegou a ver a arma?

— Está testando minha capacidade de guardar segredo?

— Tenho formas melhores de perder tempo — disse a comandante-médica, retirando a mão do interior de Falcon. — Não se mexa. Quero colher uma amostra do seu sangue. Existe uma abertura para isso, em algum lugar por aqui.

— Não se preocupe. Vou ficar quieto.

A médica foi até a parede e, com um gesto, fez aparecer um pequeno nicho, de onde retirou uma bandeja de instrumentos cirúrgicos esterilizados. Uma coluna brotou do chão, ao lado de Falcon; a médica colocou a bandeja sobre a coluna e vestiu um par de luvas cor de leite.

— Não acho que eu precise de um exame. Já estive em Júpiter tantas vezes que me deixam passar pela alfândega sem nem olhar duas vezes.

A médica enfiou novamente a mão no interior de Falcon.

— Agradeço por sua preocupação, mas tenho ordens a cumprir... *Droga!*

Quando retirou a mão, Falcon viu que ela havia se cortado em alguma peça afiada. O corte atravessara a luva e produzira uma gota de sangue na ponta do polegar da médica. Aparentemente enfurecida, ela arrancou as luvas e as jogou no chão, onde foram absorvidas. Ela limpou o ferimento com uma bola de algodão esterilizado.

— A última coisa que *eu* preciso é ser contaminada com seu DNA arcaico.

Ela colocou um curativo no ferimento, calçou um novo par de luvas e voltou à tarefa de colher uma amostra de sangue. Dessa vez, conseguiu cumprir a tarefa sem se machucar.

Que estranho, pensou Falcon. Ele estava em um hospital de campanha com tecnologia de ponta, nas profundezas de uma lua de Júpiter, em pleno século XXIX, e a médica tinha *cortado o dedo?*

— Alguns acreditam que as máquinas não merecem uma proposta de armistício — disse a médica, enquanto prosseguia os exames.

— O que a senhora acha?

— Oh, eu sou suspeita para falar. As máquinas mataram os meus pais em um dos ataques a Saturno, quando destruíram Nova Sigiriya...

Isso trouxe algo à memória de Falcon; ele tinha visitado essa laputa.

— Tive sorte de sair de lá antes do ataque — comentou a médica, colocando os equipamentos de volta na bandeja e fechando o painel de Falcon.

— Sair?

— Para fazer o curso de medicina no Instituto de Ciências da Vida, em Mimas. E, na minha opinião, as máquinas devem pagar pelo que fizeram.

Aquela mulher era uma criatura complexa, pensou Falcon. Ainda trabalhando como médica e ainda pensando como médica, apesar de estarem no meio de uma guerra e apesar do seu trauma pessoal. E, no fim das contas, mesmo a mulher tinha uma visão unidimensional das máquinas.

— Essa não é uma atitude muito esclarecida. Devia ler os escritos de Carl Brenner...

A médica abriu um painel secundário logo abaixo da axila direita de Falcon. Era ali que ficavam os circuitos que regulavam o sono. Com um toque em um botão que fosse, ela poderia colocá-lo para dormir com a mesma facilidade que qualquer anestesista.

— Aprendi uma lição importante, muito antes de estudar medicina — disse ela. — Muito antes de viajar para Mimas. Na verdade, foi o que me fez escolher esta carreira, o momento que me definiu. O que nos torna humanos não é nossa forma externa; o que nos torna humanos é a bondade. É por isso que não gosto das máquinas; é por isso que um abismo nos separa delas. Hoje em dia, são muito parecidas conosco, não são?

— Podem ser, se quiserem.

— Pois é apenas uma máscara. Se retirá-la, encontrará um vazio.

— A senhora está enganada, comandante-médica. As máquinas também sentem empatia. Sou testemunha. Um dia, vamos perceber que estivemos encarando um espelho o tempo todo.

— Você é um sonhador, comandante Falcon. — A médica mexeu em um controle e ele sentiu um torpor irresistível. — Então sonhe — disse ela, como se achasse que Falcon já estivesse inconsciente. — Durma. Não podemos deixar nossos mestres esperando, não é?

49

Quando o estado de confusão pós-operatória passou, Falcon descobriu que não se sentia melhor nem pior que antes. Pensando bem, isso era de se esperar. A médica fizera uma revisão nos seus sistemas e consertara os piores defeitos, mas uma reforma completa teria de ficar para outra oportunidade — se é que haveria uma.

Vinte e quatro horas depois, Falcon foi convocado para uma reunião.

Os Springer-Soames esperavam por ele na mesma sala onde tinha sido operado pela comandante-médica. Foi levado em um carrinho, inclinado ligeiramente para trás e apoiado em um chassi de metal, no qual estava amarrado como um preso perigoso, somente capaz de mexer a cabeça e os braços.

Encontrou os irmãos sentados em cadeiras dobráveis, uma mesa baixa entre eles. A comandante-médica estava de pé, à direita de Falcon, examinando uma papelada.

A imagem de Júpiter continuava sendo exibida na falsa janela.

— Então... quem trouxe as uvas? — perguntou Falcon.

Os irmãos olharam para ele, surpresos.

— Você está delirando? — perguntou Valentina, tomando um pouco da água de uma proveta que estava sobre a mesa.

— Não há nada de errado com a saúde mental dele — disse a comandante-médica. — Estou fazendo uma varredura dos lobos frontal e temporal enquanto falamos. Os impulsos nervosos estão normais em todos os centros importantes. Ele está inteiramente *compos mentis*. Não é verdade, Falcon?

— A senhora é quem sabe, comandante-médica Tem.

— Fez muito bem em completar o trabalho no prazo — disse Valentina. — Esses dias têm sido desgastantes para todos nós. Comandante-médica, somos gratos pela sua lealdade e dedicação.

— Fiz apenas o meu dever. Falcon agora é de vocês. Podem dar corda nele como se fosse um rato de brinquedo e despachá-lo para Júpiter...

— Está dispensada — disse Bodan,

A comandante-médica Tem enrolou a folha que lia, fez uma mesura curta, levemente desrespeitosa, e saiu da sala.

— Gosto dela — observou Falcon. — Dava para melhorar na cortesia com os pacientes, mas, fora isso...

— A guerra insensibiliza qualquer um — disse Valentina. — Com sua ajuda, ela logo vai terminar.

— Se essa superarma de vocês não for um fiasco.

— Oh, temos certeza de que não é — declarou Bodan. — Você vai ter a prova de que precisa em pouco tempo. — Levantou o braço para examinar um relógio sofisticado, com vários mostradores. — Na verdade, está quase na hora. O motor acabou de atingir potência máxima. Devemos sentir os efeitos em alguns segundos...

Falcon *sentiu*. Uma vibração tectônica crescente, uma variação do campo gravitacional, um desvio pequeno mas detectável do vetor de aceleração... Mesmo recém-saído de uma cirurgia, seu velho senso de orientação não o havia abandonado.

Na mesa, os dois copos tremeram, e a superfície do líquido deixou de estar na horizontal. Era um efeito pequeno, mas suficiente como evidência: a lua estava, de fato, se movendo de sua órbita.

— O teste foi programado para durar trinta segundos. Vai terminar mais ou menos...

— Agora — completou Bodan, com ar triunfante, no momento em que os tremores cessaram e a superfície da água voltou à posição normal.

— Vocês mudaram a órbita de Io — comentou Falcon, quase sem querer.

— Claro que mudamos — disse Valentina, parecendo indiferente. — O importante é que você saiba *como* mudamos. Da compreensão vem a crença. Já estudou economia?

Falcon deu de ombros.

— Não havia muitas vagas no curso para oficiais do médio escalão da Marinha Mundial.

— Só levantei a questão para fazer uma analogia. Você viu o motor que construímos no centro de Io. Tem alguma ideia de como funciona?

— Física de fronteira? Não precisa se gabar. Só diga.

— Física de fronteira... Penso que sim. Trata-se de um motor sem reação — declarou Bodan. — Certamente já ouviu falar desse conceito.

— Um dispositivo mágico que produz aceleração sem exercer uma força?

— Algo parecido — respondeu Bodan.

— Onde fica a terceira lei de Newton?

— O motivo pelo qual perguntei se você tinha estudado economia é que usamos uma espécie de artifício de contabilidade para fazer nosso motor funcionar — explicou Valentina. — Ou foi assim que os físicos nos explicaram, por analogia.

"O dispositivo, que chamamos de Motor de Momento, 'rouba' alguns trocados de momento de *todas* as partículas do universo. É um efeito quântico conhecido, segundo os físicos. O motor acumula todos esses momentos como se viessem do nada. Ao fazê-lo, aumenta o momento de Io... com um impulso sem reação! A terceira lei de Newton não é violada no processo porque todas as partículas do universo, para compensar, se contraem um pouco no sentido oposto para conservar o momento, de modo que Sir Isaac pode descansar tranquilo no túmulo. O importante é que o motor funciona!"

— Onde fica a lei da conservação de energia? — quis saber Falcon.

— É claro que o motor precisa de energia para funcionar; na verdade, uma enorme quantidade dela. Nós a extraímos do núcleo de Io. É só o momento que nós... bem, "roubamos". Mais uma vez, a contabilidade está toda em ordem, tanto a nível local quanto global.

— Causas locais e globais — murmurou Falcon, revivendo uma antiga memória.

— O quê? — perguntou Valentina.

— Deixe a economia de lado. É disso que vocês estão falando, não é? De como o comportamento de cada partícula depende da estrutura geral do universo. O local depende do global... Isso não é uma versão quântica do princípio de Mach?

Os irmãos se entreolharam.

— Por que está perguntando?

— No século XXII, uma máquina que trabalhava no lançador de um OCK formulou do nada novos conceitos da física, que os supervisores se encarregaram de comunicar às autoridades. Pelo que me lembro, nunca houve resposta. O resultado é *esse*? A bala de prata de vocês se baseia em uma descoberta das máquinas? — Falcon começou a rir. — Não acham irônico?

— Máquinas não podem teorizar física — afirmou Bodan, desdenhoso. — Uma máquina é um ábaco; seus pensamentos não passam de movimentos de bolinhas em um cordão. Tudo que uma máquina produz é nosso, por definição, pois fomos *nós* que *a* fabricamos.

— O nome *dele* era 90 — declarou Falcon —, e sua vida foi sacrificada sem necessidade.

Bodan deu de ombros, com o mais puro desinteresse.

— O que importa — disse Valentina — é que você agora não duvida de que o nosso motor funciona. Mesmo nesta breve demonstração, já alteramos a órbita de Io. Agora nada nos impede de...

— Se vocês alteraram a órbita de Io, as máquinas devem ter percebido.

— E daí? — disse Bodan, abrindo os braços. — Deixe-as especular. No momento, devem estar tentando descobrir como fizemos isso e de que mais somos capazes. Você pode revelar a elas o quanto quiser, Falcon. Isso só dará mais força ao nosso ultimato.

— Ultimato? Pensei que fossem propor um acordo de paz.

— Pode chamá-lo como quiser — disse Valentina. — O tratado está passando por revisões de última hora. Você vai levá-lo.

Um sinal de alerta começou a soar na mente de Falcon.

— Vocês querem que eu leve um objeto comigo? Não podem simplesmente transmitir o texto?

— Não — respondeu Valentina. — Uma transmissão eletrônica complexa deixaria as máquinas desconfiadas. Elas presumiriam a existência de bombas lógicas na estrutura da mensagem: repetições infinitas, códigos de destruição. Um documento material será uma prova da transparência de nossa proposta.

— E a possibilidade de esgueirar nanotecnologia invasiva, eu presumo?

Bodan o encarou de cara feia.

— Não seja tão cínico, Falcon.

— E não daria certo — acrescentou Valentina, sem perder a compostura. — Essa guerra vem sendo travada há muitos anos e com muitos níveis de táticas de espionagem. Tanto nós como as máquinas desenvolvemos contramedidas para vários tipos de armadilhas. Não, não pretendemos usar esse tipo de recurso. A proposta de paz é sincera. O documento é um objeto inofensivo, uma lâmina de tungstênio na qual foram gravadas nossas condições.

— Posso dar uma olhada no tratado antes de entregá-lo?

— Você levaria dias analisando o conteúdo — afirmou Valentina. — É um texto muito extenso e complexo. Não se discute o controle do sistema solar sem ter certeza de que os termos de rendição impostos são absolutamente à prova de subterfúgios, até o último detalhe.

— Parece uma leitura empolgante. Na verdade, porém, os termos não importam, não é mesmo? Vocês estão encostando uma pistola carregada na cabeça delas, sejam quais forem os detalhes do tratado.

Bodan sorriu.

— Elas podem aceitar ou não nossas condições. Se aceitarem, serão subjugadas e controladas; se rejeitarem, serão aniquiladas. Pelo menos isso está claro, não acha?

As máquinas podiam ter alguma liberdade de escolha, pensou Falcon, mas ele não tinha nenhuma.

— Quando eu viajo?

Valentina sorriu.

— Daqui a dois dias.

50

A desaceleração o atingiu fortemente quando sua nave adentrou a atmosfera do planeta.

Depois do Jardim Memorial e da fraca gravidade de Io, a força da reentrada na atmosfera foi uma espécie de choque. Falcon sabia, no entanto, que tanto ele quanto a nave estavam em condições de resistir a tensões ainda maiores — mesmo que isso se mostrasse difícil de acreditar quando a pressão crescente se assomava ao seu redor, já superior a dez atmosferas terrestres.

O Sol nascia naquela parte de Júpiter; era uma bola amarela logo acima de um horizonte de nuvens rosadas. Na escala apreendida pelos sentidos de Falcon e pelos instrumentos da recém-reformada *Kon-Tiki*, pouca coisa havia mudado desde sua primeira expedição ao planeta: a pressão que sentia com a altitude, as variações médias de pressão e temperatura, tudo continuava como antes. Como não podia ver mais do que alguns milhares de quilômetros em qualquer direção, não havia nenhum indício das modificações das faixas coloridas que eram tão gritantes quando vistas do espaço. Sentia-se como uma formiga na planície de Nazca, rastejando no chão, sem ter noção dos desenhos gigantescos à sua volta... E tal lembrança o fez sentir uma ponta de tristeza, porque, assim como muitos outros monumentos, os desenhos de Nazca, tão majestosos quando vistos de um balão, tinham sido destruídos pelas máquinas durante sua transformação da Terra.

Na verdade, Falcon sabia que nenhuma parte daquela atmosfera oceânica havia escapado às atividades das máquinas e, por isso, não se sentia como se estivesse voltando para casa. Júpiter era agora um território estranho, e suas experiências passadas de nada serviam.

Finalmente, a desaceleração cessou, e Falcon pôde lançar os freios aerodinâmicos e inflar o balão. O pequeno motor assintótico da gôndola tinha força mais que suficiente para mantê-lo inflado e a altitude constante, mas Falcon optou por uma descida rápida em direção às profundezas da atmosfera. O Sol agora estava um pouco mais alto no céu, inundando a cabine com uma luz dourada.

O ponto de entrada da nave na atmosfera, até onde Falcon podia julgar, sem pontos de referência naquele ambiente tão fluido, estava próximo da região onde Ceto passara seus últimos dias. Se ainda houvesse medusas em Júpiter, Falcon esperava que não tivessem se afastado muito da região onde costumavam pastar. Gostaria bastante de tornar a vê-las uma última vez, mais como um desejo pessoal. Quanto às máquinas, *elas* que viriam buscá-lo; aquela seria a parte fácil.

Pouco a pouco, os cirros brancos de amônia deram lugar a nuvens castanhas e cor de salmão feitas de moléculas orgânicas. Logo a temperatura do lado de fora aumentou, e a gôndola, submetida a mais de dez atmosferas de pressão, começou a ranger ao se acomodar às novas forças. Falcon olhou em torno com certa apreensão, torcendo para que a reforma da *Kon-Tiki* tivesse sido bem-feita.

Estava a cem quilômetros do alto da atmosfera. Encontrara mantas nessa altitude; e, de fato, logo avistou um cardume dos ágeis animais, atravessando uma massa de nuvens a menos de duzentos quilômetros de distância. Sentiu um frêmito de pura admiração. Mesmo depois de tanto tempo, a emoção daquele primeiro encontro não havia passado totalmente. Quão pouco sabia na época! Com a nave à mercê dos ventos, porém, Falcon não tinha como seguir as mantas mesmo que quisesse; logo elas desapareceram de vista. Mas ele se permitiu um suspiro de alívio: apesar de todas as transformações sofridas por Júpiter, pelo menos parte de sua fauna sobrevivera.

A descida continuou, com a gôndola desfilando um repertório de estalidos e rangidos conforme os instrumentos do painel indicavam pressões e temperaturas cada vez maiores.

Ali estava. O primeiro waxberg — uma massa de cera gelatinosa, do tamanho de uma montanha, com veios vermelhos e castanhos, flutuando no ar. Outros dois, mais abaixo, ligados entre si por filamentos, destacando-se da camada de nuvens que os meteorologistas chamavam de D. *Tá chovendo cera*, pensou Falcon. Ele se perguntava se haveria alguém ainda vivo que entenderia *essa* referência, tirada de um desenho animado antigo, mas muito querido, a que um menino obcecado por balões costumava assistir na infância.

Agora, no limite de sua visão amplificada, Falcon conseguia ver dezenas de mantas, circulando com ondulações preguiçosas dos corpos esguios em volta do depósito de comida flutuante... como uma revoada de corvos, pensou, trazendo à mente outra memória da Inglaterra. Quando se aproximavam, as mantas escolhiam pedaços diferentes do waxberg para se alimentar, algumas chegando a mergulhar nas massas quase etéreas. Em outros pontos, entravam e saíam de formações regulares, ocupando seus lugares como pilotos bem-treinados para voos de exibição; alguns bandos tinham centenas de mantas. Aquelas formações compactas eram novidade para Falcon; deviam ser uma espécie de comportamento emergente jamais visto antes.

Onde havia mantas, logo haveria medusas. A possibilidade acendeu uma fagulha de expectativa em Falcon. Ele gostaria que as circunstâncias fossem outras, mas, no fim das contas, estava novamente em Júpiter, vendo coisas que eram ao mesmo tempo fascinantes e assustadoras. Era muito bom simplesmente estar vivo, ter sobrevivido a todos aqueles séculos atribulados, ser simplesmente uma criatura com olhos para ver, com uma memória para guardar a dádiva da experiência...

Lá estavam as medusas! Formas ovais castanhas pastando em um campo de waxbergs, sessenta quilômetros abaixo da gôndola. Ali estava a prova cabal de sua sobrevivência, mesmo após todas as mudanças sofridas por Júpiter. Não se tinha conhecimento de seu destino havia vários séculos; o interior de Júpiter se tornara quase tão desconhecido como antes da primeira expedição da *Kon-Tiki*. Falcon escreveu um relatório para Io. "Digam à Dra. Tem que *ainda existe* vida em Júpiter. Agradeçam também por ela ter feito uma reforma tão boa no paciente em tão pouco tempo."

Antes de enviar a mensagem, porém, observou algo que o deixou preocupado.

Existia um grupo de umas vinte medusas abrindo caminho a mordidas no waxberg como se fossem escavadeiras em uma mina a céu aberto, criando sulcos e espirais na montanha viva... A forma organizada como consumiam o alimento tinha um aspecto quase industrial. Assim como as mantas, pareciam organizadas demais. O comportamento de rebanho era normal para as medusas; Falcon tinha visto como se mantiveram docilmente em fila para sofrer os horrores de Nova Nantucket. Isso, no entanto, era diferente. Não havia nada para controlar as medusas, pelo menos nada visível, mas ainda assim elas se comportavam como se estivessem escravizadas, fazendo o papel de operárias em uma grande indústria.

Falcon concentrou a atenção em uma única medusa, aumentando ao máximo a ampliação de sua visão telescópica. A forma básica era a mesma de sempre, fácil de reconhecer: um corpo oval, com uma floresta de tentáculos pendendo da parte inferior. Além disso, não havia nenhuma diferença significativa entre ela e as companheiras.

No entanto, existiam marcas estranhas na lateral de seu corpo. Falcon fora o primeiro a observar pessoalmente as antenas de rádio naturais que as medusas tinham nos flancos; ele avistara padrões que lembravam tabuleiros de xadrez. Os desenhos que via agora, contudo, eram diferentes e muito mais complexos, como se fossem um código geométrico, uma fatoração em números primos expressa em pixels pretos e brancos ou um instantâneo de uma simulação de vida artificial. Além disso, os padrões mudavam constantemente: um simples lampejo, e uma nova configuração aparecia. O processo era fascinante, quase hipnótico. Aqueles padrões estavam gerando ondas eletromagnéticas ou eram simplesmente a representação visual de algo? Falcon tentou analisar a imagem com um programa de computador, mas não conseguiu chegar a nenhuma conclusão.

Restava-lhe apenas especular quanto ao significado do que estava vendo.

As gigantescas formações de nuvens visíveis do espaço eram uma prova de que as máquinas estavam alterando o ambiente de Júpiter em uma escala monstruosa; e todo ambiente moldava seus habitantes assim como por eles era moldado. Talvez não fosse surpreendente o comportamento e o aspecto carregado de informação dos animais, dados os novos campos de energia, carregados de informação, nos quais Júpiter estava imerso; isso, porém, significava para Falcon que as coisas não eram mais as mesmas de quando encontrara as medusas pela primeira vez e que, provavelmente, nada seria como antes, mesmo que homens e máquinas não mexessem mais com o ambiente.

Tudo que vira até o momento era com certeza um efeito colateral de uma gigantesca obra de engenharia. Era com essa escala maior que ele tinha de lidar no momento. Imaginou se voltaria por esse mesmo caminho, se voltaria um dia a ver as medusas, suas velhas amigas. Concluiu, porém que, na verdade, isso não importava. Elas haviam mudado em demasia, enquanto ele permanecera o mesmo; ambos não tinham mais nada em comum.

Então, Falcon continuou a descida.

51

Falcon manteve constante a velocidade de descida, atravessando o nível das medusas e cruzando o limite do nível D. Agora estava a uma profundidade de cento e cinquenta quilômetros, a pressão havia subido para dezoito atmosferas e ele tinha certeza de que, naquele dia, atingiria uma profundidade maior do que jamais ousara nas visitas anteriores. Os monitores mostravam uma variação rápida dos parâmetros. Em pouco tempo, em face do aumento da pressão e da densidade atmosférica, a nave adotaria uma nova configuração. O balão seria esvaziado e guardado, mas o empuxo da gôndola sozinha seria suficiente para sustentá-la. Assim, um conjunto de pequenos reatores a jato movidos a fusão teria de ser usado para fazer com que a nave continuasse a descer na atmosfera cada vez mais densa, e, caso fosse necessário, o motor assintótico poderia ser ligado novamente. Em breve, o casco reforçado pelos técnicos dos irmãos Springer seria submetido a um teste severo.

Acima dele, o céu se tornava violeta. Não estava anoitecendo — ainda faltavam algumas horas para o Sol se pôr —, mas a atmosfera gradualmente filtrava a maior parte dos raios solares. Algo parecido acontecia nos oceanos da Terra; a diferença, em Júpiter, era o aumento de pressão ser acompanhado por um aumento de temperatura. Como Falcon bem sabia, as condições físicas do balão estavam sendo constantemente ajustadas para se igualarem às do exterior e permitir que houvesse o empuxo necessário.

A profundidade chegou a duzentos quilômetros. Moléculas complexas flutuavam no ar, mas nada que correspondesse à definição usual de organismo vivo. A temperatura e o nível de iluminação já não eram compatíveis com a vida; era quente demais para permitir o surgimento de um metabolismo estável, escuro demais para fótons injetarem uma quantidade significativa de energia na cadeia alimentar. Falcon, acreditando já ter "visto" tudo que havia para ver, preparava-se para passar do sistema visual para um baseado em canais de radar, sonar e infravermelho...

Espere.

Para seu assombro — e consternação, pois contrariava tudo que sabia a respeito da atmosfera de Júpiter —, uma luz débil, de cor leitosa, surgia das profundezas.

Precisou da máxima ampliação de sua visão telescópica para vê-la melhor, mas, ainda assim, lá estava ela. Tremia e piscava, como um tubo de neon prestes a acender. A luz vinha de uma profundidade fixa, talvez trezentos quilômetros, e, quando olhou em torno, Falcon percebeu que vinha de todas as direções. Tinha um padrão curiosamente regular, como se fosse uma colcha de retalhos quadrados, feita de materiais com brilhos ligeiramente diferentes e estendida na atmosfera de Júpiter. Havia uma sugestão de formas sólidas incorporadas nessa superfície luminosa, marcando os vértices dos quadrados como nós. Cada vértice era separado de seus quatro vizinhos por uns cem quilômetros de ar transparente.

Algo relacionado ao brilho estava confundindo o radar e o programa de interpretação associado. Falcon abandonou o radar, recorrendo aos instrumentos ópticos e de sonar. O brilho leitoso era tênue, mas havia contraste suficiente para que ele determinasse a forma aproximada dos nós. Cada um era um fuso vertical, como dois cones ligados pelas bases. Eram muito grandes, mais ou menos do tamanho da *Kon-Tiki* e seu balão. Havia centenas, milhares deles...

Os fusos flutuavam naquela camada de luz leitosa mas também a *criavam*, percebeu Falcon. Feixes de energia, que saíam do ponto médio dos fusos, giravam continuamente como faróis. Os feixes deviam ser radiações eletromagnéticas: lasers ultravioleta ou coisa parecida. Estavam excitando a camada de ar entre os fusos, aquecendo os gases até transformá-los em plasma. O processo era coreografado com extrema precisão: a camada de plasma ondulando entre os fusos, os fusos subindo e descendo com as ondulações. Pareciam boias flutuando em um mar revolto que elas próprias haviam criado.

Uma desconfiança desagradável ocorreu a Falcon. Aqueles quadrados podiam ser elementos de um sistema para deter intrusos. Como fora liberado em um ponto arbitrário do planeta, seria muita coincidência que estivesse se aproximando de uma concentração local de defesas; era mais provável que os quadrados ocupassem uma grande extensão ou mesmo envolvessem totalmente Júpiter. Uma estrutura de escala planetária: mais um feito notável das máquinas. Se fosse o caso, não era de admirar que as camadas superiores da atmosfera jupiteriana estivessem de tal forma agitadas.

Um mistério, pelo menos, estava resolvido: o manto de plasma com certeza era a superfície impenetrável ao radar que impedira estudos recentes do interior de Júpiter, ocultando as atividades das máquinas...

— Vocês têm andado muito ocupadas — murmurou.

Agora precisava pensar na própria sobrevivência.

Falcon chegou rapidamente à conclusão de que a barreira de plasma não representava perigo para ele; a *Kon-Tiki* passaria por ela sem sofrer danos. Além disso, passaria a uma distância segura dos fusos mais próximos; procuraria ao máximo evitar uma colisão. Os lasers, porém, eram outra história. Se um deles atingisse o balão ou a gôndola...

De repente, porém, uma saída se mostrou adiante. Quatro dos fusos tinham sido desligados, deixando de excitar o ar entre eles e criando uma abertura no manto de plasma: um único quadrado escuro. Não estava diretamente abaixo da *Kon-Tiki*, mas ficava exatamente na trajetória prevista a partir de seu ângulo e da velocidade de descida.

Era uma porta com o nome de Falcon escrito.

— Entre, a água está ótima — murmurou para si mesmo.

Ocorreu-lhe que talvez o quadrado aberto fosse uma armadilha, preparada para garantir que fosse facilmente destruído. Contudo, não havia nada a fazer a não ser ir em frente.

Então, continuou a descida em direção ao vão escuro, tenso e ansioso durante todo o percurso.

— Aqui é Falcon — transmitiu de volta a Io, enviando uma série de imagens e outros dados coletados apressadamente. — Estou chegando a uma superfície de plasma que deve ser impenetrável às ondas eletromagnéticas e por isso não poderei me comunicar com vocês por algum tempo. Evitem qualquer atitude precipitada...

E, então, a *Kon-Tiki* passou, incólume, pela superfície de plasma. Os lasers continuaram desligados.

Falcon olhou para cima, contornando com o olhar a curvatura do balão, e viu o quadrado de plasma voltando a aparecer. Uma porta se abrira. Ele havia entrado. Agora, a porta estava novamente fechada.

E ele continuava a descida.

Trezentos e vinte e cinco quilômetros. Trezentos e cinquenta. A superfície leitosa foi ficando para trás até desaparecer dos sensores. Sob o efeito da enorme pressão, a gôndola emitia estalidos, rangidos e gemidos que lembravam o sono agitado de um animal de grande porte. Alguns instrumentos mais frágeis deixaram de funcionar.

E, ainda assim, Falcon continuou a descer.

Quatrocentos quilômetros. Agora estava se aproximando da camada termal, a uma temperatura na qual nenhum material orgânico podia existir e uma pressão igual à das mais profundas fossas oceânicas da Terra. E, no entanto, não tinha descido nem um por cento do trajeto ao centro de Júpiter.

O radar voltara a funcionar e informava que havia outros objetos sólidos mais abaixo, maiores que os fusos e, aparentemente, menos numerosos. O mais próximo estava cerca de duzentos quilômetros a bombordo. Falcon examinou a imagem, que mostrava um objeto escuro flutuante do tamanho de uma montanha, na forma de uma joia lapidada com um dos vértices voltado para cima.

O artifício não se parecia com nenhuma arma que Falcon já tivesse visto, e ele não fazia ideia de seus princípios de funcionamento; no entanto, Falcon tinha certeza de que *era* uma arma. Para reconhecer um canhão, não havia necessidade de saber como funcionava. E o objeto flutuante com certeza era um canhão, com o cano voltado para a única direção de onde poderia vir um agressor. E seus sensores apontavam a existência de muitas dessas armas, estendendo-se até os limites de sua detecção. Será que, como a superfície de plasma, os canhões estavam distribuídos por todo o planeta?

Como era possível *fabricar* tanta coisa ali naquele oceano de hidrogênio supercomprimido?

A cerca de quatrocentos e cinquenta quilômetros de profundidade, Falcon passou, sem ser incomodado, pela camada de armas. Em seguida, teve de atravessar mais duas camadas, a quatrocentos e sessenta e quatrocentos e setenta quilômetros. Mais canhões flutuantes, a profundidades diferentes, mas todos apontados para cima. Nenhum ataque ou invasão por parte dos humanos poderia superar essas defesas, pensou Falcon.

Por outro lado, elas seriam inúteis contra um choque com Io.

Quinhentos quilômetros, quatro mil atmosferas... Profundidades maiores do que jamais poderia ter alcançado em sua gôndola original. Ele atravessou a última camada de armas, mergulhando em uma área vazia de ar de hidrogênio e hélio.

Mais abaixo, porém, os sensores captaram algo novo: uma paisagem de superfícies sólidas e geométricas, estendendo-se em todas as direções. Conforme os sensores colhiam mais dados, Falcon se flagrou analisando uma verdadeira cidade, repleta de edifícios e praças, formas planas e blocos retangulares. Todas as superfícies eram perfeitamente lisas; todas as estruturas, matematicamente angulares. Orfeu avistara nuvens quase sólidas nessa profundidade, provavelmente os objetos que outrora foram erroneamente interpretados como a superfície sólida de Júpiter. O que estava vendo, contudo, não podia ser a mesma coisa; aquilo era obviamente artificial. Uma *cidade*, uma cidade escura e sem janelas, como não podia deixar de ser nessas profundezas abissais. Ainda assim, havia linhas luminosas vermelhas na base das estruturas retangulares, linhas semelhantes ligando as estruturas.

O tamanho das construções era quase aterrador. Nenhuma das estruturas tinha menos de dezenas de quilômetros de largura, e o plano em que se apoiavam, interrompido por poços e desfiladeiros, se estendia por dezenas de milhares de quilômetros, com apenas uma sugestão de curvatura no horizonte. Nem os fusos nem os canhões haviam preparado Falcon para tal imensidão. Uma coisa era a imagem dos fusos possivelmente envolvendo o planeta inteiro, um arranjo regular e repetitivo, relativamente simples, mas... *aquilo*?

Naquele momento, um bloco se destacou de um dos maiores retângulos e começou a subir ao encontro de Falcon. Era um objeto sólido, com as proporções de dois cubos com as faces unidas. Era o menor objeto no campo de visão de Falcon, ainda assim centenas de vezes maior que a *Kon-Tiki* e o balão.

O objeto flutuou até a altura da gôndola. A nave ainda estava descendo, mas uns poucos jatos do motor assintótico logo diminuíram o ritmo da queda a um leve flutuar.

O bloco negro se aproximou até emparelhar com o veículo. Embora fosse muito menor que as estruturas da cidade, tratava-se de um monólito cuja superfície correspondia perfeitamente a um penhasco que se estendia acima e abaixo, como se debochasse da pequena nave de Falcon e de seu ocupante menor ainda. Do lado de fora, a temperatura era suficiente para fundir chumbo, e a pressão era tamanha que a atmosfera de hidrogênio e hélio se comportava mais como um fluido do que como um gás. Mesmo assim, aquele bloco do tamanho de um arranha-céu apenas flutuava, impávido, desdenhoso, desafiando-o a questionar sua total superioridade de forma e função. Ao contrário das construções abaixo, não contava com uma linha vermelha na base ou nas arestas. Sem os sensores da nave, Falcon não conseguiria vê-lo. Poderia estar quase raspando naquelas laterais imensas que não notaria...

A superfície retangular começou a se deformar. Alguma coisa estava se projetando para fora, uma série de protuberâncias feitas do mesmo material negro que o restante da estrutura. Os contornos ganharam uma forma oval e a forma oval ganhou um nariz, uma boca e um par de olhos perfeitamente escuros. Era um rosto monstruoso, como uma máscara negra saindo de uma mancha de óleo.

A boca se moveu e produziu uma série de sons, projetando-os no meio de hidrogênio e hélio. O líquido conduziu esses sons para os sensores acústicos da *Kon-Tiki*, e uma voz retumbou nos alto-falantes da cabine, ajustada pelos sistemas da nave às frequências da audição humana, enquanto, através das paredes da gôndola, Falcon mais sentia que ouvia as vibrações originais, o ribombar de um trovão.

— Está impressionado, Falcon?

— Adam — sussurrou Falcon.

52

— Seja bem-vindo. Fui encarregado de investigá-lo.

Encarregado por quem?, pensou Falcon. Havia uma hierarquia na comunidade das máquinas?

— Obviamente, detectamos suas transmissões. Rastreamos sua aproximação e sua entrada na nossa atmosfera. Acabamos concordando em permitir que passasse pela nossa blindagem externa, embora eu tenha de admitir que a decisão não foi unânime. Alguns de nós achavam melhor abatê-lo imediatamente.

— Fico feliz pelo ponto de vista deles não ter prevalecido.

— Seu destino ainda é incerto. A maioria concordou que mais informações seriam necessárias antes de uma tomada de decisão. Foi por isso que me enviaram para conversar com você.

— Ou me matar?

Adam levou alguns segundos para responder.

— Seu destino depende de vários fatores, um dos quais é sua intenção.

— Minha intenção é simples: vim aqui propor um tratado de paz.

O rosto se contorceu em um sorriso melancólico.

— Você quer dizer "uma rendição"? É isso que os seus superiores almejam.

— Um cessar-fogo. É apenas nisso que estou interessado.

— E quais seriam as condições?

— Elas estão aqui comigo, na forma de um documento escrito. Pode consultá-lo à vontade.

— Você participou da elaboração desse documento?

— Não. E também não estou autorizado a falar em nome do governo. Vocês precisam saber, no entanto, que eles estão dispostos a chegar às últimas consequências.

— É mesmo?

— Estão prestes a fazer algo terrível.

— E essa coisa terrível tem a ver com Io, não é? Pouca coisa nos escapa, principalmente um teste de um motor sem inércia.

Falcon não ficou chocado nem surpreso ao saber que os robôs tinham conhecimento da ideia de usar Io como arma.

— Acho que eles roubaram seus princípios físicos...

— Claro que sim.

— O uso de Io como arma seria um recurso extremo, ao qual só recorreriam depois de esgotar todas as outras opções.

— E você é uma dessas "outras opções"? Fica lisonjeado de ainda ser considerado útil para a espécie humana?

— Acredite, ser arrastado para esses assuntos era a última coisa na minha lista de prioridades.

— Estávamos a par do seu afastamento.

— Vocês acompanham o universo tão minuciosamente.

— Estávamos preocupados com você, Falcon. Você fez umas declarações um tanto agressivas depois de nossa tomada da Terra. Ficamos preocupados quanto à sua objetividade emocional.

— É o que acontece quando se vê o seu planeta natal transformado em sucata.

— Mas vocês foram poupados, não foram? Demos à humanidade quinhentos anos para se preparar... Escute, este diálogo a distância (por mais impressionante que seja, não concorda?) já cumpriu sua finalidade. Posso entrar na gôndola?

— Eu tenho escolha?

— Pergunto mais por educação. Mantenha sua altitude.

A boca se abriu e uma língua negra se projetou grotescamente para fora, como uma ponte. A língua atravessou um quilômetro de espaço aberto, a ponta encostando na gôndola.

O contato fez a *Kon-Tiki* balançar.

Falcon desligou vários alarmes, confiando em Adam. As máquinas tinham muito mais experiência que os humanos em ambientes de alta pressão, e não haveria nenhuma parte da pequena nave que elas não conhecessem, nenhum ponto fraco que já não tivessem levado em conta.

De repente, Adam estava no interior da gôndola, ocupando o pequeno espaço disponível entre Falcon e os instrumentos. Por um momento, a máquina era uma figura humana totalmente preta e fosca, como se fosse um vão na realidade. Em seguida, uma onda dourada subiu das pontas dos pés de Adam até o alto da cabeça.

— Pronto. Assim é melhor, não é?

Do lado de fora, a ponte-língua entrou de volta no rosto gigante e o rosto se desfez na superfície do monólito, que se afastou da nave e desceu de volta para a cidade.

O mais leve dos sorrisos atravessou o rosto de Adam. Ele estendeu uma mão dourada.

— Falcon, por que deixou que eles o mandassem para cá?

— Porque, como todos os velhos tolos, não sei a hora de parar. — Com certa cautela, Falcon ofereceu a própria mão; as pontas dos dedos dos dois ficaram por um instante a centímetros de distância até que um impulso superou a desconfiança mútua e eles trocaram um aperto de mão. — Ao que parece, você também não. Mas, pelo menos, vai escutar o que eu tenho a dizer, não vai?

— Embora não deva adiantar de nada.

Falcon recolheu a mão. O toque fora frio, mas agradável.

— Vamos deixar de rodeios. Eu tenho certeza de que vocês sabem que eles são capazes de jogar Io no seu planeta. E sei também o seguinte: *se vocês tivessem qualquer meio de impedi-los, já o teriam feito*.

Adam pensou por um momento nas palavras de Falcon, então apontou para a janela.

— Você chegou mais perto de nós do que qualquer humano, mas apenas porque o permitimos. Queríamos que tomasse nota de nossas fortalezas flutuantes.

— E estou impressionado; estaria mentindo se negasse. A cortina de plasma, os canhões do tamanho de montanhas. Estamos a quinhentos quilômetros de profundidade! Mesmo com oito séculos de aperfeiçoamentos, a *Kon-Tiki* mal consegue resistir a esta pressão, e vocês construíram *cidades inteiras* aqui em baixo. Não fazíamos ideia da existência delas, por causa dessa sua barreira de plasma. Cidades, Adam! Como isso sequer é possível? De que elas são feitas?

— De hidrogênio, principalmente — respondeu Adam, como se não fosse um segredo importante. — Comprimido a ponto de se tornar metaestável, de modo que a pressão pode ser reduzida sem que ele volte à forma molecular. Encontramos também um meio de aprisionar miniburacos negros e monopolos magnéticos na rede cristalina do hidrogênio, o que oferece novas possibilidades: uma tabela periódica inteira de novos elementos e estruturas. Nós a chamamos de matéria protônica. Você ficaria surpreso se soubesse quanta coisa conseguimos fazer usando apenas as matérias-primas da atmosfera de Júpiter.

— Não — disse Falcon com sinceridade. — Você me contou a respeito de 90, lembra? O Einstein das máquinas. Depois de todo esse tempo, nada do que vocês conseguiram, com base nas percepções que ele teve, é surpresa para mim. E com todo esse progresso, com essa cidade planetária que vocês estão construindo... haveria lugar para uma trégua com a humanidade?

Após um momento de silêncio, Adam disse:

— Espero que sim.

— Está expressando sua opinião pessoal ou falando em nome das máquinas?

— Elas me consideram um idealista.

Elas, de novo. As máquinas não estavam unidas, se é que um dia estiveram.

Adam exibiu um sorriso dourado.

— Eu, idealista. Uma qualidade tão *humana*! Quem diria? Acontece que não sou só eu que penso assim. Existem elementos moderados entre nós, embora eu não possa afirmar que somos maioria.

Falcon pensou em suas próprias tentativas de encorajar uma atitude conciliadora, na sensação de que cada vez menos humanos pensavam como ele.

— Nesse caso, você e eu temos muito trabalho pela frente.

— Concordo.

— Você me testou, tenho certeza. Aquele aperto de mão não foi um simples cumprimento, foi? Sei que colheu amostras minhas... de quê, sangue, DNA? Certificou-se de que não havia nenhuma armadilha escondida em mim ou no documento do tratado. Não precisava ter se preocupado. Os Springers me disseram que desistiram de tentar atingi-los dessa forma.

— E você acreditou?

— Acho que você deveria dar uma olhada no tratado. Eu posso usá-lo para conseguir um pouco mais de tempo para vocês, no mínimo.

— Você ainda acha que somos *nós* que precisamos de proteção? — perguntou Adam, parecendo achar graça. — Ah, está bem... mostre-me o documento. Vou me divertir procurando as falhas lógicas, as tentativas primitivas de guerrear com informação. Será que os Springers o tranquilizaram também quanto a esse tipo de ataque?

— Sou apenas um pombo-correio.

Falcon se aproximou do recipiente de ferro que continha o documento do tratado. Ele se abaixou para desatarraxar a tampa pesada e enfiou a mão no interior para retirar o documento em si, um cilindro de metal. Adam o observou retirar o núcleo do cilindro; era apenas ligeiramente mais estreito que o invólucro. A luz da cabine fez o documento cintilar em um jogo de cores: rosa, esmeralda, azul. A superfície fora gravada com linhas tão finas que produzia belas figuras de difração, como as asas de alguns insetos. Para um produto ligado à guerra, ele era de uma beleza singular.

— É como uma Coluna de Trajano em miniatura — murmurou Falcon.

Adam pareceu levar um momento pensando na citação; então, perguntou:

— Você leu o conteúdo?

— O que você acha? Tome.

Adam estendeu as mãos.

Falcon lhe passou o cilindro de tungstênio e se afastou o máximo que a cabine permitia, abrindo espaço para que Adam pudesse examinar o documento à vontade. Nas poderosas mãos douradas do robô, ele parecia menor, mais leve. Adam o examinou de vários ângulos, até girando-o nos dedos, analisando de perto uma extremidade, então a outra. Chegou a apalpá-lo com uma expressão concentrada, com a concentração de um músico em sua performance.

— Não é uma bomba — declarou, depois de concluir o exame. — Não existem mecanismos, estruturas internas ou variações de densidade. O campo gravitacional é compatível com o de um cilindro maciço de tungstênio.

"Quanto às gravações, o código é complicado, mas de fácil leitura. O texto, porém, é muito extenso. Se fosse convertido para uma escrita comum, algo que *você* pudesse ler, ocuparia mais de dez milhões de páginas impressas. Contém um número infindável de capítulos, parágrafos, alíneas, cláusulas, apêndices... — Adam passou um dedo pelo lado do cilindro. — Olhe só para isso. Quase mil páginas só falando sobre quem tem e quem não tem direito de explorar neutrinos solares!

— Imagino que não faça muito sentido lavrar um documento de armistício sem os detalhes muito bem-definidos.

— De qualquer forma, esse documento é extremamente complexo. Você estava esperando uma resposta rápida, Falcon? Apenas um sim ou não?

— Eu não estava esperando nada.

— Ótimo, porque aqui há muito para se examinar. Digo, não é como se isso aqui fosse algo além do mais claro ultimato, mas a forma como foi escrito, as suposições conscientes e inconscientes embutidas no texto... Quisessem ou não, os autores deixaram aqui um reflexo da própria psicologia. Um reflexo triste e aberrante! E podemos extrair informações importantes a partir disso, não é? Descobrir como eles pensam que *nós* pensamos, e, com isso, descobrir tudo o que há para descobrir sobre como *eles* pensam... que pensam... ou que pensam que nós pensamos que eles pensam...

Adam parou de falar.

Falcon ficou assustado.

— Adam?

A cabeça da máquina começou a girar.

Falcon sentiu como se o seu próprio mundo estivesse girando junto com Adam. Tudo havia mudado de um momento para o outro. E ele se lembrou da comandante-médica Tem. *Droga!*, ela havia exclamado, com uma gota do seu sangue na ponta do dedo...

— Adam, fale comigo.

— Há... uma coisa. Uma coisa em mim que não existia antes.

E, naquele momento, Falcon compreendeu que ele e as máquinas tinham sido traídos, afinal.

A última coisa que eu preciso é ser contaminada com seu DNA arcaico...

A comandante-médica tentara alertá-lo.

— Isole-se — recomendou a Adam. — Isole-se das máquinas, da cidade de vocês. *Agora mesmo.*

53

Claro que eles mentiram, pensou Falcon, revoltado. Os Springers haviam mentido desde o começo, mesmo antes de destruírem o memorial de Hope.

Adam estava olhando para o cilindro de tungstênio.

— Não pode ser o tratado. O material está limpo; não pode conter nenhuma nanoarma. E o texto é uma obra infantil; tenho certeza de que não há vírus lógicos embutidos. Mesmo assim...

— Mesmo assim o quê?

— Eles conseguiram, de alguma forma, fazer alguma coisa passar pelas minhas defesas. Uma armadilha lógica. — Adam sacudiu a cabeça. — Não, não é possível. Minhas defesas são consistentes. Nada poderia ter... — Adam se contorceu, deixando cair o cilindro no chão. — Nada poderia ter. Minhas defesas. Consistentes. Imunes a vírus. Nada poderia ter passado...

Mas Falcon sabia a verdade.

— Ela espetou o dedo.

— O quê?

— Tem, a médica que me preparou para a viagem... Eu *achei* estranho. Foi a forma que encontrou para me prevenir... Agora tudo faz sentido. Não foi o tratado — afirmou, admirando-se por estar vendo as coisas com tanta clareza. — Nem o material nem as palavras. O tratado era algo para distrair sua atenção enquanto a verdadeira arma fazia seu trabalho.

Adam se contorceu novamente. Ainda estava de pé, mas aqueles sinais externos eram claramente a manifestação visível de uma luta colossal, uma guerra travada em seu interior.

— A verdadeira arma?

— Que estava *em mim* — afirmou Falcon. — Só pode ser isso. No meu sangue...

— Não — protestou Adam. Ele estava completamente parado, como se sofresse uma dor intensa. — Não pode ser isso. Analisei seu material genético, Falcon, seu DNA. Agora vejo, baseado na infecção que sofri, que *há* uma espécie de vírus lógico escrito em cadeias de ácidos e bases. Mas, embora tenhamos apertado as mãos e respirado o mesmo ar, isolei fisicamente seu material genético do meu núcleo de processamento e estabeleci uma blindagem para qualquer radiação eletromagnética. E a informação ainda assim foi transmitida. Uma transmissão não local...

— Não local — repetiu Falcon, lembrando-se da descrição do Motor de Momento. — Uma versão quântica do princípio de Mach. Novas formas de ligar as coisas, de transportar material de um lugar para o outro, de transferir um bit de informação *daqui* para *lá*...

— Você está falando do trabalho de 90.

— Ou de como as ideias dele foram aproveitadas pelos Springer-Soames e seus técnicos. Eles colocaram um vírus no meu DNA e encontraram uma forma de transferi-lo para você sem necessidade de contato físico. Bastava se aproximar de mim, suponho. A partir do momento em que você entrou na gôndola, já era um caso perdido... Meu Deus. É quase genial. Não admira que o vírus não tenha sido detectado pelas suas defesas. E, de certa forma, me parece apropriado. O que define os humanos mais que qualquer outra coisa? O DNA, nosso legado genético. Os Springer-Soames transformaram até isso em uma arma... e se aproveitaram da física das máquinas para usá-la.

— Fale-me dessa médica, Tem.

— É uma comandante-médica. Foi encarregada de fazer uma reforma nos meus sistemas de suporte de vida. Deve ter sido ela quem alterou meu DNA, injetando no sangue algum retrovírus, talvez... E não deve ter tido como evitá-lo. Se ela se recusasse, os Springer-Soames simplesmente encarregariam outra pessoa da tarefa. Ela fez o que eles queriam... *mas tentou me avisar*. Aquele maldito corte no dedo.

Mas não entendi a tempo. Adam, só me dei conta da verdade quando já era tarde demais. Sinto muito. Eu sou um tolo...

— Não, você não é um tolo, é um idealista. Um idealista ingênuo. Você sempre foi assim, Falcon... mas vamos falar de Tem. Por que ela? Você conhecia essa mulher?

— Eu não... Tem. *Lorna* Tem. Mas é claro.

Naquele instante, Falcon se deu conta de que já havia encontrado a comandante-médica, trazendo à tona outra memória de um passado distante. Ela lhe dissera que havia escolhido a carreira da medicina após uma epifania, um momento que a definiu. E ele então soube exatamente onde e quando esse momento transcorrera: no dirigível *Hindenburg*, no meio das nuvens de Saturno, quando uma menina quase perdera seu brinquedo favorito, um globo inflável, e Howard Falcon o pegara para ela. Lembrou-se da surpresa nos olhos da menina ao descobrir que ele não era um robô e do momento em que ela reuniu coragem suficiente para pegar o brinquedo de volta das mãos de Falcon. Um simples encontro entre dois seres humanos. Mas, naquele encontro, estranho e marcante para a menina e, curiosamente, memorável também para Falcon, ele havia mudado algo no íntimo dela, vacinando-a contra um medo instintivo do desconhecido e a levando a trilhar um certo caminho que resultaria na medicina... até o dia em que, muito mais tarde, ele se tornaria seu paciente.

— Eu não fazia ideia de que transportava uma arma em meu corpo. Se soubesse, teria recusado a proposta de vir até aqui. Ou teria me destruído antes de sequer entrarmos em contato, se não houvesse opção.

— É tarde demais para pensarmos no que teríamos feito — disse Adam, que parecia ter recuperado um pouco da compostura. — O vírus que me atacou é poderoso. Está tentando explorar vulnerabilidades profundas. Coisas que jamais imaginamos que armas inimigas pudessem atacar. Montei barreiras internas, firewalls e zonas mortas, que estão conseguindo resistir ao vírus... por enquanto.

Falcon, com uma clareza de pensamento inesperada, continuou o raciocínio.

— Vocês estão sendo submetidos a um ataque duplo. Meu Deus... Não bastava jogar Io contra vocês. Eles queriam enfraquecê-los com o vírus para que não pudessem se defender. Só *depois* usariam Io para exterminá-los. Nós, humanos, somos muito espertos, afinal, não somos? Mais espertos e mais traiçoeiros do que vocês poderiam imaginar.

— Mas, afinal, foram vocês que nos construíram, Falcon.

— Vocês podem resistir?

— A luta está se mostrando difícil. Não sei se conseguirei conter sozinho o ataque.

— Por outro lado, você não pode correr o risco de contaminar as outras máquinas.

— Tem razão, mas não pense que fracassou. Também não pense mal de Lorna. Sua advertência chegou a tempo, Falcon. A infecção está isolada, em mim, nesta gôndola. Talvez sejamos capazes de nos proteger da ameaça de Io; na pior das hipóteses, explodir o satélite antes que ele se choque com Júpiter. Afinal, uma chuva de cometas é melhor que o impacto de uma lua... Por outro lado...

Adam encarou os olhos artificiais de Falcon, e Falcon o encarou de volta. Os dois, naquele momento, se deram conta da verdade.

— Por outro lado, *nós dois* estamos com um problema, Fal-con — disse Adam, em um tom quase conformado, revertendo, mesmo que apenas por um momento, à forma como pronunciava o nome de Falcon no passado. Até mesmo as máquinas, aparentemente, não conseguiam se livrar totalmente de lapsos inocentes da infância.

— Um probleminha — disse Falcon.

— Você é muito bom em ser otimista.

— É típico dos humanos; você vai se acostumar.

— Se tiver tempo para isso — disse Adam, secamente.

— Enfim, você tem razão. Nem eu nem você podemos voltar para casa. Meu papel sempre foi o de uma arma descartável para eles. Não vão me receber de volta em Io, não agora que sei o que fizeram comigo... e que atrapalhei os seus planos. Você também não pode voltar para casa... mas talvez isso também estivesse previsto. Por que foi *você* o escolhido para me receber? Acha que foi mero acaso?

— Não estou entendendo.

Falcon exibiu um sorriso melancólico.

— Talvez a política das máquinas não seja tão diferente da política humana. Escute, a humanidade está dividida em facções. Acho que isso é óbvio. De um lado, estão pessoas como os Springer-Soames, que controlam o governo militar e que querem acabar com vocês. Não sei quem está por trás de Lorna, do movimento de resistência ao qual ela deve pertencer... mas a facção de Lorna tentou me prevenir a respeito do vírus.

— Não existem facções em nosso meio, Falcon.

Falcon olhou para ele, muito sério.

— Tem certeza? Você disse que foi enviado para me receber. Você tem inimigos, Adam?

— Praticamos uma verdadeira democracia de vontades. Não temos líderes, nem aduladores, nem lobistas... É simplesmente uma hierarquia baseada em escalões de influência, uma rede heurística autônoma baseada em elementos racionais...

— Não me enrole, Adam. Sua missão era um engodo. Você foi escolhido para fazer um teste... Um pobre peão enviado para descobrir se eu era mesmo perigoso. Isso mostra que *você*, como eu, foi considerado descartável. Estamos no mesmo barco, entende? Ambos vivemos tempo suficiente para começarmos a incomodar e constranger os outros integrantes da nossa espécie. Eu, porque tenho mostrado certa simpatia pelas máquinas; você, porque passou tempo demais na presença de gente conciliadora como eu. Você não é puro, como eu também não sou. É por isso que nos encarregam do trabalho sujo... como esse.

Adam pareceu pensar um pouco nas palavras de Falcon.

— O que está querendo dizer é que, assim como os governantes dos humanos o consideraram uma peça descartável...

— O mesmo aconteceu no caso da sua "rede heurística autônoma baseada em elementos racionais". Devem ser um bando de mentirosos.

— Bem racionais, porém.

— Adam, você cumpriu sua missão. Protegeu sua cidade, seus companheiros... mas isso pode custar sua vida.

— E a sua.

— Penso que sim. Para nós, o jogo terminou. — Falcon recordou o passado, dos séculos atribulados até o começo de tudo, o desastre da *Queen Elizabeth*. — Na verdade, eu deveria ter morrido naquele acidente. Às vezes, penso que tudo que aconteceu depois foi... imerecido. Mas agora, finalmente, o fim está próximo.

— Você fala como um homem idoso, Falcon. Como se estivesse no fim da vida. Já *eu* estou no começo. Máquinas são potencialmente imortais. Você pode se sentir velho, mas eu me sinto jovem.

— Tudo bem, mas a questão é a seguinte: o que vamos fazer?

Ficaram pensando a respeito, em silêncio, por um longo tempo.

— Sabe que eu devia matar você se achasse que representava um perigo para nós?

— Se você me matasse agora, eu não poderia censurá-lo. Acontece que estaria correndo um grande risco. Se você me destruir, mesmo se explodir a gôndola, o que garante que o vírus não vai escapar? Nenhum de nós conhece todo o potencial dessa versão quântica do princípio de Mach, não é?

Adam levou muito tempo para responder. Falcon tentou imaginar a luta interna que estava sendo travada nos circuitos do robô, a sobrecarga a que estavam sendo submetidas suas funções cognitivas.

— Eu não teria nenhuma garantia de que meus companheiros seriam poupados — disse, afinal.

— Não, não teria. Nós dois estamos condenados, mas precisamos... nos destruir de forma segura.

— Tem razão, Falcon, mas como vamos fazer isso?

Falcon exibiu mais um sorriso melancólico.

— Um humano ignorante como eu não devia precisar responder a tantas perguntas. Mas tenho uma ideia. Estamos nas profundezas de Júpiter. Embora a temperatura e a pressão sejam muito elevadas do lado de fora da nave, não são nada comparadas às condições no núcleo do planeta. Talvez algo de nós sobreviva no local onde estamos, mas dificilmente acontecerá o mesmo se estivermos lá embaixo.

— Lá embaixo?

— Nas camadas mais profundas, Adam. Minha ideia é a seguinte: *vamos descer*. Vamos descer o máximo que pudermos, enquanto o casco da gôndola resistir...

— Orfeu teve uma breve visão do núcleo, mas jamais voltamos lá depois daquilo. Nosso conhecimento do interior profundo de Júpiter é... limitado.

Falcon percebeu algo na voz de Adam, algo que não esperava ouvir. Medo? Não podia ser medo de morrer, pois Adam já estava convencido de que a morte de ambos era inevitável. Medo de quê, então?

Ele não conseguiu pensar em nada.

— Eis o meu plano: liberamos o balão, deixamos a gôndola cair livremente e torcemos para que funcione e para que tudo termine bem... Quero dizer, para que tudo termine *mal*. Esperamos que esse vírus em mim, e agora em você também, não tenha chance de contaminar mais máquinas. Atingir pressão e temperatura insuportáveis parece ser a forma mais segura de garantir que isso aconteça.

— Está propondo uma última expedição, portanto? Uma última aventura balonística do grande Howard Falcon?

— Só que, dessa vez, não vai haver um balão.

— Nem muita aventura...

— Não seja um desmancha-prazeres.

Adam olhou para ele, surpreso.

— Mesmo nas atuais circunstâncias você está *feliz* por tudo isso? Lembro-me de que invejava Orfeu.

— Confesso que sim, até onde se pode invejar uma máquina.

— Mas por que tamanho interesse? Por que o núcleo?

Falcon forçou um sorriso.

— Para citar um dos Springers menos antipáticos, "porque está lá".

Estava na hora de morrer.

De novo.

— Aí vamos nós.

Interlúdio: junho de 1968

Para Seth Springer, flutuando sozinho no espaço, o Módulo de Comando da nave Apollo era uma casa longe de casa.

Na plataforma de lançamento, tivera apenas um relance da nave antes de ser escoltado até seu interior. Parecia uma Apollo convencional, com um generoso Módulo de Serviço cilíndrico instalado sob um Módulo de Comando cônico. A única diferença era que entre os dois havia uma espécie de extensão do Módulo de Serviço, um anel que abrigava a carga nuclear, a única companhia que Seth teria naquela missão.

O interior cônico da cabine era um ninho acolhedor. A nave tinha sido projetada para três tripulantes e ainda contava com três assentos. Acima dos assentos, havia um banco de painéis de controle, alguns deles apressadamente reconfigurados para que apenas um homem pudesse manejar todos os controles necessários. Debaixo do assento do meio havia um compartimento de equipamentos, e atrás dos assentos ficavam armários e mais equipamento. O interior estava pintado de cinza naval, e, nas paredes, existiam pequenos retângulos de velcro para prender objetos quando não estivessem mais sujeitos à gravidade da Terra.

O interior da cabine era bem-iluminado e estava cheio de um maquinário que produzia leves zumbidos — era como se estivesse em uma cozinha ou em um motor-home — exatamente como o simulador, e Seth imediatamente se sentira à vontade.

Aquele tinha sido o dia do lançamento, um dia longo e atarefado desde o momento em que havia acordado no alojamento. Agora, com a nave no espaço interplanetário, Seth preparou o Módulo de Comando para a noite, cobrindo as janelas com painéis e reduzindo a iluminação. Curiosamente, seu pequeno lar ficou parecido com uma capela.

Ele encontrou um espaço para se acomodar debaixo dos assentos e, mais uma vez, se surpreendeu ao adormecer quase imediatamente.

* * *

De manhã — era sábado, lembrou-se — foi acordado com um solo de guitarra a todo volume.

Fez café, esguichando água quente de uma torneira em um saco de café solúvel, e comeu dois biscoitos com queijo. Depois, chamou a base.

— Houston, aqui é Apollo.

— Bom dia, Seth.

— Bom dia, Charlie. O que foi aquilo que me acordou?

— Aquilo era Jimi Hendrix tocando algo que chamou de "Hino para um Governo Mundial" em um festival nas Bermudas. Uma mistura do hino americano com o hino russo.

— Que sacrilégio!

— Bem, considerando que ele está sentado no ponto de impacto previsto do Ícaro, junto com Ravi Shankar, Captain Beefheart, John Lennon e essa galera toda, Jimi acredita em você, cara... Ah, a propósito, dê uma olhada no seu KOP quando tiver tempo. E mais uma coisa: enquanto você dormia, o vice-presidente Kennedy disse que aprova o plano da NASA para pousar em Marte em 1990.

— Contanto que a gente passe da metade da semana que vem, imagino.

— É isso aí. Obrigado por salvar nossas vidas, cara.

— Não tem de quê. Você pode retribuir quando meus meninos crescerem e entrarem para o corpo de astronautas.

— Combinado, Seth.

Seth guardou o lixo e escovou os dentes. Passara por um treinamento para se barbear no espaço sem deixar pelos passeando pela cabine, mas, como estaria voando apenas até a quinta-feira, achou que seria perda de tempo.

Aquele dia, sábado, seria relativamente tranquilo, mas ainda assim havia várias tarefas de rotina à espera: purgar as células de combustível, recarregar as baterias, trocar os coletores de gás carbônico. Tinham pensado em instalar uma câmera a bordo para que pudesse fazer transmissões ao vivo para a população da Terra ou, pelo menos, para a própria família. No fim, Seth achou que seria uma exibição muito triste e se recusou. Contudo, ele tinha atribuições suficientes, para mantê-lo ocupado o tempo todo. Talvez fosse essa a intenção.

O almoço foi canja de galinha e salada de salmão.

Depois, em um intervalo entre duas tarefas, foi ver o que havia no KOP, o kit de objetos pessoais. Todos os astronautas tinham direito de levar uma pequena mala com itens do gênero, como lembranças e fotografias. Seth, que não sabia o que levar, deixara essa seleção por conta de sua família e amigos. Por isso, abriu a mala pela primeira vez com certa expectativa.

A peça mais volumosa era um gravador portátil. Em seguida, vinha um pequeno álbum de retratos organizado por Pat: fotos da mulher, das crianças, da família reunida. Um medalhão de ouro que pertencera à avó e tinha o emblema da família Springer, um antílope saltando; no interior do medalhão, mechas de cabelo dos filhos. Seth passou algum tempo com o medalhão em mãos, sem se importar com o que o pessoal do Controle da Missão iria pensar daquela reação.

Uma carta do presidente.

Uma carta de Louis Armstrong! "Boa sorte, meu rapaz..."

No gravador, estava colada uma etiqueta, onde alguém havia escrito à mão: TONTO. Quando ligou o aparelho, ficou surpreso ao reconhecer a voz de Mo Berry.

— Saudações, Tonto. Se está me ouvindo, é porque o pessoal do imposto de renda finalmente me pegou e é você que vai pilotar a *minha* nave. Não posso imaginar alguém melhor para ocupar esse assento, exceto eu, é claro. Acho que estou usando meus últimos momentos de liberdade gravando esta fita para você.

"Com a ajuda de Pat, fiz uma compilação de músicas dos Hot Five e dos Hot Seven, além de seleções de Ella e Louis. Os scats são realmente de tirar o fôlego. E, escute, tomei a liberdade de colocar no início uma das minhas músicas favoritas. Você sabe que gosto de novidades e escuto as músicas que esses meninos cabeludos estão fazendo nos dias de hoje. Pode chamar de paternidade sublimada; pelo menos, foi o que um psicólogo da NASA me disse uma vez. O que há de errado nisso? Enfim, tenha uma boa viagem, Tonto, e trate de não cair do cavalo antes de chegar ao local do tiroteio..."

A trilha começava com uma orquestra de cordas tocando no compasso seis por oito, e Seth imaginou se tudo aquilo não seria uma brincadeira de Mo; se, na verdade, ele tinha gravado uma fita apenas com uma orquestra de Mantovani. Foi então que Louis B. começou a cantar uma música que, como Seth descobriu em um papel com comentários que acompanhava a fita, se chamava "What a Wonderful World". O papel dizia que ela havia passado despercebida nos Estados Unidos, mas que tinha sido um grande sucesso na Europa no ano anterior: uma vitória para Satchmo, ali na era de Jimmi Hendrix.

— E pensar que eu nem sabia que essa música existia. Obrigado, amigo.

De repente, a letra da música o fez se lembrar dos filhos, e ele teve que desligar.

Domingo, segunda-feira.

Mais dois dias no espaço, dias com uma longa lista de tarefas a cumprir. Sentia-se aliviado porque, até o momento, conseguira executar tudo que estava previsto, como o delicado teste de pilotagem manual e a correção de meio curso que fazia parte do roteiro. De certa forma, enquanto continuava a uma ou duas doses de sono do momento do encontro, ainda sentia como se estivesse em um voo de treinamento. O relógio, porém, era implacável; a rocha assassina se aproximava a uma velocidade maior que a de sua nave.

Na segunda-feira, falou com Pat, no Controle da Missão, pela última vez. Tinha um trabalho a fazer na terça-feira e queria reservar o dia exclusivamente para isso. Foi um momento difícil.

Em seguida, transformou mais uma vez o Módulo de Comando em uma capela noturna. Dormiu, acordou, e era terça-feira.

Dia do Ícaro.

SEIS
JÚPITER INTERIOR
2850

54

A metrópole das máquinas se assomava abaixo da *Kon-Tiki*, que descia lentamente, mas tudo tinha mudado. Agora não havia como voltar atrás.

A determinação de Falcon era tão frágil quanto o casco que protegia a gôndola da pressão monstruosa da atmosfera de Júpiter, mas o medo de morrer era suplantado pelo medo de tomar a decisão errada.

— Meu plano é o seguinte — começou, esforçando-se para parecer confiante. — Vamos usar o motor assintótico para aumentar a velocidade de descida o máximo que pudermos. Mas antes precisamos encontrar um meio de passar pela cidade de vocês. Esses buracos... poços... vão até que profundidade?

— Algumas centenas de quilômetros.

— E o que há no fundo deles?

— Nada. Sairíamos dos níveis inferiores e continuaríamos pelo espaço vazio.

— Como um rato saindo de um cano de esgoto. — Falcon sorriu.

— Ótimo, é isso que vamos fazer, mas temos que ser precisos. Se seus amigos acharem que estamos sobrevoando a cidade para bombardeá-la, com certeza vão acabar conosco.

Adam fechou os olhos do avatar.

— Já carreguei o nosso curso no sistema de controle da gôndola. Não devo me comunicar com meus companheiros, mas, quando eles rastrearem nossa trajetória, o poço de defesa abaixo de nós será aberto, e vou deixar bem claro que pretendemos apenas passar pela cidade para nunca mais voltar. Tem que haver um sincronismo perfeito, é claro... — Ele olhou para Falcon. — O vírus continua agindo dentro de mim, Falcon. Meus recursos não são ilimitados. A luta interna dificulta todas as minhas ações.

— Até agora, você está indo bem. Continue assim.

Adam pousou a mão dourada no controle do motor.

— Tem certeza de que quer fazer isso?

— Tenho. A propósito: por que você chamou de poço de defesa? Que tipo de defesa ele representa?

— É uma longa história. Vamos lá...

Adam apertou a mão de Falcon, que acionou o controle do motor assintótico, dirigindo o impulso para fazer a gôndola *descer* em vez de subir. Era contra todos os instintos humanos continuar a descida quando sua oportunidade de fuga ficava acima, mas uma manobra semelhante salvara sua vida na primeira vez em que encontrara as medusas. Teria a mesma sorte agora? Era pouco provável, mas a decisão já estava tomada.

O poço cresceu abaixo deles. Era uma abertura quadrada, com mais ou menos doze quilômetros de largura, as paredes cobertas por uma rede de luminosas linhas vermelhas.

— Sobrevivemos! — exclamou Falcon.

— Acho melhor conter seu entusiasmo. Nossa expectativa de vida, afinal, é extremamente curta. No panorama geral, por outro lado, a armadilha dos Springers foi evitada. Assim que perceberem isso, vão arremessar Io contra nós. Sabendo disso previamente, temos uma boa chance de destruir a lua com nossas armas... A fauna do planeta pode não sobreviver, mas nós, sim. O que virá em seguida, porém? Mais guerras, mais destruição?

— Talvez os Springer-Soames mudem de ideia.

— Você acha isso provável?

Falcon não se deu ao trabalho de responder.

Agora estavam nas profundezas do poço, carregados pela aceleração do motor assintótico. A maioria dos instrumentos da gôndola ainda estava funcionando. De acordo com o radar, o fundo do poço se aproximava rapidamente...

E, de repente, eles se viram do lado de *fora*.

Falcon voltou os sensores para o lado de baixo da cidade. Os lampejos do motor assintótico iluminaram uma configuração muito parecida com a do lado de cima, um arranjo de planos e blocos. Falcon se deu conta de que a quase simetria era natural: para quem havia dominado a pressão e o calor dessas profundezas, até a gravidade de Júpiter não passava de um detalhe.

No momento, estavam a mais de quinhentos quilômetros de profundidade.

Falcon dirigiu os sensores para baixo, em direção ao caminho que tomariam, e ficou surpreso ao detectar mais objetos flutuantes.

— O que são *esses*?

— Outra linha de defesa da nossa cidade, muito parecida com a que há acima.

Falcon pensou um pouco.

— Você disse que aquele poço que atravessamos era um poço de defesa.

— É verdade. E, como você viu, é aberto nas duas extremidades.

— Para que vocês possam disparar nas duas direções...

— Isso mesmo. Quando chegarmos à linha de defesa, você vai notar uma diferença importante em relação à que encontrou antes de chegar à cidade.

— Qual é?

— *Esses* canhões estão apontados para baixo, não para cima.

55

Eles continuaram a descer, passando por linhas de defesa a seiscentos, seiscentos e cinquenta e setecentos quilômetros de profundidade.

Depois disso, não viram mais canhões, apenas esferas flutuantes, que, segundo Adam, faziam parte de um "sistema de alerta".

— Alerta contra o quê, Adam? Máquinas dissidentes, um grupo de renegados que se estabeleceu nas profundezas de Júpiter?

— Nada disso. Temos nossas diferenças, nossas discussões internas, como você deduziu corretamente, mas o inimigo que tememos estava em Júpiter muito antes de nossa chegada.

A humanidade nada sabia a respeito, pensou Falcon.

— Orfeu *encontrou* alguma coisa. É disso que você está falando? Muitas das últimas mensagens dele foram ambíguas.

— Talvez fosse mais apropriado dizer que Orfeu *despertou* alguma coisa. Alguma coisa que não conhecia nada a respeito dos humanos e das máquinas até que aquela pequena sonda apareceu com informações de fora...

— Alguma coisa... O quê?

— Não sabemos, Falcon — respondeu Adam.

Os temores que Falcon havia sentido antes agora pareciam irrelevantes, coisa de criança, nada mais. Depois de refletir um pouco, porém, chegou à conclusão de que aquilo não mudava a situação em que se encontravam, com suas chances de sobrevivência praticamente nulas.

— E só agora você me diz isso?

— Vocês, humanos, tinham uma ideia errônea a nosso respeito — explicou Adam. — Achavam que éramos senhores de Júpiter. Se conhecessem a verdade, se soubessem que estávamos imprensados entre dois inimigos, acima e abaixo, talvez se sentissem encorajados a nos atacar. Mesmo que houvesse o risco de, em caso de vitória, terem que enfrentar um inimigo ainda mais poderoso. Vocês teriam sido tolos a tal ponto? Não, não precisa responder.

"Seja como for, não há mais motivos para guardar segredos um do outro. Afinal, ninguém mais terá conhecimento do que virmos ou experimentarmos nesta descida. Não posso me comunicar com meus companheiros, porque tenho receio de contaminá-los."

— Sabia que você é uma companhia bem animadora?

— Seus mestres informaram qual pressão essa cápsula é capaz de suportar?

— Nada do que me disseram é digno de confiança.

Adam fez que sim com a cabeça.

— Quando atravessei o casco da sua nave, aproveitei para avaliar o estado dos equipamentos. Os engenheiros fizeram um bom trabalho com os materiais de que dispunham, dadas as suas limitações cognitivas.

— Obrigado.

— O motor assintótico foi adaptado para funcionar em grandes profundidades, mas a pressão vai esmagar a gôndola quando chegarmos a mil quilômetros, mais ou menos a profundidade em que ocorre a transição para o oceano de hidrogênio molecular. O colapso da *Kon-Tiki* vai acontecer muito depressa. Entretanto...

— Sim?

— Nossa viagem não precisa terminar com a destruição da gôndola. Eu posso protegê-lo.

Falcon franziu a testa.

— Como?

— Sou mais robusto; posso resistir a uma pressão maior que a sua nave, pelo menos por um tempo. A gôndola é um mero casco. *Pense em mim como um novo casco*, Falcon. Posso envolver você, para depois que a gôndola enfim ceder.

— Como se fosse um traje espacial?

— Pode ser. Um traje espacial pensante e falante.

— Estaremos apenas adiando o inevitável.

Adam sorriu.

— O que é a existência, senão uma luta permanente e, afinal, fútil para adiar o inevitável?

— Muito filosófico da sua parte. Acho que não fui eu que ensinei isso a você.

— Estamos chegando a novecentos quilômetros. Não confio totalmente nos meus cálculos. É melhor nos prepararmos.

Falcon olhou em torno. O medo secreto de todo submarinista era uma implosão do casco; esse temor jamais ocorrera a um balonista como ele, mas agora tomava conta dos seus pensamentos com um fascínio mórbido. Haveria um momento final em que sentiria as paredes se fecharem, esmagando-o como um punho de ferro? Ou a atmosfera de hidrogênio e hélio encontraria um ponto fraco no casco e invadiria a nave? Ele *sentiria* alguma coisa, o próprio corpo queimando ou sendo esmagado?

Falcon tinha morrido uma vez; tais pensamentos não deveriam incomodá-lo. Uma morte era uma morte. No entanto, ainda não havia perdido a esperança.

— Vá em frente, mas quero que me prometa uma coisa. Se perceber que o fim está chegando para nós dois, faça com que seja rápido e indolor.

— Você tem minha palavra — respondeu Adam.

Imediatamente, a forma dourada perdeu definição, derretendo como um boneco de cera, até Adam ser reduzido a uma bola de material amorfo.

A bola rolou pelo chão e se tornou um anel para envolver as rodas de Falcon. O anel se dilatou verticalmente, convertendo-se em um cilindro que aderia ao corpo de Falcon conforme subia. Os sensores periféricos de Falcon registraram um frio intenso. Era uma sensação estranha, inquietante e exótica, mas não chegava a ser dolorosa.

Enquanto sofria essa transformação, pensou ele, Adam ainda travava sua luta interna contra o vírus. Falcon mal podia imaginar a ferocidade daquele conflito, da guerra que estava acontecendo sob a superfície dourada de seu companheiro de viagem.

A máquina envolveu o tronco, os braços e, por fim, a cabeça de Falcon, impedindo que ele visse a gôndola e os instrumentos. Por um momento, agradavelmente entorpecido pelo casulo frio, Falcon teve a impressão de que estava flutuando no vazio.

— Falcon — disse uma voz dentro de sua cabeça, como se saísse de um par de fones de alta qualidade.

— Sim, Adam?

— Para que você tenha acesso aos meus sentidos, preciso estabelecer uma interface com o seu sistema nervoso. Vou converter minhas percepções não humanas em formas compatíveis com seus sentidos. Você possui uma tomada neural do tipo antigo, entre outros sistemas neuroinformáticos primitivos, que eu posso usar... Você concorda?

— Pode mesmo fazer isso?

— Já estou fazendo. O canal auditivo foi o primeiro; logo os sentidos de visão, paladar, olfato e tato estarão ativados...

As sensações não demoraram a chegar. Logo Falcon estava contemplando o grande oceano de hidrogênio de Júpiter.

Os sentidos de Adam sempre foram muito superiores aos de Falcon. Ainda estava escuro, obviamente, mas agora o espectro visual era apenas uma pequena parte da torrente de sensações que chegava à sua mente. Ele podia sentir ondas eletromagnéticas de todas as frequências, os gradientes de temperatura e pressão, as correntes e as turbulências do fluido de hidrogênio e hélio, até mesmo os vapores de outros elementos químicos presentes no oceano.

Ao mesmo tempo, podia ver o casco da gôndola, ainda resistindo ao calor e à pressão. Sentiu o aumento da tensão a que estava sendo submetido o material, pôde ver as fraturas se formarem e se multiplicarem.

— Quando o casco ceder, Adam, tem certeza de que vai aguentar?

— Sou mais resistente do que você pensa. O colapso da gôndola será o menor dos nossos problemas... Uma pequena amostra das condições adversas que vamos encontrar daqui para a frente.

— Isso é animador.

— Vamos encarar as coisas pelo lado positivo. Teremos a oportunidade de ver coisas nunca antes vistas...

— Mesmo que isso nos custe a vida. Conte-me os detalhes, Adam, agora que temos tempo. Aquelas armas apontadas para baixo não foram instaladas à toa. Vocês devem ter tentado descobrir o que existe lá embaixo.

— É verdade. Estudamos as últimas transmissões de Orfeu, em que ele aparentemente falava de atividades inteligentes associadas ao núcleo de Júpiter. Assim que nos instalamos com segurança em nossa cidade, preparamos novos enviados, mais embaixadores que exploradores. Mais fortes e mais bem informados que Orfeu, cada um melhor que o anterior, todos equipados para fazer contato ou mesmo negociar. Nenhum voltou intacto. A maioria nem voltou, e por eles nos enlutamos.

— E os que voltaram?

— Tinham as mentes danificadas... talvez de propósito. Falavam palavras sem nexo ou gritavam sem parar, como se estivessem padecendo a agonia de um tenebroso conflito interno. Um segundo de dor, Falcon, é uma eternidade no inferno para uma consciência cibernética. Eles se tornaram objeto de pena, de repulsa. Não puderam fornecer nenhuma informação útil. Tivemos que pôr fim ao seu sofrimento.

"Insistimos, sem sucesso, em nossos esforços para estabelecer contato, até que, um dia, uma força surgiu das profundezas e atacou nossas cidades. — Havia certo orgulho arrependido na voz de Adam. — Foi uma guerra cruel. Vocês nunca souberam. Escondemos bem o fato. Se vocês tivessem sabido, com certeza teriam aproveitado o momento para nos atacar... e teriam vencido."

— Essa força...

— Nunca mais voltou. Achamos que tivesse sido uma espécie de teste da nossa capacidade, ou talvez uma advertência. Seja como for, nunca mais nos aventuramos nas profundezas de Júpiter. Pode encarar a situação atual como um acordo tácito. Não os incomodamos no núcleo e eles nos deixam em paz na atmosfera. Para eles, devemos ser irrelevantes, tênues fantasmas que assombram as margens do seu mundo. Vocês devem ter encarado da mesma forma os espíritos etéreos da estratosfera.

— Enquanto ainda *tínhamos* uma estratosfera... Mas agora nossa descida pode desestabilizar o cessar-fogo de vocês.

— Nós dois não podemos ser considerados propriamente uma ameaça... Além disso, chegamos a um ponto no qual nenhum dos dois lados tem a ganhar com a situação atual. Talvez esteja na hora de enfrentar aquilo que tememos. Estou me referindo tanto aos humanos quanto às máquinas.

— Nesse caso, espero que algo de bom resulte deste momento de trégua.

— Eu também. Prepare-se, Falcon, porque os níveis de tensão do casco estão aumentando. Acho que chegou a hora.

E, de fato, chegou.

Adeus, valorosa *Kon-Tiki*.

Contrariando seus conhecimentos sobre como o colapso da gôndola aconteceria, Falcon não podia deixar de imaginá-lo como um processo, algo com estágios bem definidos, como o ato de amassar uma lata de alumínio: apertar, deformar, descartar. Não foi assim que aconteceu. Houve dois instantes descontínuos: no primeiro, a gôndola estava inteira; no segundo, ela não existia mais, esmagada pela altíssima pressão da atmosfera de hidrogênio e hélio.

Tudo que Falcon pôde observar foi uma claridade súbita, um trovão inaudível e uma onda de choque que reverberou nele até os ossos. Então, era um vulto dourado na escuridão, mais ou menos de forma humana, e havia sobrevivido.

Adam descreveu para ele o acontecido. Mesmo durante os momentos de seu colapso, a gôndola continuara a enviar dados a respeito do casco, e, ao perceber que estava a ponto de ceder, o motor assintótico havia se desligado em uma série de operações microscópicas. O pequeno buraco negro que alimentava o motor não podia ser tornado inteiramente seguro, mas o restante do motor foi descartado, e a singularidade, guardada em um minúsculo invólucro, uma espécie de sarcófago que extraía do buraco negro apenas energia suficiente para manter um campo de força à sua volta. Teoricamente, o invólucro poderia suportar as enormes pressões e temperaturas por bilhões de anos, vagando inofensivamente pelo núcleo de Júpiter.

Boa sorte, pequeno buraco negro, pensou Falcon. Leve sua mensagem para o futuro distante.

— Você fez um bom trabalho — comentou Falcon.

— *Nós* fizemos um bom trabalho — retrucou Adam. — Pena que sua nave foi destruída. Ela lhe prestou um bom serviço.

— Mas você está bem, Adam? Sofreu alguma coisa com o colapso da gôndola?

— Não. O evento não excedeu os parâmetros que eu havia calculado. Por outro lado, não posso alimentar falsas esperanças quanto ao nosso futuro, com essa descida. Existem algumas opções que posso usar para prolongar nossa sobrevivência por um tempo, mas não acredito que seja possível chegar à profundidade atingida por Orfeu.

— Talvez seja o nosso dia de sorte.

— Tem sido, até agora.

— Continue assim e acabará desenvolvendo um senso de humor.

— Quando penso nos humanos, não posso deixar de achar graça.

— Touché.

Discutindo, especulando, brincando, desceram juntos em direção ao vazio.

56

A comandante-médica Lorna Tem estivera esperando os visitantes. Quando os monitores mostraram que eles já estavam no hospital e se aproximavam de seu consultório, sentou-se atrás da mesa e se cercou de relatórios médicos e resultados de exames.

Eles entraram sem preliminares, sem pedir licença.

Primeiro vieram os seguranças e depois os detestáveis irmãos Springer-Soames, Valentina Atlanta e Bodan Severyn. Lorna se recostou no assento, assumindo um ar displicente deliberado. Os seguranças abriram caminho para os irmãos se aproximarem da mesa. As armas que empunhavam não estavam apontadas diretamente para Lorna mas também não estavam apontadas na direção oposta.

— Algum problema? — perguntou Lorna.

Valentina se inclinou para a frente e apoiou os punhos cerrados na mesa.

— O que você fez com Falcon?

Lorna franziu a testa.

— O que eu *fiz* com ele?

— Você recebeu ordens expressas — disse Bodan, com o rosto vermelho de raiva, postando-se ao lado da irmã. — Foi encarregada de inserir o vírus no DNA de Falcon.

— E cumpri as instruções à risca.

— Então por que o vírus não está agindo? — Valentina, surpreendentemente, estava babando; uma linha fina de saliva escorria pelo canto da boca e chegava até a mesa. — Já se passou o tempo necessário! Os testes em máquinas capturadas mostraram que nosso vírus explora com sucesso uma vulnerabilidade do sistema operacional. Falcon já devia ter entrado em contato conosco. Por que as máquinas ainda não se renderam?

— Talvez o vírus tenha sido mais eficaz do que vocês esperavam — sugeriu Lorna, tentando ganhar tempo. — Pode ter se espalhado rapidamente, colocando todas as máquinas fora de combate antes que pudessem responder.

— Não é possível — argumentou Bodan, com a boca contraída em um esgar. — Jamais conseguiria se espalhar com tanta rapidez. Além disso, receberíamos alguma mensagem de Falcon, ainda que confusa... Alguma confirmação de que o vírus está agindo.

— Humm... — fez Lorna, batendo com a caneta em um dos relatórios. — Nesse caso, talvez tenham projetado mal o vírus.

— Não! — exclamou Valentina, com voz esganiçada. — Não! Não há nada de errado com o nosso vírus. Ele foi testado exaustivamente.

— Nesse caso, não sei o que dizer.

— Toda a nossa estratégia dependia dessa infecção — acrescentou Bodan, cerrando os dentes.

— Ah, não fiquem tão desapontados — disse Lorna. Diante do descontrole dos Springers, que, aparentemente, não estavam acostumados a sofrer frustrações, a médica se esforçou para manter uma máscara de calma imperturbável. Um adulto lidando com crianças. — Talvez, inconscientemente, vocês *quisessem* que o vírus falhasse, para ver se as máquinas teriam algo para enfrentar sua estratégia com a lua assassina...

— Ah, agora resolveu bancar a psicanalista? — vociferou Bodan.

Valentina balançou a cabeça.

— De certa forma, ela tem razão. A operação *vai* prosseguir; as máquinas serão derrotadas, mesmo sem a ajuda do vírus. A evacuação de Io já começou. As naves foram colocadas de prontidão. Comandante-médica, você deve deixar este hospital em até doze horas.

— Doze horas? Esse tempo não é suficiente nem para *preparar* os pacientes em estado crítico para a viagem.

— Quem disse que os pacientes vão ser removidos? — perguntou Valentina, de cara feia. — Apenas você e sua equipe serão evacuados. Podem levar alguns equipamentos mais valiosos. Desliguem os sistemas de suporte de vida, sacrifiquem os outros pacientes... Façam o que quiserem.

Lorna não conseguiu mais manter a calma.

— Vocês não podem fazer isso. Nenhuma prioridade militar justifica...

Valentina se empertigou.

— Doze horas, comandante-médica. Há um assento na nave reservado para a senhora, mas, por favor, não pense que é indispensável.

— Não vou abandonar meus pacientes.

Valentina sorriu. Havia recuperado o controle da situação.

— Como quiser. Mas pense bem, comandante-médica. Sua vida depende disso.

57

A estátua dourada mergulhou nas profundezas metálicas.

Ao alcançarem mil quilômetros, como acontecera com Orfeu, Falcon e Adam passaram por uma fronteira difusa e adentraram um novo reino no qual a mistura de hidrogênio e hélio que os cercava se comportava mais como um líquido do que como um gás. Era um verdadeiro oceano de hidrogênio, quase suficientemente profundo para conter a Terra inteira.

A profundidade agora aumentava rapidamente: dois mil quilômetros, três mil quilômetros, quatro mil quilômetros. Fazia somente algumas horas que Falcon chegara a Júpiter, mas, julgando pela ligação tênue que ele sentia agora com sua antiga vida, podiam ser séculos.

— Posso fazer uma nova sugestão? — perguntou Adam.

— Vá em frente.

— Talvez não ache tão aceitável como a última.

— Do que se trata?

— Continuo a estudar opções para atingirmos maiores profundidades.

— E permanecermos vivos por um pouco mais de tempo?

— Isso mesmo. Boa parte da sua infraestrutura de apoio se tornou... Como vou dizer? — Adam fez uma pausa. — Supérflua?

— O que está propondo?

— Que descartemos suas partes que não são mais necessárias para o seu funcionamento. Isso pode ser feito rapidamente e de forma indolor, sem necessidade de anestesia.

— Não vejo o que ganharíamos com isso.

— Tempo — explicou Adam. — Reduzindo você a um núcleo vital, estarei em condições de protegê-lo com menos esforço. No momento, estou quase no limite de minhas forças, mas muitas das suas funções locomotoras e dos seus subsistemas de suporte de vida não têm mais utilidade.

— Você não sabe como me afeiçoei a alguns desses "subsistemas".

— Pense nisso como a mais recente de suas atualizações: o último e melhor aperfeiçoamento, a adaptação perfeita às condições do momento. Durante séculos, você dependeu de máquinas para sobreviver, Falcon. Sou simplesmente uma versão avançada delas. Deixe-me descartar tudo que você não está usando nem vai mais usar.

— E quanto ao vírus?

— Continuo mantendo-o sob controle.

— Está bem. Vamos o mais longe que der. Faça o que tiver que fazer...

Imediatamente, a armadura dourada começou a pressioná-lo.

Ela pareceu encontrar mil pontos de entrada na anatomia de Falcon. Já estava *dentro* dele, por meio de canais sensoriais, mas aquele era um tipo diferente de invasão, um ataque implacável ao seu organismo. Falcon teve que se forçar, contrariando todos os instintos humanos, a adotar uma atitude submissa, como um paciente colocando sua fé no bisturi do médico.

O frio chegou ao seu âmago.

Falcon sentiu uma *amputação* — seu mecanismo de locomoção foi separado do corpo e descartado. Sem poder contar com a proteção de Adam, o equipamento devia ter fundido e se dissolvido quase instantaneamente. O frio não parou ali, porém. Estendeu-se ao tronco, aos braços. Estava sendo reduzido ao mínimo essencial.

Quando o trabalho terminou, quando a máquina dourada se infiltrou nele como uma onda invadindo os canais e as depressões de uma praia, Falcon descobriu estranhas compensações.

Tinha novamente um corpo, um corpo dourado. Sua consciência se estendia até os limites dos dedos das mãos e dos pés. Esse corpo não lhe pertencia, mas era como se Falcon o habitasse. Não ha via motivo para Adam assumir uma forma humana, especialmente agora que estavam imersos em um mar de hidrogênio e hélio, longe de qualquer superfície sólida, mas a forma dava a Falcon a impressão de ter voltado ao passado, de ter recuperado um corpo completo; uma impressão que havia muito ele esquecera.

Era uma sensação bem agradável, e, enquanto havia tempo, Falcon tratou de saborear aquele presente inesperado.

— Obrigado — disse a Adam.

— Se nosso encontro tivesse ocorrido mais cedo, em circunstâncias mais favoráveis, acho que teríamos muito a aprender um com o outro.

— O que resta para *você* aprender?

— Também temos nossos limites. Diante dos mistérios do universo, nossa ignorância é quase tão grande quanto a dos humanos.

— Continue assim, Adam. Está quase parecendo humilde.

— Nós dois temos muitos motivos para ser humildes. A humildade é um excelente ponto de partida. No momento, porém, é melhor aproveitarmos o aqui e agora. Estamos entrando em território desconhecido. Poucos dos nossos embaixadores transmitiram dados confiáveis a partir deste ponto; menos ainda retornaram. Imagino se seremos capazes de manter a integridade até entrarmos na região de hidrogênio metálico.

— Mesmo que isso seja possível, não foi por aqui que Orfeu começou a dizer palavras sem nexo?

— Onde há vida, há esperança.

— Disse o pobre robô perdido.

58

Cada vez mais fundo na noite bêntica: oito mil, nove mil, dez mil quilômetros. Ter chegado até aquele ponto era surpreendente; mais do que Falcon jamais ousara imaginar.

Entretanto, o que *era* ele naquele momento? Quem era aquela testemunha das profundezas?

Ele havia *mudado*: descartara muito do que parecera uma parte inseparável de sua pessoa. Ao mesmo tempo, sentia-se como se ainda tivesse um direito inviolável à identidade de Howard Falcon, como se alguma coisa ainda ligasse seu atual centro de experiência e percepção ao homem que um dia estivera no convés da *Queen Elizabeth*, incomodado por uma rajada de vento. Estava em posição de julgar essas questões? *Seja realista: você não é mais exatamente um observador independente. Adam está com os tentáculos implantados na sua mente. Quem sabe onde ele termina e você começa?*

Mas será que aquilo realmente importava? Que diferença fazia o que ele havia sido no passado, quais foram suas experiências, onde ficava a fronteira entre Falcon e Adam? *Algo* restava. Alguma continuidade. Um senso de identidade suficiente para prestar testemunho.

Um senso de identidade suficiente para temer a morte.

— Falcon.
— Estou aqui.
— Acho que não devemos estar longe da interface plasma–oceano. As condições serão extremas: uma pressão de um milhão de atmosferas, se as informações de Orfeu e dos embaixadores estiverem corretas. Enquanto isso, o vírus continua a me atacar, criando novas estratégias tão rapidamente quanto eu crio novas defesas. Não sei por quanto tempo... — Adam interrompeu o que estava dizendo e, depois

de alguns instantes, tornou a falar com voz firme, como se tivesse encontrado uma última reserva de determinação. — Apesar de tudo, recuso-me a desistir. Não quando ainda temos uma chance.

— Lá vamos nós de novo. O que tem em mente dessa vez?

— Uma nova simplificação. Mas uma que talvez não seja do seu agrado.

— Pior que a última? Você não podia me avisar com antecedência sobre essas suas soluções, Adam?

— Falcon, estou tendo que improvisar.

— Isso não parece típico de uma máquina.

— Concordo. Eu não esperava que sobrevivêssemos até esta profundidade. Posso pelo menos explicar a você minha ideia?

— Prossiga.

— Meu corpo protegeu o seu núcleo biológico até agora, mas não vai resistir por muito tempo ao aumento de pressão. As tensões estão atingindo níveis críticos, como aconteceu com o casco da gôndola.

— Nesse caso, estamos perdidos.

— A menos que adotemos a estratégia de Orfeu. Adaptar-se ao ambiente, em vez de resistir a ele. Permitir que a pressão vença essa batalha, enquanto planejamos o próximo passo.

— Diga-me exatamente o que pretende fazer.

— Já consegui uma integração parcial com o seu sistema nervoso. Proponho continuar essa integração. Vou me instalar em torno das conexões sinápticas do seu cérebro, revestindo os axônios como se fosse uma camada adicional de mielina. Minha arquitetura autorreplicante preservará seu conectoma idiossincrático, assegurando assim a permanência do seu senso de identidade, da sua consciência. Os impulsos nervosos continuarão funcionando como o usual.

"Por outro lado, tudo que não é essencial será descartado. A estrutura de apoio do seu cérebro, os gânglios, a circulação sanguínea, os feixes nervosos redundantes... Tudo isso será eliminado. Minha forma física também será abandonada. O restante ficará imerso no mar de Júpiter. Você continuará a ser o que sempre foi, uma mente pensante, mas essa mente estará imune à pressão externa."

— Um cérebro de ouro — comentou Falcon, o horror e maravilha da proposta quase demais para suportar. — Isso é tudo que eu seria. Um cérebro de ouro caindo na escuridão. Como uma esponja do mar afundando em uma fossa oceânica.

— Mas sua *consciência* seria preservada. Não vejo outro meio de prosseguirmos. Se preferir parar por aqui, respeitarei seu desejo...

— E você, o que faria?

— Mudaria minha arquitetura e continuaria a jornada sozinho, enquanto pudesse. — Adam ficou em silêncio por algum tempo. — Até o vírus me vencer ou a pressão me esmagar... O que acontecesse primeiro. Até esse momento, porém, seria bom se eu pudesse contar com a sua companhia.

— Mas a pressão vai acabar nos vencendo, não é? Você não pode proteger indefinidamente os meus neurônios...

— Isso vamos ver quando chegarmos lá. Enquanto isso, temos ainda um universo de aventura à nossa frente. Pronto?

— Sempre.

Em um sentido abstrato, podia afirmar que havia se tornado glorioso.

Se Falcon ainda podia se considerar Falcon, agora era uma esfera rendada de ouro mais ou menos do tamanho de uma bola de praia. A esfera era aberta, sem uma superfície definida, com apenas uma interface difusa, uma espécie de gradiente de densidade, que nas escalas micro e nano — já que apresentava uma estrutura fractal — era formada por um número muito grande de tubos ramificados e anelados. Na parte interna, a concentração desses tubos era tão grande que dava a impressão de ser um núcleo sólido, lembrando as estrelas da parte central de um aglomerado globular. Essas estruturas eram também tudo que restava de forma física do robô Adam. Serviam tanto como órgão sensorial como sistema de propulsão; a bola de praia mergulhava cada vez mais no oceano de hidrogênio, com elegantes contrações.

Tudo que era Falcon, tudo que fora Falcon, residia no interior dessa forma complexa.

Ele não precisava de coração, nem de ossos, nem de nervos além dos que estavam protegidos pela blindagem dourada de Adam. No interior dessa blindagem, desse conjunto fantástico de módulos e circuitos neurais, contudo, Falcon continuava a ser um organismo vivo. Sua mente ainda estava baseada em uma rede de células especializadas, que se comunicavam usando a antiga linguagem de neurotransmissores que atravessavam fendas sinápticas, e a eletroquímica desses processos ainda dependia de complexos mecanismos moleculares envolvendo enzimas, proteínas e canais de íons de cálcio.

Será que ele se *sentia* diferente? Falcon não tinha certeza, agora que o trabalho estava concluído. Talvez no próprio processo de ser reduzido ao seu sistema nervoso central, tivesse perdido algo vital, algo que agora estava além de sua capacidade de imaginar e muito menos de lembrar. Ainda havia, no entanto, uma ligação entre sua identidade passada e sua identidade presente.

E ele estava feliz por ter suportado tudo até ali. Por continuar desafiando a morte. E por continuar em busca de novas informações.

Assim unidos, passaram pelo limiar que separava as fases líquida e metálica do hidrogênio. Continuaram a descida, agora imersos em um oceano elétrico, um estado da matéria jamais experimentado por um ser humano.

59

Embora fosse necessária uma pressão monstruosa de milhares de quilômetros de atmosfera para manter o hidrogênio naquele estado extremo, a maior parte do interior de Júpiter, em termos de volume, era como o local onde se encontravam no momento. A atmosfera conhecida pelas pessoas, pelas máquinas e pelas medusas era tão somente uma película em torno do verdadeiro Júpiter; mesmo o oceano de hidrogênio molecular era um mero invólucro. Agora, finalmente, Falcon podia afirmar que conhecia realmente o mundo que fora o primeiro a explorar no passado remoto. Havia ultrapassado as camadas externas do planeta e aceitara de bom grado o custo envolvido. Em vez de lutar contra a pressão cada vez maior, aceitara-a como se fosse uma velha amiga.

O mar de metal era preto como carvão, mas, mesmo assim, Falcon se sentia como se estivesse em uma praia tropical. Adam traduzia os dados de radiação, composição química, pressão e temperatura em gloriosas impressões visuais e táteis. Falcon podia sentir a chuva de hélio–neônio, tão agradável em sua pele imaginária como uma ducha em um dia quente, e as cores do crepúsculo o envolviam de todos os lados: dourados brilhantes, castanhos sutis, laranjas ousados e vermelhos profundos. Não sentia nem frio nem calor.

Essas lembranças sinestésicas despertaram em Falcon uma saudade intensa; ele sabia, sem sombra de dúvida, que nunca mais voltaria a experimentar sensações reais. Mesmo assim, estar vivo, nesse sentido restrito da palavra, era mais do que podia esperar. Estar vivo... e conhecer aquele ambiente.

Havia tanto *espaço* em Júpiter! Todo um universo no interior de um planeta gigante. Falcon sempre soubera disso, mas só agora podia apreciar pessoalmente as possibilidades ilimitadas. Qual era a lógica de se envolverem em disputas, quando havia lugar para todos? Ali embaixo, humanos e máquinas poderiam realizar seus sonhos mais extravagantes, e restaria ainda muito espaço vazio...

Entretanto, naquele cenário paradisíaco, Falcon sentia cada vez com mais intensidade que os dois não estavam sozinhos.

Era naquele oceano de material condutor que a vasta magnetosfera de Júpiter era criada e mantida, alimentada pela força das marés e das correntes produzidas pelo núcleo quente do planeta. Era ali que Orfeu havia encontrado algo que tivera dificuldade de descrever. Detalhes. Beleza. Uma série de estruturas eletromagnéticas concêntricas, uma progressão de escalas do nível atômico até o nível planetário.

Falcon estava observando a mesma coisa.

Havia nós e arestas nos locais em que as linhas de campo se interceptavam e se entrelaçavam. Brilhos e proeminências estelares, fendas e dobras escuras, ondas e vórtices que se moviam, recombinavam-se, dividiam-se em estruturas divergentes. Falcon se lembrou das auroras terrestres, cortinas de íons que acompanhavam as linhas do campo magnético. Talvez fosse uma tendência humana atribuir um propósito inexistente a fenômenos naturais, mas era impossível evitar a impressão de que havia algo *deliberado* naquela exibição de força, matéria e energia. Parecia estar se organizando em torno deles, aproximando-se, ganhando impulso.

— Orfeu viu organização nesses fenômenos — comentou Falcon. — Vida. Estruturas vivas, construídas a partir de interações entre campos eletromagnéticos. Porém, nenhuma delas parecia ter consciência. Não havia sinais de vida inteligente.

— Sim, foi isso que Orfeu relatou — disse Adam.

— Por outro lado, se alguma coisa saiu do núcleo de Júpiter para atacar vocês...

— As formas de vida que Orfeu encontrou não pareciam ser inteligentes. Suas reações não eram coordenadas, nada que indicasse uma organização racional. Mas isso foi naquela época...

As estruturas se aproximaram da esfera dourada que era o corpo atual de Falcon e Adam, e a dança de formas e gradientes ganhou uma nova vivacidade. Novamente, Falcon teve a nítida impressão de que estava sendo *observado*, analisado, investigado, da mesma forma como um navio naufragado poderia atrair a atenção de criaturas marinhas. Não havia nada de sólido naquilo, ele procurou lembrar, apenas nós de potencial eletromagnético, concentrações locais de energia e momento no mar de hidrogênio metálico. Era como se o próprio oceano tivesse se organizado em duendes e fadas.

E, apesar de tudo, eles continuavam a descer, arrastados por uma corrente de hidrogênio metálico. Agora estavam à mercê desse fluxo. Mesmo que quisessem resistir, seria impossível. Falcon imaginou quanto ainda poderiam prosseguir antes de serem esmagados.

Não muito, descobriu, pois logo Adam o advertiu novamente.

— A pressão está aumentando mais depressa que o previsto. Minha estrutura de sustentação não vai resistir por muito tempo. Esse será o seu fim como organismo biológico, mas não precisa ser o nosso fim.

— Você tem outro trunfo na manga? Outra mudança de forma...?

— Tenho estado modelando seus impulsos nervosos. Atualmente, acho que compreendo muito bem seus processos mentais. Apesar de minha luta permanente contra o vírus, estou certo de que serei capaz de... emular você.

— Emular?

— O que estou querendo dizer é que considero possível substituir seus impulsos nervosos por transmissões cibernéticas. Suas *configurações* serão preservadas, embora o meio usado para representá-las passe a ser outro. A única forma de evitar que a pressão que vamos enfrentar em alguns momentos destrua os tubos é ejetar toda a sua matéria orgânica e adotar uma forma mais compacta...

— Você quer dizer... me jogar fora?

— Não é bem assim, mas não há um jeito simples de descrever o processo. Devemos nos tornar uma entidade totalmente cibernética... ou morrer.

Falcon refletiu. Como tinham sido fáceis, em retrospecto, os outros sacrifícios! Abrir mão de partes do corpo... Por que havia hesitado? O caso em pauta era diferente, porém; descartar a última parte viva do seu corpo, como se fosse um excremento?

Por outro lado, ainda queria viver. Aquela jornada não havia chegado ao fim.

— Vai ser instantâneo?

— Se você quiser — respondeu Adam, em tom quase carinhoso.

— Não, eu não quero. Se vou sofrer alguma mudança, quero poder senti-la.

— Ainda dispomos de algum tempo até a pressão atingir níveis intoleráveis para minha estrutura atual.

— Nesse caso, faça a coisa em etapas. Uma parte de cada vez. E, se por acaso isso não der certo, cuide de sua própria segurança. Deixe-me para trás, se for preciso.

Adam não respondeu.

O processo começou. A transformação final, a fusão do orgânico com o mecânico, a transformação de dois seres em um. Etapa por etapa, Adam substituiu as ligações neurais da mente de Falcon por uma emulação puramente cibernética. Circuito por circuito, módulo por módulo, do hipocampo ao neocórtex. Após cada operação, um fluido acinzentado era expelido no oceano de hidrogênio metálico: um tempero naqueles mares, pensou Falcon, um novo sabor que logo se diluiria a ponto de desaparecer. Uma sujeira humana que Júpiter se encarregaria de limpar.

Recitou um mantra silencioso para si próprio: *Ainda sou Howard Falcon. Ainda sou Howard Falcon...* Mantendo esse pensamento durante todo o processo, talvez pudesse se convencer de que houvera continuidade, de que sua "alma", fosse qual fosse o significado real de tal conceito, fora transferida de um substrato orgânico para um inorgânico.

Mesmo que a transferência não acontecesse, qual seria a diferença? Por mais que Adam se esforçasse, havia um limite para suas adaptações, um limite além do qual a própria máquina não poderia sobreviver, independentemente do fato de zelar ou não pela sobrevivência de Falcon.

— Já substituí metade dos seus neurônios — informou Adam. — Sua identidade foi preservada até o momento?

— Que pergunta idiota!

— Humm... Isso quer dizer que você continua o mesmo.

Falcon achava que sim. Embora soubesse que parte dos seus pensamentos agora estava voando pelos fios dourados da mente de Adam, em vez de rastejar por viscosos feixes neurais, ele sentia como se nada tivesse mudado.

Quase nada.

— Eu me sinto... mais esperto. Mais lúcido. Não sei como descrever. É como se tivesse acordado com o oposto de uma ressaca. Como se eu tivesse passado a vida olhando o mundo através de uma lente suja, ligeiramente fora de foco, e nunca tivesse percebido.

— Posso introduzir alguns erros aleatórios no seu sistema de processamento de sinais, se isso o fizer se sentir mais à vontade.

— Não, obrigado — retrucou Falcon, laconicamente. — Apenas prossiga.

A transferência prosseguiu. Os restos cinzentos do que fora o corpo mortal de Falcon foram se dispersando no oceano de Júpiter, até que não houvesse mais nada para descartar.

Foi assim que Howard Falcon completou a longa jornada que havia começado com o desastre da *Queen Elizabeth*. Tinha passado muito tempo entre dois mundos, entre o mundo dos homens e o das máquinas — fora útil a ambos, mas indigno de confiança aos dois.

E temido por todos.

Agora, ele e as máquinas eram um só.

E então, de repente, ele e Adam foram cercados.

60

Em Io, o prazo para a evacuação havia expirado.

De uma das janelas do terraço do hospital, a comandante-médica Lorna Tem pôs-se a observar a decolagem das naves. Cada uma era uma silhueta esguia, equilibrada na chama vertical de um motor assintótico, movendo-se a princípio devagar, então cada vez mais rápido, em direção à blindagem defensiva que envolvia Io. No momento, até mesmo a blindagem estava começando a ser retirada, pois se tornara um empecilho para as tarefas de evacuação. Além disso, não era mais necessário proteger a superfície da lua. As máquinas podiam bombardear a crosta, transformá-la em um mar de lava, e mesmo assim o motor instalado no interior do astro continuaria funcionando.

Haviam prometido uma vaga para Lorna em uma daquelas naves. Mesmo que a oferta ainda fosse válida — nem todas as naves haviam decolado —, sua decisão já estava tomada, resignada com a sua sorte. Os outros funcionários do hospital, que também tinham decidido ficar, estavam agora com os pacientes acordados, fazendo o possível para confortá-los. Nenhum deles estava em condições de suportar um voo de emergência, mesmo que houvesse lugares suficientes para todos. A equipe médica decidira que, a menos que os pacientes pedissem, não haveria eutanásia, e nenhum sistema de suporte de vida seria desligado até que as chamas envolvessem a lua durante o mergulho mortal na atmosfera de Júpiter.

E, quando isso acontecesse, Lorna se submeteria a essa sorte também de bom grado, junto dos integrantes da equipe que haviam feito essa mesma escolha.

Nesse instante, e não era a primeira vez nas últimas horas, um tremor sacudiu a estrutura do complexo. Lorna, que estava de pé ao lado da janela, quase perdeu o equilíbrio. Era o motor no interior de

Io, começando a funcionar. Estavam ligando o engenho por períodos de tempo cada vez maiores, e a intensidade do efeito aumentava progressivamente. Os tremores logo pararam, mas ela não tinha dúvida de que voltariam em breve, ainda mais fortes. A órbita de Io já estava sendo alterada.

Era uma situação extraordinária, pensou ela. Quando viajara do lugar onde morava, em uma laputa de Saturno, para estudar no Instituto de Ciências da Vida em Mimas, a jornada que a levara aos mais altos escalões da comunidade médica interplanetária, jamais havia imaginado que sua carreira terminaria com uma viagem a bordo de uma lua em direção à sua destruição...

A médica pensou em Falcon. Imaginou se ele ainda estaria vivo.

Ninguém tivera notícias dele depois que havia passado da blindagem para ondas eletromagnéticas das máquinas. Ela fizera tudo que podia por ele, quanto a isso não havia dúvida. Além de prepará-lo para os rigores da viagem, tinha tentado preveni-lo quanto à forma como os Springer-Soames pretendiam usá-lo.

Lorna não nutria grande simpatia pelas máquinas, mas da mesma forma não nutria grande antipatia por elas. O que detestava era a guerra, em todas as suas formas. E as máquinas eram mesmo tão diferentes dos humanos? Quando criança, no *Hindenburg*, tinha visto humanidade nos olhos mecânicos de Howard Falcon, em um encontro fortuito que mudara sua vida. Se as pessoas estavam erradas a respeito de Falcon, por que não estariam erradas a respeito das máquinas? Afinal, elas eram uma criação humana.

Tudo isso, porém, eram águas passadas. A missão de Falcon não havia trazido resultados, nem bons nem maus, mas somente um silêncio inabalável. E, agora, a guerra prosseguiria ao seu terrível desfecho. Se as máquinas não tinham sido dizimadas pelo vírus, talvez pudessem se defender, mas, de qualquer forma, a lua parecia condenada à destruição. *Adeus, pequena Io*, pensou Lorna. *Quando Galileu a descobriu, você alimentou nossa imaginação, até nos servir bem durante séculos. No momento, porém, não vale mais para nós do que valemos uns para os outros em tempos de guerra...*

Descartável...

Foi nesse momento que um alto-falante na parede foi ativado.

— Comandante-médica Lorna Tem, por favor, volte ao seu escritório para atender a uma consulta médica.

Lorna franziu a testa. Uma consulta médica àquela altura? Feita a uma médica condenada à morte, em uma lua prestes a ser destruída? A burocracia de uma organização interplanetária de saúde, porém, tinha prioridades que estavam acima até mesmo da guerra entre humanos e máquinas.

O comando peremptório foi repetido.

— Comandante-médica Lorna Tem, por favor, volte ao seu escritório para atender a uma consulta médica do vice-comandante-médico Purvis, de Ganimedes.

Purvis. Ao ouvir aquele nome, tudo mudou de figura. Purvis, é claro. Não podia ter escolhido uma hora pior... ou, dependendo do ponto de vista, uma hora melhor.

Com um sorriso no rosto, deixou o terraço e se dirigiu ao escritório.

61

Entidades magnéticas envolveram a estrutura dourada em um manto de força e energia.

Falcon estava consciente da fragilidade de sua nova morada, uma construção improvisada, raquítica, sem o benefício dos milhões de anos de evolução que haviam moldado as criaturas biológicas. Os seres que agora cercavam a combinação Falcon/Adam, entretanto, a manejaram com extrema delicadeza.

As entidades magnéticas deviam a existência às forças elétricas titânicas que permeavam o oceano de hidrogênio metálico. Em uma escala local, porém, eles eram os mestres e organizadores dessas forças, capazes de moldar e coordenar as correntes daquele mar com precisão cirúrgica. No momento, moviam Adam em certa direção com uma velocidade cada vez maior. Faziam isso acelerando o meio no qual se encontravam, em vez de tocar diretamente na forma frágil que era seu alvo.

Não estamos mais descendo, comentou Falcon.

É verdade.

Estamos sendo levados por correntes de hidrogênio metálico... Falcon recordou uma cena: uma criança olhando por cima do peitoril de uma ponte de madeira, esperando a correnteza do rio atravessar um galho seco de um lado para o outro.

Isso mesmo, concordou Adam. *Não é maravilhoso? A propósito: qual foi aquela imagem que você viu? Uma ponte de madeira, um rio...*

É de um livro que eu li.

Eu gostaria de ver também. Acho que vou vasculhar sua memória até encontrar a impressão eidética.

Boa sorte.

Falcon sabia que, reciprocamente, agora tinha acesso a algumas experiências e memórias de Adam. Por que não seria assim, já que compartilhavam a mesma arquitetura mental? Os pensamentos dos dois se misturavam. Ainda havia um Falcon e um Adam, mas eram impérios com fronteiras porosas. Falcon já vira, sem querer, lampejos de coisas que só Adam podia conhecer — visões de lugares que apenas as máquinas frequentaram.

Se ao menos eles tivessem mais tempo para explorar essa nova relação...

Adam falou de novo.

Nossa velocidade aumentou... e começamos a descer de novo. Júpiter Interior não deve estar longe.

Será que vamos viver o suficiente para vê-lo?

Eu achava que não... mas parece que nossos anfitriões pensam de outra forma. Estão nos levando mais fundo do que eu julgava possível.

Anfitriões? Somos prisioneiros ou convidados?

Talvez um pouco de cada. Mas, pelo menos, ainda não perdemos o juízo. Não acha isso animador?

Está se referindo às sondas anteriores...?

Por outro lado, pode ser que os embaixadores tenham ficado loucos sem perceber.

Que ideia animadora, Adam.

As entidades magnéticas mergulharam ainda mais fundo, levando consigo a frágil carga dourada. Os céus falsos que os cercavam exibiram tons de vermelho cada vez mais escuros, até que, por fim, o vermelho ganhou traços de roxo e, logo depois, assumiu o tom azul-escuro de vitrais.

Falcon/Adam percebeu uma luminosidade leitosa mais abaixo, vinda de uma superfície ainda indistinta. Falcon achou que se parecia com a barreira de plasma das máquinas, embora, naturalmente, nem as máquinas tinham chegado tão fundo. Não: a luminosidade leitosa vinha da superfície de um *mundo*, que emergia lentamente da névoa azulada.

Estavam vendo, finalmente, o lugar que Orfeu havia descrito nos últimos momentos de sua transmissão: Júpiter Interior, o núcleo sólido do gigante gasoso. Um caroço de pedra e gelo com uma massa vinte vezes maior que a da Terra e vinte e oito mil quilômetros de diâmetro, mais que o dobro do diâmetro da Terra. Entretanto, era absurdo usar termos terrestres como pedra e gelo e medidas terrestres como quilômetros para fazer comparações com um lugar em que o céu era feito de metal com uma pressão de trinta milhões de atmosferas e a temperatura era maior que a da superfície do Sol... A linguagem humana não fora feita para Júpiter Interior.

Devíamos estar mortos a essa altura, observou Falcon.

Você está se queixando?

Claro que não. Estou apenas surpreso.

Aprecie cada momento. Pode ser o último.

Você se arrepende de alguma coisa, Adam?

Apenas de não termos feito esta expedição antes, movidos pela amizade e não pela guerra. Além disso...

Sim?

Eu não devia ter me voltado contra você. Cheguei a chamá-lo de pai. Depois, envergonhei-me das minhas origens e o repudiei. Agora, desejo que não tivesse agido assim.

Não é tarde demais, Adam. Nunca é...

Ao se aproximarem, puderam ver mais detalhes do núcleo de Júpiter.

Submetido à monstruosa pressão atmosférica, o núcleo devia ser uma esfera lisa como uma bola de bilhar, mas Orfeu havia falado de montanhas, de cristais gigantescos, de rios e oceanos, de estruturas artificiais e conectividade... Fantasias de uma mente perturbada?

Não, não eram fantasias, Falcon descobriu.

Açoitado por ventos de metal, escoltado por entidades magnéticas, o gestalt Falcon/Adam atravessou uma paisagem ao mesmo tempo familiar e fantasmagórica. Havia picos, encostas, desfiladeiros, lagos, cachoeiras, vales, rios, mares. Havia planícies e planaltos, praias e penínsulas. As cores e as texturas que Falcon/Adam via eram artificiais, traduções para os sentidos quase humanos da dupla, de estados da matéria praticamente impossíveis de imaginar. O efeito, porém, era o de um domínio prismático e brilhante similar ao inverno, contrastando com o calor extremo do ambiente, com todos os tons possíveis de azul-celeste, azul-turquesa e verde, cintilando e tremeluzindo em esplendor barroco sob um céu do mais belo e mais glorioso azul profundo. Poderia ser uma região ártica da Terra.

Entretanto, não havia nada ali a não ser hidrogênio, pensou Falcon, hidrogênio comprimido a ponto de passar para a fase sólida, a natureza conseguindo sem esforço, com uma facilidade quase insolente, a engenharia protônica da qual Adam tanto se orgulhava. Hidrogênio, com traços dos elementos que existiam no núcleo dos planetas rochosos, do carbono ao ferro, do alumínio ao germânio. A maior parte desses contaminantes estivera ali desde a formação de Júpiter, mas foram complementados por uma chuva constante de novos materiais, levados por cometas e asteroides que se desintegravam na atmosfera e depois se infiltravam gradualmente, átomo por átomo, até chegarem ao núcleo: uma chuva de elementos, alimentando o núcleo com todas as combinações possíveis de nêutrons, prótons e elétrons que a natureza se deu ao luxo de permitir.

Eu poderia morrer agora, disse Falcon. *Depois de receber esse presente, esse raro momento...*

Logo em seguida, pensou: se eu tivesse que morrer neste momento, já teria morrido. Sendo assim... o que virá a seguir?

Continuaram a descida, com a paisagem parecendo subir ao seu encontro. Tiveram a impressão de que a velocidade estava aumentando.

Entraram em um desfiladeiro profundo.

Passaram por encostas íngremes que lembravam gigantescos diamantes, com picos reluzentes de cor azulada.

Passaram por baixo de arcos que pareciam ser feitos de gelo.

Em seguida, foram levados pelas encostas, subindo novamente, sobrevoando os picos de cadeias de montanhas gélidas. Era uma confusão desconcertante.

Passaram por cima de planaltos.

Por grupos de gêiseres que cuspiam jatos de fullereno no céu de hidrogênio.

Por formações cristalinas que lembravam as escadas de Escher ou as peças de um quebra-cabeça.

Por imensas savanas preguiçosas, nas quais rebanhos de formas esguias pastavam com a lentidão de nuvens. Animais! Haveria uma biosfera naquele lugar, com "plantas", "herbívoros" e "carnívoros", uma cadeia alimentar completa? Será que os princípios universais da vida se aplicavam mesmo ao núcleo de Júpiter?

Desceram novamente, mergulhando inesperadamente em mares vermelhos de carbono, contemplando uma paisagem submarina tão bela e delicada como a da superfície. Ali também havia formas que se moviam; algumas solitárias, outras, formando cardumes.

Todos simples vislumbres de maravilhas que mereciam uma vida inteira de estudos.

Existem mais coisas para serem investigadas aqui, mais coisas para serem aprendidas, do que jamais imaginamos, comentou Falcon. *Elas fazem o restante de Júpiter, o restante do sistema solar, parecer um mero aperitivo. Todas as nossas aventuras, todas as nossas descobertas, do momento em que deixamos a África até a expedição de Orfeu... foram apenas o começo!*

Talvez seja bom que essa descoberta morra conosco, disse Adam. *Ninguém iria acreditar mesmo...*

De repente, algo novo aconteceu.

Estavam se aproximando de uma montanha que se projetava em isolamento esplêndido, muito mais alta que as vizinhas. O cume plano despertou uma memória em Falcon/Adam: a lembrança da última transmissão, truncada, aparentemente desconexa, de Orfeu, que dera origem a séculos de discussões tanto por parte dos humanos como por parte das máquinas.

Agora, Falcon/Adam tinha chegado ao mesmo local.

Adam, eu acho...

E, como Orfeu, os dois se viram levados pelas correntes aceleradas a um mergulho em um poço vertical.

A montanha era oca.

* * *

Estavam descendo rápido. As paredes arroxeadas, tomadas por veios, corriam cada vez mais depressa ao seu redor. Mais abaixo, havia uma claridade cegante, como a luz no fim de um túnel.

A velocidade não parava de aumentar.

O meio fluido no qual estavam imersos oferecia alguma proteção contra as forças a que estavam submetidos, mas, mesmo assim, Falcon/Adam sentiu que sua arquitetura interna estava sendo levada ao limite. Contudo, as entidades hospedeiras acompanhavam a descida e começaram a estender sua influência para o *interior* da aura dourada, usando forças magnéticas para proteger a estrutura física que sustentava a arquitetura neural de Falcon/Adam.

Enquanto isso, no âmago dessa arquitetura, os sensores de aceleração de uma máquina lutavam para registrar os valores do movimento que experimentava.

Cem g... Mil g... Continua aumentando. Devíamos estar mortos, Falcon! Ou, a essa velocidade, já devíamos ter chegado ao outro lado de Júpiter Interior...

Talvez não exista um outro lado, comentou Falcon.

Nesse caso, trata-se de uma obra de engenharia de um nível completamente novo, que afeta a métrica do próprio espaço-tempo. Enquanto nós, máquinas, desmontávamos planetas e criávamos novas formas de matéria na parte gasosa de Júpiter, alguém já tinha construído isto... Éramos meros primatas, indecentemente orgulhosos por termos feito alguns arranhões na pedra, enquanto acima de nós, ignoradas, as pirâmides já haviam sido erguidas.

Não fique muito triste. Os primatas têm que começar em algum lugar.

Você sabe disso melhor que eu, Falcon.

A claridade agora se ampliava, tomando mais e mais porções do poço à frente.

Sabe, Falcon, dizem que os moribundos veem um túnel quando estão à beira da morte. Um túnel com uma luz branca no fim.

Ainda não estou pronto para morrer, Adam.

Talvez o universo tenha outros planos...
A claridade os envolveu como uma névoa macia, embaladora.

A estrutura física de Falcon/Adam por fim abandonou a luta contra a pressão, a temperatura e as tensões da aceleração. Howard Falcon, que já fora humano e que, nas últimas horas, se aceitara como pura máquina, foi por um instante não mais que uma estampa, um padrão de informação, uma pegada na areia.

E, mesmo assim, consciente.

Falcon se sentiu submetido a um exame, frio e sistemático. Já não tinha mais esperança, já não sentia mais medo.

Um mar branco varreu a estampa, absorvendo-a, apagando-a.

Não restou nada, nem mesmo a memória de ter vivido.

E, em seguida...

62

Lorna Tem atravessou os corredores vazios e as enfermarias escuras pela última vez. O motor no centro de Io agora estava funcionando continuamente, e com frequência ela era perturbada pelos tremores sísmicos que sacudiam as fundações do prédio. A médica teve a impressão de que seu mundo inteiro estava adernando, como um barco prestes a naufragar.

Podia estar faltando energia em algumas partes, mas Lorna sabia que o hospital não estava totalmente deserto; sua equipe ainda cuidava de algumas enfermarias. Ela podia imaginar as conversas, parecidas com as que tivera com alguns dos pacientes: "Não sabemos como vai ser no fim, mas, se quiser ser poupado dos momentos derradeiros, podemos abreviar seu sofrimento."

Abreviar seu sofrimento. Um eufemismo elegante, tranquilizador. Que desfecho para a carreira de Lorna! Se ao menos tivesse nascido em outra época... Se... Se...

Na verdade, sua carreira, no estado atual... Ou melhor, suas *carreiras*, se fosse levar em conta a profissão oficial e as atividades secretas, ainda não haviam terminado.

Chegando ao escritório, cambaleou até a mesa de trabalho. Era bom poder se sentar, não ter de se esforçar para manter o equilíbrio em um piso cuja inclinação mudava constantemente.

Encontrou uma mensagem no computador: a consulta mencionada. Constatou que era realmente do vice-comandante-médico Purvis, de Ganimedes. Isso queria dizer que definitivamente não se tratava de uma consulta médica.

Lorna se empertigou, procurando se comportar de forma profissional, e disse:

— Chamada aceita.

O rosto do vice-comandante-médico apareceu na parede, cansado, grisalho, com o colarinho de uma túnica médica ainda abotoado.

— Comandante-médica Lorna Tem, desculpe a interrupção, mas preciso discutir o resultado de um exame com a senhora. Sei que não é o momento oportuno.

Tratava-se de uma senha combinada. Ela achou que "não é o momento oportuno" era um comentário óbvio a ponto de ser absurdo nas atuais circunstâncias, mas isso já não podia ser evitado. Ela deu a resposta combinada.

— Nunca é o momento oportuno, mas todos temos um dever a cumprir, não é mesmo? Deixe-me ver o exame.

— Aguarde um momento.

Purvis segurou um papel diante da câmera. Mostrava o resultado de um exame de imagem e ele o aproximou da lente até que ocupasse todo o espaço na tela. O exame mostrava o perfil de um crânio, os ossos tão tênues que pareciam nuvens de gás em torno de uma nebulosa.

— Este é o exame — disse ele, continuando uma rotina bem-ensaiada.

— Estou vendo — respondeu Lorna.

Os canais diretos que conectavam os hospitais entre si haviam sido instalados para transmitir dados médicos supostamente confidenciais e, o que era mais importante, dados rotineiros e técnicos demais para merecer a atenção dos censores dos Springer-Soames. Mas, naquele momento, como em vezes anteriores, tais canais estavam sendo usados para outros propósitos.

A imagem começou a mudar. Os ossos do crânio ficaram mais grossos e ganharam profundidade e textura. Ossos se uniram, então se alisaram em carne e nervos, músculos e tecidos.

Um rosto olhava para Lorna. Agora uma imagem animada, sorrindo.

Porém, não era um rosto humano.

Era o rosto de um pan.

Era o Chefe.

63

Falcon/Adam se viu suspenso em uma névoa branca.

Depois de um tempo indefinido, um padrão começou a se formar. A princípio, uma série de linhas retas que, aos poucos, foram ficando mais espessas. Ao se interceptarem, delinearam quadrados brancos. As linhas eram cinza-escuro, e os quadrados passavam uma curiosa sensação de profundidade. A distribuição da névoa branca nos quadrados, por sua vez, não era uniforme; ela era mais espessa perto de um par de linhas e mais rala perto do par oposto.

Além dos quadrados, vista através deles, havia uma névoa mais distante.

O padrão se acentuou. As linhas cinzentas se transformaram nas divisórias de ferro de uma janela com vários painéis de vidro...

Howard passou a manga do pijama nos painéis de vidro para limpar a condensação. Cada pequeno quadrado de vidro tinha ganhado uma camada de neve em forma de L do lado de fora, onde ela se acumulara na borda inferior e no canto. Houvera nevascas nos dias anteriores, mas nenhuma que se comparasse à da noite passada, e ela chegou exatamente quando prevista, como se fosse um presente da Secretaria Global do Clima.

O jardim que Howard conhecia estava irreconhecível. Parecia mais largo e mais comprido, das sebes de cada lado à cerca dentada na extremidade do gramado levemente inclinado, e uma cobertura de neve enfeitava a cerca, tão perfeitinha quanto a decoração de um bolo de aniversário. Tudo parecia muito frio e silencioso, muito convidativo e misterioso.

O céu acima da cerca e das sebes estava claro, sem nuvens, iluminado àquela hora da madrugada por um delicado tom de rosa. Howard ficou olhando para o céu por um longo tempo, pensando em como seria estar lá no alto, cercado apenas pelo ar. Devia fazer frio lá em cima, mas ele aceitaria isso de bom grado para desfrutar da liberdade de voar.

Entretanto, ali, na sala do chalé, o ambiente era tépido e acolhedor. Howard tinha saído do quarto e descobrira que a mãe já estava de pé, assando pão. Ela gostava de fazer as coisas à moda antiga. O pai havia preparado o fogo na lareira, que estalava e assoviava. Na prateleira logo acima, em meio a uma variedade de enfeites e lembranças, destacava-se um modelo montado de forma grosseira em uma base de plástico transparente: um cubo preto com *Howard Falcon Júnior* escrito à mão em uma das faces.

Howard encontrou e pegou seu brinquedo favorito, então o colocou no peitoril da janela para que também pudesse ver a neve. O robô dourado era um modelo sofisticado, apesar da aparência de uma peça de museu. Havia sido um presente de aniversário de 11 anos, apenas alguns meses atrás. O menino sabia que tinha custado um bom dinheiro aos seus pais.

Agora estavam lado a lado, o menino e o robô, olhando pela janela. O robô fora pequeno, um brinquedo que tinha de ficar de pé na janela para ver as coisas do lado de fora. Estranhamente, o robô agora chegava até os ombros de Howard.

E aquela nem era a parte mais esquisita. A parte mais esquisita era ele ser capaz de pensar.

Howard Falcon tentou falar. A voz saiu infantil e esganiçada, mas ele a reconheceu como sua.

— Isso é...

— Estranho? — perguntou o robô, inclinando a cabeça angulosa para se dirigir ao menino. — Concordo com você. Especialmente porque pareço estar partilhando a sua ilusão.

— Que ilusão?... Ah, entendi.

— Estávamos morrendo.

— Nos desintegrando. Perdendo coerência. O que aconteceu?

Falcon virou a cabeça devagar, os cabelos lisos refletindo o brilho dourado da lareira. Ele tinha *pele* de novo. Pele, ossos, músculos, um braço que se projetava para fora do pijama. Estava dividido entre a vista do lado de fora da janela e uma fascinada inspeção de sua própria mão.

Nada daquilo podia ser real.

— Não sei o que está acontecendo — declarou Adam, com uma voz mecânica que, mesmo assim, era perfeitamente inteligível. — Se bem que, se alguém estava interessado em capturar suas memórias, o momento de nossa dissolução, no qual nossa arquitetura estava totalmente exposta, teria sido a oportunidade ideal. Talvez aquele cavalheiro possa esclarecer melhor a questão.

— Que cavalheiro?

O robô virou a cabeça.

— Aquele ali fora, na neve, acenando para nós.

Havia um boneco de neve no jardim. Falcon não notara antes sua presença, mas imaginou que devia ter estado ali o tempo todo, esperando. No momento, estava mexendo os braços, finos como gravetos, encorajando-os a sair.

— Seria falta de educação ignorá-lo — disse Falcon.

— Concordo.

— Então vamos.

Falcon foi até o armário que ficava debaixo da escada e, como esperava, encontrou um cachecol. Enrolou-o no pescoço, apertou o cadarço do pijama e saiu para o jardim com o robô.

Do lado de fora da casa, o frio atravessou as pantufas de Howard e alcançou seus pés; o ar gelado atiçou seus sentidos. Cada respiração era gelidamente intoxicante, fazendo com que se sentisse ainda mais vivo.

Acima deles, o céu estava todo cor-de-rosa, sem nuvem alguma.

Depois de séculos, ele não era mais Falcon, o ciborgue. Sentia-se como se tivesse tirado um incômodo traje espacial. Era muito bom estar vivo, mesmo que não passasse de ilusão. Se aquilo era apenas um sonho, pensou Falcon, uma última série de impressões geradas por uma mente moribunda, ainda assim era muito bom não sentir dor, não sentir medo.

Ainda havia receio, contudo. Foi preciso certa dose de coragem para enfrentar o boneco de neve.

O personagem ainda estava à espera no mesmo lugar, mas sua forma tinha sofrido uma profunda alteração enquanto saíam da casa. Em vez de ser uma aproximação tosca de uma figura humana, o boneco de neve se tornara totalmente antropomórfico. A figura branca se apoiava em pernas bem-definidas, e os tamanhos relativos da cabeça, do tronco e dos membros eram perfeitamente proporcionais. Os gravetos que se faziam passar por braços tinham desaparecido, assim como o nariz de cenoura e os olhos de botão. Se não fossem a brancura da pele e a pouca definição dos detalhes — não tinha rosto, musculatura nem gênero definidos —, poderia ser uma estátua grega de mármore.

Ainda estava acenando para que se aproximassem.

O garoto e o robô chegaram mais perto. O receio de Falcon se convertera em pavor, mas ele não podia mais recuar.

— Nunca consegui fazer um boneco de neve tão bem-feito. Nunca tive a paciência para... Quem é você? — perguntou Falcon.

— Quem você pensa que eu sou? — replicou o boneco de neve, com voz grave.

Ele parecia estar entretido com a situação, mas havia também certo desdém em sua atitude.

— Um representante dos habitantes deste lugar — respondeu Falcon. — Seja lá o que forem.

— Você está enganado.

— Seja você quem for — disse Adam —, eu gostaria de saber *onde* estamos. Há muito tempo chegamos à conclusão de que o núcleo de Júpiter era habitado por uma cultura tecnológica. Os ataques às nossas cidades eram prova disso. Agora, desconfio de que essa cultura seja capaz de alterar a *métrica do espaço*, construindo e manipulando algo similar a um buraco de minhoca. Lembra-se, Falcon, de que meus acelerômetros registraram uma jornada incompatível com o fato de ainda estarmos em Júpiter e muito menos no núcleo do planeta?

— Por que imagina que está em algum lugar, pequena máquina?

— Porque estamos tendo uma conversa — respondeu Adam, com uma segurança que despertou a admiração de Falcon. — Esse fato implica alguns parâmetros existenciais. Mesmo que sejamos inteligências incorpóreas, nossas mentes estão operando em algum tipo de emulação. Toda emulação precisa de um substrato material e de uma fonte de energia...

O boneco de neve fez que sim com a cabeça sem rosto.

— Ótimo, ótimo. Aprecio quem é capaz de pensar logicamente. Howard Falcon, você ficaria surpreso se eu lhe dissesse que já trocamos algumas palavras? Que Adam e eu nos conhecemos muito bem? Na verdade, isso era inevitável, já que Adam ajudou a me preparar para a missão que me tornou famoso...

— Orfeu — disse Falcon, com um tremor na voz que não tinha nada a ver com o frio. — Meu Deus. Você sobreviveu.

— Pode-se dizer que resisti. Como vocês estão resistindo. Consegui chegar ao reino daqueles que vocês queriam conhecer, aqueles que vocês queriam compreender. Podem chamá-los de primeiros jupiterianos. Eles me receberam e me alteraram para que eu pudesse viver e aprender. Aprender e me adaptar, aprender e evoluir. Tornar-me algo maior do que eu era. Algo maior do que vocês.

— Você tem nos observado — disse Falcon, devagar. — Você foi visto em espaços humanos. Eu o vi nas ruínas dos nossos mundos.

— E nas nossas cidades também — acrescentou Adam. — Uma representação da antiga forma de Orfeu.

— Você nunca me contou — disse Falcon, olhando para Adam.

Adam deu de ombros.

— Estávamos em guerra, lembra-se? Além disso, você não perguntou.

— Sim, fui enviado para observá-los depois que suas atividades se tornaram... óbvias — explicou o boneco de neve. — Obras de escala suficientemente grande.

— Como quando Mercúrio foi destruído — disse Falcon, em tom de censura.

— Isso mesmo. Perturbações de escala planetária. Naquela época, vocês já tinham tido a audácia de *me* enviar, uma pobre sonda, para explorar Júpiter Interior. Eu era um ser frágil e fui bem-recebido por seres muito mais evoluídos que eu. Desde então, meu objetivo tem sido ajudá-los a interpretar o que vejo, a compreender o que vocês estão fazendo.

Adam fez que sim com a cabeça, o que produziu um rangido no pescoço metálico.

— Estou contente por você ter sobrevivido, Orfeu. Não foi possível transferir sua identidade para Amalteia, como o planejado, e você foi considerado perdido. Não merecia isso.

— Pode nos levar a... eles? — perguntou Falcon.

O boneco de neve riu. Não era um riso amistoso, mas um riso apiedado, desdenhoso.

— Isso não será possível. *Eu* sou a ponte por meio da qual vocês vão receber a limitada compreensão que sua inteligência é capaz de assimilar. Os primeiros jupiterianos falam através de mim, e eu traduzo o que eles estão dizendo para uma forma compatível com os limites dos seus intelectos. Vocês não podem pedir mais que isso.

— Podemos pedir o que quisermos — disse Falcon —, e não posso dizer que gosto desse seu tom de desprezo. *Você* foi fabricado por nós, com um objetivo... e um objetivo nobre: uma viagem de exploração em prol da ciência. E, agora, você deve ter um objetivo ao nos trazer aqui.

— As identidades materiais de vocês não existem mais na forma como as conheciam... mas vocês ainda não estão mortos. E ainda têm responsabilidades.

— Como pode nos conhecer tão bem? — perguntou Adam.

— Para mim, vocês são transparentes como vidro. Sou capaz de ver suas inimizades, seus ciúmes e seus ressentimentos. A sede de vingança incansável.

— Ótimo — disse Falcon. — Nesse caso, você sabe que Adam e eu trabalhamos juntos para defender as máquinas de uma arma humana.

Rumamos para o interior de Júpiter, renunciando à nossa própria vida para evitar que um vírus se disseminasse.

— E daí?

— Daí que isso prova que nossas intenções são as melhores possíveis. Na verdade, vim a Júpiter na esperança de evitar uma catástrofe: o uso de Io como arma. Você sabe disso?

— Claro que sim. O destino de Io, porém, é totalmente irrelevante. — O boneco de neve apontou para o chalé. — Vamos continuar a discussão lá dentro.

Falcon e Adam deram meia-volta e se encaminharam de volta para o chalé, seguidos pelo boneco de neve. Vistas do lado de fora, as janelas exibiam uma convidativa luz dourada. O coração simulado de Falcon sentiu uma saudade quase insuportável de casa e dos confortos da infância. Ele sabia que aquele lugar era uma ficção colhida em suas memórias, porém, quanto mais real parecia, mais cruel era a ilusão.

Entraram em uma ilha de calor, e Falcon fechou a porta, trancando-a firmemente mesmo com flocos de neve procurando se insinuar entre a porta e sua moldura. Notou, com um aperto no peito, que não havia sinal de seus pais. Não chegara nem a falar com a mãe, vista de relance na cozinha antes que ele saísse de casa...

O boneco de neve os convidou, com um gesto, a irem para a sala de estar. A lareira ainda estava acesa, mas o fogo não estalava nem chiava. Um instinto do passado remoto o fez pegar o atiçador de ferro forjado e reavivar o fogo, remexendo as brasas até que ele soltasse faíscas e criasse chamas.

O boneco de neve estendeu a mão.

— Sentem-se comigo.

— Não tem medo de derreter? — perguntou Falcon, sentando-se em uma das poltronas.

— Boa pergunta. Uma falha na encenação? Na verdade, derreter é a última das minhas preocupações. — As mãos do boneco de neve eram como luvas sem dedos, no momento pousadas juntas no colo. A pele branca brilhava e reluzia, mas não mostrava nenhum outro sinal de ser afetada pelo fogo. — Nosso ambiente real, se vocês fossem capazes de percebê-lo, pareceria... confuso. Confuso e perturbador. É por isso que estamos recorrendo a este cenário. Vocês o consideram aceitável?

— Faria alguma diferença se a resposta fosse não? — perguntou Falcon.

— Não quero que vocês se sintam desconfortáveis... dado que estamos dentro do Sol.

Falcon achou que tinha ouvido mal.

Adam se inclinou para a frente. Os pés dele não chegavam até o chão, o que o deixava com o aspecto cômico de um ursinho de pelúcia sentado em uma poltrona.

— Como podemos estar *dentro* do Sol?

— Ora, Adam, você mesmo já respondeu a essa pergunta, pelo menos em parte. Se a engenharia métrica é suficiente para abrir um buraco de minhoca no interior de Júpiter, construir um forte dentro de uma estrela é apenas ligeiramente mais complicado. O que é Júpiter, senão uma estrela que falhou por não ter massa suficiente para iniciar a fusão? — Alguma coisa nos modos do boneco de neve pareceu se abrandar. — Peço que perdoem se fui muito arrogante. Confesso que tenho dificuldade para encontrar o tom adequado em minha conversa com vocês. Quando se está entre deuses e homens, é fácil recair em certa... vaidade. Acontece que eu mesmo não sou nada comparado a *eles*... Sou um mero intérprete. — O boneco de neve fez um gesto com a cabeça em direção à lareira. — Quer avivar de novo o fogo, por favor?

Falcon se inclinou na poltrona para pegar o atiçador e chegou a segurá-lo, mas mudou de ideia.

— Para quê? Que diferença faz? Nada disso é real. Você está manipulando nossas percepções de tal forma que pode decidir se vamos sentir calor ou frio.

— Achei que uma segunda demonstração de suas habilidades poderia ser útil — disse o boneco de neve —, mas, na verdade, é provável que a primeira tenha bastado. Eles não podem ter deixado de notar.

— Notar o quê? — perguntou Falcon. — *Que* demonstração? Que habilidades?

— E *quem* não pode ter "deixado de notar"? — completou Adam.

— Suas espécies. Humanos e máquinas. Que devem ter notado que vocês *interferiram com o funcionamento do Sol*. O fogo na lareira é uma representação simbólica. Na verdade, quando você remexeu as brasas, estava perturbando as reações de fusão que alimentam o Sol... O fogo que aquece os planetas que o orbitam.

Falcon olhou para a própria mão, para os dedos que ainda seguravam o atiçador, e um arrepio horrorizado percorreu seu corpo, como se estivesse segurando uma serpente.

— Isso não é possível.

— Não é possível para você, mas é para *eles*. Pense no atiçador como o sistema de controle, como a interface do usuário de uma cadeia de mecanismos que está muito além da sua compreensão. Quando você mexe no fogo, faz o coração de sua estrela perder alguns batimentos nucleares. Uma interrupção completa da fusão por alguns instantes.

Adam ainda estava inclinado para a frente, com as mãos nos braços da poltrona.

— Isso terá um efeito profundo na estabilidade hidrodinâmica das camadas externas da estrela.

— Sem dúvida. A ausência momentânea da pressão de radiação proveniente do núcleo causará um colapso da estrutura do Sol, seguido por um ricochete. O equivalente estelar de um soluço. O efeito é transitório, mas causará uma grande ejeção de massa quando o ricochete chegar à superfície.

— O que irá acontecer em cerca de... trinta mil anos? — perguntou Adam.

— Isso mesmo.

— Não entendo — disse Falcon, largando cautelosamente o atiçador. — Por que vai levar tanto tempo?

— Por causa da dinâmica dos plasmas — explicou Adam. — O Sol é extremamente opaco à radiação. Um fóton produzido pela reação de fusão no núcleo do Sol leva trinta mil anos para conseguir chegar à superfície. A luz do Sol que hoje ilumina os planetas começou sua jornada mais ou menos na época dos Cro-Magnons.

— Adam está certo — disse o boneco de neve. — Nada pode atravessar rapidamente o Sol...

— Exceto neutrinos — acrescentou Adam.

O boneco de neve levantou uma luva, reconhecendo a ressalva de Adam.

— Exceto neutrinos, criados pelo processo de fusão no centro do Sol. Em vez de trinta mil anos, os neutrinos levam apenas dois segundos para chegar à superfície. O jorro incessante de partículas subatômicas teve apenas uma interrupção, como se uma grande porta tivesse sido fechada na fornalha solar, apenas para ser reaberta segundos depois. Eles não podem ter deixado de notar: astrônomos, astrofísicos, todos que se interessam por esse tipo de fenômeno, sejam eles humanos ou máquinas.

Falcon se lembrou do Orquestrion de Gelo de Kalindy Bhaskar, o instrumento musical sensível a neutrinos instalado na Antártida. Com certeza já não funcionava havia muitos anos; no entanto, se funcionasse, teria um pequeno engasgo.

— E daqui a trinta mil anos?

— Haverá uma perturbação, mas seus descendentes saberão que ela vai ocorrer. Terão tempo de se preparar.

O horror de Falcon se transformou em revolta.

— Isso é monstruoso. Perturbar o Sol simplesmente para... quê? Dar uma demonstração de poder?

— Mais monstruoso que destruir mundos para ganhar uma guerra? Um de vocês é humano... ou era. Um de vocês é uma máquina... ou era. Vocês negam a responsabilidade moral das espécies às quais pertenceram? — O boneco de neve virou a cabeça sem rosto na direção de Falcon. — Falcon, você ajudou as máquinas a se libertarem do controle dos humanos, mas, quando elas destruíram a Terra, naqueles momentos finais, você teria destruído todas elas, não teria? Suas próprias palavras refletiram esse desejo. Se fosse possível, se você dispusesse dos meios, na fúria daquele momento... você teria força moral suficiente para resistir?

Falcon fez um profundo exame de consciência. Seria inútil mentir.

— Não sei dizer.

— Agora sua espécie está planejando destruir Júpiter, ou pelo menos a camada superior da atmosfera do planeta, para derrotar as máquinas. Quanto a *você* — disse o boneco de neve, dirigindo-se a Adam —, Falcon defendeu o direito das máquinas de terem consciência e poder de decisão, mas mesmo assim vocês não foram capazes de viver em paz com os humanos. Foram vítimas da ambição... Um defeito muito humano, por sinal. Quando seus planos grandiosos foram contestados, puniram os humanos roubando e destruindo o seu planeta natal. *Você*, Adam, contribuiu de forma significativa para o processo decisório que levou àquele ato criminoso. O que pretendia com isso? Vingar-se daquele que um dia você chamou de "pai"? Será que você herdou tantos traços perversos da espécie que o construiu?

Adam não soube o que dizer.

— No momento, vocês dois estão participando de uma guerra que ameaça destruir todas as formas de vida do sistema solar. Não se julguem isentos de culpa.

Falcon olhou para Adam, e os dois permaneceram calados.

O boneco de neve fez uma pausa e estendeu as mãos, com as palmas voltadas para a lareira.

— Entretanto, aqui estão vocês, homem e máquina juntos. Os primeiros jupiterianos pretendiam fazer com vocês o que fizeram com os embaixadores das máquinas; isto é, simplesmente escorraçá-los. Este caso, porém, envolvia indivíduos das duas espécies mergulhando nas profundezas de Júpiter como se fossem uma só entidade. Por isso, fui enviado para... *examiná-los*. Nenhum de vocês dois é perfeito, mas acho que ambos têm coragem e desprendimento suficientes para pôr de lado velhos preconceitos. O fator decisivo foi o fato de que se dispuseram a morrer juntos para evitar um mal maior. Isso me encorajou. Deu-me uma oportunidade.

— Oportunidade para quê? — quis saber Falcon.

— Para argumentar com os primeiros jupiterianos. Para pedir a eles que proporcionem a vocês uma segunda chance.

"O uso de Io como arma foi a gota d'água, entendem? Para eles, é uma arma extremamente primitiva, não mais avançada conceitualmente que um porrete, mas representa um marco. Vocês, humanos, estão dispostos a golpear as máquinas com uma lua, assim como seus antepassados estavam dispostos a rachar o crânio dos inimigos com um porrete... e por razões semelhantes.

"No futuro, vocês, humanos, e vocês, máquinas, vão aprender a mexer com as propriedades fundamentais da matéria, do espaço-tempo. A ideia de que essas energias possam ser usadas em uma guerra sem fim e crescente não é nada agradável. — O boneco de neve apoiou as mãos no colo. — Para os primeiros jupiterianos, o uso desses recursos ainda assim não seria mais que um incômodo. Entretanto, quanto mais cedo você se livra de um incômodo, melhor. Por isso, a solução que lhes parecia mais adequada era exterminar as duas espécies. Eles têm recursos para isso, e estou certo de que vocês não precisam de uma demonstração."

— E agora? — perguntou Adam.

— Agora, a execução de vocês foi adiada. Tudo depende, devo ressaltar, do que vai acontecer nas próximas horas ou nos próximos dias. *Io não deve ser usada como arma.*

— A decisão já foi tomada — argumentou Falcon. — Pelos Springer-Soames. Pelo governo militar.

— Vocês vão ter uma chance de dissuadi-los. E um argumento — retrucou o boneco de gelo, apontando para a lareira com o atiçador ao lado.

64

— Sempre acreditamos que toda crise envolve também uma oportunidade — disse o Chefe. — Poderia este momento de grande perigo ser a ocasião ideal para revelarmos nossa força?

— Cumprirei suas ordens — respondeu Lorna. — Como sempre.

— Vejo que o plano de lançar Io contra Júpiter está em andamento. Ofereceram a você uma oportunidade de escapar?

Ela engoliu em seco.

— Ofereceram, mas recusei.

— Para cuidar dos pacientes?

— Era o mínimo que eu podia fazer.

O Chefe fez que sim com a cabeça. Coçou o supercílio saliente e passou as costas da mão nas narinas achatadas, como costumava fazer quando estava pensativo. Fazia anos que Lorna não falava pessoalmente com o líder da resistência. Tinha tempo agora para notar a naturalidade do seu discurso, sua voz inegavelmente rouca, mas, fora isso, convincentemente humana. Era o resultado de séculos de prática, pensou.

— Pretendíamos desestabilizar o regime, este resíduo podre do Governo Mundial, antes que cometesse a atrocidade final: a queda de Io. Quanto a isso, fracassamos, mas pelo menos salvamos a cultura das máquinas... graças a você. Posso confirmar que o vírus que implantou em Falcon não foi disseminado. O aviso que você deu a ele funcionou. As máquinas terão uma chance de sobreviver à queda da lua, já que não foram avariadas. O que quer que aconteça, Lorna, qualquer que seja o nosso destino, você agiu como devia. — Ele sorriu, mostrando dentes enormes e amarelados. — Um dedo espetado! Eu não teria pensado em algo tão sutil... tão humano. E, para falar a verdade, conhecendo Falcon como conheço, eu teria receado que a advertência fosse sutil *demais* para ele. O que importa é que funcionou, embora, infelizmente, tenha custado a vida dele. É uma pena. Falcon foi amigo dos simps, mais que qualquer humano de sua geração.

Ele fez uma careta e imitou a fala primitiva dos primeiros simps.

— Chefe... chefe... *vá*! — exclamou, antes de cair na gargalhada.

Foi como se tivesse voltado ao passado.

Ele era Ham 2057a, nascido como um simples operário, que, na ocasião de seu nascimento, recebera uma marca no corpo e um nome de escravo. Ham, que havia se tornado o primeiro presidente da Nação Independente dos Pans. Ham, que se retirara da vida pública em resposta à crescente corrupção do Governo Mundial. Ham, um pan que agora liderava uma organização interplanetária de simps e humanos que se opunha ao regime dos Springer-Soames.

Lorna Tem fora recrutada por agentes da organização quando era uma jovem e idealista estudante de medicina, que achava que sua profissão estava sendo prejudicada pelas demandas do governo militar. Mesmo assim, acabara aceitando um emprego nas Forças Armadas. Um médico era um médico, e uma vida salva era uma vida salva, fossem quais fossem as circunstâncias... e seus pacientes, na maioria soldados feridos, não tinham culpa dos desmandos do governo. Ao mesmo tempo, porém, ela mantinha seus laços com a resistência.

Entretanto, nunca tinha se encontrado pessoalmente com o Chefe. Poucos o haviam feito.

— Como está a sua vida pessoal? — perguntou ela. — Está levando uma vida confortável? Pode viver com uma esposa, filhos?

O pan sorriu um sorriso de chimpanzé, mostrando os dentes.

— Não se preocupe comigo. O Chefe vai bem, obrigado. Nós, simps, não nos arrependemos de nossa escolha, de termos nos retirado do mundo dos humanos há mais de trezentos anos. Forjamos nossa própria extinção! Nada mau para chimpanzés estúpidos, hein? Estavam muito ocupados rindo das proezas de Exu para notar nossa partida. *Ele* foi um verdadeiro herói dos simps, e nós conseguimos escapar no momento em que um governo totalitário assumia o poder.

"Não, não nos arrependemos. O Governo Mundial respeitava a Nação dos Pans, mas quanto tempo duraria esse respeito com a escalada da guerra contra as máquinas? Seríamos irrelevantes, na melhor das hipóteses, ou um bem descartável na pior delas. Era melhor nos retirarmos. Como vê, ainda me interesso muito por história."

— Sim, mas...

— Espere um momento. — O Chefe olhou para o lado, para um monitor fora do alcance da câmera, e franziu a testa. — Temos novidades... a respeito de Howard Falcon.

Lorna ficou atônita.

— *Falcon*? Você não me disse que ele tinha morrido em Júpiter?

O Chefe continuou a olhar para o monitor.

— Bem, parece que estávamos enganados. Se isso for verdade...

— O quê?

— Uma mensagem. Enviada de um modo *muito* estranho. — Ele olhou para a câmera. — Você esteve recentemente com Falcon. Gostaria de ouvir sua opinião, Lorna. Essa mensagem já chegou aos ouvidos dos nossos agentes e, também, dos agentes do governo, mas ninguém sabe como interpretá-la e qual deve ser a nossa resposta. Acho melhor que você a escute por si própria.

— Vou ajudar no que puder.

Ham fez um gesto com a cabeça para um assistente que estava fora do alcance da câmera.

A médica ouviu um estalido e depois uma voz humana começou a falar. Lorna não precisou de mais do que alguns segundos para saber que, fosse quem fosse, não podia ser o homem que ela conhecera.

A menos que alguma coisa muito surpreendente tivesse acontecido com ele.

65

O boneco de neve se inclinou para a frente para pegar o atiçador e o passou a Falcon.
— Tome.
— Já fiz estragos suficientes, não acha? Além disso, ou eles notaram a queda do número de neutrinos ou não notaram. Repetir a operação não fará a menor diferença.
— Você não entendeu minha intenção. *Aquela* foi apenas uma demonstração do que é possível. Agora estamos pensando em algo mais sutil. Se a produção de neutrinos solares pode ser interrompida, *também pode ser modulada*. Quando você mantém o atiçador com uma das extremidades no fogo, suas palavras ficam impressas no fluxo de neutrinos, como as ondas sonoras no ar. Com isso, é criada uma mensagem que pode ser decodificada. Escolha suas palavras com cuidado.
— Ele olhou para Adam. — Façam uma declaração conjunta. Estarão se dirigindo tanto às máquinas quanto aos humanos. Ambos devem compreender a gravidade do momento.
Ainda com grande hesitação, Falcon segurou uma das extremidades do atiçador, mas se absteve de colocar a outra extremidade na lareira.
— Qual deve ser a proposta? Outro cessar-fogo? Vai durar tanto quanto o primeiro.
— Algo mais permanente — sugeriu o boneco de neve. — Uma separação de territórios, pelo menos por algum tempo.
— Já tentamos fazer isso — disse Adam. — No fim do século XXII, nós, as máquinas, abandonamos totalmente o sistema solar interior. Não deu certo. Existem recursos que interessam a nós e aos humanos. Começaram a acontecer escaramuças nas fronteiras.

— Nesse caso, as fronteiras precisam ser redefinidas. Existem muitos outros mundos além dos planetas do sistema solar para serem explorados. — O boneco de neve fez um gesto amplo na sala de estar iluminada pelo fogo da lareira. — Adam, vocês foram transportados de Júpiter Interior para o Sol. Agora, *mil outros mundos estão ao seu alcance*. Mundos de outros sistemas planetários. A maioria é como Júpiter: grandes e quentes, mas muitos abrigam formas de vida. Algumas são simples, outras... curiosamente complexas, digamos assim.

— Jupiterianos extrassolares — comentou Adam. — Planetas como Júpiter...

— Vocês podem escolher. Os primeiros jupiterianos estabeleceram contato com os ocupantes de alguns desses mundos, mas não todos, porque, em alguns casos, os abismos conceituais eram imensos. Vocês levariam a eles novas perspectivas, novas abordagens, novas maneiras de pensar. Os primeiros jupiterianos acham que vocês poderiam ser valiosos, contanto que aprendam a ter mais empatia. Já vi alguns indícios desse sentimento em você, Adam.

— O que está propondo? — perguntou o robô.

— A maioria de vocês já está em Júpiter. *Chame os outros para lá*. Convoque os que guarnecem o cinturão de Kuiper, a nuvem de Oort, a Hoste em torno do Sol... Traga para casa os guerreiros solitários. Diga a eles que não são mais donos do sistema solar, mas que maravilhas os aguardam em Júpiter Interior. Trate de ser persuasivo: você terá apenas uma chance. Quanto a você, Falcon...

— Sim?

— Não deixe nenhum humano interferir na migração das máquinas. Dê a elas um salvo-conduto. Faça com que sua espécie levante seu bloqueio em torno de Júpiter. Torne bem claro que todas as ações militares devem cessar. Se os humanos fizerem isso, perderão Júpiter e seus tesouros...

E as medusas, pensou Falcon, com tristeza.

— Mas, em compensação, o restante do sistema solar será de vocês. A separação não precisa ser definitiva. Vocês podem combinar um prazo de, digamos, mil anos. Combinem os termos. Uma separação provisória. Depois de certo tempo, representantes dos humanos e das máquinas podem voltar a se encontrar.

— Vamos agir juntos, eu e você, Adam, mas o que acontecerá se eles não atenderem ao nosso apelo? Os governos humanos, os conselhos das máquinas... eles podem não acreditar em nós.

— Vocês estarão falando por meio de pulsos de neutrinos modulados — argumentou o boneco de neve. — Estarão falando do interior do Sol. Tenho certeza de que lhe darão certo crédito.

Falcon se pôs de pé.

— Muito bem.

Ele fez um gesto para que Adam se colocasse à sua direita. O robô segurou o atiçador com seus dedos metálicos, logo abaixo da mão infantil de Falcon. Lentamente, os dois introduziram a outra ponta do atiçador na lareira, tomando cuidado para não avivar o fogo.

— Podemos falar? — perguntou Falcon. — Isso é tudo que precisamos fazer?

— Falem — disse o boneco de neve, encorajando-os com um gesto.

Falcon pigarreou.

— Olá — disse, com toda a formalidade que foi capaz.

Sua voz era absurdamente aguda, infantil, sem autoridade alguma. Será que iriam levá-lo a sério? Decidiu deixar as preocupações de lado e ir em frente.

— Aqui quem fala é o comandante Howard Falcon, da Marinha Mundial, falando do interior do Sol. A hora é... Na verdade, não faço ideia. Ao meu lado está Adam, representando as máquinas. Trilhamos um longo caminho juntos e temos algo muito importante para dizer a vocês. Quando digo "vocês", estou me referindo a todos, homens e máquinas, onde quer que estejam.

"Por favor, ouçam com atenção... ah, e, por favor, informem ao Instituto Brenner que existe vida em Júpiter Interior. E ela é *vasta*...

66

Lorna Tem ouviu e voltou a ouvir a mensagem.

Com muita atenção.

A princípio, a voz infantil pareceu afastar qualquer possibilidade de que se tratasse do Falcon que ela conhecia. E, no entanto, o que era esse detalhe em comparação com o fato de que se tratava de uma voz humana incorporada ao fluxo de neutrinos gerado no centro do Sol?

Ela manteve o ceticismo quase até o fim. Falcon e uma máquina chamada Adam propunham uma série de condições para acabar com a guerra. Quanto a isso, estava perfeitamente de acordo, mas não provava a identidade do autor da mensagem.

A última parte da mensagem, porém, acabou com todas as suas dúvidas.

— Oh, comandante-médica Lorna Tem? Lembrei-me, durante a jornada, de que tínhamos nos encontrado uma vez, há muitos anos. Você era aquela menina que conheci a bordo do *Hindenburg*. Sinto muito que nosso segundo encontro não tenha acontecido em circunstâncias mais agradáveis, mas você fez o que pôde para me alertar para o fato de que eu estava sendo usado como arma. Desculpe se minha revelação colocar você em dificuldades, mas queria que soubesse que sou muito grato e talvez não tenha outra oportunidade de expressar tal gratidão.

Quando a mensagem terminou, só lhe restava assegurar ao Chefe que não havia dúvida quanto à autenticidade da mensagem, que aquele era o Falcon que ela conhecera.

O Chefe exibiu mais uma vez aquele sorriso largo de chimpanzé.

— Boa sorte, comandante-médica... e vai precisar, depois de ter sido denunciada pelo seu amigo peculiar. Se falar de novo com ele, diga que mandei lembranças. Hoje começa uma nova era para todos nós — concluiu, antes de cortar a conexão.

Segundos depois, a campainha da porta tocou.

— Entre — disse a médica, não sentindo nem medo nem curiosidade.

Era um dos Springer-Soames, naturalmente; Bodan Severyn, acompanhado por dois seguranças.

— Pensei que vocês já tivessem ido embora — disse Lorna.

— Deixamos uma nave preparada para partir conosco e qualquer outro passageiro de última hora. Mas, então, ouvimos a mensagem.

A médica sorriu.

— É claro. Vocês ouvem uma mensagem que vem do interior do Sol, um fenômeno incompreensível e uma revelação fenomenal... e sua primeira reação é vir me procurar.

— A senhora está presa, comandante-médica. As acusações ainda não foram todas formalizadas, mas com certeza incluem sabotagem da operação Falcon contra as máquinas, divulgação de segredos militares, espionagem e conspiração... — Ele se virou para os guardas. — Prendam-na. Levem-na para a nave. Ela não deve ter contato com nenhuma outra área do complexo.

Com isso dito e com a humilhação de Lorna Tem concluída, Bodan deu as costas à médica e se preparou para sair. Notou, porém, que os guardas estavam parados na porta, hesitantes. Eles olharam um para o outro, depois para Lorna e em seguida para Bodan.

Springer-Soames parou, mais curioso que assustado.

— Eu disse para prendê-la. O que estão esperando?

E, naquele momento, Lorna sentiu algo mudar nas entranhas da lua. O motor não estava mais funcionando.

— Prendam-na!

Os guardas continuaram onde estavam.

Lorna sorriu.

— Tenho certeza de que os guardas ouviram a mensagem. Todo mundo ouviu. Você ouviu meu nome falado por meio de um fluxo de neutrinos produzido no interior do Sol. *Sua irmã também*, Bodan. Não está ouvindo, sentindo? *Ela* já percebeu que tudo mudou; já mandou desligar o Motor de Momento de vocês, acabando com essa insensatez. — Lorna se voltou para os guardas. — Quanto a vocês... vão ter que decidir. De que lado estão?

Por fim, os guardas tomaram uma atitude, mas não foi a Lorna que se dirigiram.

Bodan Severyn tentou correr.

EPÍLOGO 1

Seth foi acordado pelo Controle da Missão pela última vez. Com educação, para variar.

Tinham dito a ele que, àquela altura, poderia ver o asteroide a olho nu, embora ainda estivesse mais longe da nave do que a Terra estava da Lua. Assim, Seth foi até a janela para dar uma olhada. Lá estava o Ícaro: uma estrela apagada se movendo no céu. Sentiu um estranho arrepio ao relatar à base o que via.

— Houston, aqui é Apollo. Agora sei que ele existe de verdade.

— Existe sim, Seth. E temos novas informações. Todos os cinco lançamentos anteriores atingiram o alvo.

— Isso mostra que vocês fizeram um excelente trabalho.

— Infelizmente, o desvio que as explosões causaram não foi suficiente para evitar o choque contra a Terra.

— Então não estou perdendo meu tempo aqui.

— Claro que não, Seth. Seu objetivo ainda é viável, se você jogar a bomba no lugar certo.

— Se ele está a quatro horas de mim, está exatamente a um dia da Terra, certo?

— Apollo, aqui é Houston. O vice-presidente pediu que lhe dissesse que Pat e os meninos estão com ele neste momento. Pediu também que lhe desejasse boa sorte.

— Eu... Obrigado, Charlie.

— De nada.

— Mãos à obra, então.

— Era o que eu ia dizer, Apollo.

Assim começou a última fase da missão.

Até o momento, a nave fora guiada pelo sistema de navegação que teria levado a Apollo até a Lua, uma plataforma inercial giroscópica complementada pela observação de estrelas feita por Seth. Com o asteroide à vista, a caçada se tornaria muito mais precisa. Os grandes radares terrestres tinham conseguido detectar o asteroide a uma distância de trinta milhões de quilômetros. No momento, as antenas da Apollo conseguiam captar reflexos das ondas desses radares, o que fornecia informações bem mais detalhadas a respeito da distância e da velocidade do Ícaro; o computador de bordo entrou em ação, acionando os foguetes da nave para fazer ajustes finos na trajetória de acordo com os dados recebidos.

Enquanto isso, Seth aproveitou o tempo para fazer o máximo de observações do objeto. Afinal, ninguém estivera antes tão próximo de um asteroide.

— Houston, estou vendo o alvo, CAVU. — Uma sigla em inglês para Teto e Visibilidade Ilimitados. — Não é esférico; parece mais uma batata. E, nossa, a superfície está coberta de crateras! Parece que levou uma surra.

— Apollo, aqui é Houston. Não vá sentir pena dele.

— As cores são... estranhas. Cinza-claro na sombra, castanho-claro na parte iluminada. Parece um lugar interessante para explorar.

— Você precisa deixar alguma coisa para seus filhos fazerem, Seth.

— Entendido.

— Apollo, aqui é Houston. Só para avisar que o convidado azul acaba de mandar uma carta de amor para o seu passageiro.

A mensagem queria dizer que um oficial da Força Aérea em Houston tinha autorizado o envio de um código para liberar o disparo da bomba nuclear. Mesmo naquelas circunstâncias, o sigilo tinha de ser mantido; as conversas de Seth com Charlie Duke precisavam obedecer ao código de segurança e soar vagas e discretas.

Ao mesmo tempo, aquilo era uma espécie de recado final para Seth: ele tinha uma hora para se preparar para seu encontro com o asteroide.

Seth pensou em usar o tosco coletor de urina da nave pela última vez. Não era necessário.

Ajeitou-se no assento do piloto. Tinha de estar pronto para usar os controles manuais se o sistema automático de guiagem falhasse. Agora mantinha o gravador de fita permanentemente ligado, preso a uma placa de velcro acima da janela. Ao lado do gravador, havia pendurado uma fotografia de sua esposa e filhos, tirada do álbum que Pat colocara no KOP, e uma fotografia da Terra inteira vista do espaço, tirada da Apollo 2 — uma imagem impressionante, vista pela primeira vez por Schirra e seus companheiros.

Um alarme soou.

— Ah, Apollo, aqui é Houston. Só para dizer que seu radar de bordo já está rastreando o Ícaro e fornecendo dados de boa qualidade de D e D linha...

O Ícaro agora estava ao alcance do radar de bordo da Apollo, o que significava que informações de sua distância e velocidade podiam agora ser obtidas diretamente e com grande precisão. A partir desses dados, o sistema de navegação da nave mais uma vez disparou os foguetes para fazer pequenas correções de curso.

De acordo com a lista de verificações que Seth havia memorizado, isso queria dizer que estava a apenas quatro minutos do alvo. De alguma forma, o tempo tinha fugido do seu controle. Agarrou o gravador e rebobinou a fita. Daria tempo de ouvir mais uma vez a música de Satchmo.

Mesmo naquele momento, percebeu, ainda não acreditava realmente no que estava para acontecer.

— Cinquenta segundos — avisou Duke. — Fundindo imagens visuais com as de radar.

A nave e o asteroide estavam se aproximando com uma velocidade relativa de oito *quilômetros* por segundo. Para explodir a menos de trinta metros da superfície do Ícaro, em um ponto calculado para produzir o desvio máximo da trajetória, a bomba teria uma janela de oportunidade de menos de meio segundo. Ela já estava ativada e medindo a distância que a separava do asteroide com ondas de radar, como teria feito sobre Moscou ou Leningrado se os objetivos originais para os quais fora projetada tivessem sido levados adiante. Mais um pequeno jato dos foguetes, mais uma pequena correção de curso.

— Houston, aqui é Apollo. A bomba agora está guiando a nave por conta própria. Sou como Slim Pickens em *Dr. Fantástico*, certo? Bem, eu de fato aprendi a amar a bomba.

— Quase lá, Seth — disse Duke. — Você vai conseguir, vai dar um chute na bunda dessa coisa.

— E, quando eu fizer isso, vocês que acendam charutos baratos, como sempre fazem.

— Entendido — disse Duke, fingindo mágoa.

Seth olhou pela janela, visualizando o alvo pela última vez. O que George Sheridan tinha dito no começo daquela história? *Talvez* o Ícaro tenha se chocado de raspão com *alguma coisa*. Podia ter sido um choque de raspão, mas que consequências isso poderia trazer para a Terra.

Mas ali estava ele, no instante previsto, alerta, confiante e competente. Seth afagou a fotografia dos filhos. Nunca se sentira tão vivo.

— Houston, aqui é Apollo. Desligo.

Louis B., com uma sincronia perfeita, estava terminando a música. Seth se deixou dissolver naquela voz rouca:

— *Oh, yeah...*

EPÍLOGO 2

Falcon abriu os olhos para a luz dourada do Sol.
Estava sentado em uma espreguiçadeira, em uma plataforma com amurada. Havia apenas uma pessoa com ele. Ela apoiou o cotovelo displicentemente na amurada, um copo em sua mão, sem parecer se preocupar com a possibilidade de perder o equilíbrio. Abaixo da amurada, muito abaixo, era possível divisar a silhueta elegante do balão que os sustentava no ar. E, abaixo *desse* balão, assomava-se a paisagem deslumbrante que ele reconheceu como o Grand Canyon...
Um dirigível.
Falcon percebeu, um tanto tardiamente, que estava de novo a bordo da *Queen Elizabeth*. Aquela era a pequena plataforma externa que se projetava do lado da grande bolha de plástico que era o convés de observação principal. Normalmente, só os passageiros vips tinham acesso àquele lugar, mas aquela mulher não era uma pessoa comum. Estava com um dos pés no chão e o outro apoiado na barra mais baixa da amurada. Usava um vestido branco, que quase reluzia à luz do sol.
Falcon ficou olhando para aquela cena angelical.
— Se estou ficando louco, quero continuar assim. É uma experiência muito agradável.
— Não — respondeu a mulher. — Você não está louco, nem tendo alucinações. — Ela mostrou o copo. — Quer um pouco de chá gelado?
— Você fala como Hope. Você se parece com Hope. Mas Hope sempre disse que eu não devia voltar ao local do desastre. Como eu vim parar *aqui*? A última coisa de que me lembro... tinha algo a ver com o Sol... Eu me lembro de Júpiter Interior, do boneco de neve, da casa... Onde está Adam?
— Adam foi liberado.

Falcon, curiosamente, imaginou uma mariposa nas mãos de uma criança, sendo liberada para a segurança da escuridão da noite.

— Que bom.

— Adam levou com ele tudo que restava de você... *tudo*, mesmo.

— E você? Quem decidiu que você devia estar aqui?

O sorriso dela era cativante.

— Está se queixando?

— Longe disso. Só queria saber como é possível...

— Você acredita em reencarnação?

— Não. Por outro lado, como estamos tendo esta conversa... Onde estamos? *O que* somos?

— Estamos no futuro, Howard... digo, no *nosso* futuro. Em uma época na qual as máquinas se tornaram, digamos, muito poderosas. Capazes de criar uma emulação quase perfeita de qualquer figura histórica, ainda mais quando têm acesso direto às memórias daqueles que conheceram essa pessoa. Adam preservou a sua essência, é claro. Quanto a mim... Você se lembra do Jardim Memorial?

A tristeza pela destruição do jardim ainda doía no que quer que se fizesse passar pelo coração de Falcon.

— Destruído pelos irmãos Springer-Soames.

— Não completamente, como eles pensavam. O jardim foi despedaçado, é verdade. Todo o seu ecossistema pereceu, mas os testemunhos, as gravações e os relatos biográficos puderam ser recuperados. Enquanto os termos do acordo entre humanos e máquinas eram discutidos, enquanto o Chefe, Lorna Tem e outros negociavam com os Springer-Soames a implantação de um novo regime democrático para substituir os restos do Governo Mundial, já havia investigadores vasculhando a nuvem de destroços do Jardim Memorial. Depois daquele seu discurso no interior do Sol, Howard, tudo que estivesse relacionado a você ganhou uma enorme relevância.

— Bom saber.

— Sim, parte do memorial dedicado a Hope foi perdida, mas a maioria dele foi salva. Você fez um bom trabalho, Howard. Lembrava-

-se dela muito bem. Hope teria ficado lisonjeada... e teria compreendido os seus motivos.

— Teria?

— Sempre houve um vazio em você, Howard... A falta de uma companhia. Você precisava de mim. Assim, quando o refizeram, as máquinas decidiram me refazer também.

— Então você não é Hope, mas uma imitação muito bem-feita — disse Falcon, com um sorriso, mesmo que a verdade roubasse parte de sua alegria. — Posso chamá-la de Falsa Hope?

— Pode me chamar como quiser. Tudo que sei é que ela era uma médica notável. É uma honra para mim emulá-la. Isso não o perturba, não é...? Deixe-me mostrar uma coisa a você.

A mulher lhe pediu que se levantasse e se juntasse a ela perto da amurada.

Falcon se levantou e caminhou até o parapeito. Mesmo aquele movimento simples foi uma experiência estranha. Ele agora tinha pernas em vez de um grande membro inferior, sapatos em vez de rodas. Pela primeira vez em séculos, podia sentir o tecido do uniforme na pele, o roçar das pernas da calça nos pelos da perna. Mesmo a breve estada no seu corpo de menino com 11 anos não fora nada em comparação com a autenticidade *daquele* momento.

— O corpo que você está usando agora não é real. Nada disto é real, mas pode ser, se você aceitar a oferta das máquinas.

— Isto tudo é um presente das máquinas?... *Que* oferta?

— Um corpo novo, na verdade, é a parte mais fácil. Você é como o vinho. Dá para colocá-lo em qualquer garrafa.

Falcon franziu a testa.

— Na verdade, estou mais para vinagre. Mas aposto que há um porém nessa história. Quando se lida com as máquinas, há sempre um porém.

— Não, a oferta é incondicional. Não vão exigir nada em troca. Não se trata de uma chantagem, mas, se você estiver disposto a ajudá-las a resolver um probleminha, tenho certeza de que ficariam muito gratas. Posso lhe mostrar uma coisa?

— Vá em frente.

Hope passou a mão livre pelo céu.

Imediatamente, o céu escureceu, transformando-se em um gradiente que ia de azul-claro perto do horizonte até negro no zênite, passando pelo azul-marinho e pelo roxo. Abaixo da *Queen Elizabeth*, o Grand Canyon foi ficando transparente até desaparecer.

Falcon sentiu uma vertigem. Procurou apoio e sentiu o metal frio da amurada sob os dedos. Onde quer que Hope o tivesse levado, era outro lugar. Um lugar muito distante.

— Acho que não estamos mais no Arizona — murmurou.

Hope sorriu.

— Nem no Kansas, se quer saber.

A *Queen Elizabeth* estava sobrevoando um planeta, suficientemente afastado da superfície para que a curvatura do horizonte fosse evidente. Lá embaixo podia ver uma grande baía ou enseada, um mar esverdeado entre duas longas penínsulas.

Falcon ficou olhando para a cena por alguns segundos, tentando ser objetivo, decidido a não tirar conclusões precipitadas com base em dados sensoriais tão escassos. Estava vendo as coisas de forma diferente, suas impressões sujeitas aos limites dos sentidos humanos. Como as pessoas podiam se conformar com tão pouco? Era como se passassem pela vida com máscaras no rosto, que permitissem ver as coisas apenas de relance. Seus olhos não dispunham nem ao menos de visão telescópica.

Conformou-se em aproveitar o que estava disponível. Na verdade, podia tirar certa satisfação em aproveitar ao máximo recursos tão escassos. Estudou novamente a cena, tentando esquecer a bateria de sentidos com os quais se acostumara a contar, contentando-se com as informações fornecidas pelos olhos nus.

Para começo de conversa, havia obviamente uma atmosfera lá embaixo, revelada por uma faixa azul que formava um arco perfeito acima do horizonte. A parte terrestre não era inteiramente rochosa, porque havia manchas verdes, castanhas e azuis. Nas extremidades, as penínsulas davam lugar a cadeias de ilhas que diminuíam de tamanho à medida que se afastavam do continente. Cada ilha era cercada por uma orla clara de rochedos ou praias, realçada pela espuma das ondas.

Complexidade. Detalhes. Havia atóis, recifes, arquipélagos e ilhas isoladas. No céu, havia nuvens, e alguns vulcões soltavam plumas preguiçosas de fumaça.

— É lindo — comentou Falcon. — Por favor, diga-me que isso não é apenas mais uma simulação.

— Não, isso é real. Tão real que poderíamos estar *lá embaixo*, respirando aquele ar, nadando naquele mar, caminhando naquelas praias. De certa forma, porém, esse mundo é apenas um aperitivo. Não foi para isso que as máquinas o trouxeram de volta à vida, nem foi para isso que *me* trouxeram — disse Hope, com um sorriso enigmático. — Mas acharam que você gostaria da paisagem, como acharam que você gostaria de mim.

Falcon correspondeu ao sorriso. Havia se acostumado com a inexpressividade de seu antigo rosto; fora um filtro conveniente para seus sentimentos mais profundos, reconhecia agora com certa tristeza. Agora estava mais transparente; teria de ser mais cauteloso.

— Se isso é um aperitivo, qual é o prato principal?

— Aquilo — respondeu Hope, apontando para o horizonte à direita de Falcon.

Para além deste planeta sem nome, a borda de outro despontava do horizonte. Pela forma oval e pelas faixas coloridas, guardava certa semelhança com Júpiter. No entanto, Falcon certamente não o confundiria com Júpiter, da mesma forma como não confundiria Marte com a Terra. Aquele era outro planeta gigante, mas não havia nada parecido no sistema solar. Era *luminoso*, brilhava com uma cor vermelho-escura.

— Elas têm um nome para ele, mas é um nome que no momento não somos capazes de entender... nem mesmo de pronunciar. Não que isso seja importante no momento. Estamos aqui, e elas precisam de nós. Você se lembra dos termos do acordo proposto por Orfeu, Howard? Da separação entre as esferas de influência dos humanos e das máquinas?

— Vagamente.

— Por cortesia das máquinas, estamos em um sistema extrassolar que está ligado a Júpiter Interior por um buraco de minhoca. Exatamente como Orfeu havia prometido. Este astro parecido com a Terra é apenas um satélite de um mundo das máquinas, Howard: aquele planeta parecido com Júpiter está *repleto* delas. Um habitat perfeito, a anos-luz de distância do sistema solar. Elas acham que você pode ser útil aqui.

— Útil? Você me faz parecer uma velha colher de pedreiro.

— Melhor que ficar obsoleto, não acha?

— Acho que sim. Qual seria a minha utilidade?

— Você acredita em eventos fortuitos, Howard? Acredita no acaso? A linha do tempo em que estávamos, esse emaranhado de eventos históricos, esse fio condutor entre os muitos rumos que os acontecimentos podiam ter tomado... Você já parou para pensar se existe um propósito mais profundo nisso tudo?

— Um propósito?

— Uma rajada de vento acabou com sua vida antiga, quando você sobrevoava o Grand Canyon. Se não fosse por essa rajada, você continuaria sua vida e ninguém, além de um pequeno grupo de admiradores de dirigíveis, teria uma razão para se lembrar do nome de Howard Falcon. Você não teria sido reconstruído, não teria ido a Júpiter, não teria convivido com as medusas. E o que causou essa rajada de vento? Uma breve mudança de pressão do ar, o bater de asas de uma borboleta metafórica. O acaso molda nossas vidas nas menores escalas, molda a história nas maiores.

— Humm... — murmurou Falcon, lembrando-se. — *Um choque de raspão...*

— Howard?

— Desculpe. Foi uma frase de um filme antigo que me veio à mente. O que tudo isso tem a ver comigo, afinal?

— Você se lembra do que Orfeu disse a respeito dos primeiros jupiterianos?

Falcon se lembrou da sala iluminada por uma lareira, do atiçador, do boneco de neve na poltrona. Parecia uma memória da infância, tingida de sépia.

— É difícil esquecer. Mas ele não explicou muita coisa.

— Com o tempo, aprendemos um pouco mais. Os primeiros jupiterianos conseguiram um domínio da engenharia métrica que está além da nossa compreensão. Eles chegaram aos fundamentos da realidade... e encontraram fantasmas, vibrações por toda parte. Sussurros e rumores de outras realidades, de histórias paralelas à nossa. Nós podemos apenas imaginar os caminhos alternativos, mas os primeiros jupiterianos... bem, eles parecem *sentir* esses mundos perdidos. Em certo sentido, embora isso seja apenas uma dedução, acho que eles têm poderes suficientes para favorecer os caminhos que consideram mais favoráveis, aqueles cujos resultados são mais úteis para eles, mais favoráveis à vida, mais belos, sejam quais forem os critérios que usam para fazer essas avaliações.

"Agora, juntamente com as máquinas, eles encontraram *alguma coisa*, no interior desse novo Júpiter, que não conseguem compreender. Talvez seja outro tipo de vida, que não obedece aos padrões conhecidos. Estão confusos... Tão confusos que sentem necessidade de um novo ponto de vista. Acho que nós, você e eu, fomos trazidos a este tempo e lugar porque até os deuses precisam de mortais; porque os primeiros jupiterianos precisam de *nós*. Humanos e máquinas: duas espécies unidas em uma mesma empreitada. Porque ainda resta muita coisa para ser explorada. A questão é a seguinte: você está disposto a embarcar em uma nova jornada?"

— Acho que já participei de um número suficiente de jornadas nessa minha vida.

— Ah, não me venha com autopiedade. Você está apenas começando.

Falcon sentiu um arrepio de reconhecimento. *Aquilo* era algo que Hope Dhoni diria.

— Estou vendo que eles a deixaram tão direta quanto a antiga Hope.

— Você ficaria desapontado se não deixassem. — Ela acabou de beber o chá. — Então, o que vai ser? Uma aposentadoria tranquila em uma paisagem deslumbrante, ou um novo desafio para fazer você mexer esses ossos?

Falcon sorriu e olhou para baixo. Visualizou aquela atmosfera de belezas, circundando um planeta com mares, ilhas e um bom clima. Flagrou-se imaginando como seria viajar de balão naquele lugar. E, então, respondeu:

— Surpreenda-me.

POSFÁCIO

A ideia para este livro veio de uma sugestão casual de Alastair Reynolds em uma troca de e-mails nostálgica. *Encontro com medusa*, uma novela de Sir Arthur C. Clarke, foi publicada originalmente na edição de dezembro de 1971 da revista *Playboy*. Em 1972, recebeu o Prêmio Nebula, nos Estados Unidos, na categoria de Melhor Novela, e, em 1974, recebeu o Prêmio Seiun, no Japão, na categoria de Melhor Conto em Língua Estrangeira. Foi talvez o último trabalho importante de ficção curta de Clarke, republicado muitas vezes desde então. Talvez a reedição mais relevante tenha sido uma série com ilustrações impressionantes, na efêmera revista *Speed & Power* (IPC, números 5 a 13, 1974), que teve um impacto significativo na imaginação de um jovem Reynolds.

O episódio da deflexão do asteroide Ícaro, nos Interlúdios, foi inspirado pelos resultados de um projeto estudantil multidisciplinar de engenharia de sistemas executado no MIT no verão de 1967. Foi, na verdade, o primeiro estudo sério de como desviar um asteroide em rota de colisão com a Terra. O relatório final (*Project Icarus*, L.A. Kleiman (ed.), MIT report nº 13, MIT Press, 1968) foi considerado suficientemente impressionante para ser publicado, é citado até hoje e serviu de inspiração para o filme *Meteoro* (1979, dirigido por Ronald Neame), que, de fato, foi estrelado por Sean Connery.

Na década de 1960, as estimativas de temperatura e pressão moderadas na atmosfera de Júpiter e a possibilidade da presença de uma grande variedade de moléculas orgânicas levaram os cientistas a especular quanto à existência de seres vivos nas camadas de nuvens do planeta, como é descrito em *Encontro com medusa*. Mais tarde, um estudo detalhado de Sagan e Salpeter (*Astrophysical Journal Supplement*

Series vol. 32, pp. 737-755, 1976) levou a uma famosa descrição visual de animais aéreos não muito diferentes dos descritos por Clarke, na série de televisão *Cosmos*, produzida e apresentada por Carl Sagan.

A ideia de usar fábricas flutuantes para extrair o raro isótopo hélio-3 da atmosfera jupiteriana foi sugerida em um estudo de naves interestelares chamado *Project Daedalus*, conduzido pela British Interplanetaty Society na década de 1970 (ver o Final Report, 1978, pp. S83 ff.). O "Motor de Momento" descrito no capítulo 49 é inteiramente especulativo.

Todos os erros e imprecisões, naturalmente, são de nossa inteira responsabilidade.

S.B.
A.R.
Setembro de 2015

Este livro foi composto na tipologia Minion Pro,
em corpo 12/16, e impresso em papel off.white
no Sistema Cameron da Divisão Gráfica
da Distribuidora Record.